KNAUR

Über die Autorin:
Stefanie Simon wurde im Hunsrück geboren und studierte in Frankfurt am Main Kunst. Das Interesse an klassischen Sagen und Fantasiewelten brachte sie zum Schreiben. Heute lebt sie als Malerin und Schriftstellerin in Rheinland-Pfalz.

STEFANIE SIMON

FEUER
DER
GÖTTER

Roman

Feb 2013

Liebe Susanne,
ich wünsche dir viel Spaß
mit Tarzan und Jane.
Viele Grüße

Sabine / Stefanie
Simon

KNAUR TASCHENBUCH VERLAG

Besuchen Sie uns im Internet:
www.knaur.de

Wenn Ihnen dieser Roman gefallen hat, empfehlen wir Ihnen gerne weiteren spannenden Lesestoff aus unserem Programm – schicken Sie einfach eine E-Mail mit dem Stichwort »Feuer der Götter« an: fantasy@droemer-knaur.de

FSC
www.fsc.org
MIX
Papier aus verantwortungsvollen Quellen
FSC® C083411

Originalausgabe Februar 2013
Knaur Taschenbuch

Ein Unternehmen der Droemerschen Verlagsanstalt
Th. Knaur Nachf. GmbH & Co. KG, München

Dieses Werk wurde vermittelt durch die
Literaturagentur Schmidt & Abrahams
www.schrift-art.net
Redaktion: Eva Stadler
Umschlaggestaltung: ZERO Werbeagentur, München
Umschlagabbildung: © Gettyimages / Burazin
Satz: Adobe InDesign im Verlag
Druck und Bindung: CPI – Clausen & Bosse, Leck
Printed in Germany
ISBN 978-3-426-51198-5

2 4 5 3 1

1.

DURCH DEN GANG

1.

Kraaeeee! Der Schrei ging ihm durch Mark und Bein. Royia glaubte für einen Augenblick, ihn tatsächlich zu hören. Aber die Stimme seines Axots dröhnte nur in seinem Kopf. Er rannte den Ast entlang. Dann über die unter seinen Füßen wippende Spitze, schlüpfte durch Blattwerk und sprang an den giftsprühenden Fäden eines Schmarotzergewächses vorbei auf einen Ast des nächsten Baumes. In der weitverzweigten Krone eines mächtigen Anguas versuchten drei halbwüchsige Jungen das Tier zu bändigen. Sie nahmen den stillen Hilfeschrei des Axots nicht wahr; sie vermochten es nicht. Fest hielten sie die Seile umklammert, die sie über das Tier geworfen hatten. Mit kräftigen Flügelschlägen kämpfte die Flugechse dagegen an. Eine Schlinge lag um ihren Schnabel; ihr Kopf ruckte hin und her, um sie abzuwerfen. Der hakenbewehrte Schwanz peitschte durch die Luft. Die wendigen Jungen duckten sich, ohne die Seile loszulassen.

»Verletzt sie nicht!«

Das Seil glitt von ihrem Schnabel, sie legte den Kopf in den Nacken und stieß ein ohrenbetäubendes Kreischen aus. Die Priesterschüler wollten vor Royia auf die Knie fallen, doch er schob sie beiseite und reckte sich nach dem Hals der Flugechse. Sofort beruhigte sich das Axotweibchen. Unter den Fingern spürte Royia bebende Muskelstränge.

Aja will nicht sein ohne dich.

»Aja, ach, Aja.« Er hob eine Hand, und Aja neigte den Kopf, so dass er über den herzförmigen violetten Fleck ihrer roten Stirnhaut streichen konnte. »Es ist alles gut … alles gut … halt still.«

Du bei Aja bleiben.

Die Trauer in ihrer lautlosen Stimme tat ihm weh. Ihre Zunge schnellte hervor und legte sich um sein Handgelenk; ihr mit glänzenden Zahnreihen besetzter Schnabel schnappte spielerisch nach seiner Hand. Er rieb ihre zarten Nüstern, und sie gurrte in seinem Kopf.

»Geht beiseite und wartet, bis sie sich beruhigt hat«, befahl er den Jungen. »Dann versucht es noch einmal.«

Die drei Novizen, die sich in einiger Entfernung niedergekauert hatten, haspelten Entschuldigungen.

Er könnte Aja eigenhändig an einen der dicken Äste des Anguabaumes binden. Aber das würde sie noch mehr verwirren. Als er die Jungen ehrerbietige Grußworte murmeln hörte, blickte er über die Schulter. Ein Mann stieg eine der Treppen herab, welche die Äste des gewaltigen Anguas miteinander verbanden. Auf den ersten Blick war seine mit Jadesteinen geschmückte Gestalt kaum vom üppigen Blattwerk zu unterscheiden. Die Steine, die an ledernen Schnüren hingen, klapperten aneinander, als er leichtfüßig über schwingende Stufen hinweg auf Royia zuschritt.

»Der Herr der Welt ruft dich in den Kreis der Götter«, sagte der Toxinac mit verlegenem Lächeln. Auch er fiel auf die Knie. »Lass ihn nicht warten wegen des Axots.«

»Aja ist ängstlich.« Royia unterdrückte einen Anflug von Ärger, denn der war nicht angebracht. Der Priester und die

Schüler taten nur, was unumgänglich war. »Sie begreift nicht, weshalb ich sie verlasse. Und weshalb man sie festbindet.«

»Damit sie die Zeremonie deines Abschieds nicht stört. Als zuletzt ein Erwählter ging, gab es einen ziemlichen Aufruhr wegen seines störrischen Axots. Es wollte ihn einfach nicht gehen lassen. Sobald du fort bist, wird man deinem Axot die Freiheit schenken. Das wird es dann sicher zu würdigen wissen. Ich werde mich selbst darum kümmern, wenn es dich beruhigt.«

»Gib mir noch einen Augenblick.« Royia berührte den Kopf des Priesters, um ihm das Aufstehen zu gestatten, und kehrte ihm den Rücken zu. *Aja, hör mir jetzt gut zu. Wenn man dich freilässt, flieg den Berg hinauf. Irgendwo dort oben ist der Goldene Bergpalast, dort werde ich sein. Halte nach mir Ausschau. Ich werde dich in Gedanken rufen. Wir werden uns finden, und dann sind wir wieder zusammen. Hast du das verstanden?*

Der Kopf der Flugechse ruckte hoch. Die roten Augen funkelten verwirrt. Mochten Axots die intelligentesten Tiere sein – sie waren kaum verständiger als ein vierjähriges Kind.

Ob auch die früheren Erwählten ihre Axots heimlich aufgefordert hatten, ihnen auf den Berg zu folgen? Oder hatten sie eingesehen, dass kein Mensch und kein Tier der Wegbegleiter eines Gottes bleiben konnte, sobald er in den Kreis des Gott-Einen trat? Rasch verschloss er seine Gedanken, um Aja nicht noch mehr durcheinanderzubringen.

»Hast du das verstanden?«, fragte er so leise, dass es fast unterging im allgegenwärtigen Rauschen des Windes, der durch die zwölfzackigen Blätter des Anguas strich. Warm umspielte Ajas Zunge sein Handgelenk. Tränen flossen an ihrem Schnabel entlang – man sagte nicht umsonst, schneller als ein Kind weine nur ein Axot. Ihm selbst steckte etwas im

Hals, das sich anfühlte, als könne es nur aus den Augen wieder heraus. Dieses sonst so bockige, lärmende, manchmal lästige Tier stand ihm nahe wie sonst kein Wesen.

Ja … ja … Aja versteht.

Lächelnd küsste er ihre Stirn, dann entzog er sich ihr. »Und jetzt halt still und lass dich festbinden. Es ist nur für kurze Zeit.«

Sie legte den Kopf an den Körper, die Geste der Unterwerfung. Royia achtete darauf, dass die Priesterschüler ihren Schnabel vorsichtig zusammenbanden und das Seil an einem der Äste festmachten. Kaum hatte er sich ein Stück entfernt, begann Aja wieder an den Seilen zu zerren und in seinem Kopf zu klagen. *Ruhig, Mädchen, ruhig.* Er folgte dem Toxinacen über hängende Treppen, über Brücken und weitere breite Äste, die als Laufwege dienten. Eine der Hängebrücken führte über einen Abgrund und endete auf einem halbkreisförmigen Felsplateau, das der Gott-Eine vor Urzeiten in den Berg geschlagen hatte. Der ehrwürdige Kreis der Toxinacen, der Priester der vierzehn Götter, erwartete ihn. Der Priester, der ihn hergeführt hatte, nahm seinen Platz in ihrer Reihe ein. Hinter ihnen wartete der schwarzgähnende Eingang in den Berg gleich einem geöffneten Schlund – der Weg, den er jetzt gehen musste.

Unwiderruflich.

»Royia!« Die Stimme seiner Lehrmeisterin, wie stets kühl und ehrfurchtgebietend, hallte von den Felswänden wider. »Du bist spät.«

Xocehe wartete in der Mitte der Plattform, die Toxinacen hinter ihr. Das Sonnenlicht ließ ihr aus Schnüren und polierten Holzstäbchen gefertigtes Gewand, das ihren Körper fest umschloss, metallisch glänzen. Xocehe sah nicht nur streng aus, sie war es auch, also beeilte er sich, vor sie zu treten und den Kopf zu neigen. Auch sie war einst durch den Jadegang geschritten. Als einzige war sie wieder zurückgekehrt, um andere Erwählte im Erdulden von Schmerzen zu unterweisen und ihre Wunden zu heilen. Heute schenkte sie ihm nicht nur ihr seltenes Lächeln; sie strich ihm zärtlich über die Wange und fasste seine Schulter. »So sehen wir uns also zum letzten Mal. Der Berg erwartet dich.«

Sie kehrte ihm den Rücken zu und legte den Kopf in den Nacken. Sein Blick folgte ihrem, den steilen Berg hinauf. Üppig waren seine grünen Hänge, in denen beständig Nebelschwaden tanzten, weil alles von saftigem Leben erfüllt war. Prächtige, farbenfrohe Vögel stoben aus dem Blattwerk und stießen wieder hinein, lange Schwanzfedern hinter sich herziehend. Kam ein Windstoß, wehten schillernde Blüten und Pollen hervor, deren schwerer Duft selbst hier unten zu erahnen war. Alles atmete die Lust an der Herrlichkeit. Vom Bergpalast selbst sah man nichts. Hundert Türme besaß er, und die Hochebene dahinter war so groß, dass man tagelang darin umherstreifen und jagen konnte.

Schönheit über Schönheit erblickt das Auge, sagte ein altes Lied. *Gold, Silber, Edelsteine. Wasser, das munter aus Quellen sprudelt. Vögel, die sich auf der Schulter niederlassen. Wild, das durch Gärten zieht. Keine Furcht mehr vor den allgegenwärtigen Gefahren des Waldes. Keine Leiden, keine Schmerzen. Ein Leben in Licht und Sonne; und kein Gott, sofern er atmet, denkt und liebt, sehnt sich wieder fort …*

Sein Herz schlug schnell. Es war so weit, heute würde er das Leben im Licht kennenlernen. Dazu war er von Geburt an bestimmt. Er drehte sich um. Vor seinen Augen breitete sich der grüne Teppich seiner Heimat aus, scheinbar endlos bis zum Horizont reichend – die ineinander verflochtenen Baumkronen gewaltiger Anguas, Memecuces, Acatecos. In ihnen hatte er sein junges menschliches Leben gelebt. Es war nicht leicht, das Vertraute hinter sich zu lassen. Trotz der Schmerzen, die ihm stete Begleiter gewesen waren.

»Royia, komm«, lockte Xocehe hinter ihm.

Er wandte sich ihr zu.

»Der letzte Tique, der Gott des zehnten Mondes, ist nach über dreihundert Jahren in das Weiße Jenseits der Götter eingegangen.« Feierlich legte sie die Handflächen aneinander. »Also berief der Gottherrscher einen neuen Gott, um seinen Platz einzunehmen: dich, Royia. Von nun an bist du Tique, der Gott der Jagd und der Diebe.«

Der Gedanke, dass jemand stahl und dabei zu ihm betete, schien ihm befremdlich. Wie es sich wohl anfühlte, wenn das Flehen der Menschen zu ihm drang? Und dann? Wie übte man die Macht aus, Gebete auch zu erhören? All das würde ihn erst Toxina Ica, der Gott-Eine, der Gott der Götter, der Eine, lehren.

Wie fühlt es sich an, vor ihm zu stehen? Noch fühle ich mich so … menschlich. Kann ich seine Gegenwart ertragen?

Xocehe beugte ein Knie vor ihm. Die vierzehn Priester legten sich flach auf den Boden; einigen war anzusehen, dass ihre alten Knochen es ihnen schwermachten. Xocehe erhob sich wieder – sie war schließlich nicht nur die Lehrmeisterin der angehenden Götter der letzten fünfhundert Jahre, sondern selbst eine Fast-Unsterbliche: Xocehe, die Göttin der Heilkunde, die Göttin des achten Mondes. Wie mochte ihr Geburtsname gewesen sein? Er hatte ihn nie erfahren.

»Einige der vierzehn Toxinacen kennst du«, sie wies mit der Hand auf die still daliegenden Priester. »Doch alle versammelt hast du noch nie gesehen.« Sie schritt auf einen der Männer zu und berührte ihn an der Schulter. Sofort erhob er sich. »Dies ist der erste Priester einer langen Ahnenreihe, die in dieser

Welt für dich opfern wird. Geweihte Kräuter werden er und seine Nachkommen dir zu Ehren verbrennen, und der Duft wird zu dir auf den Berg steigen. So lange, bist du selbst in das Weiße Jenseits eingehst und der nächste Erwählte den Platz Tiques einnimmt.«

Der Toxinac, ein kräftiger Mann in mittleren Jahren, lächelte scheu. Wie alle Priester war er in Jade gekleidet und trug eine Haube mit grün-schwarzen Federn, die seinen Kopf wie ein Rad umkränzten. Er kniete erneut und beugte sich vor, um Royias Füße zu küssen.

»Ich fühle mich geehrt, dir für den Rest meines Daseins zu dienen«, sagte er, und er klang in der Tat glücklich darüber. »Wenn es dir recht ist.«

Dass man vor ihm kniete, war Royia vertraut. Auf eine Ehrbezeugung dieser Art jedoch konnte er verzichten. Mit einer Geste erlaubte er ihm, sich zu erheben.

»Herr, lass mich dich anbeten!« Der Priester sackte noch einmal nach vorne und zeigte ihm den von Federn umrahmten halbkahlen Hinterkopf.

»Steh auf«, befahl Royia. »Wie ist dein Name?«

»Ich bin ein Nichtswürdiger, du musst ihn nicht kennen. Aber erweise uns die Gunst, den Gott-Einen von uns zu grüßen.« Endlich presste der Toxinac die Hände auf den Boden, um sich hochzustemmen. Plötzlich riss er abwehrend die Arme hoch. »Nein!«

Ein großer Schatten war von der Seite herangeflogen und prallte mit voller Wucht gegen Royia.

Krrraeee! Nimm mich mit!

Royia taumelte seitwärts und trat ins Leere. Die erschrockenen Rufe der Toxinacen verklangen in der Höhe, als er fiel.

Aja war über ihm, ihre Krallen bohrten sich ihm in Brust und Bauch. Er warf die Arme um ihren Hals; wild flatterte sie mit den Flügeln. Um ihn rauschte das Blattwerk, als sie fielen. *Bleib dicht am Stamm!,* schrie er ihr in Gedanken zu, aber natürlich war sie viel zu aufgeregt, um ihn zu hören. Er machte sich lang, versuchte mit den Füßen den Stamm zu erreichen. Ajas Flügel schlugen gegen Äste und dämpften abrupt den Fall. Der Ruck löste seinen Griff; er trudelte allein am Stamm entlang. Endlich gelang es ihm, mit den Fußsohlen die Verbindung zu den lebenspendenden Adern des Baumes aufzunehmen. Seine Füße fanden Halt. Mit den Händen packte er einen kleineren Ast über sich.

Dass man abstürzte, geschah hin und wieder. Hier jedoch, wo so nah am Berg die Bäume lichter wuchsen, war er so tief gefallen wie noch nie. Seltsam ruhig war es hier unten. In kniehohen Farnen raschelte irgendein Tier, doch kein Vogel war zu hören. Die spärlichen Streifen grünlichen Lichts machten diese Welt nur noch düsterer. Jene Welt, die kaum ein Mensch seines Stammes zu betreten wagte.

Nur wenige Schritte den Baumstamm hinunter trennten Royia vom Waldboden. Allein der Gedanke, sie zurückzulegen und den Fuß auf den weichen Untergrund zu setzen, war schauderhaft. Dieser dunkle Boden war für einen seines Volkes nicht gemacht.

»Aja«, rief er gedämpft. Dennoch klang seine Stimme hier unten unnatürlich laut. »Aja, wo bist du?«

Hiiier.

Sie hing an einem dicken Ast, Schnabel und Krallen in die Rinde gekrallt. Ihr Flattern erzeugte knallende Geräusche. Verunsichert vom Zwielicht der Tiefe, taumelte sie durch die Luft und landete dicht über ihm am Stamm.

Bist du weh?

Er schüttelte den Kopf. »Ich bin unverletzt. Hinauf mit dir, Aja. Und dann hältst du still! Was hast du dir dabei gedacht?«

Sie antwortete mit einem verlegenen Klappern ihres Schnabels. Halb flog, halb kletterte sie über ihm in die Höhe, immer wieder den länglichen Kopf drehend, ob er auch hinter ihr blieb. Mühelos folgte er ihr, an den Ballen mit dem Baum verbunden; lediglich seine Finger nutzten kleine Vorsprünge in der rissigen Rinde, um den Halt zu unterstützen. Nur einen halben Dornschuss entfernt ragte die graue, zerklüftete Wand des Berges auf. Hier und da sprudelte Wasser aus Spalten und floss über Moosteppiche hinab. Royia konnte die Wärme spüren, die der Fels ausstrahlte. Er unterdrückte den Wunsch, hinüberzuspringen und sich rasch in einem der Quellbecken zu erfrischen. Ob es so etwas auch im Bergpalast gab? Man sagte, dort gebe es Genüsse, die das Bad in einer Quelle im *alten* Leben einer Folter gleichkommen ließen.

Aja stieß ein Fauchen aus, das so erschrocken wie bedrohlich klang. Lauerte eine Cijac im Geäst? Royia riss die Hand hoch, bereit, einen Dorn von dem Menschentöter an seinem Unterarm abzuschießen.

Ein Gesicht schob sich durchs Blattwerk. Ein schmächtiger Mann unbestimmbaren Alters kauerte am Stamm, den Arm um einen Ast gelegt. Misstrauisch beäugte er das Axot, das Royia mit einem kräftigen Klaps auf die Hinterbeine zum Weiterklettern aufforderte. Aja fauchte den Fremden an und ließ ein unterdrücktes Knurren folgen.

»Aja, ruhig!« Zu dem Mann gewandt sagte er: »Sie tut dir nichts.«

»Du bist der Erwählte?« Die Stimme des Fremden war so dürr wie er selbst.

Royia antwortete nicht. All diese ewig gleichen Fragen waren ihm lästig: *Bist du es? Bist du der nächste zukünftige Gott?*

Wie ist der Gedanke, dass man hundert oder sogar tausend Jahre leben wird? Wie fühlt es sich an, wenn das Feuer durch deine Adern rauscht?

Vorsichtig, ein Auge auf Aja, schob sich der Fremde näher. Um Hals und Arme lagen Ketten aus bemalten Holzstöckchen – die Chacu und auch die anderen Waldstämme, die Royia kannte, trugen solch schäbigen Schmuck nicht. Wo mochte der Fremde her sein?

»Natürlich bist du es«, flüsterte er. »Ich will nur ganz sicher sein.«

»Ja, ich bin es.«

»Ich habe das Axot befreit.«

»*Was* hast du? Hast du zu viele Cupalblätter gekaut, die dir den Kopf benebelt haben?«

»Verzeih mir, o baldiger Gott!« Der Mann zog den Kopf ein und hob bittend die geöffneten Hände. »Ich hatte gehofft, es lockt dich von den Toxinacen fort. Dass es dich in die Tiefe reißt, war nicht meine Absicht. Bitte verzeih mir, Erwählter. Es war meine letzte Hoffnung, dich allein anzutreffen. O, verzeih mir Nichtswürdigem …«

»Schon gut!« Dieses Gejammer war nicht zu ertragen. »Warum hast du das getan? Wer bist du?«

Nervös blickte der Fremde nach oben, als könne er durch das volle Geäst die Plattform mitsamt den versammelten und wahrscheinlich äußerst unruhigen Priestern sehen. »Jemand hat mir aufgetragen, dir das hier zu geben.« Er tastete an seinem Bastschurz herum. »Du sollst es lesen, bevor du gehst.« Die andere Frage missachtend, streckte er ein Kerbzeichenholz vor.

»Und das hättest du mir nicht oben geben können?«, schnaubte Royia.

»Man hat mir gesagt, dass es keiner sehen darf.«

Unwillkürlich griff er danach und betrachtete das mit Blättern umwickelte Stöckchen.

»Öffne es. Bitte, o Herr.« Die Stimme des Mannes war ein ängstlicher Hauch.

Widerstrebend löste Royia die Verschnürung und wickelte die Blätter ab. Die geschnitzten Kerben zu lesen, war nicht eines seiner herausragenden Talente. Die meisten Männer seines Stammes konnten es nicht richtig.

»Ich bin doch kein Stadtmensch«, brummte er in sich hinein, während er den Anfang suchte. »Dort, sagt man, übersäen sie die Wände mit nutzlosen Zeichen und Bildern. Als könnte all das die Wirklichkeit ersetzen.« Hin und her drehte er das Holz, und endlich gelang es ihm, die Botschaft zu entziffern.

Geh nicht durch den Jadegang. Deine Schmerzen werden dort oben nicht enden. Das Leben im Licht ist eine Lüge. Dies sagt dir einer, der es gut mit dir meint.

»Wer soll denn das sein?«, fragte Royia verblüfft. Als er wieder aufsah, war der Mann im Begriff, im Blattwerk zu verschwinden. Offenbar hatte er sich nur überzeugen wollen, dass die Botschaft gelesen wurde.

»Warte! Verdammt!« Royia warf das Kerbzeichenholz von sich und sprang dem Fremden hinterher. Er bekam den Bund des groben Bastschurzes zu fassen, warf sich auf den Mann und riss ihn zu sich herum. Ängstlich keuchte der Fremde, als sie durch die dichtbelaubten Zweige fielen. Ein dicker Anguaast hielt ihren Fall auf.

»So«, sagte Royia, über den Mann gebeugt. »Jetzt sagst du mir, wer dir das gegeben hat.«

»Bitte …«

»Rede!«

»Ich weiß es nicht! O Gott, bitte verbrenn mich nicht!«

Der Körper unter ihm wurde steif; der Mann presste fest

die Augen zusammen, als wolle er tatsächlich mit seinem Leben abschließen. Royia ließ ihn los. Mühelos stand er auf dem wippenden Ast; seine Füße waren fest mit den Lebensadern des Baumes verbunden. Der Fremde jedoch würde gleich fallen, wenn er nicht die Sohlen gegen die Rinde drückte oder sich wenigstens umdrehte und festhielt. »Ich tue dir nichts, nur ... Aja, nicht schon wieder!«

Das Axot prallte gegen Royias Brust. Aufgeregt rieb Aja den Schnabel an seiner Wange. *Aja, geh doch zur Seite ... nicht jetzt, Aja ... nicht!*

Er ahnte, dass der Fremde die Gelegenheit genutzt hatte und geflohen war. Kein Rascheln der Blätter ringsum verriet, wo er sein mochte.

»Aja! Ich sollte dich auf einen Spieß stecken und rösten und deine schönen Federn verkaufen.«

Aja kicherte. *Machst du nie.*

»Irgendwann mache ich es doch, hörst du?« Er kraulte ihren Hals. Nein, die Zeit von derlei Neckereien war vorbei.

Die oben machen Lärm.

Er lauschte, doch Gott oder nicht, sein Gehör war nicht das eines Axots. Es konnte nicht mehr lange dauern, bis die Toxinacen jemanden herunterschickten, um nach ihm zu sehen. Und diese eigenartige Botschaft? Das Kerbzeichenholz war verloren. Aber was sollte er auch mit solch verleumderischen Worten anfangen? Das Leben im Licht eine Lüge? Ha! Welch ein Unsinn!

Die Toxinacen lagen noch immer auf dem Boden, als er die Plattform betrat. In einem Winkel seines Kopfs hörte er Aja jammern. Er hatte sie zu den Priesterschülern zurückgebracht, denn er kannte sie gut genug, um zu wissen, dass sie die Zeremonie noch einmal stören würde. Die erneute Fesselung indes hatte ihm das Herz schwer gemacht. *Aja, bald sind wir wieder beisammen. Hab keine Angst, keine Angst …*

Sein Priester erhob sich. »Leg deinen Schurz ab, o mein Herr und Gott«, bat er, und als Royia ihn fallen gelassen hatte: »Und deine Waffe. Du warst der beste Jäger deines Stammes. Aber nun brauchst du sie nicht mehr.«

Royia packte den Menschentöter auf seinem linken Arm, biss die Zähne zusammen und riss ihn mit einem Ruck ab.

Der Toxinac steckte das unterarmlange Insekt in einen Käfig aus Lianengeflecht. Zwei andere kamen mit Schalen und Schwämmen und tupften die Wunde in Royias Ellbogenbeuge ab, wo es sich mit ihm verbunden hatte. Während Xocehe mit gefalteten Händen zusah und der Rest der Priesterschaft nun kniete, wuschen sie ihn und wickelten einen weißen, kostbaren Schurz um seine Hüften, mit aufgesetzten Steinen aus Jade, schwarzglänzendem Lavaglas und Federn. Sie kämmten sein schwarzes Haar und banden es im Nacken mit einer ledernen Schnur zusammen. Flache goldene Reife wurden über seine Oberarme gestreift und gesellten sich zu den Schmuckbändern aus schwarzer Lava und grünblau gesprenkeltem Tecminc-Stein, die er bereits trug – alles nur ein Abglanz der Pracht des Bergpalastes. Bei den Göttern, wie sollte er ihnen sagen, dass jemand gekommen war, um den Gott-Einen zu verleumden? Allein die Vorstellung, jetzt den Mund aufzutun, kam ihm absonderlich vor. Er konnte sich alles vorstellen: dass sie verwirrt waren, weinten, empört schimpften oder sogar lachten. Ja, Xocehe, ihr traute er zu, darüber zu lachen.

Er blickte die von Moos und Flechten überwucherten Wände hinauf. Die Nebelschwaden tanzten in der aufkommenden

Brise. Ein Axot jagte hoch oben einen Falken. *Hoch oben.* Ein Leben im Sonnenglanz.

Nein, es gab nichts zu sagen.

»Du warst tapfer, Royia.« Xocehe kam zu ihm, hob eine schmalgliedrige Hand und strich federleicht über das Feuerzeichen in seinem Gesicht. Ihre Fingerspitzen glitten hinab, über die Narben an den Schultern und den Armen. »Es war schlimm, was ich dir antat, nicht wahr?« Ihr Lächeln war wehmütig.

»Es war schlimm.« Er erwiderte es.

»Sei gewiss, wenn du dort oben bist, weißt du, wofür all die Qualen gut waren. So wie ich es einst erfahren habe.«

Im Ausschnitt ihres steifen Gewandes waren einige Narben erkennbar. Trotz aller Sorgfalt hatte sich einst ein Schnitt auf ihrer Brust entzündet, und sie war ihr abgenommen worden, bei vollem Bewusstsein. Was waren dagegen *seine* Qualen gewesen? Also hatte sie stets nur unbeeindruckt geplaudert oder gelacht, wenn er ihren Namen verflucht hatte, zwischen zusammengepressten Zähnen ausstoßend, die ein Beißholz hielten. So oft, so oft.

»Ich war dir liebende Mutter und strafender Vater«, sagte sie. Ihre Fingerspitzen waren kühl. So kühl wie stets, wenn sie das Messer geführt hatte. »Gedenke meiner in Ehrfurcht.«

»Das werde ich«, murmelte er.

Dicht trat sie an ihn heran und hob die Lippen an sein Ohr. »Es ist gut«, sagte sie leise. »Jetzt ist alles gut, Royia. Alles ist gut.«

Sie nahm seinen Kopf zwischen die Hände. Er neigte sich, damit sie seine Stirn küssen konnte.

Alle erhoben sich. Xocehe schenkte ihm einen letzten Blick und schritt zur Brücke. Auch die anderen verließen das Felsplateau, nur sein Priester blieb zurück. Es war so weit.

Noch einmal kniete der Priester, um Royias Füße zu küssen. Dann hob er die Hände und versank in Schweigen. Auch eine fingerlange Biene, die vor seinem Gesicht herumschwirrte, hielt ihn nicht von der Anbetung des neuen Gottes ab. Royia lauschte in sich hinein, ob er die Gedanken bereits empfing, doch nichts drang zu ihm.

»Bitte komm mit.« Der Toxinac erhob sich und wandte sich dem Berg zu.

Royia folgte ihm. Das Tor in der Felswand ragte vor ihnen auf und verschluckte sie.

Im Innern des Berges war er nie gewesen, nie hatte man ihm davon erzählt. Dies konnte noch nicht der Jadegang sein; es war eine schmale Höhle, in der es abgestanden roch und Fledermäuse vor den Eindringlingen flatternd aufschreckten. Eine Treppe war in den Fels gehauen. Sie mochte tausend Mal tausend Jahre alt sein, so glatt waren ihre Stufen. Der Toxinac erklomm sie trotz der Dunkelheit mühelos. Bald sah Royia die Hand nicht mehr vor Augen. Er verlor alles Gefühl für Zeit und Weg.

Er wünschte sich, die Zeit für einen Tag anhalten zu können. Noch einmal in Xocehes Hängematte zu liegen, ihren sehnigen geschundenen Körper unter seinem. Noch einmal den Schweiß von ihrer Haut zu lecken. Zu spüren, dass ihre Hände auch streicheln konnten.

Ich habe schon einigen Göttern diesen Trost geschenkt, Royia. Aber keinem so gern wie dir.

Sie fürchtete das Andersartige seines Körpers nicht; sie war ja ebenfalls eine Göttin. Seit er vor einigen Jahren in den Stand der Männer erhoben worden war, hatte er auch bei Mädchen seines Stammes gelegen – einige hatten es gewagt, wenigstens für eine Nacht. Aber jede – *jede* – hatte ihm am nächsten Morgen mit bleichem Gesicht gesagt, dass sie ihn nicht wiedersehen wollte.

»Weiter kann ich dir nicht vorausgehen, edler Tique«, riss ihn die Stimme des Toxinacen aus seinen Erinnerungen. »Folge weiter dem Gang, er führt dich unmittelbar vor den Thron des Herrn der Götter. Wirf dich vor ihm nieder, wie man es dich gelehrt hat.«

»Was wird er tun?« Allein die Vorstellung, vor Toxina Ica zu treten, den Einen, den Ewiglebenden, den Sonnengott, bereitete Royia Magengrimmen. So hoch wie ein Gott über den Menschen stand, so hoch stand der Gott-Eine über den Göttern.

»Er wird dich in den Kreis der vierzehn Götter aufnehmen – wie er das genau tun wird, weiß ich nicht, Erwählter. Aber sie alle werden bereitstehen, dich als ihren Bruder zu empfangen. Immer, wenn einer aus ihrer Mitte geht, weil seine Zeit gekommen ist, reißt es eine Lücke in ihre Herzen. Du kannst sie nicht heilen. Aber du wirst sie füllen.«

Royias Herz schlug heftig. Dafür war er auserwählt worden. Er hörte mehr, als dass er es sah, wie der Toxinac an ihm vorbei die Treppe hinabging. Seine Schritte verhallten in der Tiefe.

Vorsichtig stieg er weiter hinauf. Nach wenigen Stufen berührte seine ausgestreckte Hand ein Hindernis. Es schien, als endete die Treppe vor einer Wand. Wie konnte das sein? Er tastete den Fels ab – nichts als rauhes Gestein. *Geh nicht durch den Jadegang,* kam ihm die lächerliche Botschaft in den Sinn. Mit einer ärgerlichen Handbewegung wischte er den leisen Zweifel beiseite. Man hatte ihm nie gesagt, wie es hier aussah, also konnte es sich auch nicht als falsch herausstellen. Aber was sollte er tun? War dies ein letztes Hindernis, das zu überwinden den Beweis liefern sollte, dass er, Royia, wirklich erwählt war?

Noch war er in seine menschliche Gestalt eingeschlossen,

und so fühlte er sich auch. Was hatten die anderen Erwählten hier getan? Er strich sich über die fröstelnde Schulter und ertastete einige der Narben, die seinen Körper übersäten. Wenn er die Gabe nutzte, derentwegen er erwählt worden war, könnte er wenigstens *sehen,* wie diese Wand beschaffen war.

Doch als er die Hand ausstreckte, um sich an einer scharfen Kante die Haut aufzureißen, vernahm er ein Grollen tief aus dem Berg. Es hörte sich an, als wollte sich die Wand öffnen. Ein grüner Lichtstrahl schoss aus einer sich öffnenden Spalte und traf seine Brust. Ein Gang tat sich vor ihm auf.

Er sah goldene Adern, eingeschlossen in schimmerndes Grün. Ein glänzendes Gewölbe, hell wie der Tag, ein Wunder inmitten des Berges.

Geh nicht durch den Jadegang … Das Leben im Licht ist eine Lüge.

»Bei Toxina Icas Leuchten!« Royia schlug eine Faust gegen die Wand. Sein ganzes Leben hatte er in der Erwartung verbracht, diesen Weg zu gehen. Er musste ihn gehen. Er wollte! Wie hatte jemand so dreist sein können, zu glauben, dass ein paar Worte in einem Kerbzeichenholz ihn, einen *Erwählten,* abhielten? Das war lächerlich. Es war grotesk.

Entschlossen straffte er die Schultern. Er würde gehen. Was auch sonst?

Aber konnte er gehen, ohne Xocehe und die Toxinacen vor jener verleumderischen Stimme zu warnen? Auf dem Berg angekommen, würde er es womöglich nicht mehr können. Götter beeinflussten das Leben der Menschen, doch nie hatte er davon gehört, dass sie zu ihnen gesprochen hätten oder gar jemandem erschienen waren. Sie waren weder allmächtig noch allsehend.

Der Gott-Eine würde wissen, was zu tun war. Allein der Gedanke jedoch, Toxina Ica damit zu belästigen, ließ Royia zutiefst erschaudern. Nein, das erledigte er besser noch in seinem alten Leben.

Die Pracht blendete ihn, wollte ihn heranziehen. Er bot allen Willen auf, um sich umzudrehen und im hinausströmenden Licht die Treppe hinabzueilen. Auf dem Felsplateau erstarrte er, überrascht, dass schon die Nacht hereinbrach. Er hatte tatsächlich eine lange Zeit im Berg verbracht. Die Plattform war verlassen.

Er hastete über die Brücke, kletterte durch die Krone eines großen Anguas und sprang. Seine ausgestreckten Hände berührten den nächsten Baum, in dessen Krone Xocehe wohnte. Er rutschte ein Stück abwärts, aber mühelos fing er sich und rannte den Stamm hinauf. In weiter Ferne ragten die Türme der feindlichen Stadt aus dem Dunst, rotgolden aufleuchtend im schwindenden Sonnenlicht. Lichter blitzten in ihren steinernen Bauwerken auf. *Wie friedlich sie scheint …* Es würde interessant sein, den Ort der Verderbtheit aus der Höhe des Goldenen Bergpalastes betrachten zu können. Vielleicht sah er sogar das Kalte Land jenseits der fernen Bergketten, die jetzt nichts weiter als ein kaum wahrnehmbares Band am Horizont waren. Weit oben lief er über einen Ast, so dick, dass zwei Männer nötig wären, ihn zu umfassen, und so lang wie zehn von ihnen. An seinem Ende lag Xocehes aus den Luftwurzeln von Riesenorchideen geflochtene Behausung, wie eine riesige Samenkapsel auf einer ausgestreckten Hand. Ihre Öffnungen waren mit Tüchern verhängt, die im Wind raschelten. Der rötliche Abendhimmel schimmerte durch das zarte Gebilde. Kein Schatten verriet Xocehes Anwesenheit.

Sie zu suchen, kostete Zeit, die er nicht besaß. Er musste zum Baum der Toxinacen. Oder sollte er sich irgendeinen Mann suchen und beauftragen, die Botschaft weiterzugeben?

Aber bis zu den Baumhütten seines Stamms wäre es ebenfalls ein weiter Weg.

Lass es gut sein, sagte er sich. *Die Ordnung der Welt hängt nicht davon ab, ob ich jemandem von meiner Begegnung erzähle.*

Er kehrte zum Felsplateau zurück. Noch immer floss das Jadelicht über den Boden, wie lebendige, fingernde Nebelschwaden. Es lockte, wollte ihn an sich ziehen. Sein Herz sehnte sich danach, seiner Bestimmung zu folgen. Er schritt auf den Höhleneingang zu.

Geh nicht durch den Jadegang. Das Leben im Licht ist eine Lüge. Geh nicht … geh nicht … geh nicht.

Die Worte hämmerten im Takt der Schritte in seinem Kopf. Natürlich würde er gehen. Der Gott-Eine war die Sonne, sein Palast strahlend. Leben, Licht, Freude. Freude! *Freude!*

Aber etwas war falsch. Etwas fehlte. Er blickte zurück.

Aja. Sein Axot hätte bemerkt, dass er noch einmal zurückgekehrt war. Es hätte in seinem Kopf nach ihm gerufen.

Doch Aja schwieg.

Das Seil, mit dem sie gebunden gewesen war, glitt durch Royias Finger. Er rief nach ihr. Nichts. War sie in ihrer Verzweiflung fortgeflogen?

Aja! Aja, wo bist du?

Er blickte hinüber zu den Behausungen der Priesterschüler: Hütten in den Kronen und auf den Ästen, miteinander verbunden durch Schlingen und Planken, durch Treppen und Brücken. Vorsichtig kletterte Royia unter ihren Hütten entlang, suchte ein Lebenszeichen von Aja.

Auch in seinem Dorf fand er sie nicht. Überall in den Bäumen funkelten Lichter, wie drüben in der Stadt; er hörte die Stimmen zankender Jungen, Gespräche und Gelächter einiger

Frauen. Nackte Kinder übten sich im Baumlaufen, rannten hinter den buschigen Schwänzen zahmer Grünkopfäffchen her und wurden von Älteren zum Essen gerufen. Eine Frau sang; von irgendwo erklangen Trommeln und Flöten. Jemand leerte einen Eimer Gemüseabfälle aus dem Eingang seiner Hütte, und zwei Stimmen stritten, was man zur Nacht essen wolle.

Er tauchte in den verlassenen Wald ein. Die Geräusche der Menschen wichen dem Lärmen der Insekten und dem Rascheln des sanften Windes in den Bäumen.

Hier hörte er, was ihn leitete: Ajas Herzschlag.

Er hielt auf den *Baum der Verehrung* zu. Eine Lichtung umgab den riesigen Angua, von dem es hieß, er sei der größte des bekannten Waldes. Vier gewaltige Kronen ragten übereinander in den Himmel. So mächtig war der Baum, dass er rings um sich keinen anderen duldete. Wollte man nicht den Umweg über den Boden nehmen, so war er nur über drei lange Hängebrücken zu erreichen. Man erzählte sich, die Hand des Gott-Einen habe die aus Jade gehauene Statue in die höchste Krone gestellt, sichtbar für alle Lebewesen, selbst die in der Stadt: eine aufrechte Gestalt, ihr Haupt geschmückt mit Edelsteinen und Vogelfedern in allen Farben. Vor der Brust hielt sie mit einer Hand die Sonne, in der anderen einen Speer. Jeden Tag legten ihr die vierzehn Toxinacen Opferspeisen zu Füßen. Und dann sangen sie, während vielerlei Vögel herangeflogen kamen, sich an den Früchten gütlich taten und die besten Stücke hinauftrugen auf den Bergpalast.

Nur einmal als Kind, vor zwölf oder dreizehn Jahren, hatte Royia einen Fuß auf den Baum gesetzt. Xocehe hatte ihm den Jadegott gezeigt. Jetzt ging er zum zweiten Mal über eine der Brücken. Zum zweiten Mal stand er vor der Statue. Er schätzte ihre Höhe auf vier Manneslängen – nicht gar so groß, wie er sie in Erinnerung hatte. Vor ihr ging er in die Knie und berührte mit den Lippen einen ihrer Füße. Ihm wurde schwindlig bei dem Gedanken, dass er jetzt stattdessen vor Toxina Ica selbst knien sollte. *Ein säumiger Gott! Wann hat es das je gegeben?*

Wie er es in Erinnerung hatte, befand sich zwischen den steinernen Füßen eine Öffnung. Damals war sie ihm unheimlich erschienen. Er ging hinein und stieg eine in den Baum gehauene Wendeltreppe hinab. Kleine Löcher und Spalten in der Rinde ließen das matte Licht der schwindenden Abendsonne herein. Royia lauschte, tastete sich voran und flehte im Stillen, dass seine Angst um Aja unbegründet sein würde. Er hörte Schritte – jemand lief durch die Gänge und Höhlungen in dem gewaltigen Baum. Vielleicht ein Toxinac, vielleicht ein Priesterschüler oder Wächter. Mehrmals musste er innehalten und in sich hineinlauschen, um Ajas Herzschlag nicht zu verlieren. Und um niemandem zu begegnen. Was würden die Toxinacen sagen, wenn sie ihn hier herumschleichen sähen, da er doch längst ganz woanders sein sollte? Den Gedanken an den Jadegang verdrängte er. Nur Ajas stetig langsamer werdendes Pochen zählte.

Noch eine Treppe, noch eine Kammer. Er trat durch einen schmalen Spalt. Dahinter eine weitere Kammer … Er keuchte auf, als er mit dem Kopf gegen etwas prallte. In der Düsternis erkannte er ein rundes Geflecht, das von der Decke baumelte. Aufgeregt flatterte ein großes Insekt darin. Sein Menschentöter.

Royia berührte den Käfig. Einer Eingebung folgend riss er ihn entzwei. Sofort krabbelte der Menschentöter auf seinen Unterarm, drehte sich und bohrte den Schwanz in seine Armbeuge. Ein Tropfen Licht quoll aus der Wunde. Der Käfer umschlang mit allen sechs Beinen seinen Arm und legte die

Deckflügel an. Der Kopf ruhte auf dem Handrücken, bereit, den unbewussten Befehlen seines Herrn zu gehorchen.

Aja … hiiier.

»Aja?«

Er kam in eine größere Kammer, wusste nicht mehr, wie er die letzten Schritte zurückgelegt hatte, umschlang den kraftlos am Boden liegenden Körper, strich über ihre zarte Stirnhaut mit dem violetten Fleck, den fedrigen Rückenkamm. Warum, bei den Göttern, war sie so schwach? War sie verletzt? Er tastete nach einer Wunde.

Seine Finger waren klebrig von ihrem Blut. *Aja, was ist mit dir geschehen? Wer hat das getan? Warum bist du hier?*

Was er hörte, waren verzweifelte Versuche, ihm zu antworten. Es kam kein verständlicher Laut. Nur das Herz schlug noch. Aber das Pochen verlangsamte sich, als habe Aja auf sein Erscheinen gewartet, um endlich sterben zu können.

»Aja.« Schreien wollte er, doch in einem Winkel seines Verstandes erinnerte er sich daran, dass er nicht laut sein durfte. *Aja!*

Selbst im Sterben vergaß Aja ihre Aufgabe nicht. Suchend tastete ihre Zunge über seinen Arm und legte sich über die Wunde, in der der scharfkantige Hinterleib des Käfers steckte. Ihr heilender Speichel tat wie jeher seine Wirkung, das Blut versiegte, der Schmerz verebbte.

Royia dachte an den Tag zurück, als Xocehe ihm das junge Axot geschenkt hatte, wie jedem Erwählten. Und wie alle vor ihm hatte er seines gezähmt und großgezogen, damit es immer bereit war, die Schnitte, welche die Lehrmeisterin ihm zufügte, abzulecken und zu heilen. Stets hatte man ihm gesagt, dass sein Axot frei sein würde, sobald er ein Gott geworden war. Doch während er sich auf den Weg in ein Leben im Licht gemacht hatte, war ihr Weg der in die Schattenwelt.

Warum?

Aja war still. Vollkommen still.

Er hörte Schritte und handelte unbewusst. Er ließ Aja los und stolperte einen steilen Gang hinauf. Anderthalb Manneslängen höher fand er sich in einer leeren Kammer wieder. Durch handbreite Risse im Holz blickte er hinab auf den Kopf des Toxinacen und seine jadesteingeschmückten Schultern. Sein Toxinac war es, sein Priester, dessen Namen er nicht kannte. Der Mann hielt einen brennenden Harzklumpen hoch. Er streckte die andere Hand nach Aja aus, ließ ihre Kopffedern durch die Finger gleiten und vollführte eine Geste, mit der er zwei Diener anwies, sich an der toten Flugechse zu schaffen zu machen. Still stand er daneben, während sie die schillernden Federn vom Rücken schnitten und die glänzende, rotgefleckte Haut abzogen. Und dies, ohne irgendein Gefühl zu zeigen, weder Ehrfurcht noch Lust am Zerstören. Blutiger Gestank erfüllte den Raum. Royia musste kämpfen, um nicht zu würgen. Dass er weinte, merkte er erst, als seine Hand, mit der er sich durchs Gesicht fuhr, nass war. Er biss zu, um nicht zu brüllen.

Ja, fest. Noch fester. Nur das konnte ihm noch helfen, nicht den Verstand zu verlieren. Aja war ein Teil seines Lebens, die Schmerzen ein anderer. Diese hatte er noch, sie waren verlässlich. Herausbeißen wollte er sich sein Fleisch, den vertrauten Schmerz trinken.

Vor seinen zusammengepressten Augen schimmerte es hell. Schlagartig schwand die Raserei. Er sah hin, sah den goldenen Lichtschimmer, der dort aus seiner Hand floss, wo seine Zähne ein blutiges Mal hinterlassen hatten. Hastig verbarg er die Hand in der Achsel, sich einen Schwachkopf scheltend. Doch niemand unter ihm hatte das Licht bemerkt. Mit einer weiteren Geste wies der Toxinac die Männer an, den Kadaver hinauszubringen. Sie schlangen Seile um die krallenbewehrten Füße und schleiften Aja hinaus.

Royia wartete, bis der Schmerz zu einem lächerlichen Nichts zusammengesunken war. Wo andere Menschen noch lange geklagt hätten, war die Wunde in seinem Fleisch rasch vergessen. Auch das hatte er gelernt.

Er schüttelte die Hand und streckte den Arm. Spannung erfasste den Menschentöter.

Er schnalzte mit der Zunge. Suchend drehte sich der Toxinac und legte den Kopf in den Nacken, hob das brennende Harz – und entdeckte Royia.

In seine Augen sprang Erschrecken. Schuld. Dann Angst.

Der Dorn schnellte aus dem Maul des Menschentöters und bohrte sich in ein Auge des Priesters. Der Schrei blieb dem Mann in der Kehle stecken. Der Harzklumpen fiel zu Boden. Stöhnend sackte der Toxinac nieder. Wie unter Schlägen erbebte er und erschlaffte. Aus seiner Augenhöhle ergoss sich ein wässriger Blutstrom.

2.

Drei große Kupferringe.« Maqo nestelte die Schnur von seinem Gürtel und knotete sie auf. Es hingen tatsächlich nur drei solcher Ringe daran. Glaubte er wirklich, sie ließe sich so leicht täuschen? Naave schüttelte den Kopf.

»Sechs große Ringe, Maqo. Und sag jetzt nicht, du hast nicht mehr dabei.«

Der alte Mann hob die Hände und blickte zu den drei der vierzehn Monde auf, die auch tags nicht vom Himmel verschwanden. »Der Eine möge mir beistehen! Tzozic wird mich verprügeln, wenn ich dir so viel Geld für deine Fische gebe.«

»Er weiß ganz genau, dass er die nur bei mir kriegt. Den hier zum Beispiel.« Naave wies auf den Felsentaucher, der so heftig zwischen den fünf, sechs Flussgründlern umherstob, dass der Ledereimer schwankte. »So einen fetten Fisch hat er für seine Gäste noch nie gebraten. Er wird dich loben und gar nicht fragen, was du dafür ausgegeben hast.«

Maqo schnaubte. »Tu nicht so, als ob du Tzozic nicht kennst. Er wird mir den Hals umdrehen und mich dann ebenfalls auf einen Spieß stecken und übers Feuer hängen!«

»Und du tu nicht so, als würdest du *mich* nicht kennen.«

Naave bückte sich und schob den Eimer an die Kante des Ufers. »Drei Ringe? Lieber lasse ich sie frei.«

»Nein!« Der Alte wedelte mit den Armen. »Drei große Ringe und drei kleine, hörst du?«

»Sechs! Große!«

»Aber, Naave, Mädchen …« Er rang die knochigen Hände. »Wie lange kennst du mich schon? Ich könnte dein Großvater sein. Der Vater deines Großvaters. Hab doch Mitleid mit einem alten Mann. Tzozic lässt mich dafür tagelang auf Knien den Boden schrubben. Das machen meine alten Knochen nicht mehr mit.«

Naave verschränkte die Arme. Schon hatte er sie! Er wusste ganz genau, dass sein Gejammer wirkte – vor allem, weil sie wusste, dass Tzozic tatsächlich so grausam war. Seine Gäste lobten ihn und seine Kochkunst in den höchsten Tönen. Sogar vom andern Ende der Stadt kamen sie, um seine Fische zu verspeisen, die es nur deshalb so reichlich im *Fliegenden Axot* gab, weil sie, Naave, sich am besten darauf verstand, sie zu fangen. Aber dass er seine Leute schlug und geizig wie ein ausgebleichter Knochen war, ahnten sie nicht. Am liebsten würde Naave dem Fettsack einen Haufen stinkender alter Gräten vor die Haustür kippen.

»Fünf«, seufzte sie.

»Wozu willst du überhaupt so viel Geld? Du brauchst doch hier draußen nur ganz wenig.«

»Fünf große, Maqo, Schluss.«

Plötzlich blitzten seine faltenumrandeten Augen auf. »Ich gebe dir vier und eine außergewöhnliche Neuigkeit. Du bist doch eine neugierige junge Frau. Hm?«

»Ach, Maqo. Deine Neuigkeit kennt vermutlich schon die halbe Stadt.«

»Nein, nein! Was ich gesehen habe, hat noch niemand gesehen. Glaube ich jedenfalls. Es ist wirklich … unglaublich. Entsetzlich. Ganz, ganz furchtbar. Nun?«

Naave stöhnte innerlich. Ihre Dummheit schrie zum Himmel, wenn sie jetzt nickte. Aber sie nickte. Schließlich war sie seit Tagen nicht mehr in der Stadt gewesen, wo die Menschen in den Straßen und Gassen rund um den Tempel tanzten und stritten, lachten und sangen. Wo Männer so taten, als könnten sie Feuer spucken, und Frauen ihre außergewöhnlichen Kleider, Ohrgehänge und Haartürme herzeigten. Wo ständig Musik und Geschrei und Gelächter erschollen. Und wo an jeder Ecke ein Betrunkener und in jeder dunklen Gasse ein Toter lag. Ab und zu packte Naave die Sehnsucht nach dem gefährlichen Trubel – oder nach irgendeiner Neuigkeit.

»Sieh dich vor! Wenn du mir Unsinn erzählst, werfe ich die Fische wirklich in den Fluss.« Und zur Bekräftigung kippte sie den Eimer ein wenig. Nur eine Schrittlänge unter ihr floss der *Große Beschützer,* der die Stadt vom Großen Wald trennte, dahin.

»Ja, ja.« Besorgt folgte Maqos Blick ihren Bewegungen. »Also. Es war eben erst, genau vor einer Stunde, da sah ich am andern Ufer einen Mann, und der hatte so ein Mal im Gesicht.«

Naave musste den Eimer gut festhalten, denn der Felsentaucher schien zu ahnen, dass seine Freiheit nah war, und warf sich wild hin und her. »Ach ja? Nur reiche Leute, die eine Baumuhr besitzen, wissen, wie lang eine Stunde ist. Und deine alten Augen können wohl kaum ein einzelnes Mal erkannt haben.«

»Ich schwör's! Ich schwöre es bei den vierzehn Göttern, ich habe es deutlich gesehen, es war groß.« Er legte einen Finger an die rechte Wange, fuhr sich schräg über die Nase und ein Auge bis zur linken Schläfe, wobei er die Finger auffächerte. »So verlief es, und es war rot wie der Hintern eines Brüllaffen.

Das Zeichen eines Feuerdämons. Ich habe einen Feuerdämon gesehen. Ist dir klar, was das bedeutet?«

Ja, wahrscheinlich bedeutete es, dass der Alte geträumt hatte. Seit Jahren hatte man keinen Feuerdämon mehr gesichtet. Warum also jetzt? *Genauer gesagt seit zehn Jahren,* dachte Naave, während sie über den Fluss hinwegblickte, zum anderen Ufer, wo sich wie eine gewaltige grüne Wand der Große Wald erhob, wo das Waldvolk in den riesigen Baumkronen lebte.

Acht Jahre war sie alt gewesen, als ein Feuerdämon das Haus ihrer Mutter in Brand gesetzt hatte und die Mutter in den Flammen umgekommen war.

Ich war dabei. Ich weiß, wie so ein Scheusal aussieht.

»Es bedeutet, dass man sein Haus jetzt gut bewachen muss«, raunte Maqo. »Und dass man sich des alten Befehls des Hohen Priesters erinnern muss. Du kennst doch den Befehl?«

Naave zerrte den Eimer vom Ufer fort. »Man soll einen Feuerdämon, wenn er hier in der Stadt erscheint, einfangen und in den Tempel bringen. So war's doch, oder?«

Eifrig nickte Maqo. »Genau. Wem das gelingt, den erwartet eine unermessliche Belohnung.«

»Das gelingt niemandem.«

»Was vermutlich der Grund ist, warum die Belohnung so unermesslich ausfällt. Ich werde mich wohl weiterhin mit den Brocken begnügen müssen, die Tzozic mir hinwirft.« Er legte die Schnur mit den drei Ringen auf einen flachen Felsbrocken, holte aus einer Tasche seines Schurzes einen vierten und legte ihn dazu. Dann langte er nach dem Riemen des Eimers, wuchtete ihn auf die Schulter und richtete sich auf. Der Eimer schien größer als sein Rumpf zu sein, und Naave sah ihn schon nach vorne fallen. Doch er hielt sich aufrecht. »Naave, Mädchen. Es ist nicht gut, wenn du auf dem Fluss herumfährst, solange dieser Dämon in der Nähe ist. Warte, bis er gefangen oder wieder fort ist, ja?«

»Ach, Maqo. Was würde Tzozic dazu sagen, wenn ich ein paar Tage nicht mehr auf Fischfang ginge?«

»Oh.« Er verdrehte die Augen. »Du hast recht. Aber, bei der Güte des Einen, pass auf dich auf.«

»Du auch, Alter.«

Seine Züge legten sich in tausend Falten, als er lächelte. Vorsichtig einen Fuß vor den anderen setzend, machte er sich mit seiner Last auf den Weg. Naave hockte sich auf den Stein und befingerte die dicken Ringe. Maqo hatte ganz recht, sie benötigte hier am äußersten Ende der Stadt wenig zum Leben. Sie wohnte im *Graben,* dem berüchtigtsten Armenviertel der Stadt, in einer schäbigen Miethütte, und wenn sie des Geschreis und Gestanks überdrüssig war, suchte sie ihre kleine Flussinsel auf, wo sich kaum je ein Mensch hinwagte, weil hier das feindliche Ufer so nah war. Manchmal schlief sie auch im *Fliegenden Axot* – wenn Tzozic zu betrunken war, ihre Anwesenheit zu bemerken. Dort steckte ihr Machiqa, die stämmige Schankhure, Brot und Gemüse zu. Und wenn nicht, dann gelangte es auf ihren Streifzügen durch die Stadt in ihren Beutel. Ordentliche, ja, sogar schöne Kleidung oder Schmuck – das vermisste Naave manchmal sehr. Aber welchen Sinn hatte es, sich so etwas zu kaufen? Dann bliebe sie immer noch die arme Bogenfischerin, nur dass man sie verspotten würde, weil sie in schöner Kleidung lächerlich aussähe.

Außer für Werkzeug, um gelegentlich einen neuen Bogen zu fertigen und das Kanu oder die Netze zu flicken, gab es nur eines, wofür sie die Ringe benötigte.

Sie knotete den vierten Ring an die Schnur, hängte sie sich um den Hals und lief zu ihrem Kanu. Ordentlich lag es kieloben im Gras. Sie drehte es mit einer Handbewegung, denn das mit Leder bespannte Gefährt war leicht. Es die steile Böschung hinabzulassen, kostete ein wenig mehr Mühe. Naave vertäute es an einer aus dem Erdreich ragenden Wurzel und holte einen Eimer, Köcher und Bogen aus ihrem Versteck. Während der Dämmerung war die beste Zeit, Flussschlangen zu jagen; eine Köstlichkeit, die sie für sich allein haben wollte, denn ihr Magen knurrte bereits. Aber zuvor musste sie die Ringe dem geben, dem sie sie versprochen hatte. Naave hockte sich in ihr Boot und löste das Tau.

Der *Große Beschützer* griff nach ihr. Er zog sie in eine sanfte Strömung und trug sie auf seinem trüben Wasser dahin. Der Schatten des Urwalds hatte sich über den Fluss geworfen und ließ Naaves Schultern frösteln. Das jenseitige Ufer war so undurchdringlich wie eh und je. Haushohe Farne, wildes Gebüsch und Schlingpflanzen, dick wie der Arm eines kräftigen Mannes, hielten die Stämme der Baumriesen in ihrem Griff. Riesige rote Blüten öffneten sich schnell wie ein Lidschlag und verschlangen unaufmerksame Vögel. Der Rest des Schwarms flog ängstlich schnatternd aus nadelspitzem Blattwerk auf. Während Naave paddelte, beobachtete sie den Wald sorgsam. Das tat sie immer. Dieses Mal jedoch hielt sie auch Ausschau nach einer menschlichen Gestalt.

Maqo hatte geträumt. Dort war niemand. Wie konnten in diesem ewig grünen Zwielicht überhaupt Menschen leben? Aber sie existierten; gelegentlich sah man welche in der Stadt. Sie kamen zum Handeln und zum Stehlen – und zum Morden, behaupteten manche Stimmen. Wie jener Feuerdämon, der Naaves Mutter auf dem Gewissen hatte.

Sie achtete darauf, nicht in eine stärkere Strömung zu geraten, die das Kanu auf die andere Flussseite treiben konnte. Als sie das Inselchen nahe dem diesseitigen Ufer erreichte, atmete sie auf. Das Kanu teilte das Schilf und kam knirschend im

Sand zu stehen. Naave sprang heraus, zog es ein Stück hoch und stapfte durch das Schilf.

»Tique«, rief sie leise. »Tique! Ich bin wieder da!«

Schnell klopfte sie Schmutz von ihrem knielangen, fadenscheinigen Kittel und kämmte die langen Haare mit den Fingern. Halbwegs ordentlich trat sie vor das Standbild, das sich auf dem höchsten Punkt der Insel befand. Wieder einmal drohte Unkraut die hüfthohe Statue aus verwittertem Gestein zu überwuchern. Mit dem Fischmesser entfernte Naave das lästige Gewächs, bis der lächelnde Gott wieder zum Vorschein kam. Breitbeinig stand er über einer Quelle.

»Tique, ich bin hier, siehst du mich?« Sie stieg in den Bach, schöpfte Wasser und ließ es über die Gestalt fließen, denn vielleicht hatte er ja Durst. »Ich habe dir wieder eine Opfergabe gebracht.«

Sie löste die Schnur und zog die Ringe herunter. Bisher hatte sie ihren Lieblingsgott um Schutz angefleht. Darum, dass er ihr reiche Fischbeute schenkte und sie davor verschonte, erwischt zu werden, wenn sie sich etwas zu essen stahl. Und dass er ihr irgendwann einen Weg aus diesem Dasein zeigte. Nicht, dass alles schlecht war, o nein. Sie mochte den Fluss; sie liebte das Fischen, und gierig nach Besitztümern war sie auch nicht. Aber den *Graben,* den hasste sie, und der Gedanke, ihr ganzes Leben müsse so armselig bleiben, ließ sie sich so manche Nacht schlaflos von einer Seite auf die andere wälzen.

»Tique, Gott des zehnten Mondes«, betete sie laut. »Wenn Maqo wirklich einen Feuerdämon gesehen hat, dann lass mich ihn fangen. Lass mich die Belohnung gewinnen.«

Als ob ich einen Feuerdämon fangen könnte, dachte sie. *Das ist ja schließlich kein Felsentaucher, nicht wahr?* Trotzdem ließ sie die Ringe einen nach dem anderen in den Bach fallen. Das Kupfer versank. Im trüben Wasser verriet schwacher rötlicher Glanz, wo sich die Ringe zu all den anderen gesellt hatten. Zwei Hände voller Ringe könnte Naave wieder herausholen – sie würden genügen, um für ein Jahr dem *Graben* zu entfliehen.

Sie tat es nie.

Die Belohnung des Hohen Priesters wäre auch die des Gottes. Für ihre Treue. Was es wohl war? Unermesslich viel Geld? Ein Haus am anderen Ende der Stadt, im Sonnenviertel, wo die Reichen wohnten? Eine Viehweide? O ja, eine Weide wäre schön. Mit vielen Ziegen und Almaras. Naave würde wunderbare Almarawolle in den prächtigsten Farben herstellen lassen und verkaufen. Die reichen Leute der Stadt würden duftende Kleider aus ihrer Wolle tragen, Naave in ihre traumhaften Häuser mit den künstlich angelegten Badeteichen einladen, Gebäck, Honig und dicke süßsaure Peccafrüchte reichen, und die stattlichen Söhne der Hausherrinnen würden sich nach ihr umdrehen …

Ja, ja. Geh du erst einmal Fische fangen.

Naave küsste die Zehen des Gottes. Dann holte sie den Bogen aus ihrem Kanu, warf sich den Köcher über die Schulter und schlich ans andere Ende der Schilfinsel. Wenn man den Reden ängstlicher Städter Glauben schenken durfte, war hier eine der gefährlichsten Stellen des Flusses. Denn hier gab es eine natürliche Brücke, einen gewaltigen Baumstamm, der aussah, als läge er seit hundert Jahren quer im Fluss. Schäumend und gischtend brach sich das Wasser an ihm. Die Yioscalo-Familie, die reichste und mächtigste der Stadt, hatte einmal befohlen, ihn durchzusägen und wegschaffen zu lassen. Nach einem halbherzigen Versuch, bei dem der Fuß eines Arbeiters gebrochen war, hatte man es aufgegeben – so wichtig war die Sicherheit der Bewohner des *Grabens* schließlich nicht.

Die Oberfläche des Baums war glatt wie eingeseifter Stein.

Naave sagte sich, dass kein Mensch, der bei Sinnen war, dieses Wagnis tatsächlich eingehen würde.

Hier war das Jagdgebiet der Tepehuano. Diese Schlangenart lauerte unter dem Baumstamm auf Fische. Naave hakte die Zugleine in das Ende des gefiederten Pfeils und legte ihn an. Mit der Pfeilspitze teilte sie behutsam das Schilf. Linker Hand flatterte ein Schilfbrüter auf; aus dem Augenwinkel bemerkte sie ein Nest mit drei Eiern. Sie würden gut zum Fleisch einer Tepehuano passen.

Die Sonne glitzerte auf dem grünglänzenden Stamm. Weiße Gischt spritzte hoch auf; Fische sprangen aus dem Wasser. Es zischte und brodelte vor Naaves Augen und in ihren Ohren. Sie gab sich ganz dem Rauschen hin, all dem Flirren und Flattern. Da, in einer Höhlung im Stamm eine Bewegung. Eine blaugebänderte Tepehuano schob sich ins trübe Wasser. Und was für ein fetter Kerl! Naave spannte den Bogen.

Im gleichen Augenblick entdeckte sie die Gestalt am anderen Ufer.

Unendlich langsam zog Naave den Bogen zurück, legte den Pfeil neben sich und ging in die Hocke.

Sie hoffte, flehte zu Tique, dass der Feuerdämon sie nicht gesehen hatte.

Er hielt den Blick auf den im Wasser liegenden Stamm geheftet. Überlegte er, den Fluss zu überqueren? Deutlich sah Naave das feurige Mal in seinem Gesicht, ganz so, wie Maqo es beschrieben hatte.

Naaves eigenes Brandmal begann zu jucken. Sie hob ihren Kittel und kratzte sich an der Gesäßbacke. Damals, während des Feuers, war sie gestolpert und auf einem silbernen Ring der Mutter gelandet, über den das Feuer bereits hinweggebrandet war. Naave hatte auf dem glühenden Geldstück gehockt und nichts gespürt – zu groß war ihr Entsetzen über den Feuerdämon, der im Haus wütete. Jede Einzelheit wusste sie noch: wie aus seinem Kopf und den Schultern die Flammen geschlagen waren, ohne dass sie ihn verletzt hatten. Wie er gebrüllt, wie seine Augen vor bestialischer Wut gelodert hatten. *Er ist fett,* hatte sie noch gedacht, verwundert darüber, dass er wie ein Mensch aussah. Von seinem leuchtenden Feuermal abgesehen. Es saß ihm nicht quer im Gesicht, sondern zog sich von seinem Hals steil hinunter bis zum Bauchnabel.

Dann hatte ihre Mutter sie hochgerissen und durchs Fenster geworfen.

Ihren Schrei vergaß sie nie: *Lauf, lauf! Naave, lauf!* Es war ihr letztes Lebenszeichen gewesen. Naave war gelaufen. Und am nächsten Tag zu einem schwarzverkohlten Haus zurückgekehrt. Ihre Mutter war in den Flusssümpfen begraben worden.

Naave widerstand dem Drang, zum Kanu zu rennen und fortzupaddeln. Dem Dämon in aller Hast den Rücken zuzuwenden, mochte ihren Tod bedeuten. Und – wollte sie ihn nicht fangen? Sie hätte über diesen irrwitzigen Gedanken lachen mögen; stattdessen bebte ihr Körper vor Furcht. Auf den Knien kroch sie zur Statue zurück. Versteckt hinter dem verwitterten Stein, fühlte sie sich sogleich etwas sicherer. Der Gott würde sie schützen. All die Ringe hatte sie ihm ganz gewiss nicht umsonst geopfert.

Langsam hob sie sich auf die Knie und lugte über den Stein. Wo war der Dämon? Bestimmt nicht über den Stamm gelaufen, das vermochte niemand.

Aber es hieß, Feuerdämonen könnten fliegen.

Naave warf den Kopf in den Nacken und suchte den Himmel ab.

Das Schilf knackte, als wanke ein großes Tier hindurch. Er

war über den Baum gekommen, und das schnell. Und er hielt auf sie zu! Naave tat, was sie schon tausend Mal in ihrem jungen Leben getan hatte: aufspringen, den Bogen in die linke Hand nehmen, den Pfeil anlegen. Mit zwei Fingern der Linken den Schaft halten; zugleich die Sehne mit zwei Fingern der Rechten ergreifen. Den Oberkörper strecken und die Sehne ans Ohr ziehen.

Die Pfeilspitze zielte zwischen die Augen des Dämons.

Er wirkte überrascht. Naave erkannte ihren Fehler. Nicht ihretwegen war er auf der Insel; er hatte anscheinend die Statue aufsuchen wollen. Sie starrte in ein Gesicht, dessen Züge vor Anstrengung verzerrt waren. Seine Haut war um einiges heller als die der Städter, die sich, von den vornehmen Familien abgesehen, ständig in der Sonne aufhielten. Die langen Haare waren von tiefem Schwarz, nicht braun wie das der Stadtleute. Eng am Hals trug er eine Lederschnur, von der eine weitere hing. Kleine, schwarzglänzende Perlen waren daran aufgereiht. Sie pendelte hin und her, während er sich näherte. Der Schurz, der um seine Hüften lag, war aus einem feinen Gewebe, nicht aus Bast, wie es bei den Waldmenschen üblich war. Grüne und blaue Federn und schwarze Lavasteinchen waren an den Saum genäht. Seine Oberarme schmückten breite Bänder aus Lava und Tecminc, dazu goldene Reife. Gold! Unfassbar! Es zu tragen, war den Priestern und den Statuen der Götter im Tempel vorbehalten.

Und auf seinem rechten Unterarm hockte … was? Naave glaubte ihren Augen nicht zu trauen. Ein riesiges Insekt. Es ähnelte mit seinem langgliedrigen Unterleib einer Libelle, besaß aber die harten Flügel eines Käfers.

»Bleib …«, Naave musste sich räuspern, so sehr schnürte die Furcht ihre Kehle zu. Ihre Armmuskeln zitterten. »Bleib mir vom Leib, sonst …«

Er stürmte auf sie zu. Einen Herzschlag später fand sie sich rücklings auf dem Boden wieder. Ihr blieb keine Zeit für einen Schrei. Die hakenartigen Mandibeln des Insekts drückten gegen ihre Wange. Über das Tier hinweg blickte sie in die Augen des Dämons.

Nicht Mordlust stand darin. Nicht Wahnsinn, wie bei jenem, der ihr Haus angezündet hatte. Eher verzweifelter Zorn. In der rotbraunen Iris tanzten helle Punkte.

Wie Glut in der Asche, dachte sie.

»Töte mich nicht«, flüsterte Naave. Er hockte auf ihr. In der Hand hielt sie noch den Bogen; sie könnte damit auf ihn einschlagen. Was wahrscheinlich sinnlos war. Außerdem fühlten sich ihre Finger kraftlos an. Der Gedanke, er könne jetzt in Flammen aufgehen, ließ ihren ganzen Körper in kalten Schweiß ausbrechen.

»Nein.«

Seine Antwort überraschte sie. Dass er *überhaupt* geantwortet hatte. Sie versuchte den Kopf zu heben, und er wich zurück, löste den Druck der Insektenkiefer. Naave schob sich auf den Ellbogen von ihm fort und rollte sich auf die Seite, die Hände ins Gras gestemmt. Nach wie vor hielt er die Faust drohend erhoben. Was war das für ein Käfer, der sich an seinen Arm klammerte? Flach war er, mit metallisch schillernden, straff angelegten Flügeln. Ein langer, dünner Hinterleib schaute heraus, umwand den Arm und schien in der Armbeuge zu verschwinden. Es musste eine Waffe sein. Eine scheußliche, lebende Waffe.

»Aber versuch nicht zu fliehen«, sagte er. Auch aus seiner heiseren Stimme sprach Erschöpfung. Er schleuderte ihren Pfeil und den Bogen hinter sich ins Schilf, beugte sich vor und zerrte das Fischmesser aus ihrem Gürtel, um auch dieses fortzuwerfen. »Deinen Köcher.«

Naave schüttelte den Kopf.

»Den Köcher!«

Sie ließ den Riemen von der Schulter gleiten. Der Köcher flog ihren Waffen hinterher. Schlimmer noch, sie hörte einige Pfeile ins Wasser klatschen. Alle vierzehn Götter sollten diesen Kerl verfluchen! Es würde Wochen dauern, den Pfeilvorrat aufzufüllen. Sofern sie jemals wieder in die glückliche Lage kommen sollte, sich um ihre Angelegenheiten zu kümmern.

Die Stimme ihrer Mutter hallte in ihrem Kopf: *Lauf, lauf!*

Naave sprang auf die Füße und rannte in Richtung ihres Kanus.

Sie kam nur ein paar Schritte weit. Diesmal landete sie auf dem Bauch. Der Dämon hockte auf ihr, packte ihre Haare und drehte sie herum.

»Halt endlich still!«

Naave wollte ihn anschreien. Er verschloss mit einer kräftigen Hand ihren Mund.

»Stadtfrau … Ich will nur eines von dir, und das ist harmlos. Danach bin ich wieder fort.« Er wischte sich mit dem Handrücken den Schweiß von der Stirn, während er sie mit der anderen Hand niederhielt. »Wirst du nun ruhig bleiben?«

Langsam nickte Naave.

»Gut.« Er stieg von ihr herunter. Seine Hand blieb ausgestreckt, die Finger gespreizt, als wolle er ein verschrecktes Tier beruhigen. Dann wandte er sich um und ging in die Knie. »In meinem Rücken steckt ein Dorn. Du musst ihn herausziehen.«

Er neigte den Kopf. Da er der Statue zugewandt war, wirkte er fast wie einer, der zum Beten gekommen war. Naave fand es geradezu empörend, dass er sich so sicher fühlte. Als sei sie ohne ihren Bogen ein hilfloses Mädchen. Aber sie war schließlich im *Graben* aufgewachsen. Kein Bewohner des *Grabens* war hilflos.

Sie fand einen Stein. Ihre Faust schloss sich darum. Vorsichtig näherte sie sich dem Dämon. Er griff sich in den Nacken und zog den zerzausten Haarstrang über die Schulter nach vorn. Naave wollte den Stein heben. Doch was, wenn er dies spürte?

Oder lag ihr Zögern daran, dass er wie ein Mensch aussah? Wäre nicht dieses Mal, das sein Gesicht entstellte, wirkte er sogar wie ein sehr ansehnlicher Mensch. Den Stein auf seinen Kopf zu schlagen, wäre nicht so, als tötete man einen Fisch.

Sie legte den Stein neben sich. Auf den Fersen hinter dem Dämon kauernd, berührte sie seine Schulter. Fast hätte sie vor Schreck aufgeschrien, weil seine Haut heiß war. Aber es war nur die Hitze eines Fiebers. Oder die Anstrengung einer Flucht. Sie sah eingetrocknetes Blut auf seinem Rücken. Wer mochte ihm diesen Dorn in die Schulter gejagt haben? Ein Tier? Im Wald, hieß es, gab es die seltsamsten und gefährlichsten Dinge. Naave hatte von einer Pflanze gehört, die dünne Nadeln abschoss, wenn ein Windhauch kam. Winzige, harmlos wirkende Vögel konnten Gift aus ihrem Gefieder träufeln; und das Axot besaß eine hakenbewehrte Schwanzspitze.

Oder sein eigenes Volk, die Waldmenschen, hatte ihn fortgejagt, weil nicht einmal sie einen Dämon in ihrer Mitte haben wollten. Weshalb sonst suchte er Hilfe diesseits des Flusses?

»Ich … ich sehe nichts«, behauptete Naave. »Ich hole Wasser, um das Blut abzuwischen.«

Schon wollte sie davonhuschen, doch er hielt sie am Handgelenk fest. »Es wird auch so gehen.«

Naave seufzte. Sie versuchte etwas von dem verkrusteten

Blut wegzukratzen. Seltsam, sein Rücken war übersät von Narben. Unzähligen Narben, die meisten schmal und blass. Allmählich erkannte sie Muster darin. Sie rieb sich die Augen, weil sie glaubte, sich zu täuschen. Nein, tatsächlich waren es Kreise, Wellen, die sich zu Ranken formten. Bei allen gütigen Göttern … Ihr lag die Frage auf der Zunge, was es damit auf sich hatte. *Aber nein, ich will nichts über dich wissen. Ich will dich in den Fängen des Hohen Priesters sehen, sonst nichts.*

Der Dorn steckte eine Handbreit neben der Wirbelsäule. Nur ein fingernagellanges Stück schaute heraus. Sie versuchte daran zu ziehen. Ihre Fingerkuppen glitten ab.

»Hättest du das Messer nicht fortgeworfen, könnte ich ihn herausschneiden«, sagte sie. »Ich gehe es suchen.«

Der Dämon warf einen warnenden Blick über die Schulter. »Du lässt wohl nicht ab, dich davonstehlen zu wollen? Versuch es damit.« Er zerrte die Lederschnur aus seinen Haaren und gab sie ihr. Nun gut. Naave legte eine Schlinge um den Dorn, unterhalb zweier herausragender Widerhaken; dabei gab sie sich keinerlei Mühe, vorsichtig oder sanft zu sein. Sie zog und zerrte – der Dämon gab keinen Schmerzenslaut von sich. Erst als der Dorn plötzlich herausglitt, warf er den Kopf hoch und stöhnte.

Eilends wich Naave zurück. Hatte seine Wunde tatsächlich … aufgeleuchtet? Als glühe ein Feuer in seinem Innern?

Er sah über die Schulter. *Ich weiß, was dich erschreckt hat,* schien sein düsterer Blick zu sagen. Sein ohnehin helles Gesicht wurde noch bleicher. Er tastete nach der Schnur und fingerte an seinen Haaren herum. Doch er schaffte es nicht mehr, sie zusammenzubinden. Sein ganzer Körper begann zu zittern. Die Lederschnur glitt ihm aus den Fingern.

Jetzt wäre die rechte Zeit, fortzulaufen.

Naave war erstarrt.

Der Dämon kämpfte sich auf die Füße, schwankte, sank wieder auf die Knie nieder. »Du musst mir helfen«, keuchte er. »Führe mich ... in die Stadt.«

»Und dann?«

»Ich ... weiß nicht.« Sein Blick flackerte und blieb an der Statue haften. Er sackte zu Boden und rührte sich nicht mehr.

Naave lauschte seinen rasselnden Atemzügen. Bei der Güte Tiques! Vor ihr lag der Feuerdämon. Ihre unermessliche Belohnung. Bereit zum Einsammeln. Sie schüttelte sämtliche Ängste ab, bevor sie ihr länger hinderlich waren, und beugte sich über ihn. Er würde sie schon nicht töten, nur weil sie ihn berührte; also drehte sie ihn auf den Rücken.

»Gott des zehnten Mondes«, rief sie triumphierend. »Ich *wusste,* dass du mich beschenken würdest. Allerdings hätte ich nicht gedacht, dass es so bald passieren würde. Danke, danke!«

»Ich bin ... der Gott des ...«, flüsterte der Feuerdämon kaum hörbar. Naave wartete, dass er die Augen aufschlug, doch er tat es nicht.

Knirschend schob sich die Spitze des Kanus in den Sand. »Tzozic!«, schrie Naave. »Tzozic, komm heraus, schnell!«

Sie rannte die Böschung hinauf und warf sich so heftig gegen die verschlossene Tür des *Fliegenden Axot,* dass das Holzschild, das darüber an einem Seil hing, ins Schwanken geriet. Das ganze Gebäude, ein verwinkeltes Haus, das im Laufe von Jahrzehnten wie ein Baum gewachsen war und sich verzweigt hatte, schien zu wackeln, so kräftig schlug sie mit der Faust dagegen. Immer wieder warf sie einen Blick über die Schulter.

Wenn der Dämon erwachte und weglief, war der Traum von der großen Belohnung geplatzt. Doch er bewegte sich nicht. Ihre Arme schmerzten von der gewaltigen Anstrengung, ihn ins Kanu geschleppt und es gegen die Strömung gepaddelt zu haben. Tique musste ihr Kraft eingeflößt haben.

»Bei der Güte des zehnten Gottes, komm endlich heraus, Tzozic!«

Die Tür öffnete sich. Maqo rieb sich schlaftrunken die Augen. »Naave, was ist denn? Warum verschläfst du die heiße Mittagszeit nicht, wie jeder vernünftige Mensch? Tzozic liegt auf seiner Bettstatt und …«

Naave packte die Schultern des Alten und schüttelte ihn. »Er muss herkommen. Sofort.«

Der wilde Ausdruck in ihrem Gesicht schien ihn zu überzeugen. »Gut, ich versuch's. Aber was soll ich ihm denn sagen?«

»Dass ich einen äußerst ungewöhnlichen Fang gemacht habe.«

»Tatsächlich?« Maqo schlurfte entsetzlich träge zurück ins Haus. Sie sah ihn die Stufen zum Obergeschoss erklimmen, wacklig wie ein Knochengerüst. Wenn nur der Dämon nicht erwachte! Naave war danach, ins Haus zu stürmen und Tzozic aus dem Bett zu prügeln, aber sie wagte nicht, den Blick von ihrem Fang zu nehmen. Alles wäre so viel einfacher, hätte sie ihn mit einem schnell aus Pflanzenfasern geflochtenen Seil fesseln können. Aber was nützte ein Seil, wenn er es einfach wegbrennen konnte?

Maqo kehrte zur Tür zurück und rang verlegen die Hände. »Tzozic lässt dir sagen, dass du eine Halsabschneiderin bist. Was ja nicht von der Hand zu weisen ist, liebe Naave.« Er lächelte schief.

»Vier Ringe für einen mageren Felsentaucher!«, dröhnte

Tzozics Stimme aus der Tiefe des Hauses. »Ich kenne deine ungewöhnlichen Fänge, und jetzt verschwinde!«

Wütend schnaubte Naave. Was für eine Unverschämtheit! Aber er würde schon sehen, was er davon hatte. Bald wäre sie reich und nicht mehr für ihn da, und er wäre der ärmste Mann des *Grabens,* weil niemand mehr sein Wirtshaus aufsuchte. »Ich sehe ja ein, dass unser letzter Handel ein wenig zu deinen Ungunsten ausfiel«, rief sie hinauf, bemüht, ihrer Stimme einen zerknirschten Beiklang zu geben. »Daher habe ich noch drei Felsentaucher gefangen. Du bekommst sie alle für einen kleinen Kupferring.«

Sie konnte sein Lager knarren hören. Er polterte die Stufen herunter und schob Maqo wie einen alten Besen beiseite. »Das sind ja ganz neue Töne«, donnerte er, während er unterhalb des massigen Bauchs seinen Gürtel schloss. Seine riesenhafte Gestalt dünstete Schlaf und Rauschtrank, sein Mund den Geruch gekauter Cupalblätter aus. Gierig wischte er sich mit einer behaarten Pranke über die Lippen. »Und wenn das nicht wahr ist …«

»Vergiss die Fische.« Naave deutete zum Kanu. »Ich habe einen Feuerdämon gefangen.«

Ihm klappte das Kinn herab. »Ein Feuer… Mädchen, das ist der dümmste Scherz, den man sich Tzozic gegenüber erlauben kann. Das ist doch ein gewöhnlicher Waldmensch!«

Sie hasste es, ihm die Wahrheit zu sagen. Aber ihr blieb keine Wahl. Ohne ihn konnte sie ihren Fang nicht in den Tempel bringen. »Er hat ein Feuerzeichen im Gesicht. Und ich habe sein Inneres leuchten sehen.«

»Du hast *was?*«

»Als er einen Schmerz spürte, loderte ein Feuer in ihm auf. Verstehst du jetzt?«

Tzozic starrte sie an, als sei sie selbst ein solches Wesen.

Dann den bewusstlosen Dämon, der bäuchlings im Kanu lag und in der Tat einen äußerst menschlichen Eindruck machte. »Gut, ich sehe ihn mir an.«

»Augenblick!« Naave versperrte ihm den Weg. »Er gehört mir, ist das klar?«

Tzozic stemmte die wuchtigen Fäuste in die Seiten. Naave musste den Kopf in den Nacken legen, um zu ihm aufblicken zu können. »Du kleine Wasserratte«, knurrte er. »Mag sein, dass du ihn mit deinem lächerlichen Bogen irgendwie zur Strecke gebracht hast, aber ohne meinen Käfig kriegst du ihn nicht in den Tempel. Deshalb bist du doch hier.«

»Ja. Leider.«

»Und wenn du *meinen* Käfig brauchst, gehört die Hälfte der Belohnung mir.«

»Niemals!«

»O doch.« Schwer legte sich seine Hand auf ihre Schulter. So schwer, dass sie meinte, in den Boden einzusinken. »Ich könnte ihn mir schnappen, und du könntest nichts dagegen tun. Also?«

Zappelnd befreite sie sich aus seinem Griff. »Gefangen habe ich ihn aber, und der Tempel wird allein mir die Belohnung geben.«

»Du kriegst den Kerl aber nicht allein in den Tempel. Die Hälfte, du verlaustes Biest.«

»Ein Viertel, du stinkendes Fischfass.«

»Die Hälfte!«

»Ein Viertel!«

Er stieß sie so heftig beiseite, dass sie auf den Grasboden fiel, und stapfte auf das Kanu zu. Er wollte sie tatsächlich bestehlen! Naave rappelte sich auf und umschlang einen seiner mächtigen Arme. Wie eine lästige Mücke pflückte er sie herunter.

»Täuschen mich meine alten Augen, oder hat er wirklich Gold an den Armen?«

»Ach, das ist kein Gold, sonst hätte ich es ihm doch abgenommen.«

»Tu nicht so abgebrüht. Du hast es nicht angerührt, weil du genau weißt, dass Goldbesitz strafbar ist. Diese beiden Armreife kosten hundert Peitschenhiebe, würde ich schätzen. Ich kannte mal einen, der hatte von irgendwoher einen kleinen Goldklumpen. Den versuchte er an die Yioscalos zu verkaufen. Das ist dem Dummkopf ziemlich schlecht bekommen, denn er … Verdammt, der Kerl wacht auf.«

Der Feuerdämon hatte sich auf die Unterarme gehoben. Er rieb sich den Nacken, als hätte man ihn niedergeschlagen, und erbrach sich ins Kanu. Als er den Kopf hob, sog Tzozic angesichts des Feuermals den Atem ein.

»Das ist er«, rief Maqo hinter ihnen voller Stolz. »Den hab ich gesehen!«

Tzozic hastete auf den Dämon zu. Seine Faust, groß wie eine Peccafrucht, donnerte auf die Schläfe des Dämons nieder. Dann warf er sich den Bewusstlosen über die Schulter. »Mach den Käfig bereit, Maqo!«, brüllte er. Sogar aus seiner Stimme sprach die Furcht. Da Maqo nur fassungslos glotzte, rannte Naave zu der Fischgrube unweit des Hauses. Sie zog an einem der Seile, an denen der Käfig hing. Endlich kam ihr auch Maqo zu Hilfe, und gemeinsam holten sie den Käfig gerade so weit aus dem Wasser, dass sie ihn öffnen konnten. Tzozic warf den Dämon hinein.

3.

Royia riss die Augen auf. Er bekam keine Luft. Um ihn war trübes, grünliches Wasser. Fische. Unendlich viele Fische. Seine tastenden Hände glitten über ihre aufgeschreckten Leiber. Seine Finger krallten sich in metallenes Geflecht. Er glaubte für einen entsetzlichen Augenblick, in den Fängen der Toxinacen zu sein. Sie hatten ihn zur Strecke gebracht. Und ertränkten ihn nun für den Mord an seinem Priester.

Seine Lunge schrie nach Luft. *Wie passend für jemanden wie mich, im Wasser zu sterben,* dachte er. Doch so weit kam es nicht. Seine Nase geriet über Wasser. Über ihm, am Rand eines Tümpels oder einer Grube, stand der riesenhafte Kerl, dem er seinen schmerzhaft pochenden Schädel verdankte. Er zog den Käfig an einem Seil heraus. An einem anderen Seil zerrte ein ausgemergelter alter Mann, und an einem dritten …

Die Frau. Ihr Anblick brachte Klarheit in Royias Kopf. Er war nicht in der Gewalt der Toxinacen. Er war entkommen. Sie hatten ihre Wächter gerufen, ja, und diesen verdankte er den Dorn eines Menschentöters im Rücken. Aber er war entkommen.

Die drei Stadtmenschen zogen den Käfig gerade so weit aus dem Tümpel, dass Royia das Gesicht über Wasser halten konnte. Er kämpfte um Atem und versuchte an dem Geflecht zu rütteln. Es war aus Bronzedraht, und wie es verschlossen war, fanden seine erschöpften Finger nicht heraus. »Verdammt, was soll das?«, rief er, nach Fisch stinkendes Wasser ausspuckend.

»Er spricht«, sagte der Riese.

»Natürlich!« Der Alte hüpfte aufgeregt hin und her. »Ein Feuerdämon ist ja zugleich auch ein Waldmensch, stimmt's?«

»Mögen die auch in derselben Zunge wie wir reden – ob Waldmenschen wirklich Menschen sind, dessen bin ich mir nicht so sicher«, brummte der andere. »Der da trägt zum Beispiel einen Riesenkäfer mit sich herum.« Mühelos hielten seine Pranken das Seil, doch er schien sich noch nicht entschieden zu haben, ob er den Käfig weiter hinaufziehen oder loslassen wollte.

Die Frau hielt ihr Seil selbstvergessen in den Händen, so dass sich der Käfig neigte. Fasziniert und angewidert zugleich blickte sie auf Royia herab. Haare von der Farbe dunklen Anguaholzes fielen ihr fast bis zu den Ellbogen. Ihre Arme waren sehnig, wohl vom Bogenfischen. An den Oberarmen trug sie Lederschnüre mit aufgefädelten kleinen Schneckenhäusern. Auch die Fußfesseln zierte solch armseliger Schmuck. Eine braungebrannte Gestalt in einem lumpigen Kittel, der ihr kaum bis an die Knie reichte.

»Du hast mir den Dorn aus dem Rücken gezogen«, erinnerte Royia sie.

»Und deshalb soll mich jetzt dein Leben kümmern?«, fauchte sie. Ihre grünen Augen funkelten angriffslustig. Gut, er war in seiner Not grob mit ihr umgesprungen, doch das erklärte nicht, weshalb unter ihrer schmutzigen Haut dieser Ärger brodelte. Sie stellte einen nackten Fuß auf den Käfig. »Vielleicht sollten wir dich doch ersäufen. Ich hasse deinesgleichen, Feuerdämon.«

Dämon? *Dämon?* Ihm war durchaus klar, weshalb sie ihn so nannte. Aber, bei der allumfassenden Wahrheit Iq-Iqs, er war ein Gott, kein Dämon! Royia biss die Zähne zusammen. Diese verfluchte, *verfluchte* Stadt! Er hätte wissen müssen, dass er hier weder Hilfe noch Antworten bekommen würde. Wie auch, da er über diese Menschen, ihren Glauben und ihre Gedanken, so gut wie nichts wusste? Was sollte er jetzt tun? Hier im Wasser war er hilflos wie jeder Mensch.

»Naave, beruhige dich«, schnaubte der Mann an ihrer Seite. »Einen toten Feuerdämon wird der Priester nicht mehr wollen. Die Hälfte!«

Sie starrte den Mann so giftig an wie zuvor ihn. »Die Hälfte«, bestätigte sie zähneknirschend.

Gemeinsam zogen sie den Käfig aus dem Wasserloch. Haltsuchend krallte Royia die Finger in das metallene Geflecht. »Der Priester?«, rief er. »Redest du von einem Toxinacen?«

Niemand gab ihm Antwort. Der Alte führte ein zottiges Tier heran, auf das die drei Menschen den Käfig hievten. Der feiste Riese knüpfte ihn an einem Geschirr fest, das um die Brust des Tieres lag. Dann schlug er mit einem Stock auf das Hinterteil. Schaukelnd setzte es sich in Bewegung. Royia hätte in dem engen Käfig ohnehin nicht stehen können; so aber konnte er kaum mehr, als auf der Seite zu kauern und sich am Geflecht festzuhalten.

Die junge Frau lief an seiner Seite. Ihr Gesichtsausdruck blieb verkniffen, wenn sie zu ihm aufsah.

»Der Priester«, drängte er. »Wer ist das?«

Finster schoben sich ihre dichten Brauen gegeneinander. »Er heißt Tlepau Aq. Mehr weiß ich nicht.«

»Woher auch?«, warf der zottelhaarige Riese ein, der das Tier am Zügel führte. »Die Priester leben in ihrem Tempel und haben keinen Blick für einfaches Volk wie uns. Sie tun nichts anderes, als um ihre vierzehn Altäre zu schreiten und Tierblut zu opfern. Gelegentlich auch Menschenblut. Womöglich lässt man uns gar nicht zu ihnen, und wenn wir zehnmal sagen, dass wir den Feuerdämon haben.« Lachend ließ er den Rohrstock durch die Luft pfeifen.

»Ohne meine Belohnung gehe ich da nicht weg!«, schnaubte das Mädchen.

»Ja, ja, sie werden uns mit Silberringen und Edelsteinen überschütten, bis nur noch unsere Scheitel herausschauen.«

»Uns? Mich!«

Royia achtete nicht mehr auf das Gezänk. Er versuchte aus dem Gehörten schlau zu werden. Auch die Stadtmenschen verehrten den Gott-Einen und seine vierzehn Götter, das wusste er. Waren die Toxinacen auch die hiesigen Priester? Er konnte es sich nicht vorstellen. Das hätte ihm Xocehe irgendwann einmal erzählt. Davon abgesehen, dass das Waldvolk und das Stadtvolk einander hassten.

Aber alles ist möglich, dachte er düster, sich der seltsamen Botschaft, dass das Leben im Licht eine Lüge sei, und Ajas Tod entsinnend. Dass er zum Gejagten wurde, hätte er sich bis vor kurzem nicht träumen lassen. Völlig überrumpelt von seiner eigenen Tat, hatte er über dem toten Priester gekauert, bis ein anderer ihn entdeckt hatte. Der hatte nicht entsetzt reagiert. Nein, ganz ruhig war er ein paar Schritte rückwärts gegangen und hatte nach den Wächtern gerufen. Mit einem ebenso kalten Ausdruck in den Augen wie jene, die Aja geschändet hatten.

Als hätte er gewusst, dass dies einmal geschehen musste.

Und Royia hatte sich gefragt, ob sie ihm nicht ebenso kalt und leidenschaftslos die Haut vom Leibe ziehen würden. Der ruhige Befehl an die Wächter hallte noch in seinem Ohr.

Tötet ihn. Vergesst, dass er erwählt ist. Tötet ihn.

Bis er aus dem *Baum der Verehrung* herausgekommen war, hatte er drei Wächter und einen weiteren Toxinacen erschossen. Die nächsten Tage hatte er sich durch den Wald geschlagen, um in die Stadt zu flüchten – kaum mehr als eine Verzweiflungstat. Wem konnte er trauen? Vielleicht nicht einmal Xocehe. Xocehe, in deren Armen er noch vor wenigen Tagen gelegen hatte. Die unter ihm lustvoll gestöhnt und die später vor all den Toxinacen seine Stirn geküsst hatte. Und er hatte sie zeit seines Lebens gekannt. Diese drei Stadtmenschen jedoch, sie waren so fremd wie das Tier, auf dessen Rücken er schaukelte.

Dicht über dem Boden, kein Baum in der Nähe – es bereitete ihm Übelkeit. Rechts und links des breiten, staubigen Weges reihten sich palmblattgedeckte Hütten aus Schilfrohr aneinander. Zerrissene Vorhänge flatterten vor den schiefen Eingängen. Davor hockten Frauen an Kochfeuern, rührten in Kesseln, hackten Fleisch oder wälzten Manoqmehlklumpen auf flachen Steinen. Nackte, schmutzige Kinder rannten hin und her, schleppten Körbe oder molken Ziegen. Sie alle unterbrachen ihr Gekreisch und Geschnatter, sahen auf, starrten Royia und seinen Menschentöter an, der sich unbeeindruckt von dem fremden Ort das dreckige Wasser von den Fühlern putzte, und senkten wieder die Köpfe über ihren Tätigkeiten. Mancher fasste sich ins Gesicht, über die Feuerzeichnung staunend. Mancher schrie auf und deutete auf ihn. Näherte sich ein neugieriges Kind, scheuchte es der fette Riese mit einem Stockhieb fort. So ging es eine endlose Zeit. Die Hütten wichen erst mehrstöckigen, dichtgedrängten Häusern aus Holz, die allesamt aussahen, als würden sie beim nächsten Sturm einstürzen, dann großzügigeren aus Stein; der Weg wurde dreifach so breit und war mit flachen Steinen befestigt. Hier wirkten die Menschen weniger zerrupft. Die Männer trugen buntgestreifte Mützen und kurze, fransige Überwürfe, die Frauen bodenlange Kleider und Körbe auf der üppigen Haarpracht. Manch eine hielt ein aufgespanntes Tuch auf einer Stange, um sich vor der Sonne zu schützen. In einiger Entfernung, noch fast verborgen im Dunst, erhoben sich schmale, hohe Gebäude, unten breit und sich nach oben treppenartig verjüngend, wie viereckige Pfeilspitzen. Es waren jene Türme aus weißem Stein, die abends, wenn die Sonne schräg stand, in rotgoldenem Schimmer aufleuchteten. Zeit seines Lebens hatte er sie von den Waldkronen aus betrachtet und sich ausgemalt, was sich in ihrem Innern wohl abspielte. Nun sah er zum ersten Mal die kleineren Pfeiler dazwischen, auf denen Steinfiguren thronten. Jede dieser Gestalten trug eine senkrecht stehende Scheibe auf dem Kopf.

Die vierzehn Götter mit den vierzehn Monden.

Royia seufzte. Es wäre sinnlos, die Frau und ihren riesenhaften Begleiter darauf hinzuweisen, dass er einer dieser Götter war. Ein Gott in einem Käfig, wer sollte das glauben!

Der Weg mündete in den weitläufigen Platz vor dem Tempel, der rechter Hand an den dahinrauschenden Fluss grenzte. Ein Handelsplatz offenbar. Er sah Berge von Bohnen, Nüssen, Wurzeln und Körbe voller Manoqmehl. Geflechte, in denen Scharen bunter Vögel ängstlich flatterten. Männer zeigten hübsch bemalte Tongefäße und glitzernden Schmuck, und Frauen, die bereits schwer an Schmucksteinen und Gewändern trugen, ließen sich auf hochlehnigen Sitzen daran vorbeitragen. Sie waren kräftig geschminkt; die Haare zu turmartigen Aufbauten geformt. Tiere ließen brüllend ihr Blut auf dem Pflaster, und auf Steinpfannen bot man Gebratenes an – die Vielzahl der Gerüche war unerträglich. Kinder rannten, Diebesgut in den Armen. Bellende Hunde jagten hinter ihnen her. Hatte Royia die Stadt bisher als laut empfunden, glaubte er jetzt, seine Ohren müssten bersten. Er vermutete mehrere hundert Menschen auf diesem Platz – so viele Angehörige zählte nicht einmal der Stamm der Chacu.

Erneut betastete er das Bronzegeflecht. Aber der Riese hatte es so sorgfältig mit Draht verschlossen, dass in diesem Gewirr nicht einmal erkennbar war, wo es sich öffnen ließ.

»Er macht einen störrischen Eindruck. Und dann dieses Mal im Gesicht! Viel kann er nicht kosten, nicht wahr?«

Ein in rote und grüne Gewänder gehüllter Mann hatte sein Reittier neben den Käfig gelenkt. Aqo, die vielbrüstige Göttin der Liebe, schaukelte als kleine rote Figürchen an seinen Ohren; seine Haare waren in ölige Locken gelegt. Ausgiebig musterte er Royia.

»Er ist nicht zu verkaufen«, sagte das Mädchen. »Jedenfalls nicht an dich.«

Der Mann hob ein Gefäß an die Nase, aus dem duftender Rauch stieg. Anscheinend hoffte er den Gestank der Stadt zu übertünchen. »Ich biete dir zwanzig große Kupferringe.«

»Nein«, schnaubte nun auch der Riese, den sie Tzozic nannte.

»Dreißig.«

»Nein!«

»Schade. Für einen Waldmenschen hätte ich einiges gezahlt. Sie sind so herrlich … unwissend. Man kann aus ihnen gute Sklaven machen. Leider bekommt man nur selten einen zu fassen.« Er schnalzte mit der Zunge; sein Reittier trottete weiter. Doch er ließ nicht ab, über die Schulter zu blicken.

Sklaven. Royia erinnerte sich, dass Xocehe dieses Wort erklärt hatte. Manche Stadtmenschen hielten Menschen wie Tiere. Schlugen sie wie Tiere und töteten sie wie Tiere.

»Der hat doch wirklich geglaubt, wir wüssten nicht, wie wertvoll unsere Beute ist«, brummte Tzozic. »Wollte sich selbst die Belohnung in die Tasche stecken, ha! Ersticken soll er an seinem Cupalrauch! Wir hätten unserem Fang ein Tuch über den Kopf legen sollen, um sein Gesicht zu bedecken.«

Royia machte sich bereit, die Handfläche an dem harten Drahtgeflecht aufzureißen. Der Schmerz würde genug Hitze erzeugen, um die Hand in Flammen zu setzen. Was ihm das helfen sollte, würde ihm dann hoffentlich einfallen.

»Aber nun sind wir ja da«, rief da der Riese. »Der Tempel!«

Auf dem Gesicht der Frau stand Staunen. Das Gebäude war in der Tat von beeindruckenden Ausmaßen. Die vierzehn Türme standen zwischen mehreren flachen Häusern, die sich wiederum auf Plattformen erhoben, welche nur über breite Treppen und Rampen erreicht werden konnten. In regelmäßigen Abständen hatte man an ihren Kanten schattige Bäume gepflanzt. Der hell gleißende Stein war an den Türmen glatt behauen und an den Bauwerken darunter mit Mustern und Bildfolgen versehen. Solche Bilder schnitzte man im Wald in Äste und in die wenigen Möbel in den Baumhütten. Royia fragte sich, wie man Derartiges in solcher Zahl und Kunstfertigkeit in Stein hauen konnte.

»Das Haus der Götter«, hauchte die junge Frau ehrfürchtig. »Ob man uns da überhaupt hineinlässt?«

»Wohl kaum«, brummte Tzozic. »Es sei denn, man gewährt uns vorher ein Bad. Allerdings wüsste ich nicht, wozu die Priester solchen Aufwand mit uns treiben sollten.«

»Da hast du recht«, stichelte sie genüsslich. »So lange kannst du nämlich gar nicht baden, dass du den Fischgestank loswürdest.«

»Wenn hier jemand nach Fisch stinkt, dann du, meine Liebe.«

»Aber nicht nach gebratenem!«

»Gebraten oder roh – den Geruch des *Grabens* behält man sein Leben lang.«

Zu Royias Erstaunen wusste sie darauf nichts zu erwidern. Ihr Gesicht verdüsterte sich, und sie presste die Lippen zusammen.

»Wie heißt du?«, fragte er sie.

Ihr Kopf flog zu ihm herum. »Wozu fragst du das?«

»Ich möchte gerne wissen, wem ich es verdanke, meine Freiheit zu verlieren.«

Doch sie schwieg und starrte weiter geradeaus. Fast hatten sie den Fuß einer der Treppen erreicht. Oben standen Männer mit Speeren und flachen Keulen in den Händen. An den Kanten der hölzernen Keulen glänzten Lavasteinsplitter wie die Zähne gefährlicher Raubtiere.

»Du irrst dich, wenn du glaubst, es sei richtig, mich an sie auszuliefern«, sagte er.

Das Lasttier hielt an der Treppe. Die Wächter steckten die Köpfe zusammen, während sie auf das seltsame Grüppchen herabblickten.

Das Mädchen wollte an Tzozic vorbeilaufen. »Ich bringe den Feuerdämon!«, schrie sie hinauf.

»*Wir* bringen ihn«, er schob sie wieder hinter sich. »Wir!«

Eine kalte Hand griff nach Royias Herz. Bis eben hatte er nicht so recht glauben wollen, tatsächlich in dieser misslichen Lage zu stecken. Unverhofft vor den Toxinacen fliehen zu müssen, war eines. Aber ihnen an jenem Ort, an dem er sie am wenigsten vermutete, sogleich wieder in die Hände zu fallen – es erschien ihm unfasslich.

Heftig fuhr er mit der Hand über das Bronzegeflecht. Die Haut riss auf. »Lasst mich frei«, sagte er, an das Mädchen gewandt. »Ich werde sonst …«

»Was wirst du?« Sie funkelte ihn an, offenbar zornig darüber, dass man dort oben nicht schnell genug reagierte. Plötzlich weiteten sich ihre Augen. Er wusste, weshalb.

»Ich werde sonst da drinnen sterben«, vollendete er seinen Satz.

Naave wusste, warum seine Hand aufleuchtete – er war ein Feuerdämon. Doch wie mochte diese Kraft entfesselt werden? Sie hätte ihn fragen können, statt sich mit Tzozic herumzustreiten. *Ist doch egal,* dachte sie trotzig. *In meinem ganzen Leben werde ich keinem mehr begegnen.*

Sollte sich jemals wieder ein Feuerdämon hierher verirren, würde er in den Straßen am Fluss sein Unwesen treiben, nicht jedoch in den besseren Vierteln am anderen Ende der Stadt. Dort, wo sie morgen schon leben würde. Nun, vielleicht nicht gleich morgen; es kostete ja Zeit, ein geeignetes Haus zu finden. Und vorher musste sie ihre Belohnung irgendwo vergraben, am besten auf ihrer kleinen Insel. Dorthin musste sie ohnehin zurück, um Tique seinen Anteil zu geben. Oder sollte sie dem Gott des zehnten Mondes eine größere, schönere Statue hauen lassen und im Garten ihres Anwesens aufstellen? Das würde ihn gewiss freuen.

»Ich sagte, ich werde sterben!«, knurrte der Feuerdämon. »Willst du das wirklich?«

Von diesem Wesen angesprochen zu werden, war ihr nach wie vor nicht geheuer. »Ich dachte an mein neues Leben, das ich mir von der Belohnung kaufen werde, dich hierhergebracht zu haben. Sterben, ach was, du wirst schon nicht sterben.«

Sein Mund verzog sich zu einem höhnischen Lächeln. Er besaß einen Mund, der einen zum Hinsehen zwang. So ganz und gar menschlich … Seine rötlichbraunen Augen mit den Glutpunkten darin ließen an flüssige Lava denken.

»Was du tust, ist entsetzlich falsch«, sagte er mit einer Eindringlichkeit, die ihr unter die Haut ging. Sein Blick zuckte in Richtung der Wächter, von denen einer jetzt die Treppe herunterkam. Seine Hände umklammerten das Geflecht. Naave glaubte zwischen den Fingern einen rötlichen Schein zu sehen.

»Solltest du wirklich sterben, wäre das überhaupt nicht falsch«, fuhr sie auf. »Ein Dämon weniger auf der Welt, der Häuser anzündet!«

»Ich weiß nicht, wovon du sprichst. Ich habe keine Häuser angezündet, und ich bin auch kein Dämon. Hör zu, ich ...«

Er stockte, starrte auf den Wächter, der von der letzten Stufe einen langen Schritt machte und sich vor Tzozic aufbaute. Der Mann überragte den Gastwirt noch um einen halben Kopf, doch seine Gestalt war nicht massig, sondern von tödlicher Geschmeidigkeit. Seine Schultern zierte ein Halskragen aus roten und grünen Perlen, ein eigenartiger Gegensatz zu seiner muskulösen, geölten Brust und den Waffen an seinem Gürtel aus Almaraleder. Eine Hand, die an Größe Tzozics Pranke noch übertraf, spielte drohend mit dem Griff seines Lavasteinschwertes.

»Was wollt ihr?«

Sogar Tzozic schaffte es nicht, sofort zu antworten. Mehrmals klappte er den Kiefer auf und zu, bis es Naave zu viel wurde.

»Ich bringe den Feuerdämon«, sagte sie. Tzozic knurrte leise.

Die Augen des Wächters verengten sich. Sein Blick wanderte von ihr zu Tzozic, dann zu dem Dämon im Käfig. Er brauchte reichlich lange, bis er begriff. Plötzlich riss er das Schwert hoch; die Lavaspitze deutete auf Royias Brust. »Quza!«, brüllte er nach einem Kameraden. »Hol einen Priester, schnell!«

Stattdessen kam Quza die Treppe herabgestürmt. Auch er zog sein grässliches Schwert. »Was ist?«

»Der da drin soll ein Feuerdämon sein.«

»Wie kommst du darauf?«

»Das Mal, bei der Macht des Gott-Einen, das Feuerzeichen, Quza! Siehst du es nicht?«

Naave zuckte zusammen. Der Dämon hatte die Finger durchs Geflecht gesteckt und ihren Arm berührt. Ihr wurde übel vor Schreck. Sie wich zurück und rieb über die Stelle. Doch ihre Haut war nicht verbrannt, nicht einmal warm.

»Öffne den Käfig«, drängte er. »Noch ist es nicht zu spät.«

»Nein«, beharrte sie.

Einer der Wächter winkte die Treppe hinauf. Dort oben, am Pfeilerportal des Tempels, hatten sich einige weißgekleidete Priester versammelt. Einer kam herunter, schlug entsetzt die Hand vor den Mund und hastete wieder hinauf. Immer mehr kamen heraus, junge wie alte, auch Frauen, und tuschelten aufgeregt. Die harten Schritte weiterer Wächter dröhnten auf der Treppe. Der Vorderste hielt eine bronzene Stange mit einer dicken Drahtschlinge.

Der Mann namens Quza sagte: »Tretet zurück.«

Naave tat es zögernd. Es passte ihr nicht, dass von der Belohnung noch nicht die Rede gewesen war; allerdings war jetzt nicht der rechte Moment, davon anzufangen. Im Kreis stellten sich die sechs Männer um den Käfig auf. Das Almara warf nervös den zottigen Kopf hin und her, blieb jedoch stehen. Jeder hatte sein Lavaschwert erhoben, bis auf Quza, der den Draht löste, mit dem der Käfig verschlossen war, und jenen, der sich anschickte, den Dämon herauszuholen.

Breitbeinig stellte sich der Wächter vor die Öffnung, hob die Stange und schob die Schlinge hinein. »Ganz ruhig, ganz ruhig«, redete er auf den Dämon ein, als sei der ein verstörtes Tier. Und tatsächlich entblößte der Dämon die Zähne, presste sich an die rückwärtige Käfigseite und hob den Arm, auf dem sein furchterregendes Insekt hockte.

Naave glaubte etwas zwischen den Mandibeln des Käfers herausschießen zu sehen. Klein, schwarz und tödlich. Der Wächter ließ die Stange fallen und griff sich an die Kehle. Röchelnd taumelte er nach hinten, stolperte über die eigenen Füße und fiel auf das Pflaster, dass es um ihn herum staubte.

»Kümmert euch um ihn!«, brüllte Quza in Richtung jener Zuschauer, die sich am dichtesten herangewagt hatten. Ein junger Priester eilte zu dem Verletzten, der sich in Schmerzen wand, wusste jedoch nichts zu tun. Quza hob die Stange auf und nahm den Platz des anderen ein. Naave wartete, dass auch er durch diese seltsame Waffe fiel, doch der Dämon hob den Arm kein zweites Mal.

Naave beschloss, dem Geschehen den Rücken zuzukehren. Sie hatte immer geglaubt, jeder Feuerdämon sei von hässlicher Gestalt, ein brüllender Unhold, kaum mehr als ein wildes Tier, und nun hatte sie feststellen müssen, dass dieser hier redete und aussah wie ein Mensch. Sie wollte nicht sehen, wie er fortgeschleppt wurde, wenngleich er verdiente, was ihm widerfuhr. Sie wollte nicht zusehen, wie der verletzte Wächter immer stärker zuckte und plötzlich still dalag. Der Priester richtete sich wieder auf, blass wie der Tod, der den Mann ereilt hatte.

Er drehte sich um – und riss Augen und Mund auf. Was erschreckte ihn so? Da spürte sie es auch: Grauenvolle Hitze griff nach ihr. Hitze, die sie zurückschleuderte zu jenem Tag, als die Hütte ihrer Mutter gebrannt hatte. *Lauf, Naave, lauf!* Vergeblich versuchte sie, ihre Füße zu bewegen. Die Flammen packten sie, wollten sie einhüllen. Ein Schlag gegen ihren Rücken – sie sackte bäuchlings auf den Lehmboden. Staub drang ihr in die Kehle. Wer versuchte da, sie an der Flucht aus der Flammenhölle zu hindern? Jemand schlug ihr auf den Rücken, so dass sie vor Schmerz kaum atmen konnte.

»Halt still, halt doch still, du dummes Ding! So, jetzt ist es gut, ja. Bei den Göttern, das hätte anders ausgehen können.«

Es war Tzozic, begriff sie. Er drehte sie auf die Seite.

»Alles in Ordnung mit dir, Mädchen?«

»Was … was ist passiert?«

Er hielt einen Stoffknäuel hoch. »Dein Kleid hat Feuer gefangen, und da habe ich draufgeschlagen.«

Sie hob sich auf Hände und Knie. Gütiger Tique – sie war nackt!

Tzozic zerrte sich den Kittel über den Kopf und warf ihn ihr zu. Rasch schlüpfte Naave hinein. Mit seinem fleckigen Lendentuch, über das sich sein Bauch wölbte, wirkte er deutlich weniger beeindruckend. Sein Kittel, der ihm nur bis zu den Knien gereicht hatte, flatterte ihr um die Waden, und sie musste an einer Schulter den Stoff festhalten.

Brandgeruch hing in der Luft. Der Dämon lag bäuchlings auf dem Steinboden. Das Almara sprang davon, wild mit den Hinterbeinen ausschlagend. Nicht einmal Tzozic dachte daran, sein Lasttier einzufangen; alle starrten auf den Dämon: die Wächter, die Priester und auch die Stadtleute, die sich staunenden Blickes genähert hatten. Sein Körper qualmte, als brenne ein Feuer in seinem Innern. Sein Schurz stand tatsächlich in Flammen und fiel schließlich in verkohlten Fetzen herab. Die Haut auf dem nackten Hintern des Dämons war nicht verbrannt. Nicht einmal gerötet.

Neben ihm lag sein Insekt. Zumindest dieses Tier, so furchterregend es war, hatte der Tod ereilt, wie man es von einem verbrannten Wesen erwarten konnte. Es war verkrümmt und schien geschrumpft zu sein. Die zuvor schillernden Flügel fielen ab, als Quza es anstupste.

Vorsichtig schob er die Schlinge über den Kopf des Dämons und drehte die Stange, so dass sich der Draht eng um den Hals legte. Der Oberkörper richtete sich auf, als Quza die Stange in die Höhe drückte. Schlaff hingen die Arme herunter.

Während sich Naave noch fragte, ob der Dämon an seinem eigenen Feuer zwar nicht verbrannt, so doch erstickt war, sah sie, wie sich sein Brustkorb einmal heftig hob und senkte. Doch er blieb bewusstlos. Quza ließ ihn wieder sinken.

Die Wächter entrollten Bronzedraht, kreuzten seine Hände auf dem Rücken und wanden den Draht um die Gelenke. Auch die Füße fesselten sie. Offenbar hatte man diesen Draht und auch die Stange im Tempel gelagert, eigens für diesen lange ersehnten Augenblick. Dann nahmen sie an seinen Seiten Aufstellung und hoben ihn hoch. So trugen sie ihn die Treppe hinauf, Quza an der Seite, der nach wie vor die Stange hielt, als führe er den Dämon am Zügel.

»Ihr habt ihn gebracht?«, fragte ein junger Priester mit großen Augen. »Seid ihr Vater und Tochter?«

»Tique steh mir bei – ganz bestimmt nicht«, platzte Naave heraus.

»Das fehlte mir noch, dass die da von meinem Fleisch wär«, brummte Tzozic.

»Nun … das macht ja nichts«, der Priester lächelte verlegen. »Folgt mir bitte; man wird sich um euch kümmern.«

War ihr der Tempel von außen groß und mächtig erschienen, so war er von innen gewaltig. Naave legte den Kopf in den Nacken und drehte sich, im vergeblichen Bemühen, all diese in Stein gehauenen Muster zu begreifen und die vielen Wandmalereien zu bewundern. Überall fand sich der Bogen der vierzehn aneinandergereihten Monde. Vier besaßen ein mattes Blau, vier waren rötlich, die restlichen weiß und grau. Auch waren sie in unterschiedlichen Größen abgebildet – ganz wie die Monde am Firmament.

Tique hatte sie hierhergeleitet. Tique würde ihre Treue belohnen.

Auch die vierzehn Götter zeigten sich häufig auf den Wänden: prächtige Gestalten, überhäuft mit Schmuck aus roten, grünen und weißen Federn und grünen Steinen, die wohl Schmucksteine aus Malachit und Jade darstellen sollten. Gelb, das für goldenen Schmuck stand, fand sich überreichlich. Über Mondmosaike hinweg schritt der Priester, durch breite Gänge und hohe Kammern. In allen Ecken und Nischen standen Podeste mit Statuetten der Götter; alle aus Gold und dem Elfenbein der Cijackatze, verziert mit grünschillernden Schuppen der Goldenen Baumechse und den dunkelvioletten Federn des Papaccivogels. Das Sonnenlicht, das durch Öffnungen in Decken und Wänden fiel, ließ sie gleißen, so dass sie von Leben erfüllt zu sein schienen. Naave sog all die Eindrücke in sich auf. Nur wenn sie ein Bildnis des Gott-Einen sah, senkte sie die Augen. Er war zu mächtig, zu unfasslich, dass ein gewöhnlicher Mensch es gewagt hätte, ihn anzustarren. Dennoch wusste sie natürlich, wie man ihn sich vorstellte: als schlanke Jünglingsgestalt von überwältigender Schönheit, mit einer Krone aus goldenen Federn und in jeder Hand eine Flamme, welche für die Naturgewalten stand, die er beherrschte. Seine Füße standen auf einem feuerspeienden Kegel, der den Berg darstellte, den Ursprung des Lebens, den Sitz der Götter.

Tzozics Magen knurrte vernehmlich. »Es riecht nach Ziegenbraten. Ich hätte nichts dagegen, wenn der für uns wäre.«

Der Priester lächelte peinlich berührt. »Alles hier dient den vierzehn Göttern.«

Naave hatte davon gehört, dass jeder Gott in seinem Turm eine Statue besaß, die man mit Musik und Tanz unterhielt, der man Räucherwerk und die köstlichsten Dinge zum Essen und Trinken darbot, dazu die prächtigsten und kostbarsten Kleinodien. Genauso, wie sie Tiques Statue Geld darbrachte.

Eine Priesterin kam mit wehendem Kleid, die wogenden Brüste über und über mit Edelsteinschmuck behängt. Auf ihrem Kopf thronte der siebte Mond, eine mit weißem Leinen bespannte Kugel. Unter dick geschminkten Lidern musterte sie Naave. Tzozic würdigte sie keines Blickes.

»Wartet hier«, sie wies mit einer beringten Hand in eine Seitenkammer. »Gleich kommt jemand und holt dich zum Baden und Ankleiden, Mädchen. Du kannst gehen, Pacal.«

Der jüngere Priester verneigte sich und machte auf dem nackten Fuß kehrt.

»Wie ist dein Name, junge Frau?«

»Naave.«

Die Priesterin presste die Lippen zu einem schmalen Strich zusammen; in ihrem Blick lag eine Spur Verachtung. Sie neigte den Kopf und ging; ihre Schritte verklangen.

Naave und Tzozic betraten den kreisrunden Raum mit gemauerten Bänken ringsum. Auf einem steinernen Tisch stand eine Schale mit Früchten, doch beide setzten sich, ohne zuzugreifen. Das Obst war so makellos, dass Naave sich unwillkürlich fragte, ob es nicht auch aus Edelsteinen geschnitten war.

Obwohl sie allein waren, senkte Naave die Stimme, als sie Tzozic fragte: »Wieso soll nur ich geholt werden?«

»Weil du meinen Kittel trägst, vermutlich. Du brauchst etwas zum Anziehen, ich aber nicht.«

»Und wieso muss ich gebadet werden? Du stinkendes Fischfass hast es viel nötiger als ich.«

Sie wappnete sich, seine Beleidigung, die ihrer auf dem Fuße folgen würde, noch zu übertrumpfen.

»Vielleicht will man dich ja zur Tempelhure machen.« Mit dem Kinn wies er zum Eingang. »Du solltest verschwinden, solange du noch Gelegenheit dazu hast.«

Wahrhaftig zuckte ihr Körper, wollte hinaus aus diesem seltsamen Gebäude. Sie schob die Hände unter die Schenkel und zwang sich, stillzuhalten. »Du willst mir bloß Angst machen, weil du die Belohnung allein einstreichen willst. Für wie dumm hältst du mich?«

Er hob entschuldigend die Hände, als habe sie ihn ertappt. Dennoch fühlte sie sich unwohler, je mehr Zeit verstrich. Als eine weitere Priesterin erschien und ihr freundlich zunickte, sprang sie nervös auf. Während sie ihr durch die Gänge und Korridore folgte, überlegte sie, ob es nicht doch klüger wäre, davonzulaufen. Doch das verwarf sie wieder. Als Diebin hatte sie gelernt, sich die Fluchtwege durch den Wirrwarr der Stadt gut zu merken. Hier wusste sie nicht mehr, wo sie war. *Weil ich so viel mit Staunen beschäftigt war,* schalt sie sich. *Das hier ist nicht wie eine andere Stadt, es ist wie eine andere Welt.*

Die Frau betrat einen runden Raum, hoch und kahl wie der andere, doch mit Stufen, die zu einem Becken hinabführten, und einer ringsum laufenden Galerie.

»Möchtest du, dass ich dich wasche?«, fragte sie.

»Das schaffe ich schon allein«, erwiderte Naave kühl.

Die Priesterin ging hinaus. Naave schlüpfte aus Tzozics stinkendem Kittel und stieg ins Becken. Das Wasser war von erfrischender Kühle. Sie ließ es über ihre Haare fließen, zerrieb mit Genuss Mooskraut zu Schaum und rieb sich damit ein. Sie mochte es, im *Großen Beschützer* zu baden, doch immer musste man auf Schlangen und anderes Getier achten; sein Wasser war stets ein wenig trüb, und es roch erdig, manchmal sogar wie die Latrine hinter Tzozics Gasthaus.

»Bist du fertig?« Die Priesterin kam zierlichen Schrittes die Stufen herunter und faltete ein dickes Tuch auseinander. Naave stieg heraus und ließ sich darin einhüllen. Es war weich wie ein Lufthauch und sauber wie eine Wolke im Sonnenlicht. Auch das Kleid, das ihr die Priesterin reichte, war von solch hellem Weiß.

Vor ihr bewegte sich ein Schatten über den Boden und verschwand. Ihr Kopf fuhr hoch. Hatte jemand schamlos ihr Bad beobachtet? Naave wollte sich bei der Priesterin beschweren, doch die lud sie mit einer freundlichen Geste ein, ihr zu folgen, und wandte sich ab.

Dieses Mal war der Weg kurz. Eine Halle tat sich vor ihr auf, die an der gegenüberliegenden Seite zu einer Terrasse hinausführte. Nichts als ein langer Tisch aus dunkel poliertem Macacoholz befand sich hier, dazu zwei Stühle.

Auf dem Tisch türmten sich Schalen, Platten und goldene Kannen. Köstlicher Essensduft ließ Naaves Magen knurren.

»Warte hier«, bat die Priesterin. »Gleich wird der Hohe Priester erscheinen und …«

»Der Hohe Priester?« Naave fuhr zu ihr herum. »Der *Hohe* Priester? Ich kriege die Belohnung aus der Hand des …«

»Belohnung?« Die Priesterin lächelte verlegen. »Darüber weiß ich nichts.« Sie verabschiedete sich, indem sie den Kopf neigte, und ging hinaus.

Naave sagte sich, dass sie eine niedere Priesterin war und deshalb keine Ahnung hatte. Sie wollte auf die Terrasse hinaus, um herauszufinden, wo sie sich befand, doch die Leckereien auf dem Tisch erwiesen sich als stärker. Hier warteten duftende Fladenbrote, süßes Gebäck, in Fett gebratene und in gerösteten Nüssen gewendete Manoqröllchen, Almarakäse, eine Rogenpaste, die schwer zu beschaffen und darum unbezahlbar war, wie Naaves geübtes Auge sofort erkannte. Kleingehacktes Schlangenfleisch schwamm in roter Xoxolasoße. Das Ungewöhnlichste jedoch war ein gebratener Vogel, dem man das schillernde Gefieder wieder auf die Kruste gesteckt hatte.

Vorsichtig zog sie einen Flügel ab und entfernte die Federn. Er war noch warm und knusprig. Naave seufzte auf, als sie hineinbiss. Zarte und wunderbar gewürzte Fische kannte sie aus dem *Fliegenden Axot,* doch Geflügel zuzubereiten war eine Kunst, auf die auch Tzozic sich nicht recht verstand. Sie riss noch ein großes Stück aus dem Braten und verschlang es; der Saft lief ihr die Arme hinab. Und diese stachligen Meqa-Früchte und der Quark, der nach dem Mark der Vaiiaschote duftete, oh, das alles war so unglaublich teuer auf dem Markt …

»Ich hatte gehofft, wir speisen gemeinsam.«

Naave hustete. Ein Mann kam auf sie zu, langsam und beinahe vorsichtig, als könne sie fortflattern wie ein Schmetterling, wenn er sich zu rasch bewegte. Ebenso langsam griff er zwischen die Schalen und förderte ein Tuch zutage, das er ihr über den Tisch hinweg reichte. Naave wischte sich Arme und Hände sauber. Sie war sicher, im Gesicht so rot wie die Meqas dort zu sein.

»Ich bin Tlepau Aq«, er legte eine schmale beringte Hand auf die Brust. Um seine Schultern lag ein kurzärmeliger Mantel aus weißer Teotlihua-Seide, der vorne offen stand und eine schlaksige, hochgewachsene Gestalt enthüllte. Um den Hals trug er einen breiten Kragen aus Goldperlen und grünen und roten Federn. Seine grauen Haare waren kurz geschoren, die von Falten umrahmten Augen mit schwarzer Paste und Goldstaub geschminkt. Schwere Sonnenscheiben aus Gold steckten in seinen geweiteten Ohrläppchen.

Es war wirklich der Hohe Priester. Jahr für Jahr hatte sie ihn während des Festes oben auf der Opferbrücke stehen sehen.

Sich genüsslich die Finger reibend, setzte er sich auf die andere Seite des Tisches und langte nach einer Meqa. »Das sieht gut aus, nicht wahr? Iss nur weiter, Naave.«

Geschmeidig hantierte er mit einem Messerchen. Roter Saft quoll über seine Finger. Dieselben Finger, die alljährlich das Ritualmesser in den Leib der Menschenopfer stießen. Naave bemühte sich, woandershin zu sehen. Dort in die Ecke, wo in einer Schale ein Bäumchen wuchs, das von einer durchsichtigen Schlingpflanze umrankt wurde. Es wäre nicht weiter bemerkenswert, wären sie nicht von überaus gleichmäßigem Wuchs.

»Weißt du, was das ist?«, fragte er.

Sie schüttelte den Kopf.

»Eine Baumuhr.«

»Oh.« So also sah eine Baumuhr aus?

»Der Setzling dieser Pflanzenart wird am Fuß eines solchen Bäumchens gepflanzt und sorgsam um den Stamm herum hochgezogen. Jeden Morgen tränkt ein Novize die Blüte mit einer farbigen Flüssigkeit, und die Farbe wandert im Stiel herab, so gleichmäßig, dass man daran den Verlauf der Stunden ablesen kann. Damit es gelingt, muss der Stamm äußerst gerade gewachsen sein; die Schlingpflanze darf nicht seitlich austreiben, und das Schwierigste dabei ist: Die Farbe gewinnt man aus einem seltenen Frosch, der in den Tiefen des Waldes lebt. Es ist eine zeitaufwendige Sache, von der man auch nur zwei Monate im Jahr etwas hat, nämlich wenn die Pflanze blüht, und von diesen zwei Monaten zeigt sie die Stunden nur während zweier Wochen genau an, in ihrer höchsten Blüte.«

»Ich habe nie verstanden, wozu man sich die Mühe mit so einer Spielerei macht.«

»Sie blüht jedes Jahr während des Festes der *Endenden*

Finsternis. Bei den Festakten ist es unerlässlich, die Zeit genau prüfen zu können. Aber im Grunde hast du recht, es ist Spielerei.«

Er aß weiter; sorgsam tupfte er den Saft der Frucht von seinen schmalen Lippen. Sie wünschte sich, er würde das Gespräch nicht versanden lassen. Ihr selbst fiel nichts ein. Er war der Hohe Priester! Worüber unterhielt man sich mit diesem Mann?

»Weshalb sitze ich hier?«, platzte sie heraus. »Ich will bloß die Belohnung haben. Ich habe den Feuerdämon gefangen.« Es konnte nicht schaden, das noch einmal zu erwähnen.

Er hob eine Braue. »Ich weiß. Wie ist dir das gelungen?«

»Tique hat mir geholfen. Ich habe ihm schließlich viele Ringe als Opfer dargebracht.« Auch das war wert, gesagt zu werden.

Ihn schien die Sache zu erheitern. Seine Mundwinkel zuckten. »Ein solch üppiges Essen hast du dir redlich verdient.«

Wollte er sie etwa um die versprochene Belohnung prellen? »Ich bin arm«, sagte sie leise, die Lider senkend. »Ich hatte gehofft, du würdest dich erkenntlich zeigen.«

Er lachte auf. »Ich kenne dich zwar erst seit wenigen Augenblicken, kann aber doch sagen, dass deine Demut nicht aufrichtig ist. Wüsstest du, dass ich die Belohnung deinem Begleiter habe übergeben lassen, würdest du mir wohl an die Kehle gehen.«

»Aber nein, ich …« Sie stockte. *Was* hatte er da gesagt? »Du hast Tzozic … O mächtiger Tique, nein!«

So rasch sprang sie auf, dass eine Schale ins Wanken geriet und vom Tisch rutschte. Auf das Klirren achtete sie nicht; sie rannte auf die Terrasse und beugte sich über die Brüstung. Wahrhaftig, am Ende des Platzes sah sie Tzozic davontrotten. Er zog einen mit einer Plane bedeckten Karren, und was sich darunter wölbte, war zweifellos eine äußerst stattliche Belohnung – kupferne Gefäße sicherlich, kostbares Tuch, Körbe voller Edelsteine … Auch neue Kleidung hatte man ihm geschenkt; er trug einen Umhang aus feiner Almarawolle. Naave hatte einmal im Staub ein solches Tuch gefunden, doch sein Besitzer, ein fetter Mann in einer Sänfte, hatte geglaubt, sie hätte es gestohlen, und ihr von einem seiner Träger den Hintern verprügeln lassen. Tagelang hatte sie nicht sitzen können …

»*Ich* habe den Dämon gefangen!« Vergebens kämpfte sie gegen zornige Tränen an. »Tique, so lässt du mich im Stich?«

»Naave.«

Der Hohe Priester legte eine Hand auf ihre Schulter. Sie fuhr herum und wich vor ihm zurück.

Er breitete die Arme aus. »Du musst dich vor mir nicht fürchten. Komm, lass uns weiteressen. Und über deine Belohnung sprechen. Glaubst du wirklich, dass ich dich mit einem Mahl abspeise?«

Misstrauisch folgte sie ihm zurück an den Tisch. Dieses Gerede war ihr allmählich lästig. Er sollte ihr endlich Ringgeld oder Edelsteine geben und sie ziehen lassen. Stattdessen griff er nach einer Kanne, schenkte Fruchtwein in einen Becher und schob ihn ihr hin.

»Gegen das, was ich dir biete, Naave, sind die Schätze auf dem Karren so bedeutungslos wie die Krümel, die hier unter dem Tisch liegen.«

Sie starrte ihn an. Wie von selbst sackte sie zurück auf ihren Platz.

Tzozic hatte recht. Gleich kriege ich ein schändliches Angebot zu hören.

Auch sich selbst schenkte er einen Becher ein, trank einen Schluck und rollte ihn endlos im Mund. Dann, endlich, stützte er die Ellbogen auf den Tisch und legte die Fingerspitzen aneinander. »Naave, hör mir zu. Es gibt hier Tempelhuren, wie du vielleicht weißt …«

Sie umklammerte ihren Becher, bereit, den Inhalt in Tlepau Aqs Gesicht zu schütten.

»Sie sind nicht wie gewöhnliche Huren; sie dienen der Göttin des dritten Mondes, Aqo, der Göttin der Liebe und der Fruchtbarkeit. Ein Teil der Schätze, die du hier gesehen hast, stammt von den Männern, die sie aufsuchen. Sie tun es, um Fruchtbarkeit für ihr Haus zu erwirken. Wenn ein Mann möchte, dass seine Almaraherde viele Lämmer wirft, kommt er hierher und schläft mit einer der Frauen, die Aqo dienen. Oder wenn seine eigene Frau kein Kind empfangen kann. Die Fruchtbarkeit Aqos überträgt sich auf den Mann und sein Haus, so dass die Huren selbst nur selten Kinder bekommen.«

»Davon habe ich gehört«, warf Naave steif ein. Ebenso, wie sie auf den Marktplätzen gehört hatte, dass die Tempelhuren allerlei Kräuter und Mittelchen benutzten, um Schwangerschaften zu verhindern.

Tlepau Aq lächelte. »Die Huren sind bekannt für ihre Schönheit und ihren Liebreiz. Manchmal kann sich auch ein Priester dem nicht entziehen … Manchmal ist es sogar nötig, zu einer Tempelhure zu gehen, denn die höheren Priester sind vermählt. Ich als Hoher Priester habe drei Frauen – die alle kein Kind gebären konnten. Tiqqi wurde nie schwanger; Mia kam nie über die zehnte Woche der Schwangerschaft hinaus, und Ximqatiqa, die es hätte schaffen können, denn ihr Leib war schon dick gewölbt, wurde krank und starb. Daher suchte ich eines Tages eine Tempelhure auf. Ich opferte der Göttin der Liebe eine Herde Almaras und übergab einen Teil meines Vermögens dem Turm der Aqo. Es *musste* gelingen! Es ist nämlich so: Der Hohe Priester wird nicht berufen oder gewählt. Das Amt des obersten Priesters vererbt sich vom Vater auf den Sohn.«

Warum um alles in der Welt erzählte er ihr das?

»Es gelang nicht. Aqo schien das Opfer zurückzuweisen. Ich konnte mir nicht erklären, warum. Eine Laune der Götter, ein Fluch? Ich ging eine lange Zeit zu dieser Hure. Doch nicht meine Frauen wurden schwanger, sondern sie. Zweifelsfrei von mir, denn in dieser Zeit empfing sie nur mich.«

Er legte die Fingerspitzen an die Schläfen, schloss die Augen und schüttelte den Kopf. Ein langer Seufzer entrang sich ihm. »Es war uns allen unerklärlich! Die Herden niederster Bauern werden mit Fruchtbarkeit gesegnet, wenn die Männer hier waren, und ich – ich, der Hohe Priester, wurde von Aqo zurückgewiesen! Eine lange Zeit überlegten ich und der Kreis der Priester, wie wir diese Sache handhaben sollten.«

»Du hättest die Tempelhure nachträglich zu deiner Frau machen können.«

Er hob die Brauen. »Du bist recht gewitzt, wie mir scheint. In der Tat, das erwogen wir. Es sprach eine gewichtige Sache dafür: Das Kind kam während des fünftägigen Festes der *Endenden Finsternis* zur Welt. Genauer gesagt am Morgen des sechsten Tages, als die Sonne aufging. Es sprach jedoch auch etwas Gewichtiges dagegen: Es war ein Mädchen.«

Die Art, wie er sich bei diesen Worten vorneigte und ihr prüfend in die Augen sah, weckte in ihr eine sonderbare Vorahnung. Sie musste eine Hand auf ihr Herz legen.

Das ist … nein. Das hat gar nichts zu sagen. Er will mir etwas ganz anderes erzählen. Aber nicht … das. Nein.

Seine Augen verengten sich. Er wartete auf eine Erwiderung.

»Nun?«, drängte er. »Was sagst du dazu?«

Sie schluckte. Was sollte sie sagen? Dass sie vor achtzehn Jahren am ersten Tag nach dem Fest der *Endenden Finsternis* geboren worden war? In der Stunde des Sonnenaufgangs, wie ihre Mutter erzählt hatte? Ihre Mutter, die im *Fliegenden Axot* als … Hure gearbeitet hatte? Ihre Mutter, die ihr an den Tagen des Festes von jener Finsternis vor annähernd tausend Jahren erzählt hatte, den sehnsüchtigen Blick auf die Türme des Tempels gerichtet?

… der Berg spie Feuer und Asche. Tagelang ging die Sonne nicht auf. Wo war der Gott-Eine, die ewige Sonne? Wo seine Wärme, wo sein Licht? Auch die Monde waren nicht zu sehen. Die Priester wussten nicht, wann er wiederkäme. War er zornig auf die Menschen? Alle verzehrten sich vor Furcht und Sehnsucht nach ihm und seinen Göttern. Viele Tiere wurden geopfert; unendlich waren die Ströme ihres Blutes, das in den Fluss, den Großen Beschützer, floss … Am fünften Tag opferte man sogar einen Menschen. Und wahrhaftig, am Morgen des sechsten Tages erschien die Sonne wieder am Himmel, und alles Volk jubelte. Seitdem feiern die Menschen jedes Jahr um diese Zeit ein fünftägiges Fest. Ein Mensch opfert sich, und er tut es gern. In den Nächten entzünden sie zahllose Lampen und Feuer, so dass fünf Tage lang keine Finsternis herrscht, zu Ehren des Gott-Einen, der damals die Finsternis beendet hat …

Naave traten die Tränen in die Augen. Zehn Jahre lag es zurück, seit ihre Mutter sie zuletzt auf den Knien gewiegt und ihr diese Geschichte erzählt hatte. Ihre Mutter, ach, ihre Mutter, sie hatte sie so geliebt.

»Was ich sage?« Ihre Stimme war rauh. »Ich sage, dass du dem Feuerdämon hoffentlich die Haut abziehst.«

»Dem … Oh, gewiss.« Tlepau Aq schien den gefangenen Dämon vergessen zu haben. »Lass mich weitererzählen. Wir wurden uns damals nicht einig, ob eine Frau Hohe Priesterin werden könnte. Die Götter mussten entscheiden ... Die Tempelhure und deine Amme verließen mit dir den Tempel. Sie leisteten einen heiligen Schwur, sich niemals Hilfe von ihren Familien zu holen oder auch nur jemandem zu erzählen, woher sie kamen. Dann begaben sie sich in den *Graben.* Solltest du dort überleben und eines Tages in den Tempel zurückkehren, so sollte dies das Zeichen sein, dass die Götter dich als meine Nachfolgerin wünschen.«

Unglaublich ... »Und wie hieß die Priesterin?«

»Xotli.«

»Meine Mutter hieß Matui.«

»Nun, dann hat sie offenbar einen anderen Namen angenommen. Der Name der Amme war Chinanxi.«

Auch dieser Name sagte ihr nichts.

»Damit ich das Mädchen wiedererkenne, ließ ich ihm ein Mal aufbrennen«, sprach der Hohe Priester weiter. »Auf das Gesäß ... Ich entdeckte es vorhin, als du gebadet wurdest.«

Er also hatte auf der Galerie gestanden ... Naave war danach, erleichtert aufzulachen. »Ach, das Mal! Das ist ja etwas ganz anderes. Ich bekam es erst mit acht Jahren, als ein Brand unser Haus zerstörte ...« Augenblicklich wurde ihr wieder schwer ums Herz. »Ich fiel mit dem Hintern auf einen glühenden Geldring, das war alles. Ich bin nicht die, die du meinst.«

»Du hast es zuvor nie bemerkt? Denk nach.«

»Wie denn? Es war nicht da.«

»Du selbst kannst es nicht sehen. Bist du sicher, dass kein anderer es gesehen hat? Als Kind läuft man doch gelegentlich ohne Kittel herum.«

»Meine Mutter hat mich immer ordentlich gekleidet, auch wenn sie arm war«, beharrte sie.

Ein Nachbarsjunge fiel ihr ein, mit dem sie sich damals verbotenerweise in den Fluss gewagt hatte. Sie entsann sich, dass er, als sie sich gegenseitig mit ihren Kleidern trockengerieben hatten, den Finger auf ihren Hintern gedrückt hatte.

Du hast da was.

Was denn?

Einen Ring oder so.

Mach's ab!, hatte sie gerufen; er hatte vergebens daran gekratzt, und danach musste sie es vergessen haben. Wie alt mochte sie gewesen sein? Fünf, sechs?

»Ich sehe, du erinnerst dich«, sagte Tlepau Aq.

»Nein!«, keuchte Naave. »Du hast das Mal gesehen und dir schnell diese Geschichte ausgedacht.«

Er warf die Hände hoch. »Warum, bei der Allmacht des Gott-Einen, sollte ich das tun? Ich wünschte, das alles wäre nicht so!«

Verzweifelt blickte sie sich um, als könnte sich ein Fluchtweg auftun. Sie zeigte auf ihre Stirn. »Warum hast du mir das Mal nicht ins Gesicht brennen lassen? Du konntest nicht davon ausgehen, dass ich eines Tages nicht nur hier erscheine, sondern auch noch einen Blick auf meinen Hintern gestatte.«

»Natürlich hatte ich das erwogen. Aber dieses Mal hätte Aufmerksamkeit erregt; ich hätte vielleicht von dir gehört. So leicht wollte ich es den Göttern nicht machen«, er machte eine entschuldigende Geste in Richtung des Himmels. »Außerdem wollte ich dich nicht verunstalten. So weiß ich wenigstens gewiss, dass ich das Richtige tue: dich zu meiner Nachfolgerin zu machen.«

»Ich weiß noch längst nicht, ob ich dir glauben soll!«

»O doch, du weißt es.« Gewichtig verschränkte er die Finger und stützte das Kinn darauf. »Denk in Ruhe darüber nach; vielleicht werden dir im Licht dieses Wissens viele Dinge aus der Vergangenheit anders erscheinen. Du bist Tique sehr zugetan – ich entsinne mich, dass deine Mutter ihn sehr mochte. Als ich bei ihr war, bat sie mich, sie aus Aqos Dienst zu entlassen und in die Gruppe eintreten zu lassen, die für Tique tanzt.«

Es stimmte, Naave hatte die Liebe zu Tique von ihrer Mutter übernommen. Über Aqo hatte sich die Mutter eher abfällig geäußert – das war ihr mehrere Male aufgefallen.

»Aber meinen Vater gab es!«, sagte sie verzweifelt. »Er war einer der Gäste, und er war netter als die anderen, hat meine Mutter gesagt.«

»Hast du ihn je gesehen?«

Sie biss sich auf die Lippe und schüttelte den Kopf.

»Was Xotli dir da erzählt hat, *das* war nur eine Geschichte. Sieh mich an, Naave. Siehst du Vertrautes in meinem Gesicht?«

»Ich ähnele meiner Mutter.«

»O ja, das tust du. Aber deine Augen, die Form deiner Brauen – erkennst du sie in meinen nicht wieder?« Er griff nach einer bronzenen Platte, die Naave zwischen all den Schalen und Tellern nicht aufgefallen war. Als er sie ihr reichte, begriff sie, dass es ein Spiegel war.

Die Oberfläche des Metalls war glatt und blank. Bisher hatte sie ihr Gesicht nur sehen können, wenn sie sich über eine Wasserschale gebeugt hatte. Nun erblickte sie sich zum ersten Mal von Angesicht zu Angesicht, als stünde sie einem anderen Menschen gegenüber. Sie betrachtete das Gesicht des Hohen Priesters und verglich.

Es war unübersehbar.

Tlepau Aq lächelte triumphierend. »Nun?«

Sie legte den Spiegel zurück. »Und wenn ich das alles nicht will?«

»Die Götter haben dich hergeschickt. Und das nicht einfach so – du hast einen Feuerdämon mitgebracht, welch ein Beweis ihrer Gunst! Du kannst nicht ablehnen.« Er sank in den Stuhl und rieb sich die Schläfen. »Glaubst du, ich wäre glücklich darüber? Ein Mädchen aus dem *Graben* soll das höchste Priesteramt übernehmen! Nun, dem Gott-Einen sei Dank, dass ich noch nicht alt bin. Nicht jung, aber auch kein Greis; ich werde hoffentlich noch viele Jahre Zeit haben, dich alles zu lehren und dir zu helfen, deine Vergangenheit abzustreifen.«

Ihr schauderte es. Das hörte sich nach Zwang und Arbeit an und dass sie in diesem prächtigen Tempel eher wie eine Gefangene leben sollte.

Tique, steh mir bei, dachte sie.

Aber Tique hatte sie erhört. Er hatte sie aus der Gosse geholt, wie sie es erfleht hatte.

Vielleicht liege ich ja am Ufer und träume nur. Gleich wache ich auf, gehe fischen, und alles ist, wie es sein soll.

»Nun, was denkst du, meine Tochter?«

»Ich verstehe das alles nicht«, sagte sie kläglich. »Warum ich? Ich meine, warum widerfährt *mir* das?«

»Vielleicht geht es den Göttern darum, dass es einmal eine Hohe Priesterin geben soll, die beides kennt: das Leben diesseits und jenseits der Tempelmauern. Bleib hier und finde es heraus.«

Zögerlich nickte sie. »Wenn ich ablehne, wirst du mich ja vermutlich ohne Belohnung ziehen lassen, und das will ich auch nicht.«

Und eine Hohe Priesterin würde gewiss niemand daran hindern, auf den Fluss hinauszufahren und zu fischen. Das war ein tröstlicher Gedanke.

Er lachte, rieb sich erfreut die Hände und erhob sich. Eigentlich mochte sie ihn, stellte sie überrascht fest. In seinem Bemühen, den Göttern zu dienen, hatte er etwas Unbedarftes und Weltfremdes an sich.

»Liebe Naave Aq, du musst einen wichtigen Beweis erbringen, um zu zeigen, dass du würdig bist, Priesterin zu werden: Du musst ein Blutopfer darbringen.«

»Ach, das kann ich. Ich bin ja Fischerin.«

»Gut«, er bat sie mit einer Handbewegung, aufzustehen. »Du wirst es gleich morgen früh tun, dann musst du nicht länger darüber nachdenken, was es heißt, einen Menschen zu töten. Für jeden Novizen ist das erste Mal schlimm.«

4.

Naave betrachtete den duftenden Käse, das Manoqbrot und die blauen Gläser mit frisch gepresstem Peccasaft, der die Gefäße grün schimmern ließ. Von einem solchen Frühstück konnte sie sonst nur träumen – im *Graben* kaufte man alte Manoqlaibe, die man in Flusswasser einweichen musste. Gelegentlich in Ziegenmilch, und das war dann ein üppiger Tagesbeginn.

Nun saß sie hier in einem kleinen sonnigen Zimmer auf einer mit Vogelfedern gepolsterten Matte und vermochte nichts anzurühren. Als sie sich schlafen gelegt hatte, müde von den Ereignissen des Tages, hatte sie einen Kloß in der Brust verspürt. Jetzt saß er ihr schon in der Kehle. Noch eine Stunde, und sie würde daran ersticken.

Einen Menschen töten!

Wie stellte ihr Vater sich das vor?

Es klopfte, eine Priesterin trat ein und verneigte sich. »Der Hohe Herr möchte, dass ich dich zu ihm führe, wenn du fertig bist.«

»Ich bin fertig«, krächzte Naave. Der Klumpen machte es ihr unmöglich, richtig zu sprechen.

»Dann komm.«

Sie folgte der Frau, nahm kaum wahr, dass sie bald vor Tlepau Aq stand. Linkisch breitete er die Arme aus und umarmte sie sehr vorsichtig.

»Hast du gut geschlafen, Tochter?«

Sie nickte.

»Dann folge mir.«

Wie betäubt tappte sie hinter ihm her. Sie wusste, was ihr nun bevorstand. Man tat es zu besonderen Anlässen und während des Festes der *Endenden Finsternis.* Wie jeder Städter stand sie alljährlich am letzten Tag der Feierlichkeiten auf dem Tempelplatz, um der Zeremonie zuzusehen. Und wie jeder Städter hatte sie sich als Kind gegruselt, als junges Mädchen Tränen des Mitleids vergossen und mit dem Eintritt ins Erwachsenenalter begonnen, sich nicht mehr viel dabei zu denken. Nein, das stimmte nicht ganz. Der alte Maqo, neben dem sie in der Menschenmenge gestanden hatte, beim Fest vor zwei oder drei Jahren, hatte ihr auf die Schulter geklopft und gesagt: *Ab jetzt weinst du nicht mehr. Das geht, glaube mir! Den Familien der Opfer geht es ab heute gut. Wird's uns denn mal bessergehen? Nein. Also!*

Seitdem blieb ihre Miene unbewegt, wenn sie zusah, wie der Leichnam des Opfers von der Brücke gestoßen wurde, wie er sich in der Luft drehte … und im *Großen Beschützer* verschwand. Und immer herrschte Totenstille, da jeder in der Menge den Atem anhielt.

Jetzt krampfte sich ihre Brust vor Entsetzen zusammen, wenn sie nur daran dachte, einen Ritualdolch in das Herz eines Menschen zu stoßen.

Nein, das schaffe ich nicht. Niemals. Lieber bleibe ich mein Leben lang im Graben.

Unruhig blickte sie um sich. Irgendwo musste sich doch eine Fluchtmöglichkeit auftun? Mittlerweile waren sie in einem Bereich des Tempels angelangt, wo überall Wachen herumstanden. Und waren ihr die Wege durch die Gänge und Kammern zuvor endlos erschienen, ging jetzt alles erschreckend schnell. Tlepau Aq trat durch ein steinernes Tor, das eine riesige Sonne aus grünem Stein bekränzte.

»Das Jadetor«, erklärte er. »Es markiert den Weg hinauf zur Sonne.«

Danach ging es über einen Platz, in einen schmalen, mit Jadesteinen verkleideten Gang und eine Treppe hinauf; hier hörte sie schon den Fluss rauschen. Sie gelangten in eine runde Kammer, an deren Ende eine Tür zu einer Brücke hinausführte. Die Opferbrücke! Dort, im hellen Sonnenlicht, lag das Opfer auf einer Trage.

Tlepau Aq blieb vor einem Kupferbecken stehen. »Hier musst du dir die Hände waschen.«

Hinter sich hörte sie Schritte. Sie fuhr herum. Ein Priester kam herein, mit einem Tablett auf den Händen. Bunte Flüssigkeiten schillerten in Glaskaraffen. In einer Schale lagen kleine Flussschwämmchen und auf einem Tuch ein glänzender Bronzedolch.

Naave stürzte auf ihn zu und stieß das Tablett hoch. Aufschreiend fiel der Priester hintenüber; sie stieg über ihn hinweg und drängte zurück auf die Treppe.

»Naave!« Tlepau Aq packte ihr Handgelenk.

»Ich kann das nicht!«

Er war stark. Sosehr sie sich auch wand, er ließ sie nicht los.

»Beruhige dich, meine Tochter.« Mit der anderen Hand ergriff er ihre Schulter und zwang sie, ihn anzusehen. »Du sollst es nicht einfach so tun – es gibt Hilfsmittel. Der Novize hat sie gerade gebracht.«

Der junge Priester rappelte sich hoch und trug, was nicht zu Bruch gegangen war, zu einem Tischchen.

»Ich kann das trotzdem nicht«, beharrte sie.

»Glaub mir, bei meinem ersten Mal schlug mir auch das Herz bis zum Hals. Wie auch meinem Vater und dessen Vater zuvor – sie alle schrieben es im Buch der Aqs auf. Das ist eine Sammlung priesterlichen Wissens, ein Lehrbuch für Hohe Priester. Es ist auch eine Art Familienchronik. Seit dreihundertzwanzig Jahren sitzen Aqs auf dem Stuhl des Hohen Priesters …«

Ihr schien, als redete er davon, um sie zu beruhigen. Tatsächlich ließ ihr Zittern ein wenig nach.

»Davor waren es die Pitataqus; aus deren Chronik stammen die Rezepte für diese Tränke, und davor … Aber das ist jetzt unwichtig. Irgendwann später wirst du sie lesen, aber nun müssen wir das Opferritual vollziehen.«

Er ging zu dem Tisch, nahm eines der Schwämmchen und goss eine rötliche Flüssigkeit darauf. Mit einer Schnur band er es sich unter die Nase. »Das ist Öl, das aus den Nüssen der Rotpalme gewonnen wird. Es duftet so kräftig, dass es den Geruch des Blutes überdeckt.«

Ein zweites Schwämmchen tränkte er mit blauer Flüssigkeit. »Wie gut, dass das Gefäß mit dem Öl der blauen Sonnenpalmfrucht nicht zu Bruch gegangen ist, denn es stärkt die Sinne und vertreibt sämtliche störenden Gedanken. Dazu ein Tropfen der goldenen Sonnenpalme …«, hierzu tupfte er die Spitze des Schwämmchens in eine golden schimmernde Lache am Boden. »Das sorgt für eine ruhige Hand.«

Er band es unter Naaves Nase fest. Unwillkürlich atmete sie flach.

»Sind deine Hände sauber? Dann komm.«

Süßlicher Geschmack legte sich auf ihre Zunge. »Aber so eine Zeremonie muss doch angekündigt werden, damit Zuschauer kommen«, warf sie näselnd ein. Wenn sie die Sache schon nicht aufhalten konnte, wollte sie wenigstens Zeit gewinnen.

»Da hast du recht, meine Tochter.« Er setzte einen Fuß auf die Brücke und bedeutete ihr, ihm zu folgen. »Aber mir ist nicht wohl dabei, einen Feuerdämon länger als nötig am Leben zu lassen. Es ist eine gefährliche Kreatur. Und nun Schluss mit solchen Gedanken. Atme tief ein!«

Der … Feuerdämon? *Ihn* sollte sie opfern?

Die Brücke überspannte den Fluss bis zur Mitte und endete im Nichts. Legenden rankten sich um ihr verlorenes Ende. Eine von ihnen besagte, dass der Gott-Eine vor langer Zeit einen glühenden Brocken auf sie geworfen hatte, weil er die Feindschaft zwischen den Stadtmenschen und dem Waldvolk leid war. Sie war unter einem opfernden Priester weggebrochen, erzählte eine andere. Vielleicht fand sich ja die Antwort im Buch der Aqs.

Ihre Mutter hatte Naave das Lesen beigebracht. Noch ein Beweis ihrer Herkunft, wie ihr jetzt auffiel – sie kannte niemanden, der des Lesens mächtig war. Schriftzeichen zu entziffern war für einen Bewohner des *Grabens* für gewöhnlich nutzlos. Es war ihr nie als etwas Besonderes vorgekommen.

Wahrhaftig, was sie für einen Menschen gehalten hatte, war der Dämon. Sie hatte ihn nicht gleich erkannt, da das Feuerzeichen in seinem Gesicht so blass war, dass man es kaum sah. Er lag ausgestreckt auf einer Decke aus Vogelfedern, die nur die bronzenen Füße der Trage sichtbar ließ. Ein sauberer Schurz lag um seine Hüften. Die Oberarmbänder aus schwarzer Lava und blaugrünem Tecminc trug er noch; die Goldreife hingegen hatte man ihm abgenommen. Seine Glieder und die schmale Mitte waren mit Federn- und Blütenketten umwunden. Nur der Oberkörper war frei. Nichts sollte den Dolch auf seinem Weg ins Herz stören.

Auch unter der Nase des Dämons war ein Schwamm befestigt. Schimmernder Saft klebte auf seinen Wangen. Seine Augen waren geschlossen. Er sah menschlich aus. Verletzlich. Und dennoch gefährlich.

»Er ist nicht gefesselt!«, schrie sie gegen das Rauschen des Flusses an.

»Das macht nichts. Er atmet das Öl der goldenen Sonnenpalme. Sein Schwämmchen ist so gut getränkt, dass es eine Lähmung des Körpers und des Geistes bewirkt. Er kann nichts tun; wahrscheinlich ist er sogar immer noch bewusstlos. So wird er auch keine Schmerzen spüren.«

Tlepau Aq winkte den Novizen heran und ließ sich den Ritualdolch geben. Dann streckte er die Hand nach ihr aus.

»Komm! Sieh nicht nach unten.«

Die Brücke war schmal. Weder Brüstung noch Seil gaben Sicherheit. Naave fragte sich, ob er das wirklich ernst meinte. *Natürlich. Ich sehe es doch jedes Jahr von unten.* Sie atmete tief durch, ergriff die dargebotene Hand und machte einen mutigen Schritt hinaus. Dass die Brücke nicht vollends zusammenbrach, lag wohl an dem Manoqbaum dicht an der Tempelmauer, dessen Krone um den Brückenanfang herumgewachsen war.

Naave ließ sich an die Seite der Trage führen. »Hier«, Tlepau Aq drückte ihr den Dolch in die Hand. »Tu es schnell und tu es mit aller Kraft. Eine Klinge in ein Herz zu stoßen klingt leichter, als es ist.«

Der Duft des Nussöls war durch ihren Schrei tief in ihre Lungen eingedrungen. Das Rauschen des *Großen Beschützers* war zu dumpfem Dröhnen geworden, das ihren ganzen Körper erfasste. Gischt netzte ihre bloßen Füße. Oder war es der Wind, der die Nässe herauftrug und an ihren Haaren und ihrem Kleid zerrte? Sechs oder sieben Speerlängen unter ihr donnerte das Wasser dahin und brandete gegen die Tempelmauern, viel schneller als weiter oben in ihrem kleinen Jagdgebiet. Der *Große Wald* am anderen Ufer schien mit seinen dunkelgrünen Fingern nach ihr greifen zu wollen. Auf dem Platz vor dem Tempel hatten sich ein paar Menschen versammelt und deuteten herauf.

Alles verschwamm zu tanzenden Farbflecken; die Geräusche verschmolzen zu tosendem Rauschen. Alle Gedanken verflochten sich zu einem einzigen.

Stoß zu.

Sie wehrte sich nicht länger dagegen. Warum auch, wenn das Opfer ein Feuerdämon war? Er verdiente den Tod!

Mit beiden Händen umschloss sie den Dolchgriff, wollte ihn hochreißen. Da warf sich der Dämon gegen sie. Sie stieß zu; die Klinge durchschnitt nur die Luft. Ihr Schrei, als sie mit ihm in die Tiefe fiel, ging im Getöse des Flusses unter. Über ihr verklang der Entsetzensschrei ihres Vaters. Sie sah die Umrisse seines Kopfes, dunkel gegen den grellen blauen Himmel.

Grünliche Schwärze umschloss ihn. Und Kälte, die die Benommenheit aus seinem Kopf vertrieb. Royia hatte das Gefühl, aus einem jahrelangen Schlaf zu erwachen. Endlich war seine Hand nicht mehr zu schwer, um nach dem Ding zu greifen, das man ihm unter die Nase gebunden hatte. Doch der Fluss hatte es schon fortgerissen. Der Fluss riss auch an ihm, wirbelte ihn herum, ließ ihn nicht begreifen, wo das Oben und das Unten war. Er versuchte sich in Richtung des Lichts zu bewegen.

Es misslang. Und das lag nicht nur daran, dass er nicht

schwimmen konnte wie ein Flusstier. Etwas klammerte sich an seiner Mitte fest.

Royia wollte es von sich stoßen. Seine Finger ertasteten einen menschlichen Leib. Natürlich, die Stadtfrau. Er hatte sie über sich stehen sehen, mit einem Dolch in den Händen.

Ich hasse deinesgleichen, Feuerdämon. Oh, er erinnerte sich gut an ihre Worte. Und nun hielt sie sich an ihm fest?

Es gelang ihm nicht, sie von sich zu lösen. Ihm fehlte die Kraft. So ließ er sich mitreißen von der Strömung, in der Hoffnung, der Fluss werde ihn ans Ufer treiben – welche Seite, war ihm jetzt gleich. Seine Lungen schrien nach Luft. Er versuchte ins Tageslicht zu gelangen, das über ihm flirrend lockte. Die Wucht der Wasserwirbel drohte ihn zurück in die Bewusstlosigkeit zu reißen. Als er spürte, dass sich die Arme der jungen Frau lockerten, griff er unwillkürlich nach ihr. *Du wolltest mich tot sehen,* dachte er. *Das hättest du nun nicht gedacht, dass wir zusammen sterben.*

Seine Brust schien in Flammen zu stehen – anders, als er es kannte, nicht schlimmer, nur anders. In einem letzten Winkel seines Kopfes, der nicht vom Kampf gegen den Tod beherrscht war, bedauerte er, dem Rätsel der Toxinacen nicht mehr auf die Spur zu kommen. Ohnmächtiger Zorn würde das Letzte sein, das er in seinem Leben empfand. Stumm brüllte er in das erdrückende Wasser.

Da spürte er die Strömung schwächer werden.

Er kämpfte sich ins Licht. Seine Hand geriet über Wasser und berührte eine Wurzel. Der Fluss riss ihn wieder fort. Er warf den Arm hinauf, erfasste eine andere. Mit gewaltiger Willensanstrengung zog er sich hoch.

Licht, Luft. Er riss den Mund auf. Für einen Moment glaubte er, nicht mehr atmen zu können. Dann zwang er die Luft in seine gequälten Lungen. Seine Füße fanden Halt an der wurzelüberwucherten Uferwand. Er zerrte sich selbst und das Mädchen daran hoch und warf sich mit einem heiseren Schrei auf die Erde.

Erst nach tausend Atemzügen, so schien es ihm, schaffte er es, den Kopf zu heben und sich umzusehen. Um ihn herrschte das Dunkel des unteren Waldes; der Bewuchs war so dicht, dass der Fluss, obschon nur ein paar Schritte entfernt, fast nicht mehr zu sehen war. Iq-Iq hatte es gut mit ihm gemeint – es hätte ihn auch auf die Stadtseite treiben können.

Royia warf sich die Haare aus dem Gesicht, riss die Reste des nassen Blütengebindes ab und betastete die schmerzenden Stellen an seinem Körper. Hier und da war die Haut aufgeschrammt, wohl von Wurzelwerk – erinnern konnte er sich daran nicht. Die Wunde, die der Dorn der Baumwächter in seinen Rücken geschlagen hatte, begann wieder heftig zu pochen. Und an der Seite floss ein wenig Blut, offenbar von den Fingernägeln der Frau.

Die Stadtfrau! Fast hatte er sie vergessen. Sie lag unter einigen Farnbüscheln. Ihre rechte Hand umklammerte noch den Dolch. Er trug sie zu einer Stelle, wo ein dünner Sonnenstrahl durchs Geäst fiel, und legte sie auf ein Bett aus Moos. Das weiße Gewand klebte an ihrer nassen Haut, so dass deutlich zu sehen war, wie sich ihre Brust hob und senkte. Wie brachte man jemanden ins Leben zurück, der fast ertrunken war? Wie sollte ein Mensch, der sein Leben in den Baumkronen verbracht hatte, das wissen? Kurzerhand schlug er ihr rechts und links ins Gesicht, so dass ihr Kopf herumflog.

Verdient hat sie es sowieso.

Sie riss die Augen auf. Mit ihrem heiseren Schrei lief Wasser aus ihrem Mund. Ruckartig setzte sie sich auf, hustete heftig und rieb sich die nassen Haare aus dem Gesicht.

»Was ist passiert … o Tique, ich … der Dämon …« Ein neuer Hustenanfall schüttelte sie. Geduldig wartete Royia. Schließlich betrachtete sie den Dolch. Dann ihn.

Royia nickte langsam. »Ich lebe noch, ja. Tut mir leid, dass ich dich um deine Belohnung gebracht habe.« Er lächelte kühl und erhob sich. »Du warst zu langsam, Mädchen.«

Er entwand ihr den Dolch aus den klammen Fingern und kehrte ihr den Rücken zu.

Wo sollte er nun hin? Nicht nur der süßliche Duft, der ihm noch in der Nase steckte, machte ihn schwach. Auch dieser düstere Unterwald. Sollte er noch einmal in die Stadt?

Welche Möglichkeiten hatte er überhaupt noch?

Zuerst musste er hinauf in die Bäume. Hier unten konnte er nicht nachdenken. Er streckte die Hand nach dem nächsten Baum aus, berührte die Rinde, ertastete die Kräfte, die dicht unter der Oberfläche dahinflossen. Aber dieser Baum war nur ein dünner, sich vielfach verzweigender Memecuce. Dort hinten begann eine verheißungsvolle Reihe riesiger Anguas; dort würde er ...

»Gib mir den Dolch zurück!«

Er blickte über die Schulter. Die junge Stadtfrau stand auf den Füßen. Leicht vorgebeugt – nicht aus Erschöpfung, sondern weil sie ihn fürchtete. Als er einen Schritt auf sie zu machte, zuckte sie zurück.

»Wirf ihn mir her, los!«

Stattdessen schob er den Dolch in den Bund des Schurzes, den man ihm im Tempel um die Hüften gewunden hatte. »Du wolltest mich töten.«

»Woher – woher willst du das wissen?«, stritt sie ab. »Du warst bewusstlos.«

»Nicht ganz, nur ziemlich benommen.«

»Ich wollte dich nicht töten!« Es klang eher danach, als würde sie es liebend gern ein zweites Mal versuchen.

»Ach ja? Mit beiden Händen hast du den Dolch geführt. Ich habe es gesehen.«

»Das lag an der Palmnussdroge. Ohne dieses Zeug hätte ich das niemals über mich gebracht. Nicht einmal bei dir, obwohl du den Tod ja verdienst!« Diesmal klang ihre Stimme eher kläglich. Eine dicke Mücke schwirrte vor ihren Augen. Sie schlug nach ihr.

»Ja, ich weiß. Du hasst mich.« Er wusste zwar nicht, weshalb, aber er sagte sich, dass es ihm gleich sein konnte, was eine Städterin über ihn dachte.

»So ist es!«, fauchte sie.

»Gut.« Er wandte sich um und hielt auf den größten der Baumriesen zu.

»Warte! Wo ist die Stadt?«

Diesmal drehte er sich nicht um. »Das fragst du mich? *Du* bist der Stadtmensch von uns beiden.«

Hinter ihm raschelten die Bodenfarne. »Jetzt warte doch! Ich kann sie nicht sehen; sie scheint ganz weit weg zu sein. Aber das stimmt nicht, mir versperrt nur dieser verfluchte Wald die Sicht. Wo muss ich hin?«

»Hörst du nicht den Fluss rauschen? Hinter dem Fluss ist die Stadt.«

»Ich kann nicht sagen, ob das Rauschen von vorne oder hinten oder von oben oder unten kommt!«

Nun war sie wieder zornig. Aus Furcht diesmal. Plötzlich wurde das Rascheln lauter; er spürte eine Berührung an der Hüfte.

Er fuhr herum, riss seine Rechte hoch – und ließ sie wieder sinken. Sein Menschentöter war ja verbrannt. Er selbst hatte ihn vernichtet, als er von dem Tempelwächter mit der bronzenen Schlinge bedroht worden war.

Aber es war nur die Frau. Mit beiden Händen streckte sie

den Dolch vor, den sie ihm aus dem Bund gezogen hatte, und wich zurück.

»Du bist schnell und geschickt«, sagte er anerkennend. *Und ich bin schwach, dass ich ihn mir fortnehmen lasse.* »Allerdings brauchst du die Waffe nicht. Ich schon.«

Er machte einen Schritt auf sie zu. Sie duckte sich und riss die Klinge hoch.

»Sag mir, wo die Stadt ist«, sagte sie mit dunkler Stimme, die wohl einschüchternd wirken sollte.

»Ich weiß es nicht.«

Und damit wandte er sich ab; er hatte genug von diesem giftigen Stadtwesen. Sollte sie den Dolch behalten. Er würde sich einen Menschentöter suchen, auch wenn das nicht leicht war. Zuerst musste er vom Boden weg. Hinauf in die Baumkronen, hinauf ins Licht. Hier unten war es wie in der Unterwelt, erdrückend, heiß, hässlich und ohne Leben.

Ohne Leben? Dort bewegte sich der schlammige Grund, Modergestank aufwühlend.

Royia sprang an den mannshohen Stützwurzeln des Baumriesen hoch. Schon begann er sich besser zu fühlen. Das Pochen der Dornwunde im Rücken ließ jedoch nicht nach.

Er brauchte Antworten. *Warum musste Aja sterben, und warum hat man sie so grausam misshandelt? Wie kann es sein, dass da einer behauptet, das Leben im Licht auf dem Berg der Götter sei eine Lüge? Und hängt beides zusammen?*

Aber wen sollte er fragen? Einen Toxinacen müsste er zum Reden zwingen, ihm einen Menschentöter dicht vor die Augen halten. Aber an einen Priester kam er nicht heran. Dazu müsste er zum *Baum der Verehrung* zurück, und der war jetzt zweifellos scharf bewacht. Die ganze Gegend um den Berg sollte er besser meiden. Am sichersten wäre es, dicht am Fluss in die entlegensten Gebiete des Waldes vorzudringen. Irgendwohin, wo keines Jägers Fuß die Baumrinden je berührt hatte. Aber dort würde er keine Antworten finden. Dort wäre er nur ein Flüchtiger bis ans Ende eines erbärmlichen Lebens.

Genauso gut könnte ich nordwärts wandern, zu den fernen Bergen, hinein ins Kalte Land.

Ein schmatzendes Geräusch unter ihm erregte seine Aufmerksamkeit. Etwas wölbte sich unter dem feuchten Boden, ließ die Farnbüschel erzittern und Mücken wirbeln.

Es raste auf die Frau zu.

Sie war ahnungslos. Sie hatte den Kopf schräg gelegt, versuchte offenbar, herauszufinden, von wo das Rauschen des Flusses kam. Auch Royia bemerkte sie nicht, als er von Baum zu Baum sprang und mit einem Satz auf sie zustürzte. Er packte sie um die Mitte und sprang wieder hoch. Im gleichen Augenblick schoss eine Ratatoq dorthin, wo sie gestanden hatte.

Die junge Frau strampelte in seinen Armen. Ihr gellender Schrei hallte schmerzhaft in seinem Ohr.

»Was war das? O ihr Götter, was war das?«

Royia trug sie von Ast zu Ast. Unter sich fand er eine Smaragdschale; eine riesige Pflanze, deren grünglänzende Blätter sich flach auf dem Boden ausbreiteten. Auf einem solchen Blatt, groß wie ein Mann, ließ er seine unfreiwillige Last nieder. Sie starrte ihn an. Ihre vom kalten Wasser noch bleichen Lippen öffneten sich erneut zu einem Schrei.

»Fass mich nicht an, Dämon!« Sie stieß sich von ihm. Ihr nackter Fuß versetzte ihm einen harmlosen Tritt gegen das Knie. Sie hörte ein Geräusch, fuhr herum und entdeckte die Ratatoq. Die Schlange war herangekrochen – ihr armdicker Leib war von glänzenden schwarzen Schuppen bedeckt. Das Reptil hatte sich halb aufgerichtet und fächerte eine Halskrause auf, von deren Spitzen schwarzes Gift troff. Auch die Fangzähne waren kein schöner Anblick.

»Keine Angst, näher kommt sie nicht«, sagte Royia. »Sie meidet diese Pflanze. Zumindest gehe ich davon aus, dass sie sich genauso verhält wie ihre Artgenossen im Lichtwald.«

Die Frau setzte sich auf und schlang die Arme um sich. Sie starrte die Schlange an, als könne sie nicht glauben, was sie sah. »Im – im Lichtwald?«, stotterte sie.

»Das hier ist der Unterwald …«

»Es klingt wie Unterwelt.«

»Nicht von ungefähr.« Er deutete hinauf. »Dann kommt der Mittelwald, und oben, wo sich die Kronen vereinen, ist der Lichtwald. Wenn du still bist, wird die Ratatoq verschwinden.«

Sie hielt die Beine umklammert. Der Dolch lag vergessen neben ihr. Ihr ganzer Körper zitterte. »Das ist zu viel für einen Tag. Erst du, dann der Hohe Priester … und jetzt das. Passiert das alles wirklich?«

Die Frage galt offenbar nicht ihm, sondern Iq-Iq. Nun, er konnte es ohnehin nicht beantworten. Er wandte sich dem Stamm hinter sich zu, um endlich zu verschwinden.

Es sind nur ein paar Schritte zum Fluss, wo der auch sein mag. Aber sie wird es nicht schaffen.

Seine Lippen wurden zu schmalen Strichen. Und wenn schon! Sie war eine Städterin. Sie war eine Städterin *und* wollte ihn tot sehen.

Die Göttin der Unterwelt soll mich holen, wenn ich mich umdrehe und ihr helfe! Verdammt!

Er knurrte in sich hinein und konnte doch nicht verhindern, dass er kehrtmachte. An der Seite der jungen Frau ging er in die Knie und berührte ihre Schulter. Er machte einen Handel mit sich: Sollte sie ihn jetzt nicht anfauchen oder den Dolch gegen ihn erheben, so verdiente sie, dass er ihr half. Auch wenn er sich sagte, dass sie es trotzdem nicht verdiente.

Sie tat nichts.

»Wie heißt du?« Behutsam berührte er ihr anguabraunes Haar, das ihren Rücken und ihre Arme wie ein fransiges Tuch bedeckte. So voll und dicht, dass es angenehm war, es anzufassen. Das Gesicht hatte sie zwischen den Knien vergraben.

Er wartete darauf, dass sie schrie, es ginge ihn nichts an. Nein, er hoffte es. Dann könnte er sich endlich wieder seinen eigenen Angelegenheiten widmen.

»N-naave«, schniefte sie.

»Naave«, wiederholte er. »Was ist eigentlich geschehen? Erst wolltest du mich lediglich in den Tempel bringen, aber dann …«

»Das weiß ich doch auch nicht!«, heulte sie, den Kopf hochwerfend. »Es ging alles so schnell. Der Hohe Priester hat sich als mein Vater herausgestellt, und ich sollte dich opfern, um … um … also, das habe ich auch nicht ganz begriffen.«

Sie wischte sich über die Augen. Ihre Wangen waren gerötet. Die dunklen Haare, noch feucht vom Flusswasser, klebten ihr auf den Wangen. Royias Hand zuckte, wollte die Strähnen beiseiteschieben. Er beherrschte sich.

»Die Priester dort, sind es Toxinacen?«

Sie zog die Nase hoch. »Was sind Toxinacen?«

»Die vierzehn Priester der vierzehn Götter und des Toxina Ica, des Gott-Einen.«

Auf ihrem hübschen verquollenen Gesicht breitete sich Fassungslosigkeit aus. »Was hast du da gesagt?«

»Ich sagte, die vierzehn …«

»Nein, seinen Namen! Du hast *seinen* Namen gesagt!«

Er hob die Schultern.

»Niemand kennt seinen Namen«, beharrte sie.

Das war auch in seinem Stamm, den Chacu, so. In allen Stämmen. Man nannte ihn den Gott-Einen, den Einen, die

Sonne oder – sehr ehrfürchtig – den Alten. Wie er hieß, hatte ihm erst Xocehe verraten. »Ich bin selbst ein Gott; natürlich kenne ich den Namen des Herrschers.«

Sie hob die nassen Wimpern und sah ihn an. »Ach ja, ein Gott; ich hörte dich das auf der Insel sagen. Ich dachte, du hättest einen Schlag auf den Kopf bekommen. Aber du hältst dich für fürchterlich wichtig, nicht wahr?«

Er rieb sich die Schläfe. Ja, er war ein Gott, aber noch vollständig Mensch. Und da Toxina Ica ihn vom Menschlichen nicht mehr befreien würde … *Es ist nicht einfach, alles abzulegen, womit man groß wurde,* dachte er. »Wie kommt es eigentlich, dass du mir nicht glaubst, dass ich ein Gott bin, aber gleichzeitig erwartest, dass ich dir glaube, du seist die Tochter des Hohen Priesters?«

»Das ist ja wohl ein Unterschied. Aber du musst mir genauso wenig glauben. Ich tu es ja selbst kaum. Eigentlich bin ich Bogenfischerin und …« Sie brach ab.

»Und?«

»Das geht dich nichts an.«

»Was ist eigentlich ein Hoher Priester? Herrscht er über die Priesterschaft?«

»Du willst ein Gott sein und weißt das nicht? Ja, das tut er.«

Noch ein Beweis, dass die Toxinacen nichts mit den Stadtpriestern zu tun hatten; unter ihnen gab es keinen, der sich über die anderen erhob. Aber was nützte ihm das? Die Stadtpriester würden ihm nicht helfen, denn sie wollten ihn ja ebenfalls tot sehen. Und diese Frau mochte eine Tochter des obersten Priesters sein, doch so unwissend wie jene Ratatoq dort, die ihre Halskrause wieder eng an den Körper gelegt hatte und auf einem niedrigen Ast lauerte. Die Schlange bewegte sich nicht. In ihren Augen stand nach wie vor die Mordlust.

Wie auch immer – die Priester der Stadt hatten nichts mit den Toxinacen zu tun. Kein Toxinac würde freiwillig einen Fuß in diesen erdrückenden Steinbau tun.

»Ich tue dir den Gefallen und sehe nach, in welcher Richtung die Stadt liegt«, sagte er und erhob sich. »Dazu werde ich dich kurz allein lassen. Bleib auf dem Blatt, dann geschieht dir nichts.« Ganz sicher war er sich nicht, denn so viel wusste er nicht über die Ratatoqs des Unterwaldes. Aber das brauchte sie ja nicht zu wissen.

»Wie willst du das machen?«

Royia deutete hinauf. »Ich sehe mir die Sache von oben an.« Er rannte den nächsten Baum hinauf.

2.

DURCH DEN WALD

5.

Naave stand der Mund offen. Der Dämon kletterte nicht einfach. Er rannte am Stamm entlang. Lediglich mit den Fingerspitzen suchte er hier und da Halt in der unregelmäßigen Rinde oder an Ästen. Aber seine Füße, vielmehr seine Zehen, glitten auch dort nicht ab, wo der Baum glatt war. Und er bewegte sich so schnell, als liefe er über ebenen Boden.

Deshalb also sagt man, Feuerdämonen könnten fliegen.

Kaum war er im Blattwerk verschwunden, wurde ihr bewusst, dass sie neben einem Feuerdämon gesessen hatte. Und sich mit ihm unterhalten, als sei er irgendein Mensch! Was war da nur über sie gekommen? Nach dem, was sie an diesem Tag erlebt hatte, war das wohl verständlich. Aber bleiben und auf seine Rückkehr warten? Nein. Vielleicht würde er sie ja anzünden, sobald er die eigene Verwirrung abgelegt hatte.

Naave meinte in den rotglänzenden Schlangenaugen Schadenfreude zu lesen, dass ihr Opfer nun allein war. Sie nahm den Dolch und begann den Blattstiel durchzuschneiden. Milchige Flüssigkeit ergoss sich über ihre Hand. Naave sprang von dem Blatt und hob es auf, um es wie einen Schild vor sich zu halten. Das war schwieriger als gedacht, denn es war schwer und glatt. Sie schaffte es, einen Arm darumzulegen und es an sich zu drücken.

Wohin jetzt? Irgendwohin. Weit konnte der Fluss nicht sein; wenn sie ihn nach ein paar Schritten nicht fand, würde sie in eine andere Richtung gehen.

Sie musste das Blatt hochhalten, um nicht darüber zu stolpern, und umbiegen, damit es ihr nicht die Sicht nahm. Ihr kam ein unziemlicher Fluch über die Lippen.

Dicht hinter ihr ein Zischen.

Naave drehte sich, den Dolch vor sich haltend.

Die Ratatoq war ihr dicht auf den Fersen. Das grässliche Geschöpf warf den Leib hoch und blähte die Halskrause. Aus ihrem weit aufgesperrten Maul drang übelkeiterregender Gestank.

Warum hielt das Blatt das Biest nicht ab? Naave wich zurück. Vermutlich hätte sie es nicht abschneiden dürfen. Kalter Schweiß brach ihr im Nacken aus und rann ihr den Rücken hinunter. Wo war das Nächste? Sie hatte sich schon zu weit von der Pflanze entfernt.

Ihr Götter …

Die Schlange machte einen Satz. Aufschreiend warf Naave das Blatt auf das Tier. Sie wirbelte herum, rannte. Und prallte gegen die Brust des Dämons.

Er warf einen Arm um sie; dann ging es wieder in die Höhe, atemberaubend schnell. Ehe sie es sich versah, hatte er sie fünf, sechs Speerlängen über dem Boden auf einem breiten Ast abgesetzt.

Unter ihr kämpfte die Ratatoq fauchend mit dem Blatt. Über ihr stand der Dämon – gelassen, eine Hand am Stamm, ganz menschlich. Wäre da nicht dieses Mal in seinem Gesicht. Beiläufig zupfte er an der Rinde und zog eine unterarmlange Faser ab.

»Scheint so, als hätte ich dir zum zweiten Mal das Leben gerettet«, sagte er. Sein kühles Lächeln war das eines Jägers, der ein Kaninchen gerettet hatte, nur um es sogleich auszuweiden.

»Na und? Ohne dich wäre ich gar nicht hier.«

Er zog die Faser zwischen den Lippen hindurch, kaute darauf herum und zwirbelte sie zwischen den Fingern. »Ohne dich wäre es nicht dazu gekommen, dass ich *mit* dir flüchte.«

»Du hast mich entführt!«

»Wenn du das so nennen willst – von mir aus. Der Fluss ist dort«, er nickte in eine ungefähre Richtung, während er weiter die Faser bearbeitete.

»Gut«, sagte sie, um ein ebenso hohes Maß an Hochmut bemüht. »Also warte ich, bis die Schlange weg ist. Ich kann allein das Stück hinunterklettern. Meinetwegen kannst du gehen.«

Zweifelnd hob er die Brauen. »Wenn du den Fluss erreicht hast, bist du noch nicht in der Stadt. Es hat uns weit in östliche Richtung abgetrieben. Und es war nichts zu sehen von einer Furt, einem Stamm, der als Brücke dienen, oder sonst etwas, auf dem man den Fluss überqueren könnte.«

»Was?« Tique! Dann – dann war sie verloren!

»Ich habe allerdings Hütten am Ufer gesehen. Hier unten am Boden. In dieser Richtung.«

Wo er hinwies, sah sie nichts als düsteres Unterholz. »Du musst mich dorthin bringen. Vielleicht findet sich dort ein Boot.«

»Ich muss? Eben wolltest du mich wegschicken.«

Machte es ihm etwa Freude, ihre Notlage auszunutzen? Am liebsten hätte sie ihm … aber das half ja nichts. »Ich *bitte* dich darum«, presste sie hervor, die eigene Zunge verwünschend.

Er lachte auf. »Wenn du so bittest, möchte ich nicht hören,

wie du fluchst. Ich bringe dich hin. Aber wir müssen weiter hinauf.«

»Noch weiter? Wozu denn das? Die Schlange ist nicht mehr zu sehen. Ich klettere doch nicht …«

Sie unterbrach sich, als er ihr einen Finger vor die Brust stieß. »Die Schlange ist mir gleichgültig«, sagte er unfreundlich. Die Glutpunkte in seinen Augen flackerten gefährlich. »Aber nicht dieser hässliche Boden! Mir wird übel, wenn ich noch länger in dieser stickigen Finsternis herumlungern soll. Also komm jetzt!« Mit einer entschlossenen Bewegung band er sich mit der Faserschnur die nachtschwarzen Haare im Nacken zusammen. Dann sprang er hinunter, holte sich den Dolch und steckte ihn in den Bund seines Schurzes.

Zurück auf dem Ast, kehrte er ihr den Rücken zu. »Wie du dich an mir festhältst, ist mir gleich, nur erwürge mich nicht und achte auf meine Verletzung.«

Fassungslos starrte sie seinen narbenübersäten Rücken an. Einen Feuerdämon sollte sie anfassen?

»Und wenn du zu brennen anfängst?«

»Ich habe es eben nicht getan und habe es weiterhin nicht vor.«

Vertrauenerweckend klang das nicht. Nun, wenn er sie tot sehen wollte, hätte er sie nicht vor der Schlange gerettet. Trotzdem musste sie die Zähne zusammenbeißen, während sie die Arme um seine kräftigen Schultern legte und Halt suchte. Sie achtete darauf, seinem Hals nicht zu nahe zu kommen. Womöglich ginge er doch in Flammen auf, wenn sie ihm die Luft zum Atmen nahm.

Als er einen Satz am Stamm hinauf machte, schlang sie erschrocken die Beine um seine Mitte. Dass er eine Last trug, schien ihm nichts auszumachen. Blattwerk strich über Naaves Gesicht; sie schloss die Augen. Äste streiften ihre Haut, Dornen zerkratzten sie. Gerüche kamen und gingen, modrige, stechende, süßliche. Ein Insekt summte an ihrem Ohr, ein Vogel schrillte in ihr anderes. Zusehends lauter wurde der Wald; von überall her raschelte, zischelte und rauschte es. Hin und her fühlte sich Naave geworfen; ihr Magen schien sich mehrmals zu drehen. Schließlich richtete sie ihr ganzes Denken auf die harten und zugleich geschmeidigen Muskeln, die sie an Armen und Beinen spürte. Es war, wie auf einer Raubkatze zu reiten.

»Du kannst loslassen.«

Zögernd tastete sie mit den Füßen herum. Es war ein breiter Ast, auf dem sie stand. Er ragte aus dem Geflecht mächtiger Baumkronen hervor. Sie hatte geglaubt, dass Höhe ihr keine Angst machte, doch diese Höhe war gewaltig. Sie blickte über eine hügelige Ebene, die in schier endloser Ferne in die grauen Konturen ferner Bergketten überging. Goldene Äcker und Wiesen, Sumpflandschaften und karge Steppen, auf denen Palmen und Kakteen wuchsen, umgaben die Stadt. Dörfer waren nicht mehr als dunkle Flecken. An einem Hang leuchteten die weißen Häuser der Reichen im Sonnenlicht – der Ort ihrer Träume. Unwirklich klein wirkten die vierzehn Türme des Tempels inmitten der Stadt, eines dahingeworfenen Teppichs aus dichtgedrängten Häusern und Hütten, zwischen denen nur die breitesten Straßen erkennbar waren.

»Wie groß sie ist«, hauchte Naave. »Und wie weit entfernt! Du hast mich ins Niemandsland geschleppt.«

»Der Fluss hat uns weit davongetragen.«

»Du hast mich entführt, Dämon. Es ist deine Schuld!«

»Es wäre nett von dir, wenn du mich nicht immer so nennen würdest«, knurrte er.

»Was beklagst du dich darüber, da du doch einer bist?«

Treib's nicht zu weit, sonst gibt er dir einen Stoß. Sie neigte sich leicht vor, um ihm zu zeigen, dass sie sich nicht fürchtete. Tique, und wie sie sich fürchtete! Tief unter ihr rauschte der Fluss dahin; nicht mehr so rasend wie an der Tempelmauer, doch immer noch schneller, als sie es von den westlichen Auen gewohnt war. Nirgends ein Baumstamm, der sich über das Wasser geneigt hatte, nirgends eine Furt oder etwas anderes, womit sie auf die andere Seite gelangen konnte … Doch, ein Boot! Zwei, drei …

»Unter uns sind Leute! Weshalb mögen sie hier herübergekommen sein?«

Auch der Dämon neigte sich vor. »Das sind keine Menschen aus der Stadt.«

Die belaubten Äste der Bäume erschwerten die Sicht, doch Naave sah mindestens zehn Menschen dort unten am Ufer und drei oder vier palmblattgedeckte Rundhütten. »Es sind welche deines Volkes«, sagte sie.

Er schnaubte verächtlich. »Es sind *düstere* Menschen.«

»Düstere? Ihre Haut ist heller als die von uns Städtern.«

»Ihre Seelen sind verdüstert. Weil sie sich vom Leben in der Stadt haben anlocken lassen. Sie gehören zu denen, die sich über den Fluss wagen, um irgendwelche Dinge, die sie im Wald sammeln, zu verkaufen und anderes einzuhandeln. Manchmal gelangt etwas davon auf verschlungenen Wegen sogar bis zu unserem Stamm. Steinfigürchen oder bronzenes Werkzeug.«

Ob diese Menschen sie übersetzen würden? Dieses Dörfchen zu betreten, mochte für eine Frau ähnlich gefährlich sein, wie des Nachts allein durch den *Graben* zu laufen. Naave beschloss, eines der Kanus zu stehlen. Vielmehr auszuleihen. Am anderen Ufer würden es die Männer dann schon wiederfinden.

»Ich bringe dich hinunter und verschwinde dann«, sagte er.

Erleichtert atmete Naave auf. So nah bei ihm zu stehen, war schon am Boden unangenehm. In solcher Höhe jedoch fühlte es sich grässlich an – auch wenn es keinen Unterschied machte, ob er sie verbrannte oder hinunterstieß.

Sie klammerte sich wieder an ihn, und er sprang über federnde Äste. An einem Baum dicht am Fluss ging es abwärts. Vergebens versuchte sie einen Schrei zu unterdrücken. Zwei Schrittlängen über dem Erdboden hielt sich der Dämon aufrecht am Stamm fest und bewegte sich nicht mehr; offenbar mochte er den Rest nicht zurücklegen. Naave sprang hinunter. Durch den äußeren Saum des Unterholzes glitzerte das Wasser. Es floss träge und ohne das Getöse, das der *Große Beschützer* an den Tempelmauern machte.

Der Dämon schob Blätter auseinander und spähte in die Richtung der Siedlung. Plötzlich sprang er auf den Boden, wobei er kurz das Gesicht verzog, als ekle er sich davor, und stapfte auf das Dorf zu.

»Was tust du da?«, rief Naave unterdrückt. »Du wolltest doch verschwinden!«

Schon hoben die Männer die Köpfe. Tique! Wie sollte sie jetzt noch ein Boot stehlen?

Sie zählte vier schäbige Schilfhütten und drei Kanus. Um ein Kochfeuer hockten einige Männer, die nicht weniger heruntergekommen aussahen. Ihre schulterlangen, glatten Haare waren ebenso schwarz wie die des Dämons, ihre Haut ebenso hell. Sie trugen Schurze aus Bast, bunt bemalte Holzkettchen und hatten schlechte Zähne. Ein alter Mann, dessen breites Grinsen nur noch einen Zahn zeigte, erhob sich mit ausgebreiteten Armen.

»Gäste! Das passiert selten. Und was für welche …« Staunend wanderte sein Blick vom Schmuck des Dämons zu Naaves kostbarem Kleid und zurück. Solch gieriges Glitzern in den Augen war ihr von den Märkten wohlvertraut. »Kommt nur her. Sitq, bring mehr vom Rauschtrank!«

Tatsächlich, die Leute zeigten sich freundlich. *Und in der Nacht werden sie uns ausrauben.* Alle rückten auf ihren kurzen, umgelegten Baumstämmen zur Seite, um Platz zu schaffen. Der Dämon setzte sich, und da Naave zögerte, zog er sie an seine Seite. Eine Frau trat aus einer der Hütten, mit einem Kind auf der Hüfte und einer Kürbiskalebasse in der Hand, die sie dem Einzahnigen gab. Dass die Männer Familien hatten, beruhigte Naave keineswegs. Diese Frau würde womöglich unbeeindruckt zuschauen, während ihr Mann den Gästen in der Nacht die Kehlen durchschnitt.

»Hier, trinkt«, der Alte reichte die Kalebasse dem Dämon. »Wer seid ihr?«

»Mein Name ist Royia.«

»Und deine hübsche Begleiterin?«

»Ich …«, begann sie verwirrt. *Er hat einen Namen? Irgendwie hatte ich geglaubt, so ein Feuerscheusal könne keinen Namen haben.*

»Sie heißt Naave«, half er ihr aus.

»Und sie ist dein Weib?«, fragte der Alte neugierig.

Sie schnappte nach Luft. »Bestimmt nicht!«, stieß Royia hervor – es waren genau die Worte, die ihr auf der Zunge gelegen hatten.

In gespieltem Erschrecken riss der *Düstere* die Hände hoch. »Verzeiht mir, dass ich das annahm.« Sein Lachen war so hässlich wie er selbst. »Es ist nur – du trägst so feingewebten Stoff, Mädchen, und er so kostbaren Schmuck …«

Eine unwirsche Handbewegung des Dämons schnitt ihm das Wort ab. »Ich geriet eher unfreiwillig an sie.«

Ihr blieb noch einmal der Atem stehen. *Er* hatte sie entführt! Ohne ihn wäre sie noch in der Stadt, im Tempel sogar! *Das stimmt nicht ganz, ohne ihn wäre ich noch auf meinem Inselchen und würde Fische und Tepehuanos jagen …*

»Es wäre mir recht, wenn ihr aufhören würdet, über mich zu reden«, sagte sie erbost. Erneut hob der Alte in einer übertriebenen Geste die Hände, als fürchte er, sie werde ihm auf den Kopf schlagen. Royias Mundwinkel zuckte. Er schien seinen Spaß an ihrer Empörung zu haben. Wie konnte ein Dämon so … menschlich wirken?

»Tun wir deiner Freundin den Gefallen«, sagte der Alte leutselig und klopfte auf seine Brust. »Ich bin Canca. Und ihr – ihr seid anscheinend auch welche, die sich die Stadt anschauen wollen, hm? Aber ihr wisst schon, dass man euch die *Düsteren* nennen wird? Haha, die *Düsteren!* Nirgends ist es dunkler als im Wald!«

Naave sah sich von der Frau gemustert. »Die ist doch aus der Stadt«, sagte Sitq. »Wer trägt denn im Wald solch ein Kleid, du Dummkopf? Ihre Haare sind braun wie Anguaholz, und ihre Haut ist von der Sonne gebräunt.«

Die Männer neigten sich vor, um Naave genauer anzustarren. »Jetzt seh ich's auch, der Eine soll mich verfluchen!«, rief Canca. »Eine Stadtfrau! Wie kommst du auf die andere Seite?«

»Das geht dich …«

Der Dämon legte eine Hand auf ihren Schenkel. Sie zuckte zusammen. »Eine lange Geschichte, die sich beim Essen besser erzählen ließe. Sie hat Hunger, und ich bräuchte Dornengrün – habt ihr welches?«

Wie kam er darauf, zu behaupten, sie hätte Hunger? Aber angesichts des Fleisches, das da in der löchrigen Pfanne auf dem Feuer brutzelte, fühlte sich ihr Magen mit einem Mal tatsächlich sehr flau an.

»Wozu brauchst du Dornengrün?«, wollte der Alte wissen. »Hat dich ein Menschentöter erwischt?«

»So ist es«, antwortete Royia. »Im Rücken.«

Naave entging nicht, dass der Dämon bei diesen Worten jedem in die Augen sah. Als erhoffe er, dass einer aufsprang und sich der Tat brüstete.

»Zeig her.« Canca stemmte sich stöhnend hoch und wankte breitbeinig hinter ihn. Nur zögerlich neigte der Dämon den Kopf und zog den Haarstrang nach vorne. »Ah«, murmelte der Alte und wiegte den Kopf. »Dornengrün ist immer gut, wenn einen der Dorn eines Menschentöters erwischt. Aber es gibt ja verschiedene Töter, manche verletzen nur, andere pumpen Gift in den Körper. Dich hat da ein giftiger erwischt. Wird dir in ein paar Tagen ziemliche Schwierigkeiten bereiten.« Canca schlurfte auf seinen Platz zurück. »Aber jetzt stärkt euch erst einmal. Wer weiß denn, was in ein paar Tagen ist? Vielleicht erschlägt dich vorher ein umstürzender Baum, haha! Sitq, Tzape, macht schon!«

Sitq und eine weitere Frau beeilten sich, Körbe mit gekochten Wurzeln vor die Männer auf den Boden zu stellen und die Fleischstücke mit Holzspießen aus der Pfanne zu fischen. Auch Naave bekam einen Spieß in die Hand gedrückt.

»Gutes Almarafleisch.« Canca biss genüsslich in seinen Spieß. »Kennst du das, Royia?«

»Nein.« Der Dämon aß langsam. Sein Blick hatte sich verdüstert. Naave fragte sich, was der Alte mit *ziemlichen Schwierigkeiten* gemeint hatte.

»Almaraherzen in roter Mlasoße, mit Butter und Manoqbrei. Sitq, das könntest du eigentlich auch mal wieder machen.«

»Immer nur Fressen und Saufen im Kopf«, brummte die Angesprochene.

»Scheint so, als gäbe es doch mehr in der Stadt zu holen, das lohnenswert ist«, raunte Naave dem Dämon zu. Seine Miene wurde noch finsterer.

Aus einer der Hütten kam ein junger Mann. Auch er trug nur einen Bastschurz, ein schartiges Bronzemesser an einem Gürtelstrick und ein geflochtenes Amulett auf der Brust. Er zog einen prall gefüllten Lederbeutel hinter sich her. Beiläufig betrachtete er die Gäste, und erst, als Canca mit der Faust neben sich auf den Stamm schlug, senkte er zu einer Art Willkommensgruß den Kopf. Naave lächelte freundlich, und der Dämon rang sich ein knappes Nicken ab.

»Ich gehe jetzt, Vater.«

»Willst du dich nicht erst stärken, mein Sohn?«

Der junge *Düstere* blickte aus großen, verträumten Augen über den Fluss. Seine Züge wirkten noch ungeschliffen, ließen jedoch erahnen, dass er einmal ein gutaussehender Mann werden würde. »Dazu bin ich viel zu aufgeregt.«

Canca erhob sich, um die Hände auf die Schultern seines Sohnes zu legen. »Dann fort mit dir.« Er klopfte ihm gegen die Wange. »Bring Almarafleisch mit, und die guten Schoten für die Soße. Und wenn du kannst, diese Palmnussessenzen, die einem so schön den Kopf vernebeln, oder wenigstens geräucherte Cupalblätter, ja?«

Sitq schnaubte. Der Sohn verzog das Gesicht; anscheinend begehrte er andere Dinge.

»Und, bei allen vierzehn Göttern, bleibe dem Markt vor dem Tempel fern! Du musst dich westlich halten, wo die weniger reichen Leute wohnen.«

»Das weiß ich, Vater.«

Der schlaksige junge Mann ließ sich von Sitq umarmen und zerrte seinen Sack, offenbar seine Handelsware, in eines der Kanus. Dann schob er es ins Wasser, sprang hinein und ergriff das Paddel. Naave beobachtete genau, welchen Weg er nahm und welche Strömungen er nutzte, um rasch in die Flussmitte zu gelangen und sich dennoch nicht zu weit abtreiben zu lassen.

»Guter Junge«, sagte einer der Männer. »Hoffentlich kriegst du ihn wieder, Canca.«

»Ich bin zuversichtlich. Ist immerhin schon ein paar Jahre her, dass wir zuletzt jemanden in der Stadt lassen mussten.«

»Wie meinst du das?«, wollte Royia wissen.

Canca führte die Kalebasse an den Mund und trank gierig den vergorenen Manoqtrunk. »Nie solche Geschichten gehört?« Lautstark stieß er auf. »Von Waldmenschen – verzeih, *Düsteren* –, die nicht mehr wiederkehrten? Es heißt, die Städter fangen gelegentlich welche ein und stecken sie in dunkle Kammern im Tempel; dort werden sie gewaschen und gefüttert, und irgendwann holt man sie heraus, um sie zu opfern.«

»Das ist doch gar nicht wahr!«, fuhr Naave dazwischen. Sie sah sich von misstrauischen Augenpaaren gemustert.

»Ach, nein?«

»Nein! Die Opfer, von denen du sprichst – es sind Städter, die das freiwillig machen.«

»Ha!«

»Ihre Familien werden dafür belohnt, dass sie sich opfern.«

»Das ist mir ja völlig neu«, erwiderte Canca spöttisch. »Aber du kommst aus der Stadt, du musst es ja wissen, nicht wahr? Vielleicht hat sich ja auch einiges geändert in den letzten Jahren, wer weiß? Ich jedenfalls kann mich noch gut erinnern, wie ich einmal im Wald stand, dicht am *Trennenden.*«

»Am *Trennenden?*«, fragte Naave.

»So nennen wir den Fluss. Gegenüber war der Tempel. Sie feierten dieses schändliche fünftägige Fest.«

»Es ist nicht schändlich! Was seid ihr nur …«, sie schluckte hinunter, was sie von diesen Leuten hielt. »Es ist das Fest der *Endenden Finsternis.* Die Sonne verdunkelte sich vor vielen hundert Jahren für fünf Tage. Man opferte einen Menschen, und sie wurde wieder hell. Deshalb machen wir das. Menschenblut für Sonnenlicht. Aus Dankbarkeit, dass es immer da ist. Und natürlich, damit es nie wieder verschwindet.«

»Du redest, als wärst du eine Priesterin. Wie kommt es, dass du so wenig Ahnung hast? Jedenfalls, von diesen fünf dunklen Tagen wissen wir auch. Im Wald begeht man das Fest allerdings anders: Man verhängt seine Baumhütte und bleibt fünf Tage darin. Am sechsten Tag besucht man einander und isst gemeinsam.«

»Das ist alles?«

»Ja. In der Stadt dagegen wird fünf Tage lang ein rauschendes Fest gefeiert. Die Leute treiben es mit jedermann; man prügelt sich; manchmal gibt es Tote, und am sechsten Tag liegen alle betrunken in den Straßen.« Canca lachte; seine Augen blitzten leidenschaftlich.

»Genau so stelle ich mir dieses Fest in der Stadt vor«, brummte der Dämon, der zu alldem nur mit verschränkten Armen geschwiegen hatte.

»Mit eigenen Augen hab ich gesehen, wie das Blut des Bedauernswerten in den Fluss rann«, fuhr Canca fort. »Dann warfen sie ihn selbst hinterher. Ich hab's gesehen, ja.«

»Ach, und du hast gesehen, dass es ein Waldmensch war?«, entrüstete sich Naave. »Ich stehe selbst jedes Jahr unten in der Zuschauermenge und weiß, dass man auf die Entfernung gar nicht erkennen könnte, ob da ein Waldmensch oder ein Städter auf der Opferbrücke liegt. Außerdem sind sie so reichlich geschmückt, dass …«

»Es war mein Bruder.«

Darauf schwieg sie betroffen. Seit jeher erzählte man sich,

dass es Freiwillige seien, die im Tempel ihr Leben ließen. Ihre Familien bekamen Berge von Kupfer- und sogar großen Silberringen und Häuser in besseren Vierteln; sie hatten auf ewig ausgesorgt. Zu Tzozics täglichem Geschimpfe, das er auf seinen alten Gehilfen Maqo niedergehen ließ, zählte seine Drohung, ihn im Tempel abzuliefern. *Aber für so eine ausgemergelte Gestalt wie dich geben sie bestimmt nichts,* pflegte er seine Tiraden zu beschließen.

»Kennst du denn solche Familien?«, fragte einer der anderen Männer.

Wenn sie es recht bedachte, hatte sie immer nur Leute gehört, die sagten, sie würden jemanden kennen, der aus einer solchen Familie stammte. Aber hatte je eine Familie den *Graben* verlassen? Sie wusste von keiner, musste sie sich eingestehen.

»Immerhin kenne ich jemanden, der vom Tempel mit Schätzen überhäuft wurde.« *Mit Schätzen, die mir zugestanden hätten! Stattdessen hocke ich zwischen zwielichtigen Gestalten und muss mir dieses Zeug anhören.* »Wieso wagt ihr euch denn in die Stadt, wenn es für Waldmenschen so gefährlich ist? Du lässt sogar deinen Sohn ziehen.«

Canca hob die Schultern. »Das Leben im Wald ist ja auch nicht ungefährlich. Die Stadt ist eben etwas ganz Besonderes. Einfach aufregend! Ich wollte immer schon weg.« Er machte eine verächtliche Handbewegung über die Schulter, in Richtung des Waldes. »Immer dieselben Leute in meinem Stamm, Langweiler waren das; und den ganzen Tag jagen oder schnitzen, das war nichts für mich.«

»Und hier hast du es besser?«, fragte der Dämon, den Mund verächtlich verzogen.

»Ich kann wenigstens ab und zu in die Stadt. Ließe man uns, so würden wir dort leben. Aber unsereiner ist dort nicht wohlgelitten. Wäre man dort nicht so versessen auf unsere Felle und Häute und Gifte … Und Federn! Die reichen Städter sind ja ganz verrückt nach bunten Vogelfedern.«

Canca klang munter. Doch Naave konnte sich nicht vorstellen, dass einen das Leben zwischen zwei Welten glücklich machen konnte. Vielleicht benötigte er das Palmnussöl, um weiterträumen zu können.

»Ich hab's nicht geschafft, aber mein Sohn, der ein guter Jäger ist, wird es eines Tages schaffen: ein Axot fangen.« Feierlich hob er die Kalebasse und trank sie aus. »Für ein Axot würden die Städter gewiss jeden Preis zahlen. Und wenn ein Waldmensch genügend Geldringe an den Fingern hat, dürften sie sogar zu ihm freundlich sein.«

Naave spürte, wie sich der Dämon neben ihr anspannte. Seine Armmuskeln bewegten sich unter der Haut, als er eine Faust ballte. Unvermittelt sprang er auf. »Ich habe genug von euch *Düsteren*«, knurrte er. Seine Glutaugen erinnerten an einen Feuersturm. »Beklagenswerte Gestalten seid ihr, nichts weiter. Gebt der Stadtfrau eines der Boote, damit sie hinüber kann …«

»Was bildest du dir ein, he, wer du bist?«

»Ich bin ein Gott.«

Nicht schon wieder. Naave wollte das Gesicht in den Händen vergraben.

Die Männer stießen einander an und prusteten. Sitq schnaubte belustigt, und sogar das Kleinkind in ihren Armen kicherte.

Naave jedoch spürte Unbehagen. In dem Dämon brodelte es – nicht dass er wieder ein Feuer entfachte wie jenes auf dem Tempelplatz! Als er auf Canca zuging und mit dem Finger auf ihn zeigte, glaubte sie schon verbranntes Fleisch zu riechen. Aber das waren nur die letzten Almarastücke, kleine schwarze Brocken, die keiner mehr anrührte.

»Einer von euch *hat* das geglaubt«, sagte er mit heiserer Stimme. Sein Gesicht war erhitzt. Von Zorn – oder machte ihm seine Wunde zu schaffen? »Einer von euch kam zu mir und gab mir ein Kerbzeichenholz. Eine Botschaft. Sagt dir das nichts, Canca?«

Der Alte sah verständnislos zu ihm auf. »Nein, das sagt mir nichts.«

»Er war ein Angehöriger des *düsteren* Volkes. Ein Ausgestoßener. Das habe ich begriffen, als ich euch sah, mit eurem Schmuck aus bemalten Holzstückchen. So etwas trug auch er.«

»Wer weiß, woher der kam«, warf die Frau ärgerlich ein. »Als gäbe es nur uns, die ihr die *Düsteren* nennt.«

Royia riss Canca die Kalebasse aus den Fingern und schleuderte sie ins Feuer.

»So vergiltst du meine Gastfreundschaft?« Cancas Gleichmut schien aufgebraucht. Er stemmte sich hoch und wankte auf schwachen Knien. Auch die anderen Männer erhoben sich. Einige griffen zu den Messern, die an den Stricken hingen, die ihre Kittel zusammenhielten. Sitq rüttelte an Naaves Schulter und bedeutete ihr mit einem Kopfnicken, sich zurückzuziehen. Das ließ sich Naave nicht zweimal sagen. Sie sprang über den Baumstamm und entfernte sich ein paar Schritte vom Feuer.

Die Männer begannen den Dämon zu umrunden. »Ziemlich dumm, wie dein Gefährte sich aufführt«, sagte Sitq und wirkte dabei ganz ruhig.

»Er ist nicht mein Gefährte!«

Doch die Frau verschwand in einer der Hütten, ohne sie länger zu beachten. Offenbar wollte sie nicht zusehen, wie Blut floss.

Meine Gelegenheit! Tique, dafür kriegst du zehn große Kupferringe.

Naave huschte zu den Booten. Sie wirkten so wenig vertrauenerweckend wie die Hütten und ihre Besitzer. Sie vergewisserte sich, dass die drei kieloben liegenden Kanus nicht löchrig waren. Man hatte sie an Wurzeln festgebunden, die aus dem Erdreich der Böschung wuchsen. Doch nur mit lockeren Knoten, wie Naave erleichtert feststellte. Rasch hatte sie das kleinste Boot, das in besserem Zustand als die anderen schien, losgebunden und umgedreht. An der Seite war ein Paddel festgezurrt; auch das ließ sich leicht lösen. Immer wieder schaute sie zu den streitenden Männern hinüber. Es konnte nur noch Augenblicke dauern, bis sie handgreiflich wurden. Keiner bemerkte, was sie tat – die Götter waren mit ihr!

Sie stieß das Kanu ins Wasser, sprang hinein und fing an zu rudern. Schon zerrte der *Große Beschützer* mit kräftigen Fingern an ihr. Sie versuchte sich an das zu erinnern, was sie bei Cancas Sohn beobachtet hatte. Aber es war ihr fast gleich, wohin sie trieb – solange sie nur von hier fortkam. Irgendwann würde sie schon auf die andere Seite gelangen.

Und dann würde sie in Ruhe überlegen, ob sie in den Tempel zurückkehrte oder ins *Fliegende Axot,* wo die Hälfte von Tzozics Belohnung auf sie wartete. Freiwillig würde er sie nicht herausrücken, aber …

»Die Frau klaut eins unserer Boote!«

Sitq stand im Eingang ihrer Hütte und deutete in Naaves Richtung. Zwei Männer rannten zu den verbliebenen Kanus und ließen sie in Windeseile ins Wasser.

Verflucht! Ich hätte die Boote forttreiben lassen sollen!

Naave paddelte mit aller Kraft. Ein schneller Blick über die Schulter zeigte ihr, dass die anderen Männer nicht untätig blieben: Sie rannten am Ufer hinter ihr her. Den Dämon sah sie nicht mehr. Vielleicht hatte auch er die Gelegenheit genutzt und war im Wald verschwunden. Einer der *Düsteren* legte einen Stein auf eine Schleuder und ließ ihn über dem Kopf wirbeln. Naave duckte sich. Pfeifend zischte der Stein über sie hinweg und klatschte ins Wasser.

»O Tique, sie wollen mich töten, hilf mir!«, flehte sie. Ihre Armmuskeln begannen zu schmerzen. Ein zweiter Stein schlug neben ihr ins Wasser. Und als hätten die Götter sich gegen sie verschworen, trieb die Strömung sie nah ans Ufer zurück.

»Gleich haben wir das Mädchen!«

Die Stimme war erschreckend nah. Naave wusste, dass es nicht klug war, Zeit und Kraft zu verschwenden, indem sie sich noch einmal umwandte. Doch sie tat es.

Ein Zischen, ein dumpfer Laut, ein rasender Schmerz. Naave sah an sich hinunter. Ein Pfeilschaft ragte unterhalb ihres Schlüsselbeins aus ihrer Brust. Das Paddel entglitt ihr. Sie starrte an sich hinab, unfähig zu glauben, was sie sah. Das konnte nicht ihr geschehen, niemals …

Ihr Kopf, als sie ihn wieder heben wollte, fühlte sich mit einem Mal schwer an. Da waren die Männer; sie rannten immer noch, aber ihre Konturen flirrten, lösten sich auf, verloren sich in beginnender Schwärze. Da war der Dämon. Er sprang dem Mann, der den Bogen hielt, in den Rücken und stieß ihm den Ritualdolch in den Hals. Blut spritzte. Die Klinge herausziehen, herumwirbeln, dem Nächsten, der sich auf ihn stürzen wollte, über die Kehle ziehen: eine einzige schnelle Bewegung. Dem Dritten, den er mühelos tötete, fiel der Wurfspieß aus den erschlaffenden Händen. Der Rest der *Düsteren* blieb stehen. Die Männer glotzten ihn fassungslos an. Er wirbelte herum und rannte dem Boot nach.

Ein mächtiger Sprung. Er landete vor Naave. Das Boot schaukelte, so dass ihr zu alldem noch übel wurde.

»Warum hast du nicht gewartet?«, schrie er sie an. Sein

Zorn schlug ihr um die Ohren. »Ich hätte schon dafür gesorgt, dass man dir eines der Boote gibt. Notfalls mit dem Dolch an Cancas Kehle … Du Närrin!«

Sie sah noch das Gewitter in seinen Lavaaugen. Ihr schwand alle Kraft. Sie sackte in Schwärze.

6.

Die *Düsteren* am Ufer waren eingeschüchtert genug, die Verfolgung aufzugeben. Canca brüllte und drehte sich stampfend um die eigene Achse wie eine tollwütige Cijac. Die beiden in ihren Booten jedoch ruderten mit grimmigem Eifer hinter dem gestohlenen Kanu her. Flüchtig überlegte Royia, sich zu ritzen, um die Männer zu erschrecken. Aber hier am Rande des Waldes war alles in so helles Sonnenlicht getaucht, dass sie sein feuriges Licht nicht sehen würden. Wahrscheinlich hatte auch die Dornwunde in seinem Rücken zu leuchten begonnen, so sehr sie im Moment schmerzte, und die *Düsteren* hatten nichts bemerkt.

Drohend hob er den blutigen Dolch, tat, als wolle er ihn werfen. Daraufhin ruderten sie mit weniger Schwung und kehrten schließlich um. Als er sicher war, dass sie aufgegeben hatten, betrachtete er genauer, was Naave widerfahren war. Der Pfeil war dicht über ihrem Herzen eingedrungen – zwei Fingerbreiten tiefer, und sie wäre längst des Todes. Doch auch so war sie erschreckend blass unter ihrer Sonnenbräune. Er hatte den Eindruck, auf eine ganz andere Frau hinabzublicken. Was vielleicht auch daran lag, dass sie den Mund hielt.

Den Schaft herauszuziehen, wagte er nicht. Noch war das

Blutrinnsal auf ihrem Kleid ein dünner Strich. Er entsann sich, dass sie einen fadenscheinigen Kittel getragen hatte, als sie sich am Fluss begegnet waren. Später auf der Brücke trug sie dieses Gewand aus einem weißen, schimmernden Stoff, der so fein gewebt war, dass man die Fäden nur erahnen konnte. Das Kleid einer Priesterin. Es schmiegte sich um ihren sehnigen und trotzdem wohlgeformten Körper, besaß eng anliegende Ärmel, die bis zu den Ellbogen reichten, und war bodenlang. In Höhe ihrer Knie schnitt er den Stoff auf und riss Streifen davon ab.

»Was tust … du …«

»Rühr dich nicht, Mädchen. Besser, wenn du jetzt schläfst.« Kurzerhand packte er den Schaft und brach ihn ab. Naave tat einen gurgelnden Schrei. Doch seine Hoffnung, sie würde erneut das Bewusstsein verlieren, erfüllte sich nicht. Während er den gekürzten Schaft mit den Streifen fixierte, jammerte sie und wand sich.

»Was ist denn passiert?«

»Der Pfeil eines *Düsteren* hat dich getroffen. Und der Fluss treibt uns weiter.«

»O nein. O nein!« Matt hob sie die Hand, wollte nach ihm schlagen. »Ich will das alles nicht. Ich will zurück in die Stadt! Ich will, dass …«

Ihr Gejammer ging in erschöpftes Schluchzen über. Strähnen klebten an ihren tränennassen Wangen. Royia hob eine Hand, wartete, ob sie nach ihm schlüge, und strich das Haar behutsam beiseite. »Ich werde …«

»Ich will zurück, hörst du!« Ah, das klang wieder vertraut. Böse funkelte sie ihn an.

»Ich werde dir *helfen*«, sagte er barsch. »Allerdings nicht, indem ich dich zurückbringe, denn das dauert ewig, und meine eigene Haut ist mir auch ein bisschen teuer. Gibt es überhaupt jemanden in der Stadt, der mit solchen Wunden fertig wird?«

»Ich … weiß nicht«, murmelte sie.

Er nahm das Paddel auf, um das Boot zu steuern; ansonsten überließ er es der Strömung. So etwas hatte er zuvor noch nie gemacht, aber schwierig war es nicht. Die Übelkeit, die er beim Betreten des Unterwaldes empfunden hatte, wallte noch einmal auf und ließ allmählich nach. Nach einer Weile verbreiterte sich der Fluss; das Ufer trat zurück, wich ausgedehnten Schilflandschaften, aus denen langhalsige Schilfbrüter aufflatterten, mit Schnecken und frisch geschlüpften Echsen in den Schnäbeln. Mal war das Wasser träge, trüb und mit Matten grünlichen Bewuchses bedeckt, aus denen modriger Gestank stieg. Mal war es so klar, dass man silbrige Fische und anderes buntes Getier in der Tiefe sehen konnte. Eine Schlange brach durch das Wasser, blähte einen rotleuchtenden Kamm und entschied sich, vor dem Boot zu flüchten. Irgendwann lenkte Royia es in einen schmalen Seitenarm, der in den Wald führte.

»Wo sind wir hier?«, fragte Naave hinter ihm.

»Keine Ahnung. Aber es sieht nicht gefährlich aus. Ich suche eine Heilpflanze. Schlangenzunge heißt sie. Der Saft in ihren Blütenblättern sorgt dafür, dass das Blut stockt. So kann ich den Pfeil herausziehen.«

»Aus dem Munde eines Gottes klingt das ja wirklich beruhigend«, murrte sie.

»Gibt es irgendetwas, das deine lästerliche Zunge zum Verstummen bringen kann? Selbst einem Gott kann das nicht gelingen.«

Verächtlich stieß sie den schweren Atem aus. »Was für ein Gott bist … ich meine, willst du denn angeblich sein? Es gibt neben dem Gott-Einen vierzehn. Wärst du der fünfzehnte?«

Wozu sollte er antworten, da sie ihm nicht glaubte? »Ich bin

Tique, der Gott des zehnten Mondes«, sagte er dennoch. *Genauer gesagt, ich hätte es werden sollen,* verbesserte er in Gedanken.

»Aha, du bist Tique. Ausgerechnet! Ich *vergöttere* Tique!« Sie japste nach Luft. Ob vor Schmerz, Empörung oder weil sie ein Lachen zu unterdrücken versuchte, konnte er nicht sagen.

»Sei endlich still«, brummte er. »Das Plappern strengt dich an.«

Die nächsten ein, zwei Stunden verbrachte er damit, die eigenen Schmerzen zu missachten, nach Gefahren Ausschau zu halten und durch eine Welt zu rudern, die ihm fremd war. War dies noch ein Seitenarm des *Trennenden?* Oder waren sie ganz woanders? Nach wie vor war dies der Wald, mit dicht an dicht stehenden Baumriesen, die aus dem Wasser ragten, dazwischen Farnbüschel von doppelter Manneslänge, die wirren Äste gelber Haarweiden, verschlungene Luftwurzeln, farbenprächtige Pilze, die süßlichen Gestank ausdünsteten und klebrige Fäden verschossen, und alles überwuchert von den Ranken vielerlei Schlinggewächse. Ständig musste sich Royia unter ihnen wegducken, Wurzelwerk und Wasserechsen ausweichen und gelegentlich durch kniehohes Wasser waten, um das Boot über glitschige Hindernisse zu ziehen. Dies war noch unangenehmer, als über den weichen, aber trockenen Boden zu laufen. Nur hier und da, wenn graue Basaltfelsen am Ufer aufragten, gelangte ein Sonnenstrahl auf die trübe Wasseroberfläche. Längst hatte Royia die Orientierung verloren, und um sie wiederzufinden, müsste er hinauf in den Lichtwald.

Endlich stieß er auf eine Schlangenzunge. Sogar die Rote Schlangenzunge, deren Saft besonders gut wirkte. Die Schlingpflanze umschmiegte einen Angua, der mitten im Fluss aus dem Wasser ragte. Dicht an dicht lagen die holzigen Schlingen, so dass vom Stamm des Anguas nichts mehr zu sehen war. Der Baum starb eines langsamen Todes; irgendwann würde er verschwunden sein und nur noch die Hülle des Würgers stehen bleiben. Royia schnitt einen dünneren Trieb ab und band das Kanu damit fest. Am Stamm hochlaufen konnte er nicht, denn die Schlangenzunge verhinderte den Kontakt mit dem Angua. Doch die armdicken Schlingen machten es leicht, zu den Blütenblättern hinaufzuklettern. Er musste durch eine Kolonne von Priesterameisen, deren giftige Mandibeln glänzten wie der Jadeschmuck der Toxinacen, dann hatte er einige Blüten abgeschnitten und kehrte zu Naave zurück.

Er zerrieb die länglichen, gespaltenen Blütenblätter. Scharfer Duft stieg von seinen Händen auf. Dann entfernte er den notdürftigen Verband und riss das Loch, das der Pfeil in Naaves Kleid geschlagen hatte, ein Stück auf.

Misstrauisch beobachtete sie, was er tat. Dass sie nichts sagte, war kein gutes Zeichen. Sie war noch blasser geworden. Schweißperlen standen auf ihrer Stirn. Das Blutrinnsal war stärker geworden. Er spürte die Hitze ihrer Haut, als er den Brei um den Schaft herum auftrug. Viel würde das nicht helfen.

»Es stinkt«, stöhnte sie.

»Es einzuatmen, wird dich beruhigen.« Das war falsch – es linderte nur die Schmerzen. Aber es konnte nicht schaden, wenn sie das glaubte.

Royia schnitt das Kanu los. Als er mit dem Dolch über die Ameisenbisse kratzte, fiel sein Blick darauf. Der Griff war aus poliertem Gestein, in Form einer gedrungenen Figur mit übertrieben großen Händen und Kopf. Sie trug eine Art Federkrone und einen Mantel. In einer Hand hielt sie wiederum einen Dolch.

Er hatte den Priester gesehen. Den, von dem Naave sagte, sie wäre seine Tochter. Aber nur flüchtig; er konnte sich erinnern, dass jener von ganz anderer Gestalt als dieses kleine ungestalte Figürchen war. Trotzdem vermutete er, dass es ihn darstellte.

Dieser Mann hatte verlangt, dass sie ihn, Royia, tötete. In wie viele Opfer hatte er eigenhändig diesen, genau *diesen* Dolch gestoßen?

… deshalb machen wir das. Menschenblut für Sonnenlicht. Aus Dankbarkeit, dass es immer da ist. Und natürlich, damit es nie wieder verschwindet. Das war Naaves Erklärung gewesen. Die Städter töteten aus Furcht. Wie dunkel musste eine Seele sein, dass sie Menschenopfer darbrachte, um sich bei den Göttern einzuschmeicheln? Die *verdorbene Stadt,* so hatte man sie früher genannt. Seit langer Zeit nannte man sie nur noch *die Stadt* – weil es keines zusätzlichen beschreibenden Wortes bedurfte. Die Stadt und Verderbtheit, das war eins.

Er schob das Kanu zurück ins Wasser, sprang hinein und umrundete den Angua mitsamt seiner tödlichen Hülle. Die Suche ging weiter, denn um Naave zu retten, brauchte es ein anderes Mittel. Eines, das sehr viel schwieriger zu beschaffen war.

Warum tat er das? Um der Stadtfrau zu helfen? Sie verdiente es nicht. Aber vielleicht war das auch nicht der Grund.

Vielleicht brauche ich diese Ablenkung, weil sie mich davon abhält, über meine eigene Lage zu schreien.

Er schloss die Augen, schickte in Gedanken einen lockenden Laut. Wartete auf einen Ruf, ein Geräusch, irgendeine Antwort.

Nichts.

Zusehends wurde es dunkler. Hier unten war schwer zu unterscheiden, ob nur das Sonnenlicht seinen Weg schlechter fand oder ob es dämmerte. In der Nacht würde man die Hand nicht mehr vor Augen sehen. Er hielt nach Harzklumpen an Baumrinden Ausschau und wurde rasch fündig: Am verwitterten Stamm eines niedrigen, knorrig gewachsenen Baumes klebten mehrere Klumpen in Faustgröße. Er schnitt alle herunter und stapelte sie im Boot. Nun fehlte noch eine Nadel oder ein schmaler Dorn. Oben im Lichtwald nutzte man dafür die Nadeln des Windwerfers, aber diese Pflanze brauchte Sonne; sie wuchs schwerlich hier unten. Schließlich entdeckte er die langen Dornen eines kugeligen Gewächses. Sie abzuhauen, kostete einige Kratzer an der Hand.

Es störte ihn nicht. Wichtig war nur, dass er Licht hatte.

Hinter ihm stöhnte Naave. »Ich habe Durst.«

Es war nur ein Wispern. Royia drehte sich um. Naaves Augen waren geschlossen. Von einer Liane schnitt er ein armlanges Stück ab und wrang es über ihr aus. Klare Flüssigkeit troff in ihren Mund. Sie schluckte gierig.

»Hast du Hunger?«, fragte er.

Es kam nur ein fiepender Laut, den er als *nein* deutete. Ein Blick auf ihr gerötetes Kleid verriet ihm, dass die Wunde unvermindert blutete.

Er paddelte weiter, durch einen düsteren Wald riesiger Anguas, die von den tödlichen Griffen der Würgerpflanzen umschlungen waren. Mücken schwirrten, handtellergroße Libellen huschten über ihn hinweg. Dass der Unterwald laut gewesen war, merkte er erst, als Stille einkehrte. *So still war es am Berg, als ich von dem Plateau fiel.* Deutlich vermeinte er nun einen Herzschlag zu hören. Ein schwarzer Fels ragte zwischen den Bäumen auf, ein Schatten, wie ein Eingang in die

Unterwelt. Ja, von ganz oben kam der Herzschlag. Vorsichtig schickte Royia einen Gedanken voraus.

Er empfing verwirrte Laute.

Wieder band er das Boot an einem Stamm fest. Allmählich war es so dunkel, dass er einen der Klumpen verbrauchen musste. Er stieß einen Dorn hinein. Die Larve des Leuchtkäfers, die vom Harz umschlossen war, entzündete sich. In seiner Hand ging der Klumpen in Flammen auf. Er warf ihn zwischen den Anguas hindurch in Richtung des Felsens – damit Pflanzen und Pilze wenigstens einen Teil ihrer tödlichen Fäden und Stacheln verschossen. Am oberen Rand des Felsens bemerkte er eine schattenhafte Bewegung. Von irgendwo seitwärts kam ein Zischen. Unwillkürlich riss Royia einen Arm vor das Gesicht, wenngleich er wusste, dass es ihm nichts helfen würde. Doch die Pflanze, die da ihre winzigen Giftnadeln auf alles verschoss, was sich bewegte, war nicht nah genug.

Er stieg einen der kleineren Anguas hinauf, schnitt aus dem Würgegeflecht ragende Äste und fand darin ein paar fette Raupen, die er rasch hinunterschlang. Die Äste breitete er über dem Boot aus. »Ich muss dich für einen kurzen Moment allein lassen«, sagte er.

»Du … lässt mich … zurück?« Naaves brüchige Stimme klang so empört wie ängstlich.

»Nur ganz kurz. Hier wächst die Giftnaua; Tiere wagen sich ungern in ihre Nähe. Du wirst für eine Weile sicher sein.«

»Gift…«

»Um die Pflanze mach dir keine Sorgen. Sie verschießt ihr Gift nur, wenn sich etwas bewegt. Aber selbst wenn dich ihre Nadeln treffen sollten – es schickt einen nur in tiefen Schlaf. Für dich macht das ja keinen Unterschied.«

Tränen rannen ihre Schläfen hinunter. Sie fasste sich an die Brust. »… tut … so weh.«

»Ich weiß!« Ihm war danach, sie anzuherrschen, dass sie aufhören solle zu jammern. Schließlich wusste er, was Schmerzen waren.

Er lauschte auf ihren flachen Atem. Schnell musste er trotzdem sein, denn ihr Blutgeruch würde trotz der Giftnaua Schlangen anlocken.

Zwei Kugeln passten in seine Hand. In eine dritte stieß er einen Dorn und warf sie. Kaum war der darauf folgende Regen giftiger Nadeln vorbei, rannte er, zwischen den Anguas hin und her springend, auf den Felsen zu. Die nächste Kugel zeigte ihm, wie er hinaufklettern musste, und die verbliebene steckte er sich zwischen die Zähne.

Der Felsen war von glitschigem Moos überwachsen. Royia hatte alle Mühe, Halt zu finden. Er lauschte, schickte seine Gedanken hinauf, lauschte wieder. Seine Ohren vernahmen das leise Knattern eines Flügelschlages, sein Kopf hingegen verwirrtes Zischen.

Ich bin kein Feind. Ich bin nur einer, der Hilfe braucht. Bleib ruhig, bleib ruhig …

Das Axot dort oben war nicht in der Obhut der Toxinacen geboren. Es kannte keine menschliche Sprache. Royia hörte in sich keine verständliche Antwort, nur misstrauisches Zischen und Pfeifen, darunter helle, fiepende Laute. Immer wieder sandte er beruhigende Gedanken, in der Hoffnung, das Axot möge die Friedfertigkeit darin spüren. Schließlich sah er sich gezwungen, die letzte Kugel zu nutzen. Er suchte mit den Zehen Halt, löste eine Hand, tastete nach der Nadel, die er lose in die Kugel gesteckt hatte, und drückte sie tief hinein. Rasch nahm er sie aus dem Mund und hielt sie hoch.

Im Licht ihrer hochzüngelnden Flamme schien die Spitze des Felsens in greifbarer Nähe zu sein. Doch ob es wirklich die obere Kante war, wusste er nicht. Er merkte sich die Vorsprünge, warf die Kugel hinter sich und arbeitete sich weiter hinauf.

Als seine gereckten Hände die Kante erreichten, war die Leuchtkugel erloschen. Er spürte das Axot in greifbarer Nähe.

Ich bin kein Feind …

Beruhige dich …

Ruhig …

Stille. Gefährliche Stille. Etwas war dort oben nicht, wie er es erwartet hatte. Dort war nicht nur das Axot, dort war … er konnte nicht sagen, was dort war. Ihm fehlte eine weitere Leuchtkugel.

Unendlich langsam zog er den Dolch und legte die Schneide auf seine Handfläche. Dann ein rascher Schnitt. Der heraustretende Lichtstrahl fiel auf die Gestalt eines riesigen Axots, größer als Aja gewesen war. Rote Augen glühten zornig.

Leise klapperte es mit dem Schnabel – ein Zeichen der Erregung. Unter dem Körper der Flugechse knirschten die Äste, Blätter und Knochen eines Nestes.

Verdammt! Ein Weibchen mit Nachwuchs.

In sich hörte er das ängstliche Fiepen der Jungtiere; für seine Augen jedoch blieben sie unsichtbar.

Ich bin …

Ein Schrei, so laut, dass er nicht hätte sagen können, mit welchen Sinnen er ihn wahrnahm. Das Axot richtete sich auf, breitete die gewaltigen Flügel aus und stellte den Federkamm auf. Fast verlor er den Halt, als es nach ihm schnappte. Er rutschte eine Armlänge hinab. Die hakenbewehrte Schwanzspitze zischte durch die Luft und verfehlte ihn nur knapp. Flappender Flügelschlag verriet ihm, dass sich das Tier in die Luft erhob – und von hinten näherte. In seinem Kopf kreischte es, dass es schmerzte. Royia stieß sich vom Felsen ab, an dem er sich ohnehin nicht mehr richtig halten konnte, und warf sich dem Axot entgegen. Es war ein Berg von Muskeln. Die Flugechse brüllte. Sie warf sich hin und her und schlug mit all ihren Haken und Krallen nach ihm.

Ruhig! Ruhig! Ich bin nicht dein Feind!

Beruhigte sie sich tatsächlich? Oder sammelte sie Kraft für einen neuen Angriff? Sie flatterte hin und her.

Unter all dem Getöse vernahm er das Zischen der Pflanze. Das Axot störte sich nicht daran; seine ledrige Haut konnten die kleinen Nadeln nicht durchstoßen. Royia presste sich dicht auf den Rücken, um nicht getroffen zu werden. Heftig warf sich das Tier hin und her; er konnte sich kaum halten. Als er halbwegs sicher war, dass die Pflanze ihr Gift für den nächsten Regen neu sammeln musste, sprang er herunter. Das Axot folgte ihm. Dicht an seinem Hals klappte der Schnabel; über seinen Kopf zischten die Haken der Schwanzspitze hinweg. Royia sprang den nächsten Baumstamm hinauf und warf sich wieder auf den Axotrücken. Ein schriller Wutschrei riss an seinen Ohren. Das Axot drehte sich und taumelte auf den Boden.

Er schaffte es, eine Hand auf die zarte Stirnhaut zu legen, wo auch Ajas zarteste Stelle gewesen war, jene, die sie ihm am liebsten hingehalten hatte, damit er sie dort streichelte. Sanft, doch mit Nachdruck rieb er darüber, während er versuchte, das Tier festzuhalten.

»Ich bin dein Freund«, raunte er der Flugechse zu.

Sie beruhigte sich.

Welch ein Gefühl, wieder solch ein prächtiges Wesen zu umarmen! Kurz, ganz kurz schloss er die Augen, um sich der Täuschung hinzugeben, Aja zu liebkosen. Als sich das Axot aufbäumte, ließ er diesen Unfug jedoch schnell bleiben. Immer wieder ließ er die Gedanken fließen, und das Tier hielt still. Schließlich wagte er es, seine aufgeschnittene Hand vor den Schnabel zu halten. Würde das Axot die Zunge entrollen, um den Schnitt mit seinem Speichel zu heilen?

Da war ein Schmerz in ihrer Brust, woher kam der? Und warum fühlten sich ihre Glieder so steif an? Blinzelnd hob Naave die schweren Lider. Sie hatte die Knie an den Leib gezogen und hockte in einem seltsamen Gebilde holzartiger Wülste, die sich umeinanderschlangen. Es sah aus, als säße sie ... in einem hohlen Baum? Nur dass der Baum fort war und nichts als diese Würgeschlingen geblieben waren. So etwas von außen gesehen zu haben, ja, daran konnte sie sich schwach erinnern. Aber wie, bei allen Göttern, war sie *in* eine solche Pflanze gekommen?

Was war überhaupt geschehen?

Der Schmerz, entsann sie sich, kam von der Pfeilwunde über ihrem Herzen. Einer dieser Männer, die Royia die *Düsteren* genannt hatte, hatte auf sie geschossen. Als sie das Kanu gestohlen hatte ... Tröpfelnd wie zäher Honig kehrten die Erinnerungen zurück. Dieser hochmütige Feuerdämon! Mit seinem Gerede vom Gottsein hatte er die Männer gegen sich aufgebracht. Dann war er mit ihr geflohen, auf dem Fluss ... eine zähe Fahrt durch eine grüne Welt, derer sich Naave nur noch verschwommen entsinnen konnte.

Vorsichtig betastete sie den Verband um ihre Brust. Den Stoff hatte der Dämon von ihrem priesterlichen Kleid abgerissen. Müsste nicht jede Berührung üble Schmerzen hervorrufen? Doch dieser Schmerz war nur schwach. Eher, als plage sie ein Bluterguss. Und unter dem Stoff, müsste sich da nicht der abgebrochene Schaft des Pfeils wölben?

Sie hob den Verband an, so gut es ging. Trockenes Blut klebte auf ihrer Haut. Doch die Wunde war sauber. Ein wenig geschwollen und blau um ein kleines Loch, das sich geschlossen hatte. Wie hatte Royia das gemacht? Hatte er hier im tiefsten Wald einen Heiler aufgestöbert? Oder eine Heilpflanze von wahrer Wunderwirkung?

Sie versuchte sich zu erinnern. Doch alles, was ihr in den Sinn kam, war ein seltsamer Traum: Ein rotschillerndes Ungeheuer hatte sich über sie gebeugt. Auf seinem Rücken Royia. Das Tier hatte den mit spitzen Zähnen bewehrten Schnabel geöffnet und seine Zunge auf ihre Brust gelegt. Ein wahrhaft übler Traum … Sie hatte vor Furcht um sich schlagen wollen, aber sie war zu schwach gewesen … Dann war sie ruhig geworden, denn ihr war es so vorgekommen, als sauge das Tier das Schlechte aus der Wunde.

Sie meinte sich auch zu erinnern, den Dämon angefleht zu haben, sie nicht allein zu lassen. Ihn, einen Feuerdämon, hatte sie wie ein ängstliches Kind angebettelt! Wüsste ihre Mutter davon, würde sie vor Scham wohl noch einmal sterben.

Wo war er überhaupt?

Und von woher kam das Licht?

Er ist hier. Natürlich ist er hier.

Sie versuchte sich aufzurichten. Durch ihre Brust schoss ein Schmerz. Es war so eng hier, dass sie nicht wusste, wie sie aufstehen sollte, ohne sich zu sehr zu peinigen. Mühsam rutschte sie auf dem Gesäß herum.

»Allmächtige …«, hauchte sie und schlug sich vor den Mund.

Er stand über ihr. Sein Haarstrang im Nacken hatte sich gelöst; seine schwarzen Haare lagen wirr um seine Schultern. Sein rechter Arm hing schlaff herab, während der andere über ihm an die Röhre gebunden war. Den Kopf hatte er an den gestreckten Arm gebettet. Tief atmete er, als schliefe er. Ob er die Augen geschlossen hielt, konnte Naave jedoch nicht sagen – er stand mit der Brust in die Rundung der Würgerpflanze gelehnt.

Wer hatte ihn an die Verschlingungen der Pflanze gefesselt? Und warum?

Zwischen den Strähnen leuchtete seine Rückenwunde, aus der Naave – gestern erst? – den Dorn gezogen hatte. Über ihm schimmerten die Holzwülste mattgolden. Hier in dieser geschlossenen Schlingpflanzenröhre, durch die kein Tageslicht drang, weil es vermutlich noch Nacht war, wirkte dieses Wunder um ein Vielfaches beeindruckender.

Ein Wunder? Eher ein Fluch.

Ein rotglühender Tropfen sickerte aus der Wunde an seiner Wirbelsäule herab. Flüssiges Feuer …

Naave presste sich an die Wand. Ausweichen war unmöglich. Der Tropfen fiel. Heiser schrie sie auf.

Was ihr Knie traf, war nur noch ein Blutstropfen.

Allmählich beruhigte sie sich, verdrängte den Gedanken eines Feuers, das diese trockene Pflanze, die sie beide umschloss, in Brand setzte.

Wäre nicht das Licht, würde er gar nicht wie ein Dämon aussehen. Sondern durchaus menschlich. Gut, da waren diese Narben. Manche Tempelwächter malten sich rote Striemen auf die Arme, um sich der Gunst des Schwertgottes Xipe To zu versichern. Die Narben des Dämons waren glatt, hell schimmernd, manche gerade und klein, manche länger als eine Hand und geschwungen, manche wie ein Kreis – ein Muster bildend, das sich gleichmäßig über den Rücken, über Schultern und die Arme hinab bis zu seinen Fingern wand. Naave fragte sich, wie dieser Mann, Dämon oder nicht, noch leben konnte.

Und wer ihm das angetan hatte und warum.

Nun, *warum* ... Das Licht sprach eine deutliche Sprache. Es kam aus seinem Inneren, also hatte man seine Haut geöffnet, um es zu ...

... *zu ernten*, dachte sie.

Allerdings war der Grund sicher nicht, über Licht zu verfügen. Eine Lampe zu entzünden, war einfacher.

Gütiger Tique, ich will eigentlich gar nichts darüber wissen.

Sie krallte die Finger in die Spalten der Holzwülste und arbeitete sich in eine aufrechte Haltung. Fest musste sie die Zähne zusammenbeißen, bis sie es geschafft hatte. Sie spannte die müden Beinmuskeln an, um sich davon abzulenken, so nah bei dem Dämon zu stehen. Ihre Haut lag an seiner – es war unvermeidlich, und wenn sie noch so sehr den Rücken gegen die Wand presste. Er roch nach dem erdigen Wasser und ein wenig nach Schweiß. Nicht unangenehm. Als ein Laut aus seiner Kehle kam und er den Kopf bewegte, hielt sie den Atem an.

Das Licht pulste aus der Wunde. Nicht wie eine Flamme, eher wie ein gleißend heller Sonnenstrahl, der durch eine Öffnung fiel. Naave wagte es hineinzufassen.

Es war heiß!

»Finger weg!«

Erschrocken sackte sie zurück in die Knie; die rasche Bewegung sandte einen Stich durch ihre Brust.

»Fass nicht in das Licht.« Seine Stimme war rauh und matt. »Es ist Feuer.«

Als ob ich das nicht wüsste! Sie lutschte an den Fingern.

Er hob den Kopf, ließ ihn wieder sinken. Sein Wadenmuskel, an den sich ihr angezogenes Bein schmiegte, spannte sich an. Mit der freien Hand tastete er an den Wülsten hinauf und versuchte sich zu halten.

»Was ist mit dir los?«, fragte Naave. »Warum bist du da angebunden? Wer hat das gemacht?«

»Ich … selbst.«

War er verrückt geworden? Doch dann begriff sie. Nur der gefesselte Arm hielt ihn davon ab, in der Enge der Röhre auf sie zu fallen. Am Boden war kein Platz für zwei Menschen. Nur – was taten sie hier überhaupt?

Sie spürte die Spannung, die seinen Körper erfasste, da er sich mühte, aus eigener Kraft zu stehen. Bei Tique – wie lange hielt er das schon aus?

»Ich … habe dich zu einem Axot gebracht. Besser gesagt … das Axot zu dir. Ihr Speichel heilt … Wunden.« Jedes Wort sprach er langsam und bedächtig, wie eine Hürde, die seine müde Zunge überwinden musste.

Was sagte er da? Axots waren wilde Tiere! Die konnte man nicht einfach … herbringen.

Sie dachte an Tzozics *Fliegendes Axot.* An die Axothaut und die Krone aus Axotfedern, die der Hohe Priester zu besonderen Anlässen trug. Zumindest beim Opfer des Festes; zu anderen Gelegenheiten bekam das Volk ihn ja selten zu sehen. Ein lebendes Tier hatte Naave noch nie erblickt. Es waren legendenumrankte Waldwesen, die sich niemals am offenen Himmel zeigten. Woher wohl das Axotleder des Hohen Priesters stammte? Vermutlich hatten Waldmenschen, *Düstere,* sie irgendwann in die Stadt gebracht. Und nun sollte ein solches Tier … »Es hat auf meine Wunde gespuckt? Das ist doch unmöglich!«

»Du hast recht, Axots können nicht spucken. Es hat deine Wunde … abgeleckt.«

Plötzlich dämmerte ihr, dass der Traum gar keiner gewesen war. Über ihr war tatsächlich ein Axot erschienen. Mit Royia auf dem Rücken.

Er war wirklich ein Dämon. Ein Mensch wäre dazu niemals fähig gewesen. Ihr Blick wanderte erneut an seiner schlanken Gestalt voller geschmeidiger Muskeln und Sehnen hinauf und blieb an der lichtblutenden Wunde hängen. Ihr Herz schlug schnell. Vor Angst, wegen der Enge; sie wusste es nicht. Sie fühlte sich wie ein gereiztes Tier in der Falle. War dort oben, eine Speerlänge über dem Dämon, eine Öffnung in der Würgehülle? Dahinter war tiefschwarze Nacht, doch das war ihr jetzt gleich. Sie musste hinaus!

Naave kämpfte sich zurück auf die Füße. Das Stechen in der Brust missachtend, krallte sie Zehen und Finger in die Spalten der Wülste. Aber zum Klettern fehlten ihr Kraft und Platz; sie kam nur ein kleines Stück weit. Unwillig knurrend drehte sich der Dämon und hob den Kopf. Seine Augen waren dicht vor ihren. Sein Blick jagte Schwäche in ihre Glieder, so dass sie auf den Boden gesackt wäre – hätte er nicht plötzlich den freien Arm um sie gelegt.

»Du … kannst … nicht … hinaus.« In jedem leisen Wort steckte das Aufbegehren gegen den Schlaf.

Es war unerträglich, so von ihm gehalten zu werden. Ihre Haut kam ihr viel zu empfindsam vor – sie spürte seine Fingerkuppen im Rücken, die Wärme seines straffen Leibes. Den heißen Atem, der über ihr Gesicht strich. Sie senkte die Lider, starrte stattdessen auf die Reihe winziger schwarzer Lavaperlen an der auf seiner Brust ruhenden Lederschnur. Vierzehn waren es. Das war ihr bisher nicht aufgefallen.

Vierzehn kleine schwarze Monde.

»Schau nach …«, langsam sackte seine Hand herunter; Naave glitt zurück auf die Füße. »Nach …«

»Ja?«

Er warf den Kopf zurück, im Bemühen, sich wachzuhalten. »Kleine … Nadeln … ziehen … du musst …«

Seine Hand grub sich in ihr Haar, presste ihre Wange an seine Brust.

»Musst …«

Sie machte sich los und ging in die Knie. So ganz hatte sie nicht verstanden, was er wollte. Nadeln? Kleine Nadeln? Da entdeckte sie in dem schwachen Licht einen winzigen Stachel in seiner Haut, oberhalb des Knies. Er war kaum länger als ein Fingernagel und so dünn, dass er, als sie ihn herauszog, nur einen winzigen roten Punkt zurückließ. Machten diese Nadeln ihn so schläfrig? Naave legte die Hände an seine Füße und tastete sich an seinen Beinen hinauf.

Unter den Fingerkuppen erspürte sie die Erhebungen all der Narben, Muskeln und Sehnen. *Es ist nicht schlimm, ihn anzufassen, gar nicht,* redete sie sich ein. In einer Kniekehle fand sie einen weiteren Stachel. Die Schenkel berührte sie nur so weit, wie sein Schurz reichte. Dann richtete sie sich wieder auf, legte die Hände auf seinen Bauch.

Es war überhaupt nicht schlimm. Ganz und gar nicht.

Verwirrt schüttelte sie den Kopf, strich über Brust und Arme. Nein, hier musste sie nicht suchen; was er erreichen konnte, hatte er sicher selbst fortgewischt. Also tastete sie um ihn herum und fand auf dem Rücken eine stattliche Anzahl kleiner Stacheln. Sorgfältig zupfte sie sie aus und ließ sie fallen.

»Geht es dir jetzt besser?«, fragte sie.

Er nickte brummend.

»Können wir jetzt hinaus?«

»Wir … müssen die Nacht abwarten.« Er presste den Handballen gegen die Augen, blinzelte und schüttelte sich. »Die Giftnaua schläft am Tag; erst dann können wir hinaus.«

Naave verstand nicht, was er meinte. Nur so viel: Er hatte Unmögliches getan, um ihr zu helfen.

Erschöpft von dieser Erkenntnis sackte sie in die Hocke. Ein Feuerdämon hatte ihre Mutter umgebracht. Ein Feuerdämon hatte ihr Leben gerettet. Ihr war, als wollten die Götter sie um ihren Hass betrügen. Müde legte sie die Wange auf die Unterarme und nickte ein.

7.

Naave schlüpfte aus der Umklammerung der Würgerpflanze und kletterte hinter dem Dämon an ihrer Außenseite hinunter. Ein schlankes Gewächs stand wie eine unschuldige Frau inmitten eines lichten Fleckens, auf den die Helligkeit eines dunstigen Morgens fiel: Die armlangen roten Blütenblätter umeinandergeschlungen, sah die Giftnaua so schön wie gefährlich aus. In den Nebeln ringsum wirkten die in alle Richtungen wachsenden Hüllen der Würgerpflanzen wie erstarrte Geisterwesen. Geduckt huschte ein Reptil durch knöchelhohes Wasser. Naave blickte zurück zu dem Versteck, aus dem sie geklettert waren. Ihr war unbegreiflich, wie der Dämon es geschafft hatte, dem Giftschlaf zu trotzen und sie in den Schutz der Schlingpflanzenumhüllung zu tragen.

Über ihnen trafen sich die Spitzen riesiger Farne; unter ihnen huschten dicke Käfer und gewaltige Spinnen über den weichen Moosboden. Als sie an der Giftnaua vorbeikamen, wartete Naave, dass sich die armlangen Blütenblätter öffneten und ein Nadelregen auf sie niederging. Doch nichts geschah.

»Wo ist das Axot jetzt?«, fragte sie.

»Es ist nicht da. Nur seine Jungen.«

Sie legte den Kopf in den Nacken und suchte nach verräterischen Schatten in den Morgennebeln. Woher wusste er …

»Ich kann Axots in meinem Innern spüren.«

»Ah, da spricht wieder der Gott.«

»So ist es. Wir müssen zusehen, dass wir hier wegkommen. Allzu lange sollten wir uns in der Nähe eines Axotnests nicht aufhalten. Nur weil ich es unter meinen Willen zwang, ist es nicht unser Freund.«

Er blieb vor einer gedrungenen Palme mit schweren, rundlichen Blättern stehen. War das nicht die blaue Sonnenpalme, deren Nussöl ihr der Hohe Priester gezeigt hatte? Stärkend wirkte es, meinte sie sich zu erinnern. Doch Royia pflückte nicht die Nüsse, sondern stocherte mit dem Dolch am Wurzelwerk herum. Er gab ihr einige Brocken.

»Warum essen wir nicht die Nüsse?«, fragte sie.

»Die Wurzeln sind wirksamer und leichter zu kauen.«

»Woher weißt du solche Dinge?«

»Von Xocehe, meiner Lehrmeisterin. Sie war es, die mir die Narben zufügte. Mir und anderen Erwählten zuvor. Sie ist die Göttin der Heilkunde, die Göttin des achten Mondes.« Bei diesen Worten lächelte er auf eine undeutbare Weise. »Aber ich kann ja erzählen, was ich will, nicht wahr?«

»Die Göttin des achten Mondes«, echote sie verblüfft. »Und du wunderst dich, dass man dir nicht glaubt. Wenn du ein Gott bist, musst du das doch beweisen können?«

»Genügt dir das, was sich auf meinem Rücken abspielt, nicht?«

»Das heiße Licht? Das beweist nur, dass du bist, wofür ich dich halte: ein Feuerdämon. Du machst mich mit deinem Licht verrückt! Kannst du mit dem Leuchten nicht aufhören?«

»Es hört auf, wenn sich die Wunde schließt oder nicht mehr schmerzt.«

»Warum hat das Axot nicht auch deine Wunde abgeleckt?«

»Es war ein wildes Tier, dem ich den Rücken niemals hätte zuwenden dürfen«, erwiderte er schroff, fuhr herum und lief weiter, ohne sich zu vergewissern, dass sie ihm folgte. Ihr blieb nichts, als sich zu sputen. Obwohl er schnell ausschritt, soweit es das Gelände zuließ, sah sie doch, dass ihm der fehlende Schlaf und die Verletzung zu schaffen machten.

»Also, heilen kannst du dich nicht. Uns auf eine bequemere Art hier herausbringen ebenso wenig. Aber ich will einmal annehmen, du seist ein Gott. Wieso bist ausgerechnet du einer?«

»Ich wurde von Toxina Ica erwählt. Sagte ich das nicht?«

»Das hast du. Wahrscheinlich sogar mehrmals. Aber nicht, warum die Wahl auf dich fiel. Bei der Güte des Gott-Einen!«, rief sie, da er schwieg. »Diese Geschichte wird doch irgendwo einen Anfang haben?«

»Ganz am Anfang stand Iq-Iq … Weißt du überhaupt, wer das ist?«

»Natürlich. Iq-Iq ist der Alte Gott. Der Urvogel, aus dessen Ei die Welt schlüpfte. Das weiß nun wirklich jeder.«

»Iq-Iq steht für die Gerechtigkeit und Ordnung der Welt. Daher hatte ich meine Zweifel, ob ein Mädchen aus der verdorbenen Stadt das wissen kann.«

»Ich hasse dich, sagte ich das schon?«

»Mehr als einmal.« Er blieb wieder stehen und hob einen Arm, damit sie nicht weiterlief. Eine Fledermaus huschte dicht über ihren Köpfen vorbei. Ihr folgte ein ganzer Schwarm; wie eine Gewitterwolke stürzten sie vorbei, auf der Jagd nach Insekten, von denen es reichlich gab. Fledermäuse gab es auch in der Stadt, und Naave war froh, hier etwas Vertrautes zu erblicken. »Also hör zu«, fuhr Royia fort, als er weiterging. »Aus dem Ei entschlüpfte die Welt als feuerspeiender Berg und mitten darin Toxina Ica, Iq-Iqs Sohn. Er lebte über hundert mal hundert Jahre allein auf dem Berg, im Goldenen Bergpalast, den sein Vater ihm erbaute. Er weinte Feuertränen über seine Einsamkeit – aus den erkalteten Tränen erwuchs das Lavavolk. Man weiß nicht, ob es Götter oder schon Menschen waren; man weiß fast nichts von diesem Volk, denn es hat keine Zeugnisse hinterlassen. Man weiß nur, dass sie über eine besondere Gabe verfügten: Sie konnten aus sich selbst Licht und Feuer erschaffen. Und ihnen entstammten die vierzehn Götter. Weißt du auch, wie sie entstanden?«

»Toxina Ica besaß vierzehn Augen. Um die Monde entstehen zu lassen, holte er sie aus seinem Kopf und warf sie an den Himmel.«

»Das stimmt. Weißt du auch, wie es weiterging?« Sie schwieg, und er fuhr fort: »Danach war er so geschwächt, dass der Tod in die Welt kam. Um den Tod abzuwehren, erbat Toxina Ica von seinem Vater zwei neue Augen. Iq-Iq erfüllte den Wunsch. Toxina Ica verjagte den Tod in die Unterwelt, von wo dieser seitdem seinen Schattenhauch aussendet, um Sterbende zu holen. Iq-Iq sagte zu seinem Sohn: ›Nun bist du der Gott-Eine, und ich bin hinter dem Himmelsbogen. Du bist die Sonne.‹ Aus allem, was der Körper des Einen verlor – Haare, Hautschuppen, Wimpern, Nägel –, erwuchs das, was wir heute sehen: die Tiere, der Wald, das Wasser, das darin fließt. Ein anderes Volk entstand, das der Waldmenschen. Das Lavavolk ging in ihm auf. Doch ab und zu erbt ein Angehöriger des Waldvolks die alte Feuergabe der Lavaleute. Er ist dann auserwählt, als zukünftiger Gott dem Gott-Einen zu dienen, und muss unter Schmerzen seinen Körper schulen – nur scharfer Schmerz erzeugt das Feuerlicht.«

»Dann ist dein Inneres gar nicht aus … aus Lava?«

Er drehte sich kurz um und lächelte kühl. »Ich bin ein Gott aus Fleisch und Blut.«

Auch für seinen Hochmut hasste sie ihn, o ja.

»Wenn der Gott-Eine einen Erwählten zu sich auf den Berg ruft, nimmt er ihm die Schmerzen«, erzählte er weiter. »Er wird belohnt mit einem langen Leben in Herrlichkeit. Sein Feuer und das der anderen Götter wärmt den Berg in seinem Innern und nährt die Macht des Einen, der dem Land Fruchtbarkeit schenkt. *Das* zumindest hat man mir erzählt, aber … Tritt nicht darauf.«

»Was?«

Naave blickte auf ihre Füße. Dicht vor ihren Zehen wölbte sich das Moos, als sei eine Kugel darunter vergraben. Eine lebendige Kugel.

»Ist das gefährlich?« In Gedanken sah sie giftige Säfte aufspritzen und sie von Kopf bis Fuß einhüllen, wenn sie dieses Ding auch nur berührte.

»Eigentlich nicht. Aber wenn darunter ist, was ich vermute, ein bestimmter Pilz, wird man den Juckreiz nie mehr los, sobald man ihn berührt hat. Zumindest ist das bei denen im Lichtwald so, die unter Astgabeln wachsen. Es könnte aber auch etwas ganz anderes sein; hier unten …«

Naave schob sich an ihm vorbei und stieg über die pulsierende Kugel hinweg. Nach ein paar Schritten spürte sie seine Hand auf der Schulter. Er zwang sie, ihn anzusehen.

»Ich habe dich nicht gerettet, damit du nur wegen deines Trotzes dein Leben aufs Spiel setzt«, wies er sie scharf zurecht. Seine Glutaugen funkelten.

Sie riss sich von ihm los, blieb aber stehen, bis er an ihr vorbei war und sie wieder hinter ihm lief. Ihr Gesicht brannte. Was glaubte er denn? Dass sie ein hilfloses Stadtmädchen war, das sich nur auf Straßen zurechtfand?

Plötzlich streckte er einen Arm aus, so dass sie fast dagegenprallte. Was war denn jetzt schon wieder?

»Das Kanu«, sagte er leise. »Ich fürchte, es hat einen anderen Besitzer gefunden.«

Naave brauchte ewig, bis sie das Boot im Wirrwarr der Farne, zwischen grünbemoosten Wurzeln riesiger Bäume und Buschwerk, in dem dicht an dicht peccafarbene Beeren wuchsen, wiederentdeckte. Es lag eingebettet zwischen den mannshohen Stützwurzeln eines Anguas. Ein Tier drehte sich darin – ein Fellknäuel groß wie ein Hausschwein, nur dass dieses Fell aus unzähligen Stacheln mit roten Spitzen bestand. Seine drei Schwänze tanzten umeinander wie im Spiel. Grunzend wühlte das Tier im Boot herum, hockte sich mal hierhin, mal dorthin. Endlich rollte es sich zusammen, die Stacheln zum Schutz aufstellend.

»Kann man es verjagen?«, fragte Naave. »Oder kann es etwa auch seine Stacheln verschießen wie diese Pflanze?«

»Verjagen könnten wir es wohl«, erwiderte der Dämon achselzuckend. »Aber die ledernen Wände des Kanus haben es sicher nicht überstanden, zum Schlafplatz eines Izelos geworden zu sein. Diese Stacheln gehen durch alles außer Gestein.«

»Dann … dann sind wir verloren!«, rief sie. »Zu Fuß kommen wir doch nie mehr zum Fluss zurück! Du vielleicht, du kannst ja durch die Baumkronen laufen. Aber ich?«

Der stachelbewehrte Kopf ruckte hoch und drehte sich, auf der Suche nach der Quelle des Lärms. Kleine schwarze Äuglein über einer ebenso kleinen Schnauze blickten Naave verwirrt an.

Sie stieß Royia vor die Brust. »Was willst du eigentlich für ein Gott sein, wenn du uns nicht einfach von hier fortbringen kannst?«

Seine Augen wurden schmal. Er schwieg. Sie war ungerecht,

sie wusste es. Was er bisher getan hatte, wäre einem Menschen unmöglich gewesen. Aber sie wollte endlich hier heraus! Sie schlug die Hände vor die Augen. Ihr verzweifeltes Aufschluchzen ließ sich jedoch nicht verbergen.

Er zog ihre Hände herunter. Der Zorn in seinem Gesicht war verschwunden. Sie las nur Mattigkeit darin. Beruhigend, als sei sie ein ängstliches Tier, strich er mit den Daumen über ihre Handgelenke. Sie spürte, wie sie eine Gänsehaut bekam.

»Du hast gesagt, du bist Fischerin. Kannst du jagen?«

Sie nickte.

»Und du fühlst dich auch gut genug dazu? Der Axotspeichel mag für dich wunderheilende Wirkung haben, aber noch bist du verletzt.« Wieder nickte sie, und er ließ sie los. Für einen Augenblick kam sie sich verloren vor.

»Du fertigst dir einen Wurfspieß. Derweil versuche ich an einen Menschentöter zu kommen. Dann hoffen wir auf Beute, die uns den Magen füllt.«

Er watete durch eine grüne Brühe, sichtlich angeekelt davon, und schnitt Luftwurzeln, die von einem Ast hingen. »Sie schmecken nicht«, sagte er, als er Naave einige davon gab. »Aber man kann sie essen, und sie löschen den Durst.«

Naave saugte an dem Schnitt. Der wässrige Saft war sauer und erfrischend, die Fasern so durchtränkt davon, dass man sie mühelos abbeißen konnte. Ihre Versuche, mit dem Schilfrohrspieß etwas Essbares zu erjagen, waren bisher fehlgeschlagen. Und auch Royia war es nicht gelungen, einen Menschentöter zu finden. Zumindest keinen, der bereit gewesen wäre, sich seinem Willen zu unterwerfen.

Ihr Magen knurrte erbärmlich. Als er ihr einen fetten Käfer in die Hand drücken wollte, zuckte sie zurück.

»Den wirst du essen!«, sagte er streng. »Der Kerl ist gut verträglich und macht satt.«

Sie starrte auf das schwarze Vieh. Im *Graben* hatte sie gelernt, Dinge zu essen, die andere Menschen verschmähten, aber ... das?

»Schau, so geht das«, er brach von einem anderen Käfer, den er für sich aufgesammelt hatte, die Flügel ab, dann drehte er den Hinterleib und zog langsam den Panzer ab. Das glitschige Innere rutschte heraus, wie der Leib einer Schnecke aus ihrem Gehäuse. Er steckte es sich in den Mund. »Siehst du? Es ist nicht schlimm. Also iss!«

Doch, die Kaugeräusche *waren* schlimm. »Ich jage bestimmt noch etwas ...«

Ihren Einwand missachtend, marschierte er weiter.

Naave überwand sich. Das Ding schmeckte säuerlich und war schwer zu kauen. Aber nach allem, was ihr widerfahren war, sollte sie daran jetzt nicht verzweifeln.

Die fetten Raupen, die Royia gelegentlich aus Baumrinden kratzte, waren erträglicher; die essbaren Blätter und Wurzeln, die er ihr gab, schmeckten nach nichts und sättigten nicht. Früchte und Beeren lockten reichlich im Geäst, vor Saft triefend und schwer duftend. Doch an die wenigen, die ungiftig waren, kam man nicht heran, denn sie waren von stachelbewehrten Insekten und anderen Tieren umschwärmt. Seit Naave eine rotgoldene Frucht geöffnet und beinahe in das Maul einer winzigen Echse gebissen hätte, war ihr die Lust darauf vergangen.

Der ganze Wald wurde ihr zur Qual. Immer hinter Royia, auf seine Schritte achtend, stapfte sie durch stinkende Tümpel, über glitschige Stämme und Steine, watete durch Bachläufe, über denen Mückenwolken standen, kletterte Abhänge hinauf und hinunter, kroch unter umgestürzten Bäumen hindurch oder wühlte sich durch verschlungenes Unterholz, so dicht, dass sie meinte, eine Ewigkeit für zehn Schritte zu brauchen. Arme und Schultern waren von Kratzern bedeckt, ihr Haar war unentwirrbar verfilzt. Ständig musste sie sich auf die von Mücken bedrohten Körperteile schlagen. Dass die Blutsauger den Feuerdämon nicht belästigten, machte es nicht leichter. Wenn aber ein Vogel über sie hinweghuschte, der lange Schnabel in allen Farben glänzend, die Federn von tiefem Blutrot und dem Blau des Himmels und die Augen wie violette Glassteine, oder ein kleines Reptil auf schlanken Füßen ihren Weg kreuzte, sich neugierig aufrichtete und, wenn sie näher kam, überraschend zarte Flügel ausbreitete und flatternd davonhüpfte, oder wenn blaugebänderte Schlangen Kämme aufstellten, die schillerten wie vergossenes Lampenöl auf einer Wasserlache – dann vergass Naave den Hunger, die schmerzenden Füße und wo sie war.

Zusehends kam ihr der Atem schwerer; die Luft war getränkt von schweren Düften und dichtem Nebel. Das Priesterinnengewand klebte in jeder Hautfalte. So zart der Stoff war, er machte sie wund. Und obschon sie das Laufen auf bloßen Füßen gewohnt war, schmerzten Blasen und Schrunden. Als Royia sie an einer Quelle rasten ließ, sank sie auf die schweißnassen Schenkel und tauchte die Arme in warmes, klares Wasser. Sie scherte sich nicht um die kleinen kugeligen Panzertiere, die quiekend über die Steine hinweg davonstoben.

»Ich sehe nach«, sagte Royia, und sie wusste, was er meinte: Er stieg wieder in den Lichtwald hinauf, um die Richtung zu bestimmen. Naave suchte den Boden des Teichs nach Getier ab, ertastete runde Steine und glitschiges Moos. Genüsslich seufzend setzte sie sich hinein und schöpfte das Wasser über ihre Beine. Wie lange waren sie nun unterwegs? Tage, Wochen, so schien es ihr. Ob sie den *Großen Beschützer* heute noch fanden? Ihn zu überqueren, erschien ihr nach all der Mühsal wie eine letzte kleine Hürde. Was sie danach tun wollte …

Sie schrak hoch, als Royia vor ihr heruntersprang.

»Ich weiß nicht, wo wir sind«, sagte er. »Über den Bäumen hängt Nebel.«

»Aber die richtige Richtung, die weißt du doch?« Sie wollte nicht wahrhaben, dass sie sich verirrt hatten.

»Im Moment weiß ich gar nichts«, sagte er rauh. »Nur, dass wir nicht länger sinnlos herumstapfen können. Wir müssen zusehen, dass wir etwas zu essen finden, und dann ein Lager für die Nacht suchen.«

Und wenn auch diese Nacht nicht die letzte in dieser Wildnis war? So hatte sie sich das nicht vorgestellt. Ihre armselige Hütte im *Graben* erschien ihr plötzlich gar nicht so übel.

Schwer atmend beugte er sich vor; das Quellwasser sprudelte über sein Gesicht. Er öffnete den Mund und trank gierig. Dann schob er den Kopf vor, so dass das Quellwasser durch seine Haare lief. Er fuhr sich hindurch, zupfte Kletten und Blätter heraus. Mit beiden Händen strich er die Haare nach vorne und wrang sie aus. Im Aufrichten ließ er sie über den Kopf auf den Rücken klatschen. Die Tropfen flogen wie gläserne Perlen in alle Richtungen.

So menschlich, dachte Naave.

Seine Flammenzeichnung war so blass, dass sie kaum mehr auffiel in seinem Gesicht. Wäre dies ein Mal, könnte es sich derart verändern?

Unfug. Sie schüttelte den Kopf. Das war nur eine Täuschung des Zwielichts.

Er hockte sich an ihre Seite, legte die Arme auf die Knie und schloss die Augen. Trotz der fahlen Düsternis sah sie, wie erschöpft er war. Auch seine Schultern waren von Kratzern übersät, die jedoch kaum bluteten und daher kein Licht aussandten. Sein Schurz hing, wie ihr Kleid, nur noch in Fetzen. Und wahrscheinlich roch sie genauso durchdringend nach Schweiß wie er.

»Wir sind verloren, oder? Du kannst es mir ruhig sagen. Als Gott solltest du das schließlich wissen.«

Auf ihre Stichelei ging er nicht ein; dazu war er wohl zu müde. »Nebel ist oft an den Berghängen«, sagte er matt. »Wir sind also in der Nähe des Berges und nicht, wo wir sein sollten, in der Nähe des Flusses. Die heiße Quelle beweist es. Es kann aber auch sein, dass beides beieinanderliegt – wer sagt denn, dass der Fluss ewig in einer geraden Linie vom Berg wegführt?«

»Wieso weißt du das nicht?«

»In diesem Teil des Waldes war ich noch nie; die Jagdgebiete meines Stammes liegen nicht in dieser Richtung.«

Abrupt sprang sie hoch, stieg aus dem Becken, schnappte sich ihren Spieß und stapfte davon.

»Wo willst du hin?«, rief er ihr nach.

»Endlich etwas jagen! Du kannst ja meinetwegen Käfer und Raupen essen, du als Waldmensch – verzeih mir, Wald*gott!* Aber ich bin eine Stadtfrau.«

Sie hörte ihn aufstöhnen und etwas brummen, das nicht sehr freundlich klang. Schritte raschelten hinter ihr. Sie wollte ihm hinwerfen, dass sie keine Begleitung brauchte. Aber als sie sich umwandte und zu ihm aufsah, schrumpften die Worte zu einem heiseren Schlucken. *Egal, wer er ist,* dachte sie. *Seine Nähe ist beruhigend.*

»Ja!« Stolz auflachend hob Naave den Schilfrohrstecken hoch. Eine Schlange zappelte in der Schlinge, die sie durch das Rohr geschoben hatte. Es hatte eine Ewigkeit gedauert, still auf den Steinen am Wasser zu kauern und die Schlinge unbeweglich zu halten – bis sich diese prächtige Tepehuano darin verfing. Das Tier schlug wild hin und her; beinahe glitt Naave das Rohr aus den Fingern. Rechtzeitig griff Royia zu und half ihr, die Schlange auf den Waldboden zu zerren.

Er zog den Dolch aus dem Bund seines Schurzes. »Besser, du tust das.«

Sie nahm den Griff, den er ihr hinhielt. »Danke«, sagte sie. Und starrte ihn an.

»Was ist?«, fragte er.

»Nichts.« Wie kam sie dazu, sich für etwas zu bedanken, nur weil er ihr gab, was ihr ohnehin gehörte?

Wütend über sich selbst hackte sie den Kopf der Tepehuano ab. »Du musst mir nicht zusehen«, fuhr sie Royia an. »Ich mache das schon allein.«

»Ich dachte mir schon, dass es besser wäre, mich zurückzuziehen. Nicht dass der Dolch noch in meiner Kehle landet …«

Der Spott war deutlich herauszuhören. Kurz sah sie zu, wie er sich daranmachte, Wasser in einer runden Schale zu sammeln, die wohl einstmals einem gepanzerten Tier gehört hatte. Er schöpfte es nicht aus dem trüben Bachlauf, sondern goss den Tau hinein, der sich auf den Blättern ringsum gesammelt hatte. Dazu verschwand er auch im dichten Blattwerk des Unterholzes, und Naave sah seine helle Haut im Dickicht aufblitzen.

Mit einem Kopfschütteln gemahnte sie sich an ihre eigene Arbeit. Die Schlange zu häuten, war ihr zu mühselig. Sie begnügte sich, sie in kleine Stücke zu schneiden und auf Ästchen zu stecken. Rasch hatte sie einiges an Brennbarem gesammelt:

Rindenstücke, Gräser, die trockenen Hinterlassenschaften eines kleinen Tieres. Royia kehrte zurück, kauerte auf den Fersen und stellte die gefüllte Schale zwischen sie.

»Sie wird uns köstlich schmecken«, schwärmte Naave. Die Vorfreude ließ ihr das Wasser im Mund zusammenlaufen. »Sie wird …«

»Dir«, unterbrach er sie, die Lippen vor Abscheu verzogen. »Ich bin sicher, dass Stadtmenschen noch Übleres als das vertilgen. Aber für mich ist das nichts.«

»Ah, du bist Besseres gewohnt? Käfer zum Beispiel?«

»Ich kenne keinen Waldmenschen, der eine Schlange anrühren würde, die im Boden herumgekrochen ist.«

»Sie ist nicht im Boden gekrochen. Es ist eine Wasserschlange. Und sie schmeckt sehr gut, wirklich.«

»Roh?«

»Wieso roh? Feuer ist doch nicht unser Problem, oder?«

»So viel zu ›du machst es allein‹.« Er hob die Brauen. »Gib mir den Dolch.«

Zögernd legte sie den Griff in seine ausgestreckte Hand. Er hielt ihn hoch, umschloss die Klinge mit der anderen Hand – und riss sie so unvermittelt hoch, dass Naave aufkeuchte. Sie sah einen leuchtenden Schnitt aufblitzen; er fasste in den Haufen, und kurz darauf flammte ein Feuer auf.

Er zog die Hand wieder heraus und schüttelte sie.

»Du bist verletzt …«, begann Naave. Heller, dichter Rauch kratzte in ihrer Kehle.

»Natürlich. Anders geht es nicht.«

»Und dann musst du dir die *Hand* aufritzen?«

»Mit den Händen geht es am besten. Zumindest wenn das Brennmaterial feucht ist. Hier unten gibt es ja nichts anderes.«

Er sagte es ganz sachlich. Naave hockte sich an seine Seite und umfasste sein Handgelenk. Er ließ es zu, dass sie seine

Hand drehte, und spreizte seine Finger. Der Schnitt war nicht lang, auch nicht tief, doch er leuchtete in einem hellen Gelb. »Verletzen kannst du dich leicht. Heilen jedoch nicht, wie es scheint. Das muss man verbinden.«

Sie riss noch ein Stück ihres Kleides ab und wickelte den Streifen um seine Hand. Der Stoff war schmutzig, aber besser als nichts. Royia schien sich dafür nicht zu interessieren. Für ihren eigenen Verband, als sie an ihrer Brust herumtastete, jedoch schon. Er schob einen Finger in den Stoffstreifen und beugte sich leicht über sie. Sie zwang sich, nicht zurückzuzucken.

»Die Wunde sieht gut aus.«

»Aber bei heftigen Bewegungen sticht es manchmal. Und es brennt, wenn ich schwitze.«

Anzüglich hob er eine Braue, als wolle er sagen: *Du hast doch keine Ahnung von Schmerzen.* »Axotspeichel schließt sie und regt die Heilkräfte an, aber heilen muss sie letztlich allein.«

Erleichtert atmete sie auf, als er von ihr abrückte. Er zupfte neben sich zwei Grashalme aus und begann zu ihrer Verblüffung, sich damit die Bartstoppeln auszuziehen. »Wie fühlt sich *deine* Wunde an?«, fragte sie, als er sich über das glatte Kinn rieb. Da er die Stirn krauste, ergänzte sie: »Die auf deinem Rücken.« Ein Mann, der einen solchen Körper besaß, konnte gewiss schon einmal vergessen, von welcher Verletzung gerade die Rede war.

»Sie hat sich geschlossen, oder?« Auf ihr Nicken fügte er matt an: »Aber darunter lodert das Gift; ich spüre es.«

»Wir sollten der Göttin der Heilkräfte etwas opfern, meinst du nicht auch?«

»Xocehe?«, fragte er gedehnt. »Nein, auf keinen Fall! Was ist nun mit der Schlange?«

Weshalb reagierte er auf ihren Vorschlag so entsetzt? Passte es ihm als vermeintlichem Gott etwa nicht, dass man einem anderen Gott opferte? *Dann soll er halt weiter leiden!* Naave machte sich daran, die Schlangenspieße über dem Feuer aneinanderzulehnen. Schweigend starrte sie in die Flammen. Da war wieder die Erinnerung … die Mutter in der Flammenhölle des Hauses … die Schreie. Ihr eigenes Geschrei, als sie rannte … und rannte. Doch als hätte sie in letzter Zeit zu oft daran gedacht, waren die inneren Bilder dieses Mal blass und leise. Naave reichte dem Dämon einen Spieß, der misstrauisch daran roch. Dann riss er mit den Zähnen die lederne Haut herunter, ohne darauf zu achten, ob ihm das Fleisch die Lippen ansengte. Vorsichtig biss sie in ihren Spieß. Die Tepehuano schmeckte ohne die passenden Kräuter und über der offenen Flamme zubereitet eher verbrannt als geröstet. Dennoch seufzte Naave erleichtert. Sie trank aus der Panzerschale und reichte sie Royia.

Als sie fertig waren, schob er mit der geleerten Schale Erde über das Feuer. Es war dämmrig geworden und Zeit für ein Nachtlager.

Wie sie es immer tat, steckte die Mutter die Bezahlung, einen Kupferring, auf den Daumen. So konnte ihr keiner den Lohn stehlen, wenn er ging. Der Mann, dem sie heute Nacht einen Platz auf der Schlafmatte gewährte, riss seinen Schurz herunter und warf sich auf sie. Er schwitzte übermäßig, er redete wirres Zeug, wie es jene taten, die zu viel Rauschtrank in sich hatten. Aber er stank nicht danach. Sein Glied blieb schlaff. Er heulte, wühlte in ihren Haaren. Sie hatte Angst. Sie drehte den Kopf zu Naave, die hereingekommen war. Ihre Hand machte eine abwehrende Bewegung: Naave sollte nicht sehen, was hier geschah. Die Mutter bemerkte nicht, dass Flammen auf seinen Schultern züngelten. Naave überlegte, ob sie das wirklich sah und nicht etwa träumte. Flammen, Flammen, hell lodernd, sie sprangen auf die hölzerne Wand, sie sprangen auf Kleidung und Matten. Der Mann stand auf. Er breitete die Arme aus. Ein Flammenwesen. Er drehte sich, Feuer schoss aus seinen Händen. Ein Dämon. Naave warf sich auf den Boden. Er war nicht allein. Sein Feuer warf Schatten. Der Schatten bewegte sich. Anders als die Flammen. Er war lebendig. Die Mutter rannte durch die Hütte, streckte sich nach Naave. Schwärze hinter dem Dämon. Zucken, Flirren, alles ging unter im Chaos. Der Schatten griff um sich. Der Schatten war schlimmer als das Feuerinferno. Es war der Tod.

Er war wieder hier.

Naaves Schrei und der der Mutter waren eins.

Wieder hier … hier … hier …

Bei der Güte des Gott-Einen! Warum schrie dieses Mädchen, als röste es jemand über dem Feuer? Sofort war Royia hellwach. Es war stockdunkle Nacht. Irgendwo glühten Insektenaugen, und ein Schlingschwanzaffe brüllte, empört über die Störung der Nachtruhe. Royia brauchte einen Augenblick, sich zu orientieren; sein eigener Zustand machte ihm nach wie vor zu schaffen. Richtig, er hatte Naave mit auf einen Angua genommen, wo sie beide in einer breiten Astgabelung halbwegs geschützt schlafen konnten, eine Liane um die Mitte der jungen Frau geschlungen und das Ende um den Ast gebunden, damit sie nicht im Schlaf herunterfiel. Ihr hatte es nicht gepasst, sich in die Kuhle zu kauern, so nah bei ihm, dass sich ihre Schultern berührten. Und ihm den Rücken zugekehrt und die Fersen in seine Seite gestoßen, damit er auch ja begriff, was sie davon hielt.

Er packte ihren Arm und schüttelte sie.

»Er ist hier!«

Ihre Worte kamen als tiefes, entsetztes Klagen, das seine Nackenhaare aufstellte. Sie schlug um sich. In dieser vollkommenen Dunkelheit hatte er Mühe, sie festzuhalten.

»Tiiique, hilf mir …« Nicht nur ein Klagen, ein Geheul vielmehr, tief aus einer wunden Seele.

»Naave!«

»Hilf, oh, hilf mir, Tique, er ist … er ist …«

Eine kräftige Ohrfeige könnte von Nutzen sein. Allerdings mochte er nicht zuschlagen, schon gar nicht, wenn er nichts sah. Also mühte er sich, die zappelnde Frau festzuhalten.

»Hiiilf … aaah. Er ist … o Gott.« Abrupt verstummte sie. Ihre Zähne klapperten. Wovor nur fürchtete sie sich? Er lauschte ringsum, aber da war nichts. Sein Instinkt als Jäger, der viele Male in einsamen Waldgebieten genächtigt hatte, sagte ihm, dass keine Gefahr drohte.

Sie träumt.

»Naave …«, er rieb ihre Schultern und ihre Wangen. »Wach auf, du …«

Er stockte, als sie die Arme um ihn warf und sich an ihn klammerte – der Beweis, dass sie schlief und nicht wusste, was sie tat.

»Ganz ruhig, du träumst nur, ganz ruhig«, raunte er in ihr Ohr. Ihre Finger krampften sich in sein Haar. Er spürte Nässe auf der Brust – waren es Schweiß oder Tränen? Eigentlich hätte er diese lästige Stadtfrau am liebsten geschüttelt und ihr barsch gesagt, dass es keinen Grund zur Sorge gäbe und sie gefälligst weiterschlafen solle. *Diese* Sprache verstand sie schließlich! Begriffe sie, was er tatsächlich tat, würde sie ihm die Augen auskratzen. Es erstaunte ihn selbst, wie selbstverständlich er sie umfasste. Sie war in diesem Moment nur ein ängstliches Wesen und nicht dieser Giftstachel, der ihm seit

Tagen das Leben schwermachte. Sie fühlte sich wie ein zitterndes, von seinen Eltern verlassenes Wildkätzchen an. Beruhigend strich er ihr über den Hinterkopf.

»Halt mich fest«, wisperte sie.

Er tat es. Sie so zu halten, fühlte sich überraschend wohltuend an. *Jetzt sollte sie nicht zur Besinnung kommen, sonst habe ich ihre Fingernägel in den Augen …*

Nicht nur deshalb wollte er, dass sie weiterschlief. Es tat gut, einen anderen Körper zu berühren. Er hatte es in seinem Leben viel zu selten getan. Nicht nur wegen seiner göttlichen Eigenarten beim Liebesspiel. Die Frauen seines Stammes fanden ihn abstoßend wegen all der Narben und des Feuerzeichens in seinem Gesicht. Nicht hässlich, aber abstoßend. Er hatte sich damit getröstet, später auf dem Bergpalast eine Göttin an seine Seite zu bekommen. Nicht die kühle Xocehe, die keine Liebe für ihn empfand, sondern nur die Lust an einem starken Männerkörper. Sondern eine eigene Frau.

Das Leben im Licht ist eine Lüge.

Dann wohl auch das, dachte er. *Es scheint so, als müsse ich auf ewig allein bleiben.*

Naave wimmerte im Schlaf, als er sich bewegte, also lehnte er sich mit höchster Vorsicht an den Anguastamm, um den schmerzenden Rücken zu entlasten. Ihr Atem strich gleichmäßig über seine Brust; ihre Nase drückte sich in seine Haut. Sie war leicht gebogen, diese Nase, und ein wenig dick geraten. Keine schöne Nase, aber dafür hatte Naave große Augen mit gebogenen Wimpern, die an die hauchzarten Kammfedern eines frisch geschlüpften Axotjungen erinnerten, und einen vollen, großen Mund mit vortrefflich geschwungenen Lippen. *Und ein vorlautes Mundwerk.* Wenn sie damit lächelte – spöttisch natürlich –, zeigten sich interessante Kerben auf den Wangen. So etwas kannte er von den Frauen seines Stammes nicht. Auch nicht von anderen, wenngleich er welche aus Fremdstämmen selten zu Gesicht bekommen hatte, denn sie pflegten ihre Baumhütten nicht allzu weit zu verlassen. Er stellte fest, dass er deren schmale Nasen nicht so interessant fand wie Naaves auffällige Städternase.

Neugierig, wie sie sich anfühlte, strich er über ihren Arm, den immer noch ihr schlichter Schmuck aus Schneckenhäusern zierte, über die Schulter und den Rücken hinab. *Man muss seinen Feind ja schließlich kennen.* Leise lachte er. Sie knurrte, wand sich leicht und hielt wieder still. Ihre Haut war straff über starken Sehnen und Muskeln gespannt, rauh an den Ellbogen und den Fingern. Das lag nicht an der Strapaze ihrer Wanderschaft; sie hatte schon vorher ein hartes Leben geführt. Wie sie wohl lebte in ihrer Stadt? Sie hatte einen *Graben* erwähnt, aber wenn er sich darunter keinen wirklichen Graben vorstellen wollte, dann … konnte er sich nichts vorstellen. Nur dass es kein schöner Ort war.

Und dass ihr dort irgendetwas Böses widerfahren war, unter dem sie litt.

Er entsann sich des vorwurfsvollen Zorns in ihren großen, grünen Augen, als sie ihn, im Käfig Tzozics steckend, halb aus der Fischgrube gezogen hatte. *Ich hasse deinesgleichen, Feuerdämon* – das waren ihre Worte gewesen. Es war ihm lange nicht aufgefallen, dass sie nicht allein ihn hasste. Sie mochte ihn nicht, das verstand er durchaus. Aber für ihren Hass war er nicht verantwortlich.

Wer dann?

Er konnte sich ausmalen, wie sie auf diese Frage reagierte: *Was mir passiert ist, geht dich überhaupt nichts an! Du willst doch nur von dir ablenken, weil ich dir deine dreisten Behauptungen nicht abkaufe!*

Ja, das würde sie sagen. Und ihm zugleich mit dem Dolch

drohen. Wobei sie ihm in den letzten Abendstunden ein wenig friedfertiger erschienen war.

Mach dir nichts vor, das lag nur an ihrer Erschöpfung. Und an ihrer Angst.

Sie bewegte sich im Schlaf, schien von ihm fortzustreben. Er ließ sie seitwärts in die Kuhle der Astgabelung gleiten und streckte sich neben ihr aus. Den einen Arm legte er über ihre Mitte und umfasste den Lianenstrick. Nicht dass sie noch einmal träumte und wild schlagend herunterfiel …

8.

Zwei Tage. Zwei Tage nur! Und doch meinte sie, ihr altes Leben sei nie ihres gewesen. Eher die Erzählung eines anderen Menschen. Oder ein besonders langer Traum. Wie jener in der vergangenen Nacht, an den sie sich nicht erinnern konnte, nur dass er grässlich gewesen war. Die nächste, die dritte Nacht, nahte schon; das Zwielicht des Unterwaldes wich der Dunkelheit.

Das Gesicht der Mutter hatte Naave niemals vergessen. Das von Tzozic jedoch war verblasst. Der alte Maqo, wie hatte er noch ausgesehen? Und Machiqa, die stämmige Schankhure, die sich auch nie so recht entscheiden konnte, ob sie freundlich oder garstig sein sollte, wie klang noch gleich ihre Stimme?

Wie hatte sie, Naave, ausgesehen? Sie versuchte sich des Bildes zu entsinnen, das sie im Bronzespiegel ihres Vaters gesehen hatte. Aber das war ganz und gar vergeblich.

Der Dämon drehte sich zu ihr um. »Zeit für mich, wieder in den Lichtwald zu gehen und nach der Richtung zu sehen. Obwohl ich befürchte, dass oben immer noch Nebel ist.«

Sein Gesicht war ihr inzwischen vertraut. Die Anstrengung hatte sich als Schatten unter seinen Augen und Furchen auf der Stirn bemerkbar gemacht. Das Mal war immer noch verblasst. Trotzdem sah sie Linien, die sich deutlich als dunklere Umrisse um die rötlichen Flecken abzeichneten. *Das ist kein gewöhnliches Mal. Das ist wie eine Zeichnung. Aber eine Tätowierung ist es auch nicht. Und es lebt; es kann seine Intensität verändern.*

Auch ohne seine Seltsamkeiten kam ihm keiner der Männer gleich, die sich in Tzozics Gasthaus herumtrieben oder die sie aus dem *Graben* kannte. Waren alle Waldmenschen so … schön? Die *Düsteren,* die sie kennengelernt hatte, waren es nicht. Wobei die Frage, ob sie ihn tatsächlich schön fand, noch einmal überdenkenswert war. Sie würde …

»Hast du verstanden, was ich sagte?«

»Ja«, gab sie zurück, verärgert, dass er sie in die Wirklichkeit zurückriss. »Geh nur. Auch wenn es sinnlos ist.«

Er hob auf seine eigene Art die Brauen. Dass sie ihn auch immer anfuhr! Wenn sie nur wüsste, ob er ihren Zorn verdiente?

Natürlich, er ist … ach, hör auf.

Prüfend sah er sich nach Gefahren um, wie er es immer tat, bevor er sie sich selbst überließ und im Blattwerk der Bäume verschwand. Aber da waren nur die üblichen Quälgeister, die um Naave herumsirrten, und kleines Getier, das eher ängstlich über den Waldboden huschte. Royias Bewegungen wirkten nicht mehr so beeindruckend wie zu Anfang. Auf seinem Rücken klebte eine verkrustete Blutspur, die bis zu seinem Gesäß reichte. Die Wunde blutete nicht immer, doch endgültig schließen wollte sie sich auch nicht. Während Naave wartete, begutachtete sie ihren Wurfspieß. Es war der dritte. Für dieses Äffchen dort drüben, das neugierig herüberäugte und sich keiner Gefahr bewusst war, würde er noch genügen. Naave duckte sich, hob die armselige Waffe und schlich heran. Das schwarzweißbepelzte Ding war ja wirklich frech! Es hob sich auf die Hinterbeine und knabberte seelenruhig an einer Frucht. Eigentlich war es viel zu niedlich. Doch der Hunger siegte. Naave warf den Spieß.

Kreischend sprang das Tierchen zur Seite und entblößte überraschend lange und spitze Zähne. Die Augen, zuvor schwarz, glühten gelb auf. Unwillkürlich sprang Naave zwei Schritte zurück und hob schützend die Arme vor das Gesicht – hier konnte schließlich alles und jedes Gift verspritzen.

Royia packte sie an der Schulter.

»Ist es giftig?«, keuchte sie, die Augen zugekniffen.

»Nein, aber zäh wie die Haut einer Ratatoq. Genauso gut könntest du versuchen, die Flügel eines Menschentöters zu essen.« Mit einer müden Geste wies er in eine unbestimmte Richtung. »Ich glaube, wir müssen dort entlang. Aber ich bin mir nicht sicher; der Dunst, der über den Wipfeln hängt, ist zu dicht. Wahrscheinlich wird es bald regnen. Ein paar Schritte schaffen wir noch, bevor wir die Hand nicht mehr vor Augen sehen.«

Gegen einen Regenguss, der ihr den Schweiß von der Haut wusch, hatte sie nichts einzuwenden. Das überall den Boden bedeckende Wasser nutzte man dazu besser nicht, und aus Felswänden sprudelnde Quellen hatte sie keine mehr gesehen. Felsen gab es hier viele: manche wie riesige Nadeln, dann wieder als mächtige Brocken, wie von dem Einen selbst hingeworfen. Wenn sie die Hand darauflegte, spürte sie die Wärme darin. Der Niederschlag, auch wenn er hier unten nur spärlich war, würde die Luft endgültig in eine zähe Suppe verwandeln.

Royia schien ihre Überlegungen zu teilen. »Wir könnten durch die Baumkronen laufen. Es wäre …«

»Nein!«, unterbrach sie ihn sofort. Verlegen rieb sie sich die

Arme. In ihrer jetzigen Verfassung war sie nicht fähig für solche Wagnisse. Zumal er ihr dann ständig helfen musste.

»Schon gut«, beschwichtigend hob er eine Hand. »Bleiben wir also hier unten.«

Oh, sie wusste, wie sehr er es hasste, über den Waldboden zu laufen! Wäre er allein, könnte er in den Lichtwald hinauf. Womöglich hätte er dann auch längst die richtige Richtung gefunden. Sie war ihm eine Last. Und er zeigte es nicht einmal. Jedenfalls nicht allzu sehr.

Ihr kamen die Tränen vor Zorn über sich selbst. Oder doch über ihn. Sie wusste es nicht. Sie wusste nur, dass sie all das nicht länger aushielt.

Brüsk wandte sie sich von ihm ab. »Ich will Tique etwas opfern. *Er* hört nämlich auf meine Gebete!« Ringe besaß sie ja leider nicht, daher würde sie ihm ein Blutopfer darbringen. Irgendetwas musste sich doch mit dieser lächerlichen Waffe fangen lassen …

Hinter ihr raschelte das Unterholz. Royia packte sie an der Schulter und drehte sie zu sich herum.

»Das tust du nicht«, sagte er. In seinen Lavaaugen stand Härte.

»Willst du mir drohen?«

»Du wirst nichts opfern; du wirst nicht einmal beten, hörst du? Hast du es etwa schon getan?«

Erstaunt über seinen Ärger starrte sie ihn nur an.

»Hast du?«, schrie er. Seine Stimme krächzte vor Erschöpfung. »Verdammt, bei allen vierzehn Göttern! Warum habe ich nicht längst daran gedacht, dass du das tun könntest? Sag, hast du gebetet?«

War der Dämon vollends verrückt geworden? »Natürlich. Ständig!«

Er stutzte. »Ich habe dich nie gehört.«

»Ich tue es in Gedanken«, gab sie widerwillig zu. Sie wusste, wie albern das klang. Man musste schon den Mund auftun, wenn man darauf hoffen wollte, dass einen die Götter hörten. Aber sie machte es so, seit sie denken konnte, und irgendwie glaubte sie auch, dass Tique sie trotzdem wahrnahm.

Sie schlüpfte unter Royias Griff hinweg, wirbelte herum und rannte, so schnell der Untergrund es zuließ. Nach wenigen Schritten stolperte sie. Naave fiel auf die Knie und riss die Arme hoch. »Tique, auch wenn ich noch kein Blutopfer für dich habe …«

Mit voller Wucht prallte der Dämon gegen ihren Rücken und warf sie zu Boden. Seine Hände umschlossen ihre Handgelenke und hielten sie am Boden fest. »Schweig!«, knurrte er in ihr Ohr. »Du wirst *nicht* beten!«

Er ließ sie los, doch nur, um sie auf den Rücken zu drehen. Dann lag er wieder auf ihr und presste ihre über den Kopf gereckten Hände auf den Boden.

»Du tust mir weh!« Vergebens presste sie ihr Becken gegen seine Schenkel. Seine Haare streichelten ihr Gesicht; erzeugten einen Schauer der Angst. Schweiß tropfte von seiner Stirn auf ihre.

Seine Augen waren voller Zorn. Naave erstarrte; die Furcht schoss wie ein Pfeil in ihren Magen. Das alte, immer noch vertraute Bild des in Flammen stehenden Dämons zuckte auf. Ihre Mutter, wie aus weiter Ferne, schien ihr zuzurufen, dass sie laufen solle. Doch sie war im Griff dieses Mannes gefangen.

»Ich bete nicht«, wisperte sie. »Nur geh bitte von mir herunter. Bitte.«

Innerlich kochte sie vor Scham.

Er rührte sich nicht, starrte sie nur an. Nach einer halben Ewigkeit fiel ihr auf, dass seine Aufmerksamkeit nicht mehr ihr galt. Er lauschte.

Unwillkürlich spitzte auch Naave die Ohren. Sie hörte nur das allgegenwärtige Rascheln und Summen des Waldes. Äußerst langsam ließ er eine ihrer Hände los, tastete nach dem Dolch in seinem Bund und zog ihn.

»Zu spät«, raunte er, wie zu sich selbst. Seine Augen verengten sich, als versuche er, irgendetwas zu sehen, ohne sich umzuwenden. »Sie haben mich gefunden.«

Naave öffnete die Lippen. *Wer?* Doch bevor sie es aussprechen konnte, drückte seine Hand das Wort zurück in ihren Mund.

Ohne sich zu bewegen, glitten seine Blicke seitwärts. Unendlich langsam löste er sich von ihr und kauerte an ihrer Seite.

Irgendwo hoch in den Bäumen war ein Rascheln, das eine Spur zu laut wirkte. Etwas – jemand – war dort oben.

Royia war auf die Hände gesackt. Seine Armmuskeln spannten sich im vergeblichen Versuch, wieder auf die Beine zu kommen. Zwischen den zusammengepressten Zähnen stieß er hart die Luft aus, warf die Haare zurück und rieb sich mit dem Handrücken über das schweißnasse Gesicht.

Was war mit ihm? Eben hatte er sie trotz seiner Müdigkeit scheinbar mühelos niederhalten können; nun aber … Allmächtige Götter, hinter ihm schimmerte die Luft – er blutete wieder Licht. Stärker als zuvor.

Er warf sich hoch, schaffte zwei Schritte unter die Blätter eines der riesigen Farne und fiel wieder auf ein Knie. Naave konnte förmlich spüren, wie die Kraft aus ihm wich, während er der Länge nach hinfiel. Der Dolch entglitt seiner Hand. Plötzlich begriff sie: Wer immer *sie* waren, sie hatten ihn früher bereits gestellt. Sie hatten ihm den Dorn in den Rücken gejagt.

Sie würden ihn töten. Und ihr vielleicht helfen, hier herauszukommen. Dazu musste sie nicht mehr tun, als aufzustehen und sich bemerkbar zu machen.

Hier! Hier ist der, den ihr sucht …

Die Worte lagen verlockend auf der Zunge. Ein Ruck ging durch Naaves Körper. Sie wollte die Arme heben, wollte springen und schreien.

Sie stürzte sich auf den bäuchlings daliegenden Dämon und warf sich auf ihn. Ihr Leib bedeckte seine Wunde, löschte das Licht. Neben ihm lag der Dolch; hastig schob sie Erde darüber, um auch die Klinge unsichtbar zu machen. In ihrem Kopf rauschte das Blut und übertönte die Geräusche des Waldes.

Warum tue ich das? O Tique, warum tue ich das?

Vorsichtig drehte sie den Kopf und versuchte in die Dunkelheit zu spähen. Allzu lange würde sie es Haut an Haut mit dem Dämon nicht aushalten, denn seine Wunde brannte an ihrer Brust. Er bewegte sich unter ihr, schien zu versuchen, wieder zur Besinnung zu kommen. In Gedanken wollte sie ihn dazu zwingen, nicht aufzustehen. Wo waren die Verfolger?

Etwas prallte gegen ihre Seite und stieß sie von ihm herunter. Naave japste vor Schreck. Ein Mann stand neben Royia und stellte gemächlich den Fuß, mit dem er sie getreten hatte, auf seinen Rücken. Das Wundlicht strömte an schlanken, kräftigen Beinen hinauf. Über einem dunkelgrünen Schurz aus Bastgeflecht lagen geflochtene Ledergürtel. Vier Messer steckten darin. Die Riemen eines Bogens und eines Köchers kreuzten sich auf der nackten, mit schwarzen Streifen bemalten Brust. Sein langes dunkles Haar ähnelte Royias. Unwillkürlich suchte Naave in dem mit Farbe beschmierten Gesicht die gleiche Feuerzeichnung, fand jedoch keine.

Aber auf beiden Unterarmen saßen Waffen, wie auch Royia eine besessen hatte. Die libellenähnlichen Hinterleibe der

Menschentöter wanden sich um die Arme und verschwanden in den Armbeugen.

Der Mann würdigte sie keines zweiten Blickes. Er beugte sich zu Royia hinunter, wischte einige Haarsträhnen von der Wunde, so dass sie noch kräftiger aufleuchtete. Dann griff er in Royias Haar und drehte den Kopf, offenbar auf der Suche nach dem Feuermal. Sein Grunzen war die Bestätigung, den Gesuchten gefunden zu haben. Hatte er dem Dämon den Dorn in den Rücken gejagt? Oder war es jener gewesen, der sich hinter dem Häscher aus den Schatten schälte und zu ihm trat, in seiner Aufmachung ein Zwilling des ersten?

Naave wartete, ob noch mehr Männer kämen. Doch das geschah nicht. Die beiden starrten auf den Bewusstlosen. Sie verständigten sich mit kaum merklichen Gesten. Schließlich hob einer seine rechte Hand. Er zielte auf Royias Rücken.

Spannung erfasste das Insekt. Die Mandibeln bewegten sich.

Sie töten erst ihn und dann mich.

Naave presste die Handflächen in den weichen Boden, wollte rücklings fortkriechen. Doch ihre Muskeln waren weich wie zu Brei geschlagene Manoqwurzeln. Sie war zu nichts anderem fähig als zu starren. Nicht auf den Fremden. Nur auf Royia. Noch erblickte sie ihn lebend. Noch …

Sie zuckte zusammen, als ein Dorn mit einem leisen Knall zwischen den Mandibeln hervorschoss. Zugleich kam aus der Tiefe des Waldes ein hässliches Sirren. Der Mann keuchte auf. Ein Gewirr roter Fäden schlang sich blitzartig um seinen Hals. Ein zweites Mal kamen die Fäden aus der Höhe geflogen, schlangen sich um den Hals des anderen und verdrehten sich umeinander, als seien sie lebendig. Beide Männer rissen Dolche aus den Gürteln und versuchten die Schnüre durchzuschneiden. In ihrem hastigen Bemühen verletzten sie sich selbst. Ihre Münder waren aufgerissen, ihre Augen vor ungläubigem Zorn und Schmerz geweitet. Aus ihren Kehlen kamen grauenhaft gurgelnde Laute, während sich die Schnüre in ihre Hälse fraßen. Sie taumelten herum wie im Tanz, reckten die Arme mit den Menschentötern, versuchten denjenigen zu erschießen, der ihnen das angetan hatte … und starben dabei.

Dann lagen sie unbewegt wie Royia: drei gefallene Männer inmitten des Waldes, den nicht zu kümmern schien, was hier geschehen war. Vögel gurrten und trillerten, Insekten summten und zischelten. Naave kam all das wie Stille vor. Sie brauchte eine entsetzliche Ewigkeit, bis sie es schaffte, zu Royia zu kriechen und sich über ihn zu beugen. Kein Lichtschimmer verriet, wo der Dorn stecken mochte.

Vorsichtig tasteten ihre Fingerkuppen durch sein Haar. Doch auch hier leuchtete nichts auf. Der Dorn musste über ihn hinweggefegt sein.

In die Bäume ringsum geriet Bewegung. Dunkle Gestalten sprangen herunter und eilten herbei. Zwei Männer beugten sich über die Toten. Sie packten die losen Enden und zogen die blutgetränkten Fäden von den Hälsen. Es war das Grässlichste, was Naave je gesehen hatte. Unweit klatschten die Fäden zu Boden. An ihren Enden gingen sie in graue Wurzelfasern über. Diese äußerst lebendigen Mordwerkzeuge waren Pflanzen.

Naave schob sich in die Schatten der mannshohen Farne. Längst mussten die Männer sie bemerkt haben, schenkten ihr jedoch keine Beachtung. Das war beängstigender, als hätten sie sich sofort auf sie gestürzt. Zwei weitere knieten neben Royia. Auch sie begutachteten das Mal auf seiner Wange.

Auch sie schwiegen.

Wer immer diese Leute waren und weshalb sie so plötzlich auftauchten – Naave wollte es nicht wissen. Schon gar nicht, was sie mit *ihr* zu tun gedachten. Sie sprang auf und rannte.

Doch weit kam sie nicht. Ein Faden wand sich um ihre Fußknöchel und brachte sie zu Fall. Vergebens versuchte sie die scheußliche Waffe von den Füßen zu strampeln. Jeden Augenblick würde sich die Pflanze in die Haut graben und …

Sie schrie.

Über ihr tauchte einer der Männer auf. Mit aller Kraft schlug er ihr ins Gesicht. »Sei still!«

Er stapfte wieder zu den anderen. Naave schmeckte Blut im Mundwinkel. Sie tastete nach ihren Füßen. Die Pflanzenschnur war nicht rot; sie war schwarz und dicker, nicht dazu gedacht, sich ins Fleisch zu schneiden. Sie gestattete sich ein erleichtertes Aufatmen. Erstaunt sah sie zu, wie weitere Männer kamen und ein Fangnetz hinter sich herzogen. Royias Licht fiel auf die blaurot gefleckte Haut eines toten Axots. Einer zückte ein Messer und hebelte den aus dem Netzgeflecht ragenden Schnabel auf. Er zog die Zunge heraus und schnitt ein Stück ab. Die Zungenspitze auf das Messer gespießt, ging er zu Royia und presste sie auf die Wunde.

Sie hoben den immer noch bewusstlosen Dämon auf. Der größte der Kerle warf ihn sich über die muskulöse Schulter. Die anderen schlangen die Seile des Netzes um ihre Oberkörper und zogen den Kadaver hinter sich her.

Der Mann, der Naave geschlagen hatte, kehrte zu ihr zurück. Sie kauerte sich nieder, bereit, ihm die gefesselten Füße gegen die Knie zu schlagen.

»Wer …«

»Noch ein Ton von dir, und ich töte dich.«

Er zog sie hoch und drückte ihr den Kopf in den Bauch. Zugleich packte er sie an der Schulter und den Kniekehlen, richtete sich auf und warf sie sich quer über die Schulter.

Der Regen ließ auf sich warten. Die Männer schritten mit ihren unterschiedlichen Lasten und scheinbar ohne Mühe durch die hereinbrechende Nacht. Irgendwann war es so dunkel, dass Naave nur noch schwarze Schemen sah. Das Licht des Dämons leuchtete nicht – offenbar hatte man seinen Rücken verbunden oder bedeckt. Oder war er tot? Hörte er auf zu leuchten, wenn das Leben ihn verließ? Und warum kam mit dieser Überlegung das Gefühl, als presse eine Faust ihren Magen zusammen?

Sicherlich nur, weil ihr übel war von der Schaukelei und ihrer Furcht. Wer waren diese Männer? Waldmenschen, gewiss, aber waren es *Düstere,* da sie sich im Unterwald bewegten? Doch solche Leute, hatte Royia gesagt, hielten sich in der Nähe des Flusses auf. Vielleicht gehörten sie zu einem Stamm, den auch er nicht kannte.

Viel mehr beschäftigte sie die Frage, was diese Männer mit ihr zu tun gedachten. Sie hatten sie nicht getötet. Freundlich waren sie jedoch auch nicht gewesen. In ihrer Fantasie sah sich Naave auf glühenden Kohlen tanzen, während wilde Menschen grölten und klatschten und das Feuer schürten, auf dem sie braten sollte … Oder man fing Frauen, um sie in Käfigen zu halten und sich ihrer zu bedienen … Sie schrie auf, als der Mann sie plötzlich herunterwarf wie einen Sack. Wütend schnaubte er, wohl weil sie einen Laut getan hatte. Eine rauhe Hand hielt ihren Kopf, während seine andere Moos in ihren Mund stopfte. Naave biss zu und fing sich eine weitere Ohrfeige ein. Pflanzenfasern wurden um ihren Mund geschlungen; schmerzhaft drückten sie sich in ihre Wangen. Dann wurden ihre Hände auf den Rücken gezwungen und gefesselt. Naave warf sich herum, brüllte in ihren Knebel und tat alles, von dem ihre Vernunft ihr sagte, dass sie es besser bleibenließ. Schließlich blieb sie erschöpft auf dem Boden liegen.

Wenigstens vergriffen sich die Männer nicht an ihr.

Den Geräuschen nach kauerten sie sich für ein Nachtlager zusammen. Gesprochen wurde wenig; Naave verstand nichts von den gemurmelten Worten. Wo immer Royia war – sie sah ihn nicht. Niemand gab ihr zu trinken oder zu essen.

Erst eine Bewohnerin des Grabens, dann die Tochter des Hohen Priesters, und jetzt eine Gefangene, der es noch schlimmer als im Graben ergeht. Was planen die Götter mit mir?

Über diesen Gedanken schlief sie erschöpft ein.

Sie erwachte, als jemand den Knebel entfernte und ihr die Öffnung eines ledernen Wasserbeutels an die Lippen hielt. Schlagartig erwachten ihre Sinne. Gierig saugte sie ein paar Schlucke; viel zu schnell wurde ihr der Balg wieder vom Mund gerissen. Ihr Peiniger verschloss ihn sorgfältig, knüpfte ihn an seinen Gürtel und warf sie sich wieder auf den Rücken.

Dieses Mal verzichtete er darauf, ihr den Mund zu verstopfen. Und sie hütete sich, ihn aufzumachen.

Blattwerk, Luftwurzeln und dornige Äste peinigten sie, während er schnell ausschritt, hinter seinen Leuten her. Der Unterwald war hier so dicht, dass Naave die Männer trotz des Morgenlichts nur erahnen konnte. Heftiger Juckreiz lenkte sie ab, als sie durch giftgrüne Blätter voller ebenso grüner Ameisen getragen wurde. Runde Äuglein kleiner weißpelziger Affen glotzten auf sie herunter. Ein Ast löste sich, klebte an ihrer Hüfte und entpuppte sich als Käfer. Er ließ sich eine Weile mittragen, klaubte die Ameisen von ihrer Haut und ließ sich fallen, als habe ein Windstoß ihn fortgeweht. Irgendwo knurrte ein Tier, eine Raubkatze vielleicht. Naave stellte sich vor, wie es die Männer ansprang und mit seinen Krallen zerfetzte. Der Gedanke war sinnlos, denn auch sie würde sterben; er tat aber gut.

War die Luft zuvor heiß und drückend gewesen, glaubte Naave allmählich freier zu atmen. Trübes Wasser umspielte die Knöchel der Männer. Mücken stoben auf. Ein Wasserlauf … Kanus! Naave wurde in eines der Boote geworfen, gemeinsam mit dem Dämon. Auch seine Hände waren auf dem Rücken gebunden, jedoch mit alten, verflochtenen Drahtstücken.

Zwei Männer stiegen in das Boot, während die restlichen den Axotkadaver in ein zweites luden und hineinsprangen.

Bei der nächsten Gelegenheit nehme ich mir eines der Boote …

Noch während Naave darüber nachsann, begriff sie, dass es unmöglich war. Man würde sie nicht losbinden. Und selbst wenn – diese Boote waren für große, kräftige Männer gemacht. Sie aber war nicht nur eine junge Frau, sondern eine Frau mit schmerzenden Gliedern und leerem Magen.

»He, ihr! Ich sterbe vor Hunger.«

Sie duckte sich, um dem zu erwartenden Schlag auszuweichen. Der kam nicht. Stattdessen antwortete ihr Entführer: »Es dauert nicht mehr lange, dann kriegst du etwas.«

Sie staunte. Er hatte nicht nur einen Laut von sich gegeben, sondern einen ganzen Satz. Nun fiel ihr auf, dass die Männer nicht mehr ganz so darauf bedacht waren, leise zu sein. Gelegentlich wechselten sie ein paar Worte. »Was wollt ihr von uns?«, fragte sie den hinter ihr paddelnden Mann.

Er warf ihr nur einen Blick aus den Augenwinkeln zu. So sah man ein Kind an, das eine dumme Frage gestellt hatte.

»Werdet ihr uns umbringen?«, hakte sie nach.

»Wenn's nach mir ginge – ja«, erwiderte er durchaus freundlich. »Aber das entscheidet unser Häuptling. Du bist aus der Stadt, nicht wahr? Dein Haar ist heller als unseres, deine Haut dunkler. Und man merkt es auch an der Sprache. Ihr klingt anders.«

Naave kehrte ihm wieder den Rücken zu. Mit einem, der sie tot sehen wollte, würde sie gewiss nicht plaudern. Royias Brust hob und senkte sich langsam. So gut es ging, beugte sie sich über ihn, um einen Blick auf seine Wunde zu erhaschen. Ihre Schulterblätter zogen sich zusammen, da sie auf einen mahnenden Hieb auf den Rücken wartete. Der blieb aus. So rückte sie näher an Royia heran. Ihre Schenkel berührten seinen straffen Bauch. Unangenehm war es nicht. Er fühlte sich nicht wie ein Gott an. Auch nicht wie ein Dämon. Seine Haare bedeckten fast das ganze Gesicht. Sie wünschte sich, die Hände frei zu haben, um ihm das Atmen leichter zu machen.

Er blieb während der ganzen Fahrt bewusstlos. Es ging durch verwirrende Schleifen kleiner Wasserläufe, gerade tief genug für die Boote. In die Geräusche der Wildnis mischte sich Rauschen. Ein Wasserfall ergoss sich über sie, als sie hindurchfuhren. Naave schnappte nach Luft. Die Kanus glitten durch das ruhige Wasser einer kleinen und engen Schlucht, kurvten um einige vorspringende Felsen und kamen wieder in den Wald. Die Männer legten an einem ins Wasser ragenden Baumstamm an und befahlen Naave, sich schleunigst auf die Füße zu begeben. Sie schienen froh, wieder reden zu dürfen. Naave spitzte die Ohren. Doch sie sprachen nur über das erlegte Axot. Man war keineswegs froh um die Jagdbeute. Eher schienen die Männer den Tod des Tieres zu bedauern.

Die Gruppe ging an Land, der leblose Dämon wurde von zwei Männern mitgeschleift. Naave sah, dass der Wald an dieser Stelle weniger dicht war, denn Strahlen hellen Sonnenlichts fielen durchs Geäst. Nach ein paar Schritten riss sie voller Erstaunen die Augen auf: Vor ihnen lag ein gewaltiges Wasserloch, bis zum anderen Ufer war es sicher einen Speerwurf breit. Seine Wände fielen senkrecht ab, die Wasseroberfläche lag zwei oder drei Speerlängen unter ihnen. Aus Rissen und Spalten floss frisches Wasser und ließ das felsige Rund wie ein Becken aus Edelgestein wirken.

Ein verschlungener, knotiger Krüppelmanoq war quer über das Wasserloch gewachsen und bildete eine natürliche Brücke. An der Kante des Lochs hingen aus Bast und Lianengeflecht gewobene, offene Rundhütten, in denen ein paar Waldfrauen mit irgendwelchen Arbeiten beschäftigt waren; neugierig hatten sie die Köpfe gehoben.

Naave wurde ein Stück weitergezerrt, wo geflochtene Käfige mit Vögeln und Affen über dem Abgrund hingen. Einer der Käfige war leer, und sie wusste sofort, was ihr blühte.

Ihr Bewacher zückte eines der vielen Messer an seinem Gürtel und schnitt ihre Fesseln durch. »So, hinein mit dir, Mädchen.«

Sie stemmte die Fersen in den Boden und kämpfte gegen seinen Griff an. Ihr Biss in seinen Arm brachte ihr nur die nächste Ohrfeige ein.

»Ich will nicht da hinein!«, brüllte sie, in der Hoffnung, eine der Frauen hätte genügend Mitleid und Einfluss, ihr zu helfen. Natürlich taten sie nichts. Naave versuchte, zwischen den Männern hindurchzuschlüpfen. Ihr Bewacher war im Begriff, sie zu fassen zu kriegen, und sie schlug und kratzte nach ihm.

Seine Kameraden lachten. »Die ist ja so wendig wie eine Giftnaua!«

»Und ihre Stacheln fliegen genauso«, knurrte er.

Ein Mann bückte sich und bog das Geflecht des Käfigs auf. Sie schrie auf, als sie mit den Füßen voran durch die Öffnung gestoßen wurde. Auch Royia fiel neben ihr auf den Boden des an einem dicken Seil baumelnden Gebildes.

»Was habt ihr mit uns vor?« Naaves Stimme überschlug

sich. Nicht allein aus Furcht. Die rüde Behandlung ließ sie vor ohnmächtiger Wut erzittern.

»Ich sagte es dir doch – das entscheidet Pemzic.« Er verschloss die Öffnung mit einer dicken Faserschnur, die er sorgfältig mehrere Male verknotete. Dann zogen die Männer ab.

Wenigstens waren sie jetzt fort, und Naave konnte sich bewegen, ohne sofort zurechtgewiesen oder geschlagen zu werden. Sie betastete ihre schmerzenden Glieder und rieb sich die geschundenen Füße. Gekrümmt lag Royia neben ihr. Sie war froh, die Hände frei zu haben, um ihm die Haare aus dem Gesicht streichen zu können. Er lag auf der Seite; nur der schmale Ansatz seines blassen Feuerzeichens war zu sehen. Und da der Käfig ein Schattengeflecht auf ihn warf, fielen auch die Narben seiner Schnitte nicht auf. So menschlich wie jetzt war er ihr nie erschienen.

»Royia?«, fragte sie.

Er erwachte nicht. Naave kauerte am Rande des Käfigs und krallte die Finger in seine wirren Maschen aus trockenen Schlingpflanzen. Er war wie ein riesiger Korb, wie auch die anderen. Die Tiere darin äugten misstrauisch herüber, nur die buntgefiederten Vögel zwitscherten und lärmten, während sie hin und her flatterten. Ein grauhaariger Affe richtete sich an seiner Käfigwand auf und zeigte erst gefletschte Zähne, dann sein rotleuchtendes Hinterteil. In kleineren Körben summten und rasselten Zikaden, Heuschrecken und Käfer. Sie alle harrten hier vermutlich aus, um irgendwann bei den Frauen dort drüben in ledernen Kochbehältnissen zu landen. Naave verbot sich die Überlegung, ob sie und Royia nicht aus dem gleichen Grund hier hingen.

Es gab auch Hütten, die nicht an der Felswand des Wasserlochs hingen. Einige standen unter den hängenden Zweigen eines weiteren Krüppelmanoqs wie hinter einem Fadenvorhang, und eine Hütte, größer als alle anderen, war hoch oben in den Baum gebaut. Ihre Entführer liefen nach Art der Waldmenschen den Stamm hinauf und verschwanden darin. Kurz darauf kamen zwei wieder heraus und hielten auf den Käfig zu.

Sie schnitten die Öffnung wieder auf und sprangen hinein. Naave presste sich in die Rundung des Geflechts und zog die Knie an. Doch die Männer beachteten sie nicht. Sie wälzten Royia auf den Bauch und wischten sein Haar beiseite. Einer hatte eine kleine Kalebasse bei sich; die öffnete er und tränkte einen Lappen, den er auf Royias Wunde drückte. Dies tat er mehrmals, während der andere den Dämon niederhielt, wenngleich der sich nicht rührte. Schließlich stöpselte er das Behältnis wieder zu.

Die beiden verschwanden und kehrten in das Baumhaus zurück. Naave hob nicht den Kopf. Sie wusste auch so, dass sie den Käfig wieder sorgfältig verschlossen hatten.

9.

Die Lampen in den Hütten erloschen. Die Männer hatten den ganzen Tag mit aufgebrachten Stimmen beratschlagt, und noch im Dunkeln redeten sie sich die Köpfe heiß. Naave spitzte die Ohren, verstand aber nichts. Irgendwann legten sie sich schlafen. Zu dem allgegenwärtigen Plätschern des Wassers gesellte sich ihr Schnarchen.

Royia war nur einmal erwacht, hatte über Durst geklagt und war wieder weggedämmert. Naave tastete nach seiner erhitzten Haut. Seine Wunde war geschlossen. Ihr schien es, als sei sie sogar kleiner geworden. Es war Axotspeichel, mit dem die Männer die Verletzung behandelt hatten. Vielmehr Axotzunge – ausgekochte Axotzunge. Am Tage hatte Naave zu ihrer Verwunderung mit angesehen, wie man die abgeschnittene Zunge in Stücke geschnitten, aufgekocht und den Sud in einen Tontopf gefüllt hatte. Dann hatte man das Tier zerhackt und gekocht, das Fleisch abgelöst und die Knochen in Bastmatten gehüllt und verschnürt. Tränen waren bei manchem geflossen. Die Frauen hatten sich an die Brust geschlagen und Klagelieder angestimmt, während die Männer die Bündel fortgetragen hatten.

Ihr und Royia hatte man einen ledernen Schlauch mit Wasser und ein paar getrocknete Früchte und Wurzeln herabgelassen. Naave genügte es. Sie verspürte keine Lust, gekochtes Axotfleisch zu probieren.

Ihr kam der Gedanke, bei der Göttin der Heilkunst ein gutes Wort für Royia einzulegen. Aber wenn er nicht wollte, dass sie zu Tique betete, dann war es ihm vielleicht auch nicht recht, wenn sie Xocehe anflehte?

Er schläft, er wird es ja nicht merken.

Trotzdem konnte sie sich nicht überwinden, die Hände in Richtung des Himmels zu recken und ein Gebet anzustimmen. Seine eindringliche Warnung war ihr noch in guter Erinnerung.

Tatenlos dasitzen würde sie jedoch nicht.

Sie griff in den Verband, den sie noch immer um die Brust trug, und förderte das Messer zutage, das sie ihrem Bewacher während der Rangelei abgenommen hatte. Falls er den Verlust bemerkt hatte, war ihm wohl nicht der Gedanke gekommen, dass sie ihre Finger im Spiel gehabt haben könnte. Zumindest war er nicht erschienen, um hier danach zu suchen. Aber wenn ein Kerl vier Messer und Dolche von wahrhaft beeindruckenden Ausmaßen am Gürtel trug, mochte der Verlust eines kleinen Steinmessers, mit dem er vielleicht nur den Dreck unter den Nägeln beseitigte, nicht weiter auffallen.

Naave streckte sich nach der Öffnung und machte sich an der Verschnürung zu schaffen. Es war anstrengend, doch bald geschafft. Sie schob das Messer zurück in ihr Kleid. Mühsam hangelte sie sich hinauf und kämpfte sich nach draußen. Der Affe gab grunzende Geräusche von sich, die sie innehalten ließen. Auf den Knien kauerte sie an der Kante des Felsens. Niemand schien erwacht zu sein.

Sicherlich gab es nächtliche Wachtposten. Einen Fuß vor den anderen tastend, schob sich Naave in Richtung der Hütten. Es war nicht völlig dunkel – in einer aus Steinen errichteten Feuerstelle glomm noch die Glut des Kochfeuers, und das Licht einiger Monde schaffte es durchs Geäst. Sie hatte beobachtet, in welche Hütte unter dem Krüppelmanoq man die Axotmedizin gebracht hatte.

Axotspeichel heilte Wunden. Gekochte Axotzunge ebenso. Aber wenn es das Gift des Menschentöters war, das Royia nach wie vor zu schaffen machte, half es vielleicht, wenn er das Zeug *trank.*

Den Rest des Weges legte Naave auf allen vieren zurück. Der Boden war mit Moos bewachsen oder von den Schritten dieser Leute kahl gelaufen; sie lief nicht Gefahr, in giftige Pflanzen zu fassen. Ab und zu brummte eine Motte an ihrem Ohr. Zwischen den Bäumen huschten die Schatten von Fledermäusen. Wächter sah sie nicht – vielleicht war es nur einer, und der behielt wahrscheinlich den Wald im Auge.

Neben der Herdstelle fand Naave die Panzerschale eines Tieres und angelte damit ein paar Brocken Glut heraus. Dann kroch sie unter der ledernen Plane hindurch, die vor dem Eingang der Rundhütte hing. Wenn sie sich täuschte und dies *nicht* die Vorratshütte war …

Niemand ruckte von seinem Lager hoch, niemand schrie. Naave wagte es, die Hand von der Schale zu heben.

Allmählich schälten sich rötliche Umrisse aus der Dunkelheit. Körbe hingen von dem palmblattgedeckten Dach, ebenso Schlangenhäute und Kräuterbüschel. Am Boden reihten sich Gefäße und Töpfe, und in die runde Wand schmiegte sich eine Art Regal, gefertigt aus Anguanusshälften. In den Nussschalen lagerten Samen, getrocknete Früchte, die süßlich duftenden Schoten der Vaiia und die roten Kerne der Mla-Schote, mit denen Tzozic seine Fischgerichte würzte. Auf den Fersen kauernd, schob sich Naave durch die Hütte.

Sie berührte nichts, sie stieß nichts an. Dort, dieser Topf war es gewesen, in den die Männer den Zungensud gefüllt hatten. Er war mit einer Schnur so stramm verschlossen, dass Naave das Messer zu Hilfe nehmen musste. Weitere solcher Töpfe stapelten sich übereinander. Sie zählte acht Stück. Enthielten sie das Gleiche? Aber wie viele Axots hätten dafür sterben müssen?

Sie fand einen leeren Lederbalg, in den sie einen großen Teil des Suds füllte. Mit der zerschnittenen Schnur band sie ihn zu. Nun musste sie noch den Topf verschließen. Naave tastete ewig herum, öffnete Beutel und suchte in Körben, bis sie eine weitere Schnur fand. Dann war auch das getan.

Als sie hinauskriechen wollte, hörte sie schlurfende Schritte. Sie hielt den Atem an. Ein Wächter, ein Schlafloser oder jemand, der sich erleichtern musste? Naave kroch die Angst in die Kehle. *Warum, o Tique, nehme ich das hier auf mich, statt den Dämon sich selbst zu überlassen?*

Weil sie es *konnte.* Weil sie eine Diebin war.

Aber ihr schien die Antwort nicht die richtige zu sein.

Die Schritte verklangen wieder. Naave wartete, bis sie sich sicher genug fühlte, dann machte sie sich auf den beschwerlichen Rückweg.

Als sie in den Käfig hinabkletterte, fiel ihr ein, dass die aufgeschnittene Öffnung sie unweigerlich verraten würde. Doch sie war so müde, dass es ihr fast gleich war.

Sie kniete neben Royia und bettete behutsam seinen Kopf an ihren Knien, schnürte den Lederbalg auf und setzte ihn an seine Lippen.

»Trink«, raunte sie ihm zu. »Lass mich das nicht umsonst getan haben, hörst du? Trink!«

Und er trank.

»Heraus mit dir, du kleine Wildkatze! Wo ist das Messer? Wo?« Naave wurde aus dem Käfig gerissen und so durchgeschüttelt, dass ihr Hören und Sehen verging. Sie deutete ins Wasserloch. »Was, bei allen Göttern, was willst du sagen?«, brüllte der Mann sie an. Es war ein anderer, ein hagerer, in dessen sehnigen Armen rohe Kraft steckte. Der Gestank seiner fauligen Zähne raubte ihr fast die Besinnung.

»Es ist – es ist ins Wasser gefallen«, stotterte sie, und er schüttelte sie weiterhin, dass ihre Zähne aufeinanderschlugen.

»Nun hör schon auf, Yuqa.« Das war der Mann, der sie auf der Herreise bewacht hatte. Er legte eine Hand auf ihre Schulter. »Du hast uns bestohlen, Mädchen.«

»Ich habe das Messer doch nur …«

»Hast du damit irgendetwas geopfert?«

Geopfert? Wie hätte sie auch noch an ein Opfertier kommen sollen? »Nein, natürlich nicht.«

»Solltest du jemals auf den Gedanken kommen, wirst du es bitter bereuen, hast du verstanden?«

Er sagte es so gefährlich leise, dass sie sofort nickte. Weshalb war ihm das so wichtig, als ginge es um Leben oder Tod?

»Gut. Du warst in der Vorratshütte, gib's zu, Mädchen.«

Wer sich als Dieb durchs Leben schlug, kannte den unangenehmen Augenblick, erwischt zu werden. Dann rannte man davon oder verlegte sich aufs Betteln. Wer gut lügen konnte, tat auch das. Naaves Talent in dieser Hinsicht war nicht so ausgeprägt, wie sie es gerne gehabt hätte. Und das Betteln hasste sie. So blieb ihr nur ohnmächtige Wut.

»Ihr hättet ihn doch sterben lassen, ihr rohen Tiere!«, schrie sie ihn an. Der andere hob eine Faust zum Schlag, und sie duckte sich. »Was wollt ihr überhaupt von uns?«

»Von *dir* will keiner etwas. Wenn man davon absieht, dass du dem einen oder anderen das Wasser in den Mund treibst.«

Die beiden schnappten sie an den Oberarmen und zerrten sie am Rand des Wasserlochs entlang. Es war früh am Morgen; die Siedlung, oder was immer dies war, war zu geschäftigem Leben erwacht. Die Frauen schürten das Feuer und klopften Manoqwurzeln zu Brei. Später würden sie ihn trocknen und zu Mehl verarbeiten; so kannte es Naave aus der Stadt. Auch die Kinder hatten ihre Pflichten; sie fegten den Platz um den steinernen Herd oder brachten Wasser herbei. Eifrig hüpften sie die steil abfallenden Äste hinab bis zur Wasseroberfläche und wieder herauf, die Panzerschalen von Tieren oder aus Häuten gefertigte Behältnisse in den Händen. Als die zeternde und strampelnde Naave an ihnen vorbeigezerrt wurde, duckten sie sich hinter ihre Mütter.

Die Männer zerrten Naave in eine Rundhütte am Fuß der Weide. Grob drückte man sie zu Boden. »Das ist der Häuptling des Dorfes, also auf die Knie mit dir«, grollte eine Stimme über ihr. Naaves Zorn wich einem angstvoll klopfenden Herzen. Die grässlichen Schläge auf die Fußsohlen, die sie sich zuletzt für einen lächerlichen Brocken Manoqbrot eingehandelt hatte, erschienen ihr plötzlich als eine milde Strafe.

»So, du hast also diese dumme Sache gemacht.«

Ein Schilfrohrstuhl knarrte; ein Mann erhob sich und schälte sich aus den Schatten des Palmblattdaches. Er kam auf sie zu. Die Schnüre mit den Steinperlen auf seiner Brust klimperten, als er sich zu ihr herabbeugte und unter ihr Kinn fasste, um ihren Kopf zu sich herumzuzwingen. Unwillkürlich senkte sie die Lider, als er sie ausgiebig musterte. Er griff nach ihrem Seidenkleid und rieb den Stoff zwischen den Fingern.

»Du bist eine Städterin.« Das war eine Feststellung, keine Frage. »Und du scheinst aus einem sehr wohlhabenden Haus zu kommen. Ich dachte, die reichen Leute dort wüssten sich zu benehmen. Ohne diesen Stoff am Leib müsste man ja denken, du kämest aus dem, was man Gosse nennt. O ja, ich weiß einiges über die Stadt.«

Graben nennt man das bei uns, verbesserte sie ihn in Gedanken.

»Aber vielleicht hast du das Kleid ja auch gestohlen?« Er kehrte zu seinem Stuhl zurück, und Naave atmete unwillkürlich auf. Stets hatte sie geglaubt, dass es keinen Menschen gab, dessen Mundgeruch den ihrer alten Hüttenvermieterin im *Graben* übertraf. Nun sah sie sich eines Besseren belehrt.

Der Mann legte langsam seine Unterarme auf die Armlehnen. Vermutlich war er ein *Düsterer,* der irgendwann in der Stadt gewesen war und sich diese hoheitsvolle Art des Sitzens von den reichen Leuten in ihren Tragstühlen abgeschaut hatte. Auf eine Geste hin kam eine Frau aus den Schatten und machte sich an den aus Blättern gefügten Vorhängen zu schaffen, welche die Wände bedeckten. Ein Streifen fahlen Morgenlichts fiel auf ihn. An Naave vorbei verließ sie die Hütte, die Eingangsplane hinter sich herabwerfend. Plötzlich wünschte sich Naave, die beiden Bewacher wären nicht draußen geblieben.

»Wie heißt du?«, fragte der Häuptling.

»Naave.«

»Mein Name ist Pemzic.«

Interessiert mich nicht, lag ihr auf der Zunge. Allerdings hatte eine ähnliche Frechheit die Zahl der Schläge auf ihre Füße damals verdoppelt, also hielt sie besser den Mund.

Pemzic neigte sich vor. Auch das erinnerte an die reichen Leute in ihren Sänften, wenn sie auf den Märkten Ware begutachteten. Um Hand- und Fußgelenke trug er Steinkettchen, teils mit Federn behängt, die reichlich zerrupft aussahen. Das gelbe, schwarzgefleckte Fell einer Cijac, das um seine Schultern lag, war abgewetzt und sicher voller Flöhe. In die langen

Haare hatte er Schneckenhäuser eingeflochten. Naave hätte es nicht verwundert, wären sie noch bewohnt.

»Wir achten sehr sorgfältig auf unsere Vorräte, Naave«, kam er endlich zur Sache. »Und Axotsud gehört zum Kostbarsten, was wir haben. Du hast wirklich geglaubt, dass dein Diebstahl nicht auffällt?«

Doch, aber nicht so schnell.

»Du klaust nicht zum ersten Mal, nicht wahr?« Er griff in einen Beutel aus Affenfell und holte Blätter heraus, die er kaute. Vielleicht erhoffte er sich eine Linderung seines eigenen Gestanks.

»Ich brauchte den Sud für Royia«, kam es ihr vorwurfsvoll über die Lippen. »Ihr habt ihm nicht genug davon gegeben.«

»Ich sagte, es ist kostbar. Immerhin wurde seine Wunde versorgt.«

»Er benötigte es innerlich. Aber das haben deine Leute anscheinend nicht erkannt.«

»Doch, natürlich.« Mit dem Nagel des kleinen Fingers pulte der Häuptling zwischen seinen Zähnen herum und förderte einen Rest des gekauten Blattes zutage. Er betrachtete es und schob es sich wieder in den Mund. »Es gibt viele verschiedene Giftarten, und es gibt verschiedene Axotarten. Manchmal muss man die Zunge in die Öle bestimmter Samen legen, damit sich die heilende Wirkung entfaltet. Es ist nicht so, dass wir den Gefangenen tot sehen wollen. Noch nicht zumindest. Aber wir hätten ungern ausprobiert, was bei ihm hilft, und unsere Vorräte dabei verschwendet. Daher musste die äußere Versorgung vorerst genügen. Aber wie es scheint, hast du unbeabsichtigt zur passenden Arznei gegriffen. Denn man sagte mir, er sitzt aufrecht in seinem Käfig und sieht sich mit wachen, klaren Augen um.«

Naaves Herz tat einen Satz. Das hatte sie nicht gewusst.

Schluckweise hatte sie Royia den ganzen Inhalt des gestohlenen Lederbalgs verabreicht. Danach hatte er weitergeschlafen, und auch sie war todmüde in sich zusammengesunken. Als die gefangenen Vögel und die des Waldes den heranbrechenden Morgen begrüßt hatten und sie kurz erwacht war, hatte er unverändert dagelegen. Sie war sogleich wieder eingeschlafen, bevor sie ihn hatte genauer in Augenschein nehmen können, und erst dann wieder erwacht, als die Männer lautstark schimpfend den Käfig geöffnet hatten.

Beinahe tat er ihr leid, dass er dort nun hockte und nicht wusste, was alles geschehen war.

»Freut dich das?« Pemzics Stimme klang lauernd. »Ist er dein Gefährte?«

»Nein!«

»Was, nein? Es freut dich nicht?«

»Doch, aber er gehört nicht zu mir. Er ist ...«

»Ja?«

»Frag ihn doch selbst, was er ist!«

Es wäre sicherlich interessant, dabei zuzusehen, wie diese Leute hier Royias Gerede vom Gottsein aufnehmen würden, dachte sie grimmig.

»Gut«, Pemzic rieb sich die dürren, von dicken Adern und Flecken überzogenen Hände. »Es hätte mir doch ein wenig leidgetan, euch zu trennen – wäre es so gewesen, dass man etwas hätte trennen können. Aber so wird es weder ihm noch dir allzu schwer fallen, wenn du in meine Hütte übersiedelst.«

»Was soll ich hier?«, fuhr sie entsetzt auf.

Er lauschte und hob einen Finger, als eine der Frauen draußen mit schriller Stimme ein Kind ausschimpfte. »Das ist mein Weib Para, eine alte, dürre Mla-Schote und genauso stechend im Geschmack. Ich denke mir schon seit geraumer Zeit, dass ich gerne etwas hübsches Junges hätte. Nun haben dich die

Götter mir sozusagen vor die Füße geworfen. Wir beten sie nicht an; wir opfern ihnen nicht, und trotzdem machen sie ein so schönes Geschenk, haha!« Seine Hand schlug auf die Lehne ein, dass der Stuhl knarzte. Naave wurde schwindelig. Übelkeit packte sie, als er sich hochstemmte und wieder auf sie zukam. Seine Hand fuhr in ihr Haar und zog sie hoch. Kaum war sie auf den Beinen, um für Abstand zu sorgen, lag ein sehniger Arm um ihre Mitte und presste sie an eine dürre und dennoch biegsame und starke Brust.

Naave schlug auf ihn ein. Doch da sie den Atem anhielt, weil sie seine Nähe anders nicht aushielt, fehlte ihr die Kraft. »Lass mich los«, keuchte sie, den Kopf hin- und herwerfend, um seinen Lippen zu entkommen, die er auf ihre pressen wollte. Tique, das alles war nicht wahr! Erst musste sie einem Feuerdämon näher sein, als ihr lieb war, und jetzt *das!*

»Mädchen, meine Art musst du schon entschuldigen. Ich hab so etwas Weiches mein ganzes Leben noch nicht im Arm gehabt, und hier im Stamm leben nur vertrocknete Kakteen, mein Weib eingeschlossen. Komm, ein Kuss nur …«

»Nein! Nein! Wage es!«

»Ich wage es ja.«

Sie spuckte ihm ins Gesicht. Er lachte nur. Eine Hand in ihr Haar gekrallt, so dass sie sich kaum rühren konnte, ging seine andere auf Wanderschaft. Er war selbst eine verdorrte Pflanze, oder weshalb machte ihm ihr Knie nichts aus, das sie in sein Gemächt rammte? Aber sie ahnte, dass es nicht lange brauchen würde, sich zu voller Mannesblüte zu entfalten. Und dass es hier keinen gab, der ihr beistünde.

»Lass mich los!«, brüllte sie mit aller Kraft in seinen Mund, der sich ihr wieder gefährlich näherte. »Mein Begleiter ist wieder gesund, und er wird euch alle töten, wenn ihr mich nicht anständig behandelt!«

»Wirklich?«

»Ja!« Inständig hoffte sie, dass ihm der Axotsud die alte Stärke zurückgegeben hatte. Royia könnte den Käfig einfach wegbrennen! Allerdings hatte sie es nicht mehr geschafft, seine Drahtfessel zu entfernen oder es wenigstens zu versuchen; zu schnell war sie eingeschlafen. Und wenn der Käfig brannte, würde Royia ins Wasser fallen und womöglich ertrinken. »Er hat übernatürliche Kräfte. Er kann euch alle mit einem Wink töten!«

An ihrem Nacken hielt er sie auf Abstand und musterte sie. »Ja«, erwiderte er nach einer Weile. »Er ist ein Abkömmling des alten Lavavolks, das ist nicht zu übersehen.« Mit der freien Hand ahmte er Royias Feuerzeichnung nach. »Feuerdämon, so nennt man so einen in deiner Stadt.«

»Feuerdämon?«, fauchte sie ihm ins hässliche Gesicht. »Er ist ein Gott!«

Der Mann, der sich Häuptling dieser erbärmlichen Siedlung nannte, legte einen Arm um Naaves Schultern. Ein Anblick, der Royia missfiel. Ihre Hände waren vor ihrem Bauch gekreuzt und mit rauen Stricken gefesselt. Ein nicht minder rauhes Basttuch, zu einem dicken Strang gewunden, teilte ihre Lippen. In ihren Augenwinkeln standen Tränen; und sie schniefte und schluckte, um sie nicht vollends fließen zu lassen.

»Dieses stachlige Izeloweibchen scheint zu glauben, dass du für sie kämpfen willst«, sagte Pemzic. Der Blick, mit dem er Naave bedachte, war wohlwollend. Auf eine unangenehme Art wohlwollend. »Wirst du es tun?«

Royia spannte die Armmuskeln an, um die Steifheit loszuwerden. Noch fühlte er sich benommen. Was war geschehen? Das Gift in seinem Körper hatte ihn irgendwann übermannt. Er meinte sich zu erinnern, dass er in jenem Augenblick auf Naave gehockt hatte, aber ganz sicher war er sich nicht. Dann hatte er die Wächter der Toxinacen oben in den Ästen bemerkt. Und dann? Eine Zeitlang war ihm, als hätte ihn ein riesenhafter Mann über die Schulter geworfen und schleppte ihn durch den Unterwald. Er nahm an, dass er nicht die ganze Zeit bewusstlos gewesen war, aber alles, was er gesehen und gehört hatte, erschien ihm so durcheinander und unverständlich wie wirre Fieberträume. Als er erwacht war, nicht mehr erhitzt und mit halbwegs klarem Kopf, hätte er geschworen, dass ein Jahr vergangen sein musste.

Und in diesem Jahr war offenbar einiges geschehen.

»Womit habt ihr mich behandelt?«, fragte er, um die nötige Zeit zu gewinnen, die letzten Nebelschwaden aus seinem Schädel zu bekommen. Diese Leute waren keine Wächter, die im Dienst der Priesterschaft standen. Es waren auch keine gewöhnlichen Waldmenschen. Sie hausten am Boden, also waren es *Düstere.* Nur dass sie tief im Wald lebten.

Der Grund hierfür interessierte ihn brennend. Stammte der Mann, der ihm das Kerbzeichenholz zugesteckt hatte, von hier? Royia ließ möglichst unauffällig den Blick schweifen. In den hängenden Hütten dieses ungewöhnlichen Dorfes hockten Frauen und Kinder, und oben am Rand des Wasserloches hatten sich an die fünfzig Männer jeglichen Alters versammelt. Der Gesuchte war nicht darunter. Was nichts heißen musste; vielleicht hatte ihn ja inzwischen eine hungrige Cijac erwischt.

»Du hast eine bestimmte Sorte Axotsud getrunken«, erwiderte der Häuptling, eine dürre, üble Ausdünstungen verbreitende Gestalt. Noch ein Beweis, dass er ein *Düsterer* war. Kein

Vergleich zum Oberhaupt von Royias Stamm, der selbst mit seinem affenartig gekrümmten Rücken, den ihm sein neunzigjähriges Dasein beschert hatte, einen erhabenen Eindruck machte. »Und zwar reichlich!«

Es klang wie ein Vorwurf, als hätte Royia sich selbst bedient. Aber da täuschte er sich wohl. Nun, es konnte nicht schaden, sich erkenntlich zu zeigen. »Ich danke euch dafür.«

Naave biss wutentbrannt in das Basttuch.

»Weshalb habt ihr sie geknebelt?«

Pemzic verdrehte die Augen. »Von allein weiß sie nicht zu schweigen, wenn es angemessen wäre.«

»Da hast du allerdings recht.«

Naave knurrte und heulte, während sie in ihren Blick legte, was sie Royia offenbar liebend gern an den Kopf geworfen hätte.

»Also, willst du um dieses Weib kämpfen?«, fragte Pemzic noch einmal. »Ich könnte es dir ja nicht verdenken, wenn du stattdessen …«

»Ich will.«

»Ah. Nun denn. Du wirst gegen den besten Krieger unseres Stammes antreten. Gewinnst du, lasse ich die Finger von ihr. Gewinnt er, ist sie mein.«

Diesmal gab Naave keinen Laut von sich. Sie starrte auf ihre Füße, das Gesicht rot vor Scham. Royias Magen machte bei dem Gedanken, dieser Kerl könne sich über sie hermachen, einen unguten Sprung. Gut, wahrscheinlich würde der Häuptling ihrer Widerspenstigkeit rasch überdrüssig, aber die Zeit, bis es so weit war, hatte selbst sie nicht verdient.

Der Häuptling gab einem Mann ein Zeichen, der daraufhin in einer der Hütten verschwand und mit einem runden Geflecht zurückkehrte. Zwei Menschentöter waren darin. Sie schillerten nicht blaugrün, wie die gewöhnlichen, sondern von giftigem Rot. Ihre Hinterleiber waren schwarz gebändert, und ihre Beißwerkzeuge glichen langen Messern.

»Kennst du diese Art?«, fragte Pemzic.

Royia nickte, wenngleich er bisher nur ein ausgestopftes Exemplar in der Hütte des Chacu-Schamanen gesehen hatte. Er war noch ein Junge gewesen, aber er wusste noch gut, wie es ihm bei der Erzählung des alten Heilers gegraut hatte.

»Tihaunaco weiß gut mit ihnen umzugehen; er ist unser bester Jäger.« Pemzic wies auf einen Mann, der aus der Reihe der Zuschauer trat. Drei Messer hingen an seinem Gürtel, dazu eine Naz-Schlinge, eine tödliche Wurfpflanze, die den Instinkt eines Raubtiers besaß und sich mit grausamer Treffsicherheit um die Hälse ihrer Opfer wand. Wulstige Narben quer über seiner Nase verrieten, dass er einmal in die Nähe der Krallen einer Cijac oder eines Axotschwanzes geraten sein musste. Wer das überlebte, musste gut sein.

Der Jäger nickte Royia zu und trat zu dem Mann, der den Käfig hielt. Dieser öffnete ihn gerade so weit, dass Tihaunaco den Unterarm hineinstecken konnte.

»Gewöhnliche Menschentöter sind schon nicht leicht zur Zusammenarbeit zu überreden«, sagte der Jäger und entblößte grinsend eine abgebrochene Zahnreihe. »Beim Roten Menschentöter muss man allerdings damit rechnen, dass er einem die Finger abschneidet, statt sich mit dem Arm zu verbinden.«

Das glaubte Royia ohne weiteres – der Schamane hatte Ähnliches erzählt. Trotzdem verließ den Jäger das Grinsen nicht, während er wartete, wofür sich die beiden Insekten entschieden. Er lächelte auch dann noch, als einer der Menschentöter auf seinen Arm sprang und den fünfgliedrigen Schwanz mit voller Wucht in seine Armbeuge rammte, so dass das Blut herausspritzte.

Er trat zurück und machte eine freundliche Geste in Richtung des Käfigs.

Royia zögerte nicht. Kaum hatte man seine Handfesseln entfernt, steckte er den rechten Arm in das Geflecht. Den Blick mit Tihaunaco gekreuzt, wartete er. Der verbliebene Käfer ließ sich Zeit. Als der Stich endlich kam, spürte er seinen Wangenmuskel zucken. *Verdammt, das hat weh getan.*

Das Leuchten seines Blutes überraschte die Männer nicht. Sie wussten, was er war. Wussten sie auch, wer er war?

Den einen Arm nach wie vor um Naave gelegt, hob der Häuptling den anderen. »Ihr kennt alle diese Tiere. Dieser Mann auch! Aber das Mädchen nicht. Oder?«, fragte er sie, und da sie wie betäubt den Kopf schüttelte, fuhr er genüsslich fort: »Die Weibchen des Roten Menschentöters verschießen keine Dornen, sondern ihre Larven. Die suchen sich den Weg in den Körper des Opfers, und das schnell, das kannst du mir glauben.« Er lachte. »Ich habe selbst einmal gesehen, wie eine Larve einer ausgewachsenen Cijac ins Ohr gerast ist. Die Katze hörte man danach noch stundenlang vor Schmerzen im Unterholz heulen, bevor sie endlich verendete.«

Naave wurde bleich. Aus weit aufgerissenen Augen starrte sie Royia an. Allein der Rote Menschentöter an seinem Arm hielt ihn ab, zu ihr zu gehen. Was könnte er ihr auch sagen, das sie beruhigen würde? Aber wie kam er darauf, sie könnte um ihn bangen? Gewiss wünschte sie nicht, dass er diesen Kampf verlor; dann wäre sie seines Schutzes beraubt. Aber Angst um ihn? Er dachte daran zurück, wie er sie während ihres Alptraums im Arm gehalten und gewiegt hatte. Bei den Göttern, sie würde doch Tihaunaco die Arbeit abnehmen und ihm die Augen auskratzen, wenn er ihr davon erzählte.

Pemzic krauste die Stirn. Was vom Himmel zu sehen war, hatte sich zugezogen. Irgendwo grollte Donner. »Seit Tagen liegt der Regen in der Luft, und ausgerechnet jetzt kommt er. Er wird euch die Sache nicht gerade erleichtern. Sollen wir es aufschieben? Könnte allerdings ein paar Tage dauern.«

Die Männer murrten, und bevor Royia *meinetwegen nicht* sagen konnte, kam aus dem Baumhaus ein dumpfes, gebelltes »Nein!«

Sofort waren alle still. Pemzic warf einen Blick hinauf, der beinahe entschuldigend wirkte. Auch Naave drehte den Kopf. Doch die aus Rindenfasern gewebten Tücher, die sich leicht wie Nebelschwaden bewegten, verbargen die Gestalt dahinter.

Royia blieb keine Zeit, um sich über den Unsichtbaren Gedanken zu machen. Jemand begann eine Trommel zu schlagen. Die Töne erfassten sofort seine Glieder. Auch Tihaunaco straffte sich, marschierte am Rand des Wasserlochs entlang und sprang dann geschmeidig auf den Stamm des quer darüber gewachsenen Krüppelmanoqs. Und wartete. Er dachte nicht daran, seine restlichen Waffen abzulegen.

Royia nahm die andere Richtung und betrat den gewundenen Stamm über dessen schmales Ende – ein weiterer Nachteil.

»Wer herunterfällt, ist des Todes«, rief Pemzic. »Nicht, dass der Absturz tödlich wäre. Aber das Wasser ist derzeit nur knietief; ein paar Knochen wird es einen schon kosten. Und die werden zur Strafe nicht behandelt – was das hier in der Wildnis bedeutet, dürfte klar sein. Fangt an!«

Royia nahm an, dass diese Drohung nur für ihn galt. Auf die Dienste des besten Dorfjägers würde man schwerlich verzichten wollen. Oder Pemzic war sich seiner Sache völlig sicher.

Er blendete die beständig im Hinterkopf bohrenden Gedanken an das Rätsel der Botschaft aus. Auch an Naave verbot er sich zu denken. Ein Blick nur auf ihre jammervoll gefesselte Gestalt, und die Ablenkung konnte tödlich sein. Leicht geduckt schritt er über den Stamm, ertastete mit den Füßen jeden Riss, jede Schrunde, suchte das Leben des Baumes, um sich damit zu verbinden.

Dicke Regentropfen zerplatzten auf seinem Gesicht. Er hob den rechten Arm. Dem Roten Menschentöter machte der Regen nichts aus. Royia bewegte die Armmuskeln, und das Insekt antwortete ihm mit einem Vibrieren, stärker als das gewöhnlicher Menschentöter. Deutlich spürte er, wie es Blut aus seinem Arm pumpte und sich daran labte. Er musste warten, bis es satt war.

Tihaunaco stand starr, wartete wie Royia auf das Ende der Nahrungsaufnahme. Plötzlich sprang er mit einem Schrei vor und streckte den Arm. Die Mandibeln des Insekts weiteten sich. Eine glänzende Kugel schoss aus dem Maul. Royia duckte sich unter ihr hinweg. Eine zweite folgte, klatschte ihm ans Knie. Mit der linken Hand wischte er sie herunter. Verdammt, er war viel zu langsam! Für einen Moment glaubte er, der Krüppelmanoq schwankte. Die Wände des Wasserlochs schienen sich zu biegen. Es war nur die Nachwirkung des Giftes. Er biss die Zähne zusammen. Solche Schwäche *musste* tödlich sein. Doch Tihaunaco ließ sich Zeit. Er tänzelte, schwang den bewaffneten Arm und schien seinen Vorteil vertändeln zu wollen, indem er beifallheischend zu seinem Häuptling hinübersah.

Plötzlich schoss die nächste Kugel auf Royia zu. Er musste sich rücklings fallen lassen, die Füße drohten die Verbindung zum Stamm zu verlieren. Rasch griff er nach einem seitlich herausragenden Ast, um nicht zu stürzen.

Er streckte den Arm aus. Doch anscheinend war seine Waffe ein wenig störrisch. Hatten sich die Götter denn völlig gegen ihn verschworen?

Ja. Genau das.

10.

Unangenehm spürte Naave Pemzics Arm auf der Schulter. »Weißt du, wie solche Wasserlöcher einst entstanden sind?«, fragte er sie im Plauderton. Jedes Wort schickte üble Gerüche an ihre Nase. »Das geschah, als der Gott-Eine den Tod in die Unterwelt jagte. Der Tod warf riesige Feuerbrocken nach der Sonne, doch der Eine schlug sie mit solcher Kraft zurück, dass sie tief in den Erdboden eindrangen. Die Spuren dieses Kampfes findet man nur noch sehr selten. Wahrscheinlich sind die meisten Löcher und Krater im Laufe der Zeit zugewuchert.«

Naave stellte sich vor, wie Pemzic hineinstürzte und sich das Genick brach.

Der Regen klatschte ihr ins Gesicht. Das war gut, so würde niemand sehen, wenn sie weinte. Noch weinte sie nicht, noch kämpfte sie die Tränen erfolgreich zurück. Doch sollte der Kampf so weitergehen, würde es nicht mehr lange dauern, bis Royia unterlag. Und dann wäre es um ihre Fassung geschehen. Tique mochte ihr beistehen – sie würde um einen Feuerdämon weinen. Immer wieder redete sie sich ein, dass er nichts anderes als das war.

Ein Krachen aus dem Himmel übertönte das Trommeln.

Keiner der Männer hob den Blick; alle starrten auf die Kämpfenden. Ihr Jäger besaß eindeutig die Oberhand. Er ließ einen wahren Hagel dieser schrecklichen Geschosse auf Royia niedergehen, und dieser hatte damit zu tun, sie sich von der Haut zu reißen. Die kleinen, wie Almaraspeck glänzenden Kugeln öffneten sich zu vielfüßigen Larven, die mit ekelerregender Geschwindigkeit über ihr Opfer huschten, zielsicher die Körperöffnungen anstrebend. Royia musste sich zwischen die Beine greifen, während er seinen Gegner ebenfalls beschoss. Sein Menschentöter jedoch wirkte behäbiger. Mühelos wich der schlaksige Tihaunaco den Geschossen aus. Seine Bewegungen erinnerten an biegsame Flussgräser im Wind.

»Sie tanzen beide gut«, lachte Pemzic. Seine Finger glitten über Naaves Arm. »Dein Gefährte allerdings, was das Kämpfen betrifft … Nanu, was tut er jetzt?«

Royia schwang den rechten Arm hin und her, während er sich Tihaunaco näherte. Einmal, zweimal zerteilten die messerartigen Oberkiefer seines Insekts die Geschosse des Jägers. Ein Raunen ging durch die Zuschauer; die Trommel geriet kurz aus dem Takt. Mit einem Mal war er dicht vor Tihaunaco, drehte sich, schwang den Arm in einer blitzartigen Bewegung herum. Die Spitzen der Mandibeln hinterließen eine blutige Spur auf dem Bauch des Gegners.

Der machte einen Satz nach hinten, strauchelte über die Unebenheiten des Baumes und fiel auf die Knie. Sofort war Royia über ihm, zielte mit den Mandibeln auf sein Gesicht. Tihaunaco riss den Arm hoch; die Kiefer der Menschentöter verhakten sich ineinander. Mit der Linken tastete er nach einem seiner Messer. Bevor er es ziehen konnte, schlug ihm Royias freie Hand, zur Faust geballt, ins Gesicht. Das Messer fiel ins Wasser.

»Verfluchter Hund!« Tihaunaco spuckte Blut. »Das wirst du bereuen!«

»Mach schon«, knurrte Pemzic in sich hinein. Seine Fingerspitzen bohrten sich in Naaves Schulter. Beinahe war sie ihm dankbar dafür, dass seine ekelhafte Berührung und der Gestank seines Mundes von dem Kampf ablenkten. Wenn auch viel zu kurz.

Die Mandibeln trennten sich. Tihaunacos flinker Menschentöter verschoss eine Kugel auf Royias Schulter. In Lidschlagschnelle entfaltete sie sich zu einer Larve und glitt seinen Hals hinauf. Naave schrie in ihren Knebel. Das glitschige Ding war schon an seinem Ohr, als er es herunterwischte. Die Nächste landete auf seiner anderen Schulter und wählte sein Gesicht als Ziel. Vor der Nase bekam er sie zu fassen. Zugleich spannte er die Muskeln seines gestreckten Arms an. Sein Menschentöter reagierte darauf; die aus dem Maul schießende Kugel erwischte Tihaunaco am Bauch. Konnten diese Larven sich durch einen Bauchnabel bohren? Naave hoffte, es wäre so. Doch der Stammesjäger riss sie sich rechtzeitig von der Haut. Der nächste Schuss traf wieder Royia. Die Larve verfing sich in seinen Haaren; er hatte Mühe, sie herauszufischen, und warf den Kopf wild hin und her. *Bitte, Tique, Xipe To, alle Götter, bitte,* flehte Naave innerlich. Sie hätte es so viel lieber geschrien, damit die Götter sie auch wirklich hörten. Ihre Handflächen schmerzten, da sie die Fingernägel mit aller Kraft hineinbohrte. Die nächste Kugel landete auf Royias Fußknöchel. Als er in die Knie ging, um danach zu greifen, glitt er auf dem nassen Holz aus. Er fiel auf die Knie und atmete schwer.

Tihaunaco lachte. »War es das schon?« Mit halberhobenem Arm, beinahe lässig, näherte er sich und zielte auf Royias Gesicht.

Nein, nein, nein …

»Kannst du dir vorstellen, wie es ist, wenn die Larve in ein Auge …«

Royia ließ sich seitwärts vom Stamm gleiten, schwang sich an einem Ast an dem Krieger vorbei und sprang hinter ihm wieder hinauf. Verblüfft wirbelte Tihaunaco herum. Die nächste Larve verfehlte Royia. Er machte einen Satz auf Tihaunaco zu und hackte mit seinem Insekt wie mit einem Messer auf ihn ein. Die scharfen Kiefer schlitzten Tihaunacos Arm auf.

Ja!

Naave stöhnte. Sie glaubte, Pemzics Finger müssten ihre Schulterknochen brechen.

Plötzlich war etwas anders. Sie wusste nicht, warum. Es schien, als habe Royia erst seine Schwäche wie eine lästige Schlingpflanze von sich reißen müssen. Er wirbelte auf dem Krüppelmanoq, so dass Tihaunaco nichts anderes tun konnte, als wie blind herumzustolpern. Royia federte rücklings, wenn eine Larve an ihm vorbeiflog, stieg über die Geschosse hinweg oder schwang sich unter dem Stamm hindurch, um den Fuß in Tihaunacos Seite zu stoßen. Der brüllte vor Wut und schwang seinen Menschentöter so wild herum, dass dieser mit den Deckflügeln flatterte. Naave gewann eine Vorstellung davon, wie es aussähe, wenn Royia im Vollbesitz seiner Kräfte gewesen wäre. Trotz seiner Schwäche kämpfte er voller Geschmeidigkeit, ja, Anmut – ein über all die Windungen des Krüppelmanoqs tänzelndes Waldwesen, das eins schien mit dem Baum. Sogar seitwärts sprang er vor, fast quer in der Luft, eine für einen Stadtmenschen unmögliche Bewegung. Der Regen ließ ihn gelegentlich abrutschen; dann schlang er ein Bein um einen hervorstehenden Ast, während er aufs Neue auf seinen Gegner zielte. Der hatte zusehends Mühe, den Angriffen standzuhalten.

Royias Menschentöter schoss noch immer schwach. Naave nahm an, dass man absichtlich ein altes oder krankes Tier in den Käfig gesteckt hatte. Aber die messerartigen Kiefer waren scharf. Royia sprang vor und zurück, und mit jedem Ausfall hinterließen sie eine weitere rote Spur auf Tihaunacos Körper.

Das Trommeln ging im Prasseln des Regens und dem Geschrei der Zuschauer unter. »Töte ihn, töte ihn!«, brüllten sie ihrem Mann zu, und Naave befürchtete, sie könnten sich vergessen und eingreifen. Fast war Tihaunaco schon des Todes, als er in die Knie ging, die Mandibeln von Royias Waffe am Hals. Im letzten Augenblick konnte er den linken Arm hochreißen. Die Beißwerkzeuge des Insekts schnitten durch seine Finger. Sein Gebrüll hallte hundertfach von den Wänden des Wasserlochs wider. Er warf sich herum, die verstümmelte Hand unter der Achsel, suchte Schutz an der Seite des Stamms – auch er vermochte wie wohl jeder Waldmensch der Schwerkraft zu trotzen. Royia, das Gesicht vor Erregung verzerrt, setzte ihm nach und rammte die Kiefer seines Menschentöters in Tihaunacos Unterleib.

Ja!

»Nein«, knurrte Pemzic.

Irgendwo über den Baumkronen gleißte der Himmel hell auf; ein Krachen verschluckte seinen Fluch. Naave schüttelte sich den Regen aus den Augen. Als sie wieder sehen konnte, stand Tihaunaco auf dem Baum, den blutigen Fleischklumpen, der einmal seine Hand gewesen war, auf die Bauchwunde gepresst. Es sah nicht mehr menschlich aus, wie er die Zähne fletschte, vor Schmerz und Hass. Oder Angst. Er streckte den rechten Arm aus – sein Menschentöter breitete die Flügel aus, zog mit einer beinahe eleganten Bewegung den Unterleib aus der Armbeuge und erhob sich in die regennasse Luft.

Der Jäger hatte sich ergeben.

Nein – plötzlich riss er eine rote Schlinge von seinem Gürtel. Eine solche hatte die Angreifer im Wald zu Fall gebracht. Schneller, als Naave es ihm noch zugetraut hatte, wirbelte er die Schlingpflanze über seinem Kopf und ließ sie auf Royias Hals zuschnellen. Royia drehte sich seitwärts. Die Schlinge wand sich um seinen Arm. Doch bevor sie sich in sein Fleisch graben konnte, zerteilte er sie mit den Insektenkiefern. Knapp konnte er sich unter einem der Messer hinwegducken, das Tihaunaco der Schlinge folgen ließ.

Naave stieß Pemzic mit der Schulter an – wollte er wirklich dulden, dass sein Mann mit so unlauteren Mitteln kämpfte? Sie schrie in ihren Knebel, doch er beachtete sie nicht. Die Männer waren still geworden; selbst die Trommel war verstummt. Alle waren wie erstarrt. Ein zweites Messer flog; Royia wich ihm aus. Ein drittes – knirschend drang es in den Kopf seines Menschentöters. Er schüttelte das tote Insekt ab und riss den Hinterleib aus seinem Arm.

Tihaunaco sprang auf ihn zu, das letzte Messer aus seinem Gürtel ziehend.

Er stieß es vor. Royia streckte sich danach. Seine Hand umschloss die Klinge.

Sichtlich verwirrt riss Tihaunaco es zurück. Gleißende Tropfen flogen, verwandelten sich in Blut. Eine Leuchtspur zog sich über Royias Handfläche. Royia setzte seinem Gegner nach, der stolpernd zurückwich, und stieß den Arm in die Luft, als hielte er ein Lavasteinschwert. Ein Feuerstrahl schoss aus der Wunde und versengte Tihaunacos Brust.

Der Jäger heulte wie ein Tier. Ein zweiter Strahl ließ seine Haare auflodern. Er sackte in die Knie, fand keinen Halt auf dem nassglatten Stamm und warf sich nach vorne, um sich festzuklammern. Während er dennoch langsam von dem

Krüppelmanoq glitt, stand er in Flammen wie eine riesige Fackel. Strampelnd stürzte er ins Wasser, wo das Feuer zischend erlosch. Was blieb, war ein verbrannter, auf dem Bauch treibender Körper.

Die Männer traten an den Rand des Lochs, senkten die Köpfe. Naave jedoch starrte hoch, auf Royia. *Feuerdämon.* Seine Feuerzeichnung schien zu pulsieren, aufzuglühen, seine Augen loderten vor Erregung, Lust am Kampf. Ihr Herz schlug rasend schnell. Vor Freude oder doch Abscheu? Sie wusste es nicht. Ohne die Männer aus den Augen zu lassen, bückte er sich nach einem der Messer, das im Stamm stecken geblieben war, und stieg von dem Krüppelmanoq herunter.

Er ging auf Pemzic zu. Der ließ Naave los und wich zwei Schritte zurück.

Royia blieb dicht vor ihr stehen. Das Glühen in seinem Gesicht war verblasst. Ein Hauch seiner Kampfeslust wehte noch in seinen Augen. Doch vor allem sah sie Mattigkeit. Behutsam schnitt er ihren Knebel durch. Dann die Stricke um ihre Handgelenke.

»Ist alles gut mit dir?«, fragte er leise.

Sie nickte. Er gab ihr den Dolch. Dann schob er sich an ihr vorbei auf den Häuptling zu.

Die Hand, aus der noch immer leuchtendes Blut troff, hielt er ein wenig erhoben. Pemzic, bleich geworden, starrte darauf.

»Bleib mir vom Leib«, knurrte er. »Du magst ein Erwählter sein, aber gegen ein ganzes Dorf, das dich mit Pfeilen und Spießen spicken kann, wirst auch du nichts ausrichten können. Habt ihr gehört, Männer?«

Wahrhaftig geriet verhaltene Bewegung in die Dorfleute. Einige ließen ihre Bogen, die sie zuvor geschultert hatten, heruntergleiten und legten Pfeile an.

»Nein. Von deinen Männern werden viele überleben. Aber dein Dorf wird niederbrennen«, Royia machte eine ausholende Geste; seine Hand zog einen Lichtschweif hinter sich her. »Willst du das? Oder willst du die Frau und mich nicht besser einfach ziehen lassen?«

Pemzic schnaufte voller Ärger. Er gab seinen Leuten zu verstehen, dass sie die Bogen sinken lassen sollten. »Also geht.«

»Aber eines beantworte mir noch«, sagte Royia. »Warum nennst du mich einen Erwählten?«

»Dein Inneres ist Feuer. Jeder Waldmensch weiß, was das bedeutet. Du bist ein Abkömmling des Lavavolks. Und daher erwählt.«

Royia trat näher. Pemzic wich weiter zurück, bis er gegen eine der Hüttenwände stieß.

»Sag mir, Häuptling dieser armseligen Siedlung von *Düsteren* – versteht sich einer deiner Männer darauf, ein Kerbzeichenholz anzufertigen?«

»Du meinst, ob einer ... *kerben* kann?« Pemzic war deutlich anzusehen, dass er sich weit weg wünschte. »Ziemlich absonderlicher Gedanke.«

»Aber ein Kerbzeichenholz von jemandem annehmen und weitertragen? Zu mir nämlich? Du weißt nicht, wovon ich rede?«

»Bei allen vierzehn Göttern, nein.«

Royia hob die glühende Hand und spreizte die Finger dicht vor Pemzics Gesicht. Der Häuptling presste den Hinterkopf gegen die geflochtene Wand, doch sie gab kaum nach.

»Tu das nicht, ich bitte dich ...«

»Sagen dir die Worte ›Das Leben im Licht ist eine Lüge‹ irgendetwas?«

»Das ... was?«

»Dass das Leben im Licht eine Lüge ist!«, schrie Royia. »Eine verdammte, *verdammte* Lüge!«

Er griff nach Pemzics Kehle. Naave wünschte sich, dass er den widerlichen Kerl niedermachte. Doch bitte nicht auf diese Weise. Sie schlug die Hände vors Gesicht, glaubte schon den Geruch verbrannten Fleisches in der Nase zu haben. Pemzics angstvolles Keuchen ging ihr durch Mark und Bein.

»Männer … erschießt ihn …« Sie zielten auf Royia.

Nein!

»Nein«, sprach eine dunkle Stimme Naaves Gedanken aus. Sie schwebte über den Köpfen, leise und so eindringlich, dass die Männer ihre Bogen wieder sinken ließen. Es war eine rauhe, auf eine sonderbare Art verlorene Stimme. »Bringt ihn und die Frau zu mir.«

Alle hoben die Köpfe, sahen hinauf zum Baumhaus. Ein Schatten bewegte sich hinter den Vorhängen und verschwand wieder, als der geheimnisvolle Zuschauer in die Tiefe des Hauses zurücktrat. Fragend blickte Royia zu Pemzic, doch der rieb nur seinen geschundenen Hals. Das Gesicht des Häuptlings war rot, vor Aufregung oder weil ihm die Hitze zugesetzt hatte.

»Kommt«, er nickte Royia zu und straffte die Schultern, darum bemüht, seine peinliche Schwäche vergessen zu machen. »Muhuatl will euch sehen.«

»Ich dachte, *du* seist der Häuptling«, sagte Royia verächtlich.

»Das bin ich. Von allen Männern und Frauen hier – nur nicht von Muhuatl.«

Für einen kurzen Moment misslang es Pemzic, den Widerwillen gegen diese Tatsache zu verbergen. Dann wandte er sich um und erkletterte den Stamm. Royia legte einen Arm um Naaves Mitte und half ihr, aufzusteigen.

Naave duckte sich unter einer schweren, aus knotigen Luftwurzeln gewebten Matte hindurch. Das Licht, das durch die zarteren, vom Regen schweren Bastvorhänge fiel, erhellte die Hütte nur schwach. Ein großer Raum tat sich auf, wie das Innere eines ausgehöhlten Baums, die Wände mit Matten verhängt, in die getrocknete Blüten eingewebt waren. Der Boden bestand aus dicht ineinander verflochtenen Lianen und Ästen. In einer Hängematte hockte eine Gestalt. Ein massiger Mann mit hellen Beinen, die im Zwielicht wie gebleichte Knochen wirkten.

»Tretet näher. Pemzic, geh.«

Der Häuptling gehorchte und sprang aus der Hütte.

»Setzt euch«, eine wulstige Hand wies auf den Boden. Zögernd ließ sich Royia mit gekreuzten Beinen nieder. Naave hockte sich an seine Seite. Hier zu sitzen war immerhin bequemer als auf dem Boden des Käfigs. Muhuatl gab ein Grunzen von sich; eine junge Frau kam aus den Schatten hinter der Hängematte und eilte zu einem Korb, ergriff zwei Schalen und eine Kalebasse und schleppte alles auf ihren dünnen Armen zu Royia. Er füllte die beiden Schalen und gab Naave eine davon.

»Das ist Rauschtrank aus Acatecobeeren und Manoqbrei, das Beste, was wir hier haben«, erklärte Muhuatl. »Ich bin schließlich kein schlechter Gastgeber, nicht so wie Pemzic. Der hat kein Benehmen.«

Er neigte sich vor; sein Kopf geriet ins Licht. Sein Gesicht war aufgedunsen, als täte er seit Jahren nichts anderes, als hier zu sitzen und solche Rauschtränke in sich hineinzuschütten. Ungewöhnlich für einen Waldmenschen, hatte er seinen Oberkörper mit einem unförmigen Gewand aus grobgewebter Bastfaser verhüllt. Das Mädchen, ein schmutziges Geschöpf, brachte ihm ebenfalls eine Kalebasse und bekam zum

Dank den nackten Hintern getätschelt. Er lehnte sich in die Schatten zurück und trank.

Es lag so entsetzlich lange zurück, dass Naave etwas in den Magen bekommen hatte, dass sie das dicke, bitter schmeckende Zeug gierig trank. Während sie die Schale leerte, glitt ihr Blick durch die seltsame Baumhütte und blieb an einem Stück Leder hängen, das an eine der Wände geheftet war. Es war mit Pflanzenfarben und Kohle bemalt. War das ... eine Karte? Eindeutig war das Wasserloch zu erkennen als dicker grüner Fleck, darum das Dorf, das Grün des Waldes, das Grau des Berges und – der Fluss.

Wenn die Größen auf dieser Karte auch nur annähernd der Wirklichkeit entsprachen, war der *Große Beschützer* ganz in der Nähe.

Naave schielte zu Royia. Er trank gemächlich, während seine rechte Hand in seinem Schoß lag. Den Knebel knüllte er zusammen, um die Blutung in der Handfläche zu stillen oder wenigstens zu verbergen. Unauffällig stieß sie ihn mit dem Ellbogen an.

Er sah, was sie ihm zeigen wollte. Eine Karte der Umgebung. Der *Trennende* war nicht fern. Der Fluss hatte sich schnurgerade in nordöstliche Richtung gewandt, um sich dann auf seiner rechten Seite zu einem verwirrenden Netz von Wasserläufen zu verbreitern. Darin hatten sie sich verirrt. Weiter nördlich beschrieb die Hauptader einen Bogen hinein in den Wald, verzweigte sich zu zwei größeren Schleifen, und in der Nähe der unteren lag dieses Dorf. Ein Stück Wald musste man durchqueren, im Grunde nur ein paar Schritte.

»Wenn dort Kanus sind ...«, raunte Naave ihm zu. Er nickte. Die Strömung der Flussschleife trieb einen unweigerlich in den Hauptfluss. Dort müsste Naave nur übersetzen und, falls sie zu schwach war, um gegen die Strömung zu rudern, am Ufer entlanglaufen. Die Stadt wäre nicht zu verfehlen.

Er erwiderte ihren Blick. *Ich verspreche dir, dich ans andere Ufer zu bringen.* Laut aussprechen konnte er es nicht. Aber sie verstand, denn auch sie nickte.

Ihr Lächeln war verhalten. Wehmütig. Aber da täuschte er sich sicherlich. Wahrscheinlich würde sie mit ihrem Vater und Angehörigen und Freunden ein Fest feiern. Sie würde die Begegnung mit ihm in den grässlichsten Farben ausmalen. Und ihn vergessen. Warum auch nicht? Er würde sie ebenfalls vergessen. Oder an sie auf ewig als einen Stachel in der Fußsohle denken.

»Ihr wundert euch, weshalb ihr noch am Leben seid?«, riss ihr Gastgeber ihn aus seinen Gedanken.

»Wovon redest du? Ich weiß nicht, was geschehen ist, seit ich im Wald das Bewusstsein verlor.«

»Du kannst mir vertrauen«, sagte der Mann namens Muhuatl. »Ich weiß, wer du bist: ein Erwählter, der gerufen wurde, durch den Jadegang zu treten – und der diesen Gang nicht antrat.«

Royia verbarg seine Verwirrung. »Und woher weißt du das?« Alles in ihm drängte danach, aufzuspringen und sich aus diesem Dorf herauszukämpfen. Aber so nah käme er der Enthüllung des Rätsels vielleicht nie mehr.

»Nun, wenn du nicht hier wärst, dann doch auf dem Berg, oder? Stattdessen lasen wir dich im Wald auf. Pemzics Männer konnten im letzten Augenblick verhindern, dass dich die Wächter der Toxinacen umbrachten.«

Royia musste sich die Schläfe reiben. »Ich verstehe kein Wort. Ihr kamt dazwischen? Wieso? Woher wusstet ihr von mir und den Wächtern?«

Muhuatl setzte die Schale an die Lippen und schlürfte geräuschvoll. Augenscheinlich bereitete es ihm Vergnügen, die Sache hinauszuziehen. Ein Windstoß blähte die Vorhänge; Regen schwappte herein. Draußen erklang noch das erregte Gemurmel der Männer, die sich über den Zweikampf unterhielten. Endlich neigte sich Muhuatl wieder vor und legte einen Arm auf sein Knie. Durchdringend musterte er Royia.

»Du hast den Schattenhauch aufgeschreckt, als du mit dem Axot gesprochen hast. Ich habe das auch gespürt«, er tippte sich an die Stirn. »Hier drin. So wie die Götter es spürten. Denn ich bin selbst ein Gott. Oder hätte einer werden sollen. Wie du.«

»Wovon, bei der Wahrheit des Iq-Iq«, Royia betonte jedes Wort zwischen den zusammengebissenen Zähnen, »redest du?«

»Ich bin ein Erwählter! Ist das so schwer zu begreifen? Wahrscheinlich hast du nie einen gekannt. Ich auch nicht.« Lachend breitete Muhuatl die Arme aus. »Hier bin ich, Bruder!«

»Ja, das habe ich verstanden.« Unfassbar war es dennoch. Unfassbar, dass dieser Mann, statt seiner göttlichen Bestimmung zu folgen, im Wald … verrottete. »Aber du sagst, du hast mich gespürt?«

»Du hast mit deinen Gedanken ein wildes Axot angesprochen«, sagte Muhuatl. »Und das ist den Göttern nicht entgangen. Du hast Toxina Ica verraten, wo du bist, ohne es zu wollen. Deshalb kamen die Wächter auf deine Spur.«

»Die Götter können so wie Axots Gedanken empfangen? Weshalb sagen dann die Priester, dass Gebete laut ausgesprochen werden müssen?«

»Nicht deine *Gedanken.* Aber wenn du dich mit einem Axot verbindest – das spürt der Schattenhauch und trägt die Empfindungen auf den Bergpalast. Verstehst du?«

Bei allen … Göttern.

Muhuatl kicherte in seine Schale. »Du starrst mich an, als hätte ich dir einen Stecken in den Hintern geschoben.«

Royia sah Naave an, die nicht minder fassungslos schaute. Er hatte sie verdächtigt, mit Gebeten ihre Spur verraten zu haben. Stattdessen war er es selbst gewesen.

»Es ist ja gutgegangen«, wiegelte Muhuatl ab. »Ärgerlich nur, dass wegen deiner Unachtsamkeit ein Axot sterben musste; das hätte nicht sein müssen. Schlimm genug, dass wir sie hier im Umkreis alle töten müssen.«

»Ihr *tötet* sie?«

Er bedeckte seine Augen in der Geste der Trauer. »Ja, damit sich keines in meinen Kopf drängt und so dem Gott-Einen verrät, dass ich hier bin.«

Auch das musste Royia langsam verdauen. Man tötete keine Axots. Man verehrte sie. Sie waren die heiligen Tiere Toxina Icas, die Wimpern seiner vierzehn Augen, so sagte ein altes Lied. Ihm krampfte sich der Magen zusammen, als er daran dachte, dass es Aja hätte erwischen können, wenn sie dieser Gegend irgendwann einmal zu nahe gekommen wäre. Nicht, dass es letztlich für sie einen Unterschied gemacht hätte …

»Als ich in meinem Kopf hörte, dass da jemand versucht, sich ein Axot untertan zu machen, ahnte ich, wer du bist: ein Erwählter, der sich dem Berg verweigert hat.«

»Augenblick! Ich bin ein Abkömmling des Lavavolks und somit erwählt, ja. Aber was ließ dich glauben, dass ich schon auf den Berg gerufen wurde?«

»Ich habe es vermutet. Ein Mann, der als Erwählter aufwächst, wird angehalten, sich nicht zu weit von seinem Stamm zu entfernen. Es konnte natürlich sein, dass du ein besonders unternehmungslustiger Bursche bist. Aber hättest du dich wirklich hierher gewagt? Die Gegend ist zu unwirtlich, es gibt zu viele Axots – ja, immer noch. Nein, du hattest dich vermutlich verirrt. Oder warst vor den Wächtern geflüchtet. Oder beides. Aber ganz sicher war ich mir natürlich nicht. Ich wollte dich lieber tot sehen. Andererseits wollte ich dir die Möglichkeit geben, deine Haut zu retten. Ach, ich weiß doch noch, wie ich mich damals fühlte, als ich durch den Wald irrte, verzweifelt, weil plötzlich alles anders war. Nur wegen dieser Botschaft. Welcher Gott hättest du werden sollen?«

»Tique.«

»Ah! ›Gott der Diebe‹ klingt auch nicht gerade erstrebenswert, was?«

Royia ging nicht darauf ein. »Verstehe ich das richtig, auch du hast die Botschaft bekommen?«

Muhuatl lachte, es klang schaurig und bitter. »O ja. Weißt du, welcher Gott ich hätte werden sollen? Hzitzapoqoqotli, der Fledermausgott! Den man sich als kleinen Gnom mit großen Ohren vorstellt, was er ja irgendwann einmal gewesen ist. Ausgerechnet ich! Ich überrage doch die meisten Männer um einen halben Kopf! Toxina Ica hat Humor, was? Wie auch immer, einen Tag, bevor ich gehen sollte, kam so ein Kerl und drückte mir ein Kerbzeichenholz in die Hand. Ich hatte ziemliche Mühe, es zu lesen; ich hatte mich in dieser Kunst nie hervorgetan. Das ist etwas für Priester und Frauen. Aber ich las es.«

Er neigte sich vor, starrte in die Schale. Von einem Moment auf den anderen schien er um Jahre zu altern. Diese Gestalt, die so bemitleidenswert in ihrer Hängematte kauerte, hatte ebenfalls jene Worte gelesen. Worte, die ein ganzes Leben zerstörten.

Eine ganze Welt.

Was ist das Leben wert, wenn man dem Gott-Einen nicht mehr trauen kann? Wenn man nicht weiß, was sich dort oben auf dem Bergpalast abspielt? Wenn alles nicht so ist, wie man es gelehrt wurde?

Man konnte diese Fragen nicht stellen, ohne über die Möglichkeiten wahnsinnig zu werden. Irgendwie hatte Royia es bisher geschafft, all dem nicht ins Gesicht zu blicken. Er hatte sich willig von der Gefahr ablenken lassen. Aber dieser Mann dort, ahnte er, der hatte sie sich gestellt. Mehr als einmal. Er hatte lange genug überlebt, um darüber nachzugrübeln, wieder und wieder …

»Hast du je erfahren, wer dir das Kerbzeichenholz geschickt hat?«, fragte Royia.

Muhuatl schüttelte den Kopf, doch es schien keine Antwort zu sein, eher so, als wolle er verhindern, dass sich die Erinnerungen wieder einnisteten. »Lass uns morgen darüber reden. Mir ist schon jetzt der Mund trocken.«

»Morgen brennt vielleicht der Wald. Nein.«

Der andere Erwählte rieb sich durch die filzigen Haare. Irgendein kleines Insekt sprang heraus. »Also gut. Ich sehe ja ein, dass es dich drängt, alles zu erfahren. Aber es ist so schwer, so schwer … Zsonee, bring mir noch zu trinken.«

Das Mädchen gehorchte und sorgte für Nachschub. Mittlerweile erfüllte säuerlicher Dunst die Hütte. Muhuatl schüttete zwei Schalen in sich hinein, schlug sich auf die Brust und stieß auf, was den Geruch noch verschlimmerte. Royia bemerkte, dass Naave ihre interessante Nase hinter der Hand verbarg.

»Ich lief zum *Baum der Erkenntnis*«, begann Muhuatl, ins Leere stierend. »Und fand …« Er stockte. Ein gequältes Rasseln kam aus seiner Brust.

»Dein Axot?«

»Mein Axot? Nein. Tief unten, am Fuße des Baums, sah ich meine Liebste. Ich dachte noch: Warum tut Napati etwas so

Scheußliches und läuft auf dem Boden des Unterwaldes? Aber sie lief nicht, sie taumelte. Ich ließ mich zu ihr hinunterfallen, so schnell ich konnte; ich brach mir fast die Knochen dabei. Ihr Gesicht war verklebt von Palmöl. Das goldene Nussöl der Sonnenpalme – du kennst die Wirkung?«

Royia nickte. Er hatte sie im Tempel am eigenen Leib erfahren.

»Es war so viel, so viel!« Muhuatl schleuderte die Schale von sich; die Neige spritzte auf das Gesicht des Mädchens, das sich ängstlich an die Wand drückte. Er raufte sich die Haare, rieb sich fahrig das Gesicht. »Sie wollten sie … so sehr betäuben, dass sie starb! Aber irgendwie war Napati doch herausgekommen. Sie war nämlich ein zähes, unbeugsames Mädchen. Sie stammelte unverständliche Dinge, erkannte mich gar nicht. ›Ich will ihm nach‹, sagte sie nur immer wieder. Sie starb in meinen Armen.«

Neben Royia keuchte Naave entsetzt auf.

»Ich musste sie liegen lassen und fliehen. Im Wald brauchte ich Tage, bis ich mir zusammengereimt hatte, was geschehen war. Sie hatte immer gesagt, dass sie mir durch den Jadegang folgen würde, wenn es so weit wäre. Heimlich notfalls. Ich hatte das immer für einen Scherz gehalten. Aber entweder hatte sie den Toxinacen damit in den Ohren gelegen, oder sie versuchte tatsächlich, den Gang zu betreten. Und da haben sie Napati …«

Er heulte in seine Hände.

… aus dem Weg geräumt, ergänzte Royia in Gedanken. Dunkel meinte er sich an die Geschichte zu erinnern, dass eine Angehörige eines anderen Stammes in der Nähe des *Baums der Erkenntnis* ums Leben gekommen war. Sie sei abgestürzt. Die Frauen hatten sich darüber unterhalten, aber er hatte auf ihren Klatsch nie geachtet. Napati wäre niemals auf

den Berg gelangt; er hätte sich für sie nicht geöffnet. Warum sie also töten? Vielleicht weil sie lästig gewesen war und Fragen gestellt hatte.

Weil man alles tut, um das verdammte Geheimnis zu schützen.

»Napati …«, schniefte Muhuatl und hob den Kopf. »Napati hatte sich nie vor mir gefürchtet. Nicht so wie die anderen Frauen. Die blieben immer auf Abstand. Erging es dir auch so?«

Royia nickte. Allzu gut.

»Ich glaube, den Toxinacen ist das gerade recht. Dann hat man kein Weib, das heult oder Ärger macht, wenn der Erwählte geht. Hat man dich auch damit vertröstet, dass eine Göttin auf dich wartet? Natürlich, Tique ist der Gemahl der Göttin des vierten Mondes. Varuta, die Göttin der Vaiiaschote, wäre die meine gewesen.«

Muhuatl ergab sich wieder seiner Trauer. Seitlich ließ er sich in seine Hängematte gleiten; sein Schniefen vermischte sich mit dem Prasseln des Regens. Das Mädchen erhob sich und versetzte die Matte in sanftes Schwingen. Es war deutlich, dass ihr sein Verhalten vertraut war. Royia spürte Naaves Hüfte an seinem Schenkel. Wäre es nicht ein ganz und gar absonderlicher Gedanke, so würde er meinen, sie rücke absichtlich dicht an ihn heran. Wäre er ein normaler Mensch und sie eine, nun ja … *normale* Frau, würde er den Arm um ihre Schulter legen. Eine Träne war ihr die Wange hinuntergelaufen. Sie schniefte leise, als sie sie fortwischte. Ja. Eine solche Geschichte sollte kein Mädchen hören. Nicht einmal eine Wildkatze wie sie.

Muhuatl setzte sich wieder auf, rotzte in seine Hände und wischte sie an dem fleckigen Schurz ab. »Lass uns trinken«, er hob seine Schale. »Das lenkt wenigstens ab. Was hat *dich* veranlasst, fortzulaufen?«

»Ich habe beobachtet, wie die Toxinacen mein Axot häuteten. Und leider konnte ich mich nicht beherrschen, einem von ihnen zu zeigen, was ich davon halte.«

»O ja, das haben sie mit meinem bestimmt auch gemacht, obwohl ich es nicht gesehen habe. Weißt du, was ich glaube? Sie verkaufen die Häute an *Düstere,* und die verkaufen sie in der Stadt. Die Priester dort tragen sie nämlich. Es ist eine Schande.«

»Ihr kocht sie und schneidet ihnen die Zungen ab«, sagte Naave.

Muhuatl runzelte die Stirn. »Das müssen wir. Glaub mir, Mädchen, es gefällt uns nicht. Aber die Kadaver müssen ja irgendwohin. Die Zungen dienen uns als Medizin. Das Fleisch vergraben wir, damit es keine Aasfresser anlockt, und die Knochen bewahren wir in einer Höhle auf. Wir dürfen den Toxinacen nicht auffallen.«

»Ich frage mich, ob die Götter von ihrem Unwesen wissen«, überlegte Royia.

»Tique weiß es bestimmt nicht!«, warf Naave leidenschaftlich ein. »Er würde sonst …«

»Mädchen!«, fauchte Muhuatl sie an, dass sie augenblicklich verstummte. »Tique ist zurzeit *tot!*«

Mahnend hob Royia eine Hand. Muhuatl rollte die Augen, schwieg aber.

»Es gab einmal vor undenklichen Zeiten einen Gott namens Tique«, erklärte Royia, und endlich würde sie ihm zuhören. »Aber er war nicht unsterblich. Keiner der Götter ist es, nur Toxina Ica, der Gott-Eine. Ein Gott stirbt, und ein Erwählter nimmt seinen Platz ein. Es hat viele Tiques gegeben, Hunderte vielleicht. Ganz genau hätte ich das erst auf dem Bergpalast erfahren, aus dem Munde des Einen, aber dazu kam es ja nicht mehr.«

Muhuatl lachte böse.

Naave presste die Hände an die Wangen und schüttelte den Kopf. Aus ihren Augen sprach völlige Verwirrung.

Darum erfahren gewöhnliche Menschen nichts davon, dachte Royia. Er leerte seine Schale. Der Rauschtrank fühlte sich gut im Kopf an. »Erzähl weiter, Muhuatl.«

»Ich floh in den Wald. Wie du. Ich gelangte in die Stadt. Warst du auch in der Stadt?«

»Ja.«

»Ein böser Ort. Ein böser Ort! Ich kehrte in den Wald zurück, irrte dort herum, tötete *Düstere* und andere – ich war ein wildes Tier. Ich wollte sterben. Dieser Stamm von *Düsteren* nahm mich auf und folgte mir in die Tiefe des Waldes. Wir kamen hierher ... Seitdem helfen sie mir, mich zu verstecken, und ich schütze sie vor wilden Tieren. Sie achten darauf, sich im Wald leise zu bewegen, um niemanden auf meine Spur zu bringen. Allerdings muss ich mit meinen Feuern aufpassen, dass sie nicht zu groß werden. Wilde Feuer gibt es ja immer und überall, aber es sollte hoch oben auf dem Bergpalast nicht auffallen, dass sie hier besonders oft vorkommen, wenn du verstehst, was ich meine ...«

Naave berührte den Schädel. Er fühlte sich glatt und sauber an, was ihr in diesem Dorf voller Dreck ungewöhnlich erschien. Die Reißzähne glänzten wie poliert. Sie umfasste einen der Fänge und staunte über seine Größe. Ihr Daumen und ihr Zeigefinger berührten sich nur knapp.

Das Skelett lag auf der Seite; die einzelnen Knochen hatte man aneinandergelegt. Nicht so wie die Knochen all der anderen Axots, die man einfach zu Haufen geschichtet hatte.

»Es war das größte, das die Männer je getötet haben«, erklärte die Frau an Naaves Seite. Sie hatte sich als Xinaie vorgestellt – eine junge Frau mit langen, verfilzten Haaren und schwarzen, gesplitterten Nägeln, mit denen sie Fledermauskot von den Knochen kratzte. Sie hatte Naave in eine der hängenden Hütten geführt, als Naave gefragt hatte, ob sie die Höhle der Axots sehen dürfe. Zu ihrer Überraschung hatte sich hinter der Hütte ein Spalt aufgetan, der in eine große Kaverne führte. Die schwarz-rot gebänderten Wände gleißten im Licht einer Fackel, und Naave fühlte sich wie im Innern eines Schmucksteins. Ein wahrhaft würdiger Ort für die Skelette.

»Es hat fünf der Männer getötet«, berichtete Xinaie weiter. »Mein Gefährte war darunter.«

»Oh. Das …«

»Es muss dir nichtleid tun«, die Frau entblößte schiefe Zähne zu einem freudlosen Grinsen. »Er war ziemlich übel.«

Naave dachte, dass hier vermutlich jeder Kerl ein übler war. Aber sie verkniff sich, das zu sagen. »Und jetzt bist du allein?«

Xinaie schüttelte den zotteligen Kopf. »Jetzt gehöre ich Muhuatl.«

»Du? Wieso … Ich verstehe nicht. Oben bei Muhuatl ist doch ein anderes Mädchen; er hat gesagt, es sei seine Gefährtin.«

»Muhuatl ist ein Gott! Der nimmt sich, wen er will. Pemzics Sohn hat er auch.«

Tique! »Das ist ja widerlich! Und das hat Pemzic zugelassen?«

Die junge Frau kaute auf der Unterlippe. »Du solltest nicht so viel fragen. Und ich nicht so viel reden.«

Es war deutlich, dass sie sich danach sehnte, mit einer zu plaudern, die nicht zu den Frauen des Dorfes gehörte. Naave versuchte sie mit einem Lächeln zu ermuntern. »Ich kann fragen, aber auch schweigen«, meinte sie leutselig.

Xinaie kicherte. »Pemzic sagt, wenn du ihm gehören würdest, würde er dir die Zunge abschneiden, weil du so vorlaut bist.«

Dieser verlauste Affe! »Dazu ist der doch viel zu feige.«

»Siehst du, du redest, obwohl du noch gar nicht weißt, wie ich zu Pemzic stehe. Ich könnte ja seine Tochter sein.«

»Na und? Ich sage, wie es ist. Zu jedem, wenn es sein muss. Außerdem hättest du dann nicht so gleichgültig erwähnt, dass dein Bruder die Hängematte von Muhuatl teilen muss.«

Die Frau schüttelte den Kopf. Ihre hellbraunen Augen blitzten. »Ich weiß, dass du ihm so etwas sagen würdest. Allein dass du nachts aus dem Käfig ausgebrochen bist! Keine Frau hier würde so etwas für ihren Gefährten wagen.«

»Mein … Du meinst Royia? Den Dä… den Erwählten? Der ist doch nicht mein Gefährte!«

»Nicht? Ich dachte … so, wie du ihn immer ansiehst.«

»Wie sehe ich ihn denn an?«

»Na, als wärst du seine Gefährtin. Sagte ich doch.«

Bei allen vierzehn Göttern! Die Frau musste Tumi-Bohnen auf den Augen haben. Und zwar die schwarzen, die ganz besonders großen. Naave wollte von etwas anderem reden. »Du wolltest erzählen, warum Pemzic Muhuatl aus der Hand frisst, hm?«

»Ja, das war so …« Xinaie nahm einen staubigen Flussschwamm und rieb damit über die Knochen des Axots. »Vor langer Zeit wurde Pemzic von einer riesigen Cijac angegriffen. Als Jäger taugt er nämlich auch nichts. Muhuatl vertrieb die Bestie und verlangte dafür, dass Pemzic ihm Obdach gewährte. Pemzic versprach es ihm in die flammende Hand; er hoffte natürlich, dass Muhuatl künftig die Nahrungsbeschaffung für den Stamm erledigen würde. Der Cijacbraten war jedenfalls ein prächtiges Festmahl. Das Fell, das Pemzic trägt, gehörte der Katze.«

Naave war noch ganz gefangen von der Bemerkung, sie habe Royia wie ihren Gefährten angesehen. Zugegeben, ein wenig Stolz hatte sie während des Kampfs empfunden. Dieses geballte Gefühl im Magen, ganz ähnlich wie jenes, wenn sie auf dem Markt ein besonders gut duftendes Brot stahl. Eine aufregende Mischung aus Furcht und Vorfreude.

»Aber es kam nicht so, wie er es sich erhofft hatte«, erzählte das Mädchen weiter, und Naave verbot es sich, weiter an Royia zu denken. »Muhuatl ist wie eine Zecke, die sich im Stamm festgebissen hat. Er hält Gefahren ab, ja, und wenn ihm ein Affe vor die Hütte hüpft, erlegt er ihn auch. Aber sonst tut er nichts, außer saufen. Pemzic würde ihn gerne vertreiben, wenn er es könnte. Aber Pemzic ist zu schwach, und Muhuatl zu stark. Wir waren einmal ein Stamm mit eigenem Willen, aber jetzt sind wir alle nur noch Diener Muhuatls. Wenn sich Pemzic mal wieder zu sehr darüber ärgert, lädt Muhuatl ihn zu einem Trinkgelage ein, und dann sind sie wieder für ein paar Tage Freunde. Aber eigentlich sähe Pemzic ihn lieber tot.«

»Dann muss er wohl warten, bis sich Muhuatl totsäuft. Aber die Erwählten leben länger als gewöhnliche Menschen, oder?«

Xinaie hob die Schultern. »Keine Ahnung. Auf dem Berg sicherlich. Aber hier unten? Muhuatl hat nie etwas darüber gesagt.«

Royia auch nicht. Vielleicht wussten die Erwählten es nicht. Weil bisher jeder auf den Berg gegangen war. Unwillkürlich stellte sich Naave vor, wie es für eine Menschenfrau sein müsste, würde ihr Mann nicht altern. Oder nur langsam.

»Lass uns gehen!«, sagte sie brüsk. »Ich mag nicht mehr darüber nachdenken.«

Das Mädchen zuckte zusammen, und Naave tat ihr Ausbruch leid. Warum nur war sie so verwirrt, wenn sie an Royia dachte?

Xinaie löschte die Fackel in einer mit fauligem Wasser gefüllten Senke. Durch den Spalt schoben sie sich zurück in die Hütte. Hier waren drei Frauen damit beschäftigt, Manoqwurzeln zu Brei zu stampfen. Ob daraus Brot oder Rauschtrank werden sollte, ließ sich noch nicht sagen.

Naave ging nach draußen. Die Männer hockten vor ihren Rundhütten und beschäftigten sich mit dem Gerben von Fellen, dem Ausbessern ihrer Waffen und dem Kochen eines Eintopfs, der streng roch. Der Regen war in ein erträgliches Nieseln übergegangen. In der Ferne donnerte es noch. Einige hoben die Köpfe und musterten Naave von oben bis unten. Naave war aus Muhuatls Baumhaus geflohen, weil sie sein Geplapper leid war und sich ein wenig umsehen wollte. Aber es war wohl besser, wieder an Royias Seite zurückzukehren. Wenn sie Glück hatte, war Muhuatl eingeschlafen.

Es war nicht nötig, sich hinauftragen zu lassen; der Stamm bot genug Vorsprünge, Risse und Knoten. Naave ergriff die krummen Hölzer, die die Pfosten des Eingangs bildeten, und zog sich hoch.

Ein anderes Mädchen, ein gedrungenes mit dicken unbedeckten Brüsten, war damit beschäftigt, Muhuatls Schale zu füllen – vielleicht zum hundertsten Mal.

»Die da ist meine dritte Frau.« Seine Stimme war rauh vom Reden und vom Trinken. »Ein bisschen schüchtern, nicht so ein vorlautes Ding wie deine Begleiterin. Die mir übrigens sehr gut gefällt; sie wäre eine Abwechslung. Ich will sie haben. Du bekommst für sie Proviant, Waffen, was wir dir bieten können. Was sagst du dazu? Sicher bist du ihres Mundwerks überdrüssig.«

Royia antwortete etwas, das Naave nicht verstand, da in ihrem Kopf der Ärger rauschte. Und weil auch seine Stimme nicht mehr fest war. Seine Hand machte eine abwehrende Geste. »Im Augenblick ist sie ja ganz artig«, fügte er schwerfällig hinzu.

Muhuatl neigte sich vor, fasste sein vom Rauschtrank fleckiges Hemd am Saum und hob es hoch. Über seine massige, behaarte Brust zog sich das Geflecht einer leuchtend roten Feuerzeichnung.

»Daran würde sie sich nicht stören, oder? Was meinst du? Die ist ein bisschen größer als das, was du im Gesicht hast.«

Das Rauschen wurde zum Tosen, als versinke Naave im *Großen Beschützer.* Sie sah ihn wieder, sah den Dämon, die Schultern in Flammen, hörte ihre Gedanken – *er ist so fett* –, hörte das Krachen der Dachbalken, hörte die Mutter schreien, sie solle laufen.

Ihre gefühllosen Finger glitten an den Ästen ab. Sie rutschte den Stamm hinab, schürfte sich die Knie auf und kauerte einen Moment lang benommen auf dem Boden. Xinaie näherte sich, im schmutzigen Gesicht die Frage, was geschehen war. Naave schlug ihre helfende Hand beiseite und taumelte hoch.

Lauf …

Sie tat es.

11.

Royia wollte die Augen öffnen, doch seine Lider waren dick und schwer. Sein Kopf stand in Flammen. In Flammen! Er musste das Feuer löschen, bevor ihn jemand so sah. *Ah, ich schaffe es nicht!*

Mit aller Willensanstrengung hob er eine Hand und griff sich ins Haar. Da war kein Feuer. Seine Finger berührten Strähnen, die es bitter nötig hatten, gewaschen zu werden. Er zwang die Augen auf – und zuckte unter dem Blick einer Frau zusammen, die über ihn gebeugt stand.

»Naave?«, krächzte er. Was war mit seiner Stimme? Sie klang nicht nur wie ein schartiges Messer, sie fühlte sich auch so an. Was war geschehen?

Das Mädchen biss sich auf die Unterlippe und schüttelte den Kopf. Nein, dieses verlauste zottelige Ding glich Naave in keiner Weise, wenngleich die vorlaute Stadtfrau zuletzt nicht minder zerzaust gewesen war. Sie hatten alle ein Bad nötig … Dieses Mädchen gehörte zu Muhuatl, dem anderen Erwählten. Wie oft hatte sie auf seinen Befehl hin die Schalen mit Rauschtrank aufgefüllt? Es hatte gutgetan, sich aus der vertrauten Welt zu stehlen, die sich als so falsch entpuppt hatte. Nicht, dass Royia sich großartig erinnern konnte, was er in dieser Zeit getan hatte … mit Muhuatl geredet und sogar gelacht, ja, gelacht. Über die seltsamsten und belanglosesten Dinge. Egal. Solange es nicht länger um *das Rätsel* gegangen war. Um sein eigenes Schicksal, das auf seine Art so elend wie das des anderen war.

Er setzte sich auf. »Hast du Wasser?« Er musste diesen schalen, pelzigen Geschmack im Mund loswerden, sonst erbrach er sich an Ort und Stelle.

Warum war ihre Miene so von Schrecken erfüllt? Warum …

Blut. In ihrem Gesicht klebte Blut. In ihren Haaren. An ihren Fingern. Plötzlich einsetzender Regen verwandelte es in hellrote Schlieren, die harmlos wie Pflanzenfarbe an ihrer bleichen Haut hinunterrannen.

Schlagartig war er wach. Alles hatte sich verändert. Die Bastvorhänge der Hütte waren nur noch schwarze Reste, und die Palmblätter, mit denen das Dach gedeckt war, schwarze Rippen. Die Matten an den Wänden, ebenso Muhuatls Schlafplatz waren verschwunden; stattdessen häufte sich Asche auf dem angesengten Hüttenboden. Und er sah noch mehr Blut. Es konnte nicht das des Mädchens sein. Dann wäre sie tot.

»War – war ich das?« Royia kämpfte sich schwankend auf die Füße; er musste sich am geschwärzten Stamm des Manoqs festhalten. Er konnte nicht mehr verhindern, sich zu erbrechen. Danach fühlte er sich nicht besser, denn der Gestank von nasser Asche ließ ihn würgen. »War ich das?«, fragte er das Mädchen, schärfer diesmal.

Stumm schüttelte sie den Kopf.

Er wünschte sich, sie würde schreien und weinen. Er trat an den Rand der Hütte. Die Männer umstanden den Baum, und irgendwo außer Sichtweite, vermutlich in den hängenden Hütten, schluchzten einige Frauen und Kinder. Bei seinem Anblick hob Pemzic eine Axt, von deren bronzenem Blatt

Blut troff. Auch aus seinem Gesicht war alle Farbe gewichen. Dann schien er ihn zu erkennen. Seine Armmuskeln zitterten, als er die Axt sinken ließ.

»Du lebst«, krächzte er. Sein Blick blieb an Royias Unterleib hängen.

Royia sah an sich hinunter. Er war nackt. Ein paar verkohlte Stofffetzen klebten an seiner Hüfte. Durch das Gerippe des Hüttenbodens sah er einen abgetrennten Arm.

»Töte ihn!«, schrie jemand, und weitere stimmten ein: »Töte ihn, töte ihn!«

Pemzic schüttelte den Kopf. Es war keine bestimmte Geste; eher drückte sie seine Unsicherheit aus. »Nein«, sagte er. »Er hat uns nichts getan.«

»Sieh doch, das Feuer ist über ihn hinweggefegt, ohne dass es ihm etwas ausgemacht hat. Er ist nicht einmal verletzt!«, rief ein kräftiger Mann. Royia meinte sich zu erinnern, dass dieser zu dem Trupp gehörte, der ihn und Naave aufgelesen hatte. »Er wird sich zu unserem Herrn aufschwingen, wie der andere.«

»Dann bringe ich ihn ebenfalls um.«

Royia presste die Handballen gegen die Augen, um Klarheit in seinen Kopf zu bekommen. Er hatte getrunken, so viel stand fest. Was hieß getrunken? Er hatte den Rauschtrank haltlos in sich hineingeschüttet. Die ersten zwei, drei Schalen waren bitter gewesen. Aber irgendwann hatte das Zeug sämtlichen Widerwillen fortgeschwemmt. Er hatte es genossen … zu *vergessen.*

»Was ist passiert?«, fragte er.

»Muhuatl hat da drinnen gebrüllt wie eine angeschossene Cijac«, antwortete Pemzic. »Dann ging alles in Flammen auf. Ich habe ihm mit der Axt das Maul gestopft. Was ich längst hätte tun sollen.«

»Gebrüllt?«

Da Pemzic nur ärgerlich die Schultern hob, wandte sich Royia an das Mädchen – sie musste es wissen, sie war hier gewesen.

»Du hast ihn etwas gefragt, immer wieder«, sagte sie dumpf. »Er hat dauernd gesagt, er will nicht daran denken. Irgendwann habt ihr euch angeschrien.«

Er erinnerte sich schwach.

Sag mir, was du weißt. Was geht vor auf dem Berg?

Nein, ich kann das nicht sagen. Ich will nicht.

Sag es mir!

Nein, lass mich!

Sag es!

Nein! Es ist zu schlimm, um gesagt zu werden!

»Plötzlich ging er in Flammen auf.« Sie schlug die Hände vors Gesicht und heulte auf. »Ich habe geschrien, er soll aufhören; er machte mir solche Angst. Er packte mich und schlug mir ins Gesicht. Und auf einmal steckte die Axt in seiner Schulter, und ich sah nur noch Blut …«

Sie warf sich bäuchlings hin und krallte die Hände in das Hüttengeflecht. Royia zog sie an den Schultern hoch und trug sie hinunter. Eine Frau schob sich durch die Menge und streckte sich nach ihr. Er legte die Arme des Mädchens auf ihre Schultern. Als er sich umwandte, sah er, dass die Männer einen Kreis um ihn gebildet hatten. Vor ihren Füßen lag Muhuatls Arm.

»Wo ist er?«, fragte Royia und wappnete sich gegen die Antwort, man habe ihn zerfleischt. Er traute es diesen Männern zu.

»Wir dachten erst, er hätte sich in Flammen aufgelöst. Aber einer hat ihn in den Wald laufen sehen. Da wird er wohl verbluten; so viel Axotsud gäbe es gar nicht, dass es ihn retten könnte.« Pemzic spuckte in die Richtung, von der er offenbar vermutete, dass Muhuatl sie genommen hatte.

»Und ihr wisst nicht, wohin er gelaufen ist?«

»Keine Ahnung. Vielleicht deiner Gefährtin hinterher. Er hatte sie so gierig angeglotzt.«

Royia hob die Brauen. »Ihr ... hinterher?«

»Sie ist auch weggerannt. Bei den vierzehn Göttern! Du hast von den letzten Stunden ja wirklich gar nichts mitgekriegt.«

»Wohin?«, schrie Royia. Er packte Pemzic an der Kehle, ungeachtet der Axt in dessen Hand. Dass ein paar Männer ihre Bogen spannten und Pfeile auf ihn richteten, kümmerte ihn nicht. »Hör auf mit deinem verqueren Gerede und sag mir, wo sie hin ist, wenn du nicht willst, dass ich dir den Hals umdrehe! Um dich zu töten, brauche ich keine Feuergabe!«

Pemzic krächzte und fuchtelte mit den Armen; die Axt entglitt ihm. Royia konnte kaum glauben, dass dieser erbärmliche Häuptling es geschafft hatte, Muhuatl, so plump dieser auch gewesen war, zu verletzen. Er ließ ihn los.

Pemzic taumelte zurück. »Zu den Booten, nehme ich an«, keuchte er und rieb sich den Hals.

Die Karte. Auch Naave hatte sie gesehen. Royia konnte sich nur noch an verschlungene Linien erinnern. »Zeig mir den Weg.«

Bereitwillig trottete der Häuptling am Wasserloch entlang und hielt auf einen Felsen zu, aus dessen dunklen Spalten ein Bach floss. Ein paar Kanus waren hier festgemacht. »Die sind vollzählig«, sagte er, als Royia fragend auf sie deutete. Pemzic löste eines und stieg hinein. Auch Royia hockte sich in das zerschlissene Gefährt und ergriff eines der Paddel. Es ging durch eine kleine Schlucht und unter einem tosenden Wasserfall hindurch. Dann waren sie wieder im Wald, und hier verriet nichts die nahe Existenz eines Dorfes von *Düsteren.* Pemzic band das Boot im Schilf fest und stapfte ein Stück durch das Unterholz. Royia richtete sich auf einen längeren Marsch ein, doch schon nach wenigen Schritten standen sie an einem weiteren Wasserlauf.

Pemzic deutete auf eine Smaragdschale am Ufer, deren gewaltige runde Blätter auf dem ruhigen Wasser schwebten. Auf dreien dieser Blätter lagerten Kanus kieloben. Es war die bestmögliche Art, sie vor dem Zugriff stachliger Izelos zu schützen. Trotzdem sah man den aus Häuten und Lederschnüren gefertigten Booten an, dass die beständige Feuchtigkeit ihnen zusetzte.

»Von denen fehlt eins. Wie ich es mir dachte. Willst du ihr folgen?«

Royia fuhr sich durch die Haare, immer noch benommen. Auch wenn der Weg zurück zum Fluss nicht weit war, so war er doch gefährlich, erst recht für eine junge Stadtfrau. Offenbar hatten Muhuatls Flammen sie erschreckt. Oder hatte *er* irgendetwas getan, das sie verjagt hatte? »Sag, habe auch ich gebrannt?«

»Du?« Pemzic sah ihn von der Seite an. »Ja, kann sein.«

Der Bogen war viel zu groß für den Jungen. Mehr als fünf oder sechs mal zwölf Monde konnte er noch nicht gesehen haben. Die Zunge zwischen den Zähnen, mühte er sich, den aus biegsamem Rohr und einer gedrehten Faserschnur gefertigten Bogen zu spannen. Die Fische in dem ruhigen Gewässer, einem der vielen Seitenarme des *Großen Beschützers,* wirbelten mit ihren Flossen die grünliche Wasseroberfläche auf, als wollten sie ihn verspotten.

Naave erhob sich langsam aus ihrem Kanu, um ihn nicht zu erschrecken. Es war leckgeschlagen und im schlammigen Grund aufgelaufen. Immerhin war sie weit damit gekommen; durch die Büsche sah sie den Fluss im Sonnenlicht schimmern. Sogar die nördlichen Hügelketten, die die bewohnbare Welt vom Kalten Land trennten, konnte sie in der Ferne erkennen. Die Götter waren ihr gewogen, da sie ihr bis hierher geholfen hatten.

Der Junge stieß einen leisen Schrei aus; der Pfeil, den er so sorgfältig angelegt hatte, entglitt seiner Hand. »Wer bist du?«, rief er ängstlich.

Naave hob beschwichtigend die Hand. »Jemand, der Hilfe braucht. Du bist doch sicher nicht allein hier – sind deine Eltern in der Nähe?«

Misstrauisch runzelte er die Stirn; eine steile Falte erschien zwischen seinen Brauen. Er warf sich in die schmale Brust. »Komm mir nicht zu nahe! Natürlich sind sie da. Ich brauche bloß zu rufen, und dann töten sie dich!«

Sie breitete die Arme aus und lächelte. »Schau, ich bin unbewaffnet. Ganz harmlos bin ich.«

Er schien sie einer eingehenden Prüfung zu unterziehen. »Natürlich«, erklärte er dann. »Du bist ja auch eine Frau.«

»Ich bin eine Fischerin. Dein Vater heißt nicht zufällig Canca?«

Er schüttelte den Kopf.

»Kennst du denn jemanden, der so heißt?«

»Nein.«

Tique sei Dank!, dachte sie. Wer immer diese Leute waren, sie hatten offenbar nichts mit jener Sippe von *Düsteren* zu tun, die Naave hatten töten wollen. Vielleicht hatte der zähe, alte Canca ja seinen Traum wahr gemacht und war in die Stadt gegangen. »Wie wäre es, wenn du mir deinen Bogen leihst, und ich helfe dir, ein paar Fische zu fangen? Deine Eltern wären sicher stolz auf dich.« *Und hoffentlich so dankbar, dass sie mir helfen.*

Unablässig bearbeitete er seine Unterlippe, während er erwog, ob sie seines Vertrauens würdig war. Schließlich kam er auf sie zu und reichte ihr den Bogen. »Kannst du so gut schießen wie meine Schwester?«, wollte er wissen.

»Vielleicht? Wo ist sie denn?«

»Tot«, sagte er, und unwillkürlich sah Naave vor ihrem inneren Auge einen weiblichen Körper von der Opferbrücke fallen. »Eine Cijac hat sie gefressen.«

Ein Schatten huschte über sein ungewaschenes Gesicht. Naave wollte sagen, dass es ihr leidtat, doch er zuckte nur die Achseln, als sei nichts weiter dabei, auf diese Art seine Schwester zu verlieren. »Fang mir eine Tepehuano, die mag ich besonders gern.«

»Ich versuch's«, murmelte sie betroffen. Das Leben dieser Leute war alles andere als leicht, und wer mochte wissen, wie alt dieser Junge werden würde? Sie schenkte ihm ein Lächeln, als er ihr den Pfeil überreichte. Ah, es tat gut, wieder eine halbwegs anständige Jagdwaffe in den Händen zu halten! Und etwas zu tun, das ihr vertraut war. Sie pirschte sich an die Stelle heran, wo die Fische geradezu darauf zu warten schienen, erlegt zu werden. Sogar der Schatten eines fetten Felsentauchers huschte unter der Oberfläche vorbei. Naave spannte halb den Bogen und schloss die Augen, um sich vorzustellen, sie sei auf ihrem Inselchen, bei der verwitterten Steinstatue Tiques. Dann spannte sie ihn vollends und zielte auf den Schatten. Beinahe bedauerte sie, dass der Fisch es ihr so leicht machte.

Als die Abenddämmerung hereinbrach, hatte Naave eine Schlange und drei magere Flussgründler erlegt. Der Felsentaucher hatte sie Stunde um Stunde genarrt, und sie hatte sich wieder erinnert, wie schwer diese Art zu fangen war. Sie band die Fische an den Schwänzen aneinander. »Ich brauche deine Hilfe«, sagte sie zu dem Jungen, der ihr im Laufe des Tages verraten hatte, dass er Yijma hieß. »Du musst die Tepehuano tragen.«

Er freute sich, dass sie ihm die große Schlange aufbürdete. Stolz legte er sich den blaugebänderten Leib um die Schultern. An der Uferböschung entlang gingen sie durch mannshohe Schilfwälder. Der kleine Yijma stapfte zielsicher voran, und nach einiger Zeit hörte Naave die Stimmen mehrerer Männer und Frauen. Der Junge stieß ein Trillern hervor, worauf sie verstummten. Ein Floß aus dicken Schilfrohrbündeln tauchte auf. Es war so groß, dass es eine ganze Hütte, einen Kochplatz und zehn, zwölf Leute beherbergte. Sie alle hielten in ihren Tätigkeiten inne und starrten Naave misstrauisch an.

Naave trat auf das Floß und legte das Fischbündel vor sich. Bevor sie etwas sagen konnte, hob Yijma die Schlange hoch. »Sie ist eine Jägerin!«, rief er. »Sie könnte ein Axot töten!« Er stieß ein Geheul aus und tanzte ausgelassen um die eigene Achse. Eine der Frauen trat vor, neigte sich zu ihm und versetzte ihm eine schallende Ohrfeige.

»Zieh das an.« Die Frau legte Naave ein Bündel aus grobem Rindenfasergeflecht hin und kehrte ans Kochfeuer zurück, wo sie fortfuhr, die Fische in stinkendem Affenhodenfett zu braten. Naave huschte hinter die Hütte und entledigte sich ihrer seidenen Fetzen, die einmal ihr priesterliches Kleid gewesen waren. Der Kittel ähnelte denen, die sie früher getragen hatte: Er reichte kaum bis zu den Knien, war ärmellos und wurde mit einer groben Schnur um die Mitte gebunden. Auch fühlte er sich ähnlich rauh an. Sie war froh, nicht länger darauf achten zu müssen, ob die Risse in ihrem Kleid mehr entblößten, als ihr lieb war.

Den Streifen, den Royia um ihre Brust gewickelt hatte, warf sie fort. Von der Pfeilwunde war nur noch ein wenig Schorf geblieben. *Bald bin ich zurück,* dachte sie, *und ohne diese Narbe würde ich womöglich glauben, das alles sei einer anderen geschehen.*

»Hol mir das«, befahl die Frau und deutete auf das seidene Bündel. Yijma rannte und brachte es ihr. Sie breitete den Stoff vor sich aus, betrachtete ihn eine Weile und begann ihn mit einem Steinmesser zu zerschneiden. Was beschädigt war, warf sie ins Feuer. Schließlich lagen einige ordentliche Streifen vor ihr, die sie mit geschickten Händen zu einem Strang verflocht und damit ihre Haare band.

Sie war die Anführerin dieser Sippe, und sie hatte sich mit knappen Worten einverstanden erklärt, Naave auf die andere Flussseite zu bringen. Nicht aus Dankbarkeit für die erlegten Flussgründler, sondern weil man ohnehin morgen früh übersetzen wollte. Weshalb, erklärten die *Düsteren* ihr nicht. Sie gaben sich misstrauisch und schweigsam, und untereinander redeten sie mit gedämpften Stimmen. Nur Yijma und zwei andere Kinder waren ausgelassen. Der Junge erklärte jedem, der es nicht wissen wollte, wie er zu der Schlange gekommen war. Auch die Herrin, seine Mutter offenbar, schaffte es mit ihren Schlägen nur kurz, ihn zum Schweigen zu bringen.

Er brachte Naave eine Schale mit einem Stück Fisch, dazu eine Kalebasse mit Fruchtsaft, lächelte sie verschwörerisch an und trollte sich wieder. Die Frauen warfen einen fertig gebratenen Fisch ins Wasser – ein Opfer für den Gott-Einen, den sie den Alten nannten. Abseits von ihnen hockte sich Naave an den Rand des Floßes und bettete die Schale auf dem Schoß. Schnell hatte sie ihren Anteil verzehrt und den strengen Geschmack des Affenfetts mit dem Saft hinuntergespült. Dann legte sie sich nieder, denn die Nacht brach herein und sie war todmüde. Die kleine Sippe scharte sich ums Feuer und unterhielt sich mit leisen Gesängen und Geschichten. Niemand beachtete Naave.

Sie lauschte dem Knacken des Feuers, dem Rascheln des Schilfs und dem Rauschen des Blattwerks der Bäume. Aus dem Wald wehten die verschiedensten Tierlaute herüber, und über ihr surrten die Mücken. Naave beschäftigte sich noch eine Weile damit, nach ihnen zu schlagen oder ihre Stiche aufzukratzen. Dann glitt sie in den Schlaf hinüber. Sie dachte noch an den fetten Dämon, Muhuatl, vor dem sie geflohen war. Muhuatl, der ihre Mutter auf dem Gewissen hatte. Muhuatl, der Wahnsinnige. Doch ihre letzten Gedanken galten Royia. Sie sah seine geschmeidige Gestalt, sah ihn, wie er das Haar hinter sich warf, sah seine geschwungenen Brauen über den dunkelrötlichen Augen. Royia, den schönen Gott, der sein Zuhause verloren hatte. Sein ganzes Leben. Schlimmer noch: den Sinn seines Daseins. Und er wusste nicht einmal, warum.

Weiß er überhaupt, warum ich fortgelaufen bin? Es war ihr letzter klarer Gedanke. Ein Schmerz durchzuckte sie, ein Sehnen; sie wusste nicht, wonach. Dann war sie eingeschlafen.

Die Morgensonne verwandelte den Fluss in bläuliches Silber. Ein Schwarm kreischender Papaccivögel flog aus dem Schilf, lange dunkle Schwanzschleppen hinter sich herziehend. Die Kinder hatte Aufregung erfasst, denn es ging über den Fluss. Männer und Frauen schoben lange Stangen ins Wasser und lehnten sich dagegen, um das schwerfällige Gefährt voranzubringen. Naave bot ihre Hilfe an, doch sie schüttelten nur abweisend die Köpfe. So ließ sie die Beine vom Rand des Floßes baumeln und sah in die Ferne, wo über dem Morgendunst die weißen Türme des Tempels zu schweben schienen. Die Stadt selbst blieb verborgen; zu weit war sie entfernt. Naave schätzte, dass man zu Fuß drei oder vier Tage brauchte, sie zu erreichen.

Und dann?

Sollte sie zurück in ihr altes Dasein? Zurück in ihren Verschlag im *Graben,* wo sie sich in Sorge um das Brot des nächsten Tages in den Schlaf wälzen musste? Wollte sie das wirklich, nun da sie ein anderes Leben kennengelernt hatte? *Welches andere Leben?*, fragte sie sich sofort. *Sich durch den Großen Wald zu schlagen, war doch kein anderes Leben. Das war nur eine Art Abenteuer, das – den Göttern sei Dank – glücklich ausgegangen ist.*

Sie ahnte, dass dieser Eindruck mit Royia zusammenhing. An ihn zu denken, fühlte sich zugleich wohlig und schmerzlich an. In jedem Falle verwirrend, und sie schüttelte den Kopf über sich selbst. Nun, dieses lästige Gefühl würde schon vergehen, sobald sie wieder dort war, wo sie hingehörte. In die Stadt!

Und dann?

Sollte sie zurück in den Tempel? Eine Priesterin werden, wie ihr Vater es gerne sähe? Irgendwann die Hohe Priesterin? Naave sah an sich hinunter, befingerte den groben Kittel und die zahllosen Kratzer, blauen Flecke und aufgeschürften Stellen auf der gebräunten Haut. Ihre Hände waren rauh, die Nägel gerissen und schmutzig. Nein, so sah keine Priesterin aus; daran änderten auch Seidenstoffe nichts.

Und wenn sie zurückkehrte, würde sie doch noch einen Menschen opfern müssen. Den Opferdolch in Royias Herz zu stoßen, war ihr nicht gelungen – vielleicht war das alles ja gar nicht der Wille der Götter? Hatte denn nicht Tique sie davor bewahrt, im Tempel zu bleiben?

Mädchen! Tique ist zurzeit tot!

Naave raufte sich die Haare. Das alles war so schrecklich verwirrend. Noch ein Grund, nicht in den Tempel zu gehen, wo sie sich mit diesen Fragen würde beschäftigen müssen …

Die aufblitzende Sonne lenkte ihren Blick auf einen golden schimmernden Hang nordöstlich der Stadt. Dort hatte sich der Morgendunst über den weitläufigen Prachthäusern und Gärten aufgelöst. Ja, Naave wollte, was sie sich zeit ihres Lebens ersehnt hatte: dorthin, ins feine Viertel, das an solchen Tagen wieder einmal bewies, weshalb man es das Sonnenviertel nannte. Naave würde sich den ihr zustehenden Anteil ihrer Belohnung für das Ausliefern des Feuerdämons holen. Und dann eine kleine Almaraherde kaufen, eines der bescheideneren Häuschen im Sonnenviertel kaufen und dann sehen, was das Leben dort für sie bereithielt. Ihrem Vater würde sie eine Botschaft in den Tempel schicken, dass sie seine Bitte, Priesterin zu werden, abschlug. Er hatte ja gesagt, dass er noch in Saft und Kraft stand, also konnte er sich eine weitere Nebenfrau zulegen. *Soll er das Problem der Amtsnachfolge doch selber lösen!*

Ja, so fühlte es sich richtig an. Naave bekräftige ihren Entschluss mit einem entschiedenen Kopfnicken. Alles würde gut werden.

»Wir sind drüben!«, rief Yijma ihr zu. Er deutete auf eine ausgedehnte Sumpflandschaft voller Schilf, hoher Gräser und blühendem Kraut. Die *Düsteren* banden das Floß an einem Steg aus Rohrgeflecht fest, luden Säcke auf ihre Schultern und machten sich auf den Weg durch den Sumpf.

Naave folgte ihnen über verschlungene, aus Schilfrohrbündeln gefertigte Wege. Über einen dieser Wege rumpelte ein Eselskarren. Sein Lenker sprang herunter, lud einen in Matten gehüllten und verschnürten Leichnam ab und ließ ihn in das erdige Wasser gleiten. Woanders lief eine Frau, einen großen Tonkrug im Arm. Der Wind trug ihre Klage herüber. Sie wiegte das Gefäß, die Wange daran gebettet, und kniete dann nieder, um es untergehen zu lassen. Naave verbot sich, daran zu denken, wie sie einst auf einem solchen Steg gelegen hatte, zwei Tage lang, und hinabgestarrt hatte auf die Stelle, wo ihre Mutter begraben worden war – in einem anderen Totensumpf westlich der Stadt. Sie war nicht dabei gewesen, weil sie sich nach dem Feuer tagelang versteckt hatte; andere Bewohner des *Grabens* hatten ihr später die Stelle gezeigt.

Die Gruppe der *Düsteren* musste an den Rand des Stegs ausweichen, als der nächste Totenkarren kam. Der verschnürte Leichnam war mit kostbar besticktem Tuch bedeckt. Eine Silbermaske war dort befestigt, wo sich das Gesicht befand. Die Menschen, die ihm folgten, waren in Blau, die Farbe der Trauer, gehüllt. Die Frauen rauften sich die offenen Haare, während sich die Männer gegen die Brust schlugen und dumpfe Laute ausstießen. Die *Düsteren* eilten sich, unauffällig an ihnen vorbeizukommen. Naave blickte zurück: Der Tote wurde mitsamt seinen Kostbarkeiten in den Sumpf hinabgelassen. Wahrscheinlich stammte er aus dem Sonnenviertel.

Am Rand des Totensumpfs erhob sich eine Hütte. Ein kräftiger, mit Dolchen und Messern bewaffneter Mann saß davor auf dem Boden und atmete den Rauch brennender Cupalblätter ein, die er sich in einer Kupferschale vor die Nase hielt. Der Hund an seiner Seite sprang auf und knurrte, doch er schlug ihm auf die Nase und begrüßte die *Düsteren* mit einer knappen Handbewegung. Sie legten die Packen vor ihm ab und schnürten sie auf. Er prüfte den Inhalt, wühlte in Fellen, ließ Samen durch die Finger rieseln und biss in getrocknete Fleischstreifen, ohne die qualmende Schale aus der Hand zu legen. Die Herrin der *Düsteren* ging ihm gegenüber in die

Hocke. Die beiden verständigten sich mit knappen Worten und Gesten, denen Naave entnahm, dass er die Sachen auf den Stadtmärkten losschlagen wollte.

»Nachher kommt mein Bruder und löst mich hier ab«, erklärte er. »Dann breche ich auf.«

Einen solchen Wächter gab es auch an dem Totensumpf, den Naave kannte; er sollte verhindern, dass Grabbeigaben gestohlen wurden. Totendiebe – sie waren gelegentlich in Tzozics Gasthaus aufgetaucht und hatten Silbermasken für Essen und Rauschtränke angeboten. Naave hatte selbst einmal gesehen, wie Tzozic einem Totendieb sein Fleischmesser ins Gesäß gerammt hatte, damit keiner mehr auf den Gedanken kam, es bei ihm zu versuchen.

»Die da will in die Stadt«, die Herrin der *Düsteren* deutete auf Naave. Der Wächter widmete Naave nur einen kurzen Blick und nickte.

Es folgte ein gemeinsames Mahl, um den Handel zu besiegeln. Zu diesem Zweck kamen eine Frau und ein Kind aus der Hütte und brachten Körbe mit Manoqfladen, getrocknetem Gemüse und einer Schale mit Öl. Auch die Cupalschale wurde herumgereicht; jeder sog tief den würzigen Duft ein. Es war deutlich, dass man nichts miteinander anzufangen wusste, denn man schwieg oder redete nur mit seinesgleichen. Trotzdem herrschte ein gewisser Respekt. *So geht es also auch,* dachte Naave, die ihren Fladen in das Öl tunkte und aß. *Städter und Waldmenschen müssen einander nicht hassen.*

Die Sonne stand hoch, als der Bruder des Wächters ankam. Sie luden alles auf einen Karren, den ein zotteliger Ochse zog, und der Mann, der zuvor am Totensumpf Wache gehalten hatte, machte sich sofort auf den Weg. Naave verabschiedete sich von den seltsamen Leuten, von denen nur Yijma Bedauern über ihren Fortgang zeigte; dann ging es über die verschlungenen Stege hinweg in westliche Richtung. Sie lief neben dem Ochsen her und durfte, wenn sie müde war, auf dem Karren zwischen all den Packen Platz nehmen. »Drei Tage werden wir brauchen«, bestätigte der Mann ihre Schätzung. Es waren die einzigen Worte, die er an sie richtete.

Der Karren rumpelte an lichten Palmenwäldchen, Obsthainen und ausgedehnten Feldern vorbei. Überall waren Arbeiter beschäftigt, Nüsse und Früchte zu ernten oder den mannshohen Cupal zu schneiden. Sie sah weidende Almaras, meckernde Ziegen, blökende Schafherden und Gärten, in denen sich kleine Käfige mit Strauchschweinchen stapelten. Ein Ochse trottete gemächlich in seinem Geschirr, um einen Mühlstein zu drehen. Falken kreisten im gleißenden Sonnenlicht. Und über allem schwebten die mächtigen Tempeltürme in der Ferne. Naaves Herz schlug schneller vor Aufregung. Ihr war, als sei sie nicht bloß einige Tage, sondern mehrere Monde fort gewesen. Sie freute sich sogar auf Tzozics Anblick, obwohl der ihr wohl ebenfalls ein Messer in den Hintern rammen würde, sobald er hörte, was sie von ihm wollte.

3.

DURCH DIE STADT

12.

Naave presste das Ohr an die Tür des Wirtshauses. Kein Gelächter angetrunkener Gäste war zu hören, kein Grölen und schon gar nicht Tzozics allgegenwärtiges Herumpoltern. Nur das hölzerne Axotschild knarrte im Wind, der vom Fluss heraufwehte. Die Mittagszeit war längst vorüber; warum hatte das *Fliegende Axot* noch geschlossen? Naave schlug mit der Faust gegen die Tür.

Von oben hörte sie das Knarren einer Schilfrohrmatte, die vor dem Fenster hochgerollt wurde.

»Ich mache erst zur Dämmerung auf!«, rief eine Stimme herunter, dunkel von zu viel Cupalrauch.

»Machiqa!« Naave legte den Kopf in den Nacken und winkte. »Ich bin's!«

»Naave? Naave! Bei allen vierzehn Göttern! Warte, ich mache dir auf.«

Die Schankhure ließ die Matte fallen, und Naave hörte sie so schnell die ausgetretenen Stufen herunterstapfen, dass das verwinkelte Haus bebte. Ein Bronzeriegel wurde scheppernd zurückgezogen, und die Tür schwang auf. Die Hure starrte sie von oben bis unten an.

»Tatsächlich, die freche Naave. Wo hast du denn gesteckt?«

Statt einer Antwort warf sich Naave in ihre Arme. Es tat so gut, eine vertraute Gestalt wiederzusehen.

Unbeholfen klopfte ihr die Hure auf den Rücken. »Du bist doch sonst so stachlig? Na, komm herein.«

Naave betrat das verwinkelte, jetzt düstere Gasthaus und sah sich um. Alles war, wie sie es in Erinnerung hatte: die aus Schilfrohrbündeln und Flusslehmziegeln gefertigten Tische und Bänke, die gemauerte Herdstelle mit dem breiten Rand, auf dem allerlei Körbe aufgereiht standen, dahinter an der Wand riesige Pfannen und Töpfe. Aber die Körbe, dunkel und klebrig von dem beständigen Fettregen, waren leer, ebenso das Regal an der Seite, in dem die Tonflaschen und Kalebassen mit Rauschtränken gestanden hatten.

Ihr dämmerte, was geschehen war. Machiqa nickte. »Ja. Weg ist er. Kam mit einem Haufen Schätze zurück, und zwei Tage später war er fort. Hat mitten in der Stadt ein neues Gasthaus eröffnet, wo seine Fischgerichte so teuer sind, dass nur reiche Leute bei ihm einkehren können.«

»Aber wer fängt ihm denn die Fische?« Eine dumme Frage, merkte Naave, noch als sie sie aussprach. Hatte sie etwa geglaubt, nur sie sei fähig, Felsentaucher zu fangen?

Machiqa zuckte mit den Achseln. »Im *Goldenen Axot* tischt er die seltsamsten Gerichte auf, hörte ich. Die Reichen lieben es, wenn das gebratene Fleisch in Honig ertränkt und mit Goldstaub bepudert wird. Da ist es vielleicht nicht so wichtig, ob es ein Felsentaucher oder ein Flussgründler ist.«

Naave entsann sich des gebratenen Vogels auf dem Tisch des Hohen Priesters, dem man das Gefieder wieder aufgesteckt hatte. »Im … *Goldenen Axot?* Das hat er also aus unserer Belohnung gemacht? Ich hoffe, er hat noch genug übrig, um mir meinen Anteil zu geben!«

»Finde dich damit ab, dass du leer ausgehst. Er meinte,

wenn du jemals bei ihm auftauchst und irgendeine Forderung stellst, brät er dich am Spieß.«

Tränen des Zorns traten in Naaves Augen. Sie ärgerte sich über ihre Dummheit, angenommen zu haben, Tzozic säße noch hier in diesem baufälligen Schuppen auf all den kostbaren Kleidern, Bronzegefäßen, silbernen Geldringen und was es sonst noch gewesen sein mochte, das er auf seinem Karren fortgebracht hatte.

Machiqa tätschelte ihre Schulter. »Setz dich erst einmal und erzähl, was dir passiert ist. Wir glaubten dich tot!« Kurzerhand schob sie Naave an einen der Tische. Dann holte sie aus irgendeiner Ecke einen Krug und zwei zerbeulte Kupferbecher und setzte sich ihr gegenüber. »Einer der Gäste hat behauptet, dich auf der Opferbrücke gesehen zu haben, aber Tzozic war darüber so wütend, dass er ihm einen Kinnhaken verpasste und ihn hinauswarf. Er meinte, du lebst und keiner solle das Gegenteil behaupten. Wir dachten, na, so was, da hat der Grobian auf seine alten Tage anscheinend sein schlechtes Gewissen entdeckt. Wo warst du?«

»Im *Großen Wald.*« Mit dem Daumen deutete Naave in Richtung des Flusses, und der Hure fiel das Kinn hinunter.

»Allein?«

Naave schüttelte den gesenkten Kopf. Wie sollte sie das erklären? »Der Feuerdämon, den wir zum Tempel brachten – er hatte mich in den Wald entführt.«

»Der Feuerdämon? Und – und da *lebst* du noch?«

»Wie du siehst.« Naave lächelte schief. *Bitte frag nicht weiter,* flehte sie Machiqa im Stillen an. *Ich kann nicht von Royia erzählen.*

Allein an ihn zu denken, tat weh. Es gab nur einen Ort, wo sie ihn aus dem Kopf bekommen könnte: im Sonnenviertel. Dort würde alles neu, alles anders sein. Im gleichen Augenblick begann ihr der Magen zu knurren, als gierte alles in ihr nach diesem neuen Leben, das ihr zustand. Sie grub die Fingernägel in die Handflächen, um sich mit einem anderen Schmerz von Tzozics Betrug abzulenken.

»Du zitterst ja«, sagte Machiqa. »Und du hast Hunger. Warte einen Augenblick.« Sie eilte in einen Nebenraum und kam mit einem Topf zurück, aus dem sie altbackenes Manoqbrot zutage förderte. »So, und wie bist du dem Dämon entkommen? Du hast ja gar keine Brandwunden? Und dann hast du dich ganz allein hierher zurückgeschlagen? Das ist ja unglaublich!«

Ja, das war es. Sie war durch das Unterholz gelaufen, durch eine Schlucht gewatet und unter einem Wasserfall hindurchgelaufen; dann hatte sie Kanus gefunden und eines ins Wasser gezogen. Dann war sie mit der Strömung gerudert. Es war nicht so leicht gewesen, wie es auf der Karte in Muhuatls Baumhütte ausgesehen hatte. Schon gar nicht, wenn man wehrlos war. Oft hatte sie sich tief ins Boot ducken müssen, weil eine Ratatoq durchs Wasser glitt. Einmal meinte sie sogar das gefleckte Fell einer riesigen Cijac hoch oben im Geäst zu sehen. Der Hunger hatte sie geplagt, und den Durst hatte sie nur mit dem brackigen Flusswasser löschen können. Trotz allem – sie war dem Wald ohne größere Blessuren entkommen.

Naave machte eine matte Handbewegung, als ließe sich damit zusammenfassen, was sie erlebt hatte. »Lass mich erst zur Besinnung kommen, ja? Seit der Dämon hier aufgetaucht ist, fühle ich mich, als hätte man mich in einen Topf gesteckt und durchgeschüttelt. Ich stinke schlimm, oder?«

Machiqa grinste. »Man sollte dich tagelang in Mooskrautwasser einweichen.«

Naave wies auf das armselige Stück Brot vor sich auf dem Tisch. »Läuft dein Geschäft jetzt so schlecht?«

Die Hure winkte ab. »Es gäbe genug Männer, die noch zu mir wollen, auch ohne dass es Rauschtrank dazu gibt. Aber ich bin ja jetzt allein; da wage ich nur denen die Tür zu öffnen, die ich gut kenne. Und die sind allesamt aus dem *Graben* und können wenig zahlen.«

»Warum bist du nicht mit Tzozic gegangen?«

»Sieh mich doch an!« Machiqa wies mit beiden Händen auf sich. »Ich bin ihm nicht mehr gut genug.« Ihre Brüste unter dem fadenscheinigen Kleid, dessen aufgemalte Blüten verblasst waren, wirkten eher wie Schläuche, und ihre Hüften waren unförmig geworden. Von ihren herausgeschlagenen Zähnen und ihrer einstmals gebrochenen Nase konnte auch das leuchtende Rot nicht ablenken, mit dem alle Huren der Stadt ihre Haare färben mussten. »Die feinen Leute wollen junges, festes Fleisch. Und die Rote Yaia – diese Hure sticht jede aus. Bei Tzozic verkehren sogar die Yioscalos. Glaubst du, ich hätte in einem Haus irgendetwas verloren, in dem die mächtigste Familie der Stadt ein und aus geht? Du dagegen, du könntest etwas aus dir machen, wenn du dich baden und gut kleiden würdest.«

Naave schüttelte entsetzt den Kopf, und Machiqa winkte ab.

»Allerdings wäre sein Haus auch nicht der rechte Ort für dich. Er würde dich nicht dulden, wie gesagt, sondern eher über dem Feuer rösten. Maqo hat er fortgejagt. Der bettelt jetzt in der Stadt.«

»Tique!«, rief Naave. »Tzozic ist ein Scheusal!«

»Aber da erzählst du ja nichts Neues, nicht wahr? Meinetwegen könnte Maqo noch hier wohnen, aber hier wirft ihm keiner einen Kupferring in die Bettelschale.« Machiqa gähnte. »Ich lege mich noch ein wenig schlafen; die letzte Nacht war lang. Du könntest ein wenig aufräumen und ein paar Fische fangen. Dein Kanu ist im Schuppen. Tzozic hat es dort abgelegt, als du den Feuerdämon herbrachtest. In irgendeinem Topf ist noch ein Klumpen Fett; ich brate sie später, und dann hätten wir etwas Anständiges im Magen, hm?«

Dazu war Naave viel zu müde. Die Reise auf dem holprigen Karren war anstrengend gewesen, und sie sehnte sich nach dem Fluss, aber nur, um sich hineinzuwerfen und von dem erfrischenden Wasser tragen zu lassen … Mehr noch sehnte sie sich nach einem der Badeteiche, die es in den Gärten des Sonnenviertels gab. Sie hatte nicht all diese Mühen und Gefahren durchgemacht, nur um hier in diesem von allen Göttern verlassenen Gasthaus zu landen.

»Wo ist das *Goldene Axot?*«, fragte sie.

Machiqa musterte sie aus zusammengekniffenen Lidern. »Du kannst es einfach nicht lassen, den Schwierigkeiten hinterherzulaufen, hm? Wie du willst; ich hindere dich nicht daran. Wenn du auf den großen Marktplatz vor dem Tempel gelangst, ist doch linker Hand der Laden für Opfergaben. Die Gasse daneben gehst du ein Stück hinein, dann siehst du schon das Schild mit dem Axot. Aber er wird dich hochkantig hinauswerfen, wenn er dich sieht.«

Er wird mich gar nicht sehen, dachte Naave.

Sie kämpfte darum, nicht zu niesen. Der scharfe Duft des Papaccikrauts kitzelte in ihrer Nase. Warum nur musste Tzozic ein Haus kaufen, das von dieser Zierpflanze umwuchert war? Wenigstens erlaubte ihr das Gewächs, zu dem einzigen Fenster im zweiten Stock hinaufzuklettern, dessen Schilfrohrmatte nicht ganz heruntergelassen war. Andererseits erschwerte es auch den Aufstieg, denn ständig musste Naave innehalten, wenn die Blätter raschelten oder die Zweige unter ihren Zehen knarrten. Dann wartete sie mit angehaltenem Atem, ob jemand aufmerksam geworden war.

Aber es war spät in der Nacht und der Herr des Hauses hoffentlich todmüde, nachdem die letzten Zecher in ihre wartenden Sänften gestiegen waren und sich hatten forttragen lassen, begleitet von bewaffneten Leibwachen. Naave ließ das Fenster nicht aus den Augen, während sie sich hinaufarbeitete. Stunden dauerte es, so schien es ihr, und sie fragte sich, ob sie bis zum Morgengrauen überhaupt wieder fort wäre.

In Gedanken hatte sie ihren Einbruch unzählige Male durchgespielt. Sobald sie es ins Haus geschafft hatte, würde sie sich in die Küche stehlen und in kleinen Tontöpfen nach Silberringen suchen, denn die waren Tzozics bevorzugter Aufbewahrungsort für Ringgeld. Naave würde so viel wie möglich auf ihren Gürtelstrick reihen und dann das Gasthaus durch die Eingangstür verlassen, deren Schlüssel vermutlich wie üblich im Schloss steckte. Sie hasste den Gedanken, auf den Großteil ihres Anteils verzichten zu müssen, da sie außer Ringgeld nichts davon fortschleppen, geschweige denn es verhökern konnte. Aber für eine kleine Almaraherde und ein gemietetes Häuschen im Sonnenviertel würde es hoffentlich reichen.

Endlich hatte sie das Fenster erreicht. Vorsichtig tastete sie an der Brüstung entlang, ob da auch nichts lag, das sie beim Einsteigen versehentlich herunterstieß. Sie lauschte auf Atemzüge, doch der Raum lag in völliger Stille. Tzozics Schlafkammer war dies nicht, denn er pflegte zu schnarchen, dass es noch der Gott-Eine auf seinem Berg hören musste. Dass seine Huren hier oben nächtigten, war ebenso wenig anzunehmen – im *Fliegenden Axot* hatten sie in einer Kammer hinter dem Schankraum schlafen müssen.

Beherzt schwang sie ein Bein über die Brüstung und tastete mit den Zehen den Boden ab. Dann stieg sie ins Innere und verharrte. Sie hatte kein Geräusch verursacht, und im Haus war es ruhig. Allerdings war der Gestank von Gewürzen, kaltem Fett und abgestandenem Cupalrauch so übel, dass sie den Eindruck hatte, er wolle sich auf ihre Ohren legen.

Zwei Monde schienen hell ins Zimmer. Naave erkannte eine Bettstatt, die – Tique sei Dank – leer war, eine Truhe und einen hölzernen Schrein, auf dem die schlanke Figur der Gonitlaxa thronte. Die tanzende Göttin der Unterwelt war seit jeher Tzozics Lieblingsgottheit. Naaves Herz machte vor Schreck einen Satz. Dies hier war also seine Schlafkammer. Wo mochte er sein? Wahrscheinlich war er unten über dem Zählen seiner Geldringe eingeschlafen. Das war schlecht, sehr schlecht. Aber vielleicht gab es hier oben noch ein Versteck? Im Schrein lagen sicherlich einige Wertsachen. Sie zu nehmen hieße jedoch, eine Göttin zu bestehlen.

Vielleicht unter der Matratze?

Naave machte einen Schritt auf das Bett zu und bückte sich. Eine Hand schoss aus dem Dunkel und legte sich um ihr Handgelenk. Ein Schreckensschrei wollte aus ihrer Kehle, doch sie schaffte es, ruhig zu bleiben. Mit der Linken schlug sie blind nach vorne. Sie traf ein stoppelbärtiges Gesicht.

Tzozics wuchtiger Kopf schob sich ins Mondlicht. Verächtlich zog er die Lippen hoch.

»Du also!«, zischte er. »Da habe ich wohl vergeblich gehofft, dass du dich wie eine lästige Hausratte endlich, endlich woandershin davongemacht hast. Hast du wirklich geglaubt, ich würde nicht merken, wenn einer an meiner Hauswand hochklettert? Du bist nicht die Erste, die so dumm ist. Morgen lasse ich das Gewächs da draußen abschlagen! Was willst du von mir?«

Er schüttelte sie. Naave versuchte ihm ins Gemächt zu treten, traf jedoch nur seine Leiste. Trotzdem ließ er sie laut fluchend los.

Rücklings wich sie zur Tür zurück. Sie traute ihm zu, dass er sie aus dem Fenster warf. Dann wollte sie lieber freiwillig die Treppe hinunter flüchten. Und die Hoffnung, irgendetwas von Wert mitnehmen zu können, wollte sie nicht aufgeben. *Tique, falls du doch am Leben bist, dann hilf mir! Lass mich nicht mit leeren Händen gehen! Was soll ich dann nur tun?*

Tzozic schnaufte schwer. »Sag mir, was du willst, bevor ich dir den dreckigen Hals umdrehe.«

»Das fragst du noch? Meine Hälfte der Belohnung!«

»Deine Hälfte? Bist du von Sinnen, Naave? Dir steht nicht einmal der Dreck unter meinen Fingernägeln zu!« Er stapfte auf sie zu. Ihr Rücken stieß gegen die verschlossene Tür. Fahrig tastete sie nach einem Riegel oder Schloss.

»Du hast deinen Anteil bekommen«, sagte er um eine Spur ruhiger. »Den nämlich, dass man dir ein Zuhause im Tempel gab. O ja, ich weiß es! In einem Gasthaus mitten in der Stadt erfährt man alles, was man wissen muss.«

»Aber ich …«

Nun stand er vor ihr. »Du bist abgehauen, ja, das weiß ich auch. Hast deinen Teil der Belohnung ausgeschlagen. Und, was kann ich dafür? Es ist dein Problem, wenn du auf das angenehme Leben einer Priesterin verzichtest und stattdessen ehrbare Leute zu bestehlen versuchst. Was dir, den Göttern sei Dank, misslungen ist. Ich werde die Tempelwachen holen.« Er trat einen Schritt zurück und lachte höhnisch. »Ich würde ja wirklich gerne wissen, wieso man ausgerechnet dich zur Priesterin machen will. Na, wahrscheinlich hat der Hohe Priester irgendwann ein Gelübde getan, der ersten räudigen Katze, die an jenem Tag vor dem Tempel herumstreunte, etwas Gutes zu tun. Er hätte besser daran getan, sich irgendeine Bettlerin zu schnappen.«

Um nichts auf der Welt durfte geschehen, dass die Tempelwächter sie vor ihren Vater zerrten. Wer mochte wissen, was Tlepau Aq sich in der Zwischenzeit ausgedacht hatte, um sie gefügig zu machen? Diesem eigenartigen Mann traute sie einiges zu.

»Ja, hol doch die Tempelwächter!«, fauchte Naave. In ihrem Rücken spürte sie den Riegel, doch sie wagte noch nicht, sich umzuwenden und daran zu ziehen. Tzozic würde sie sofort überwältigen. »Denen werde ich dann erzählen, dass du Gold in das Essen deiner Gäste tust! Na, was sagst du dazu?«

»Das – das ist eine Lüge.« Das heisere Stocken in seinen Worten verriet ihn. Aber sogleich dröhnte seine Stimme wie gewohnt. »Als ob ich so einen Unfug wagen würde! Gold zu besitzen, ist verboten; dann wäre ich ja ein Dieb, der die Götter bestiehlt. Du aber, meine liebe Naave, bist hier die Diebin, also lenk nicht von dir ab.«

»Du bist schlimmer als ein Dieb; du bist ein gewissenloses Scheusal, schließlich hast du einen alten Mann fortgejagt!« Bei der Macht des Einen, hörte denn niemand das Geschrei und klopfte unten gegen die Tür, um Tzozic abzulenken?

»Du meinst Maqo?«

»Genau den, du Leuteschinder!«

»Das stimmt doch gar nicht, du Missgeburt von einer …«

Endlich kam jemand die Treppe heraufgeeilt. Eine piepsige Frauenstimme rief etwas, das Naave nicht verstand, doch sie klang sehr ängstlich.

»Lauf und hol einen Tempelwächter!«, brüllte Tzozic der geschlossenen Tür entgegen. »Besser zwei! Nein, drei!«

»Deinetwegen muss Maqo jetzt betteln.«

»Unsinn! Der Alte wollte nicht mit mir kommen, und da

habe ich ihm gesagt, dann soll er halt betteln gehen, wenn ihm das Haus hier nicht fein genug ist.«

»Und das soll ich dir glauben?« Naave hörte, wie die Frau, vermutlich eine der Schankhuren, aus dem Haus rannte und alles zusammenschrie. Schwere Schritte stapften über das Pflaster der Gasse. Ein Tempelwächter? Wer auch immer es war, er stürmte ins Haus und ohne Umwege die Treppe hinauf. Tzozic grinste zufrieden.

»Es ist mir egal, was du glaubst, du Ungeziefer. Die Wächter sind schon da. Es war dumm von dir, in ein Haus so nah am Tempel einzubrechen. Die sind hier überall.«

Er griff nach ihr. Naave packte seine Hand, die sich um ihren Nacken legen wollte, und biss so kräftig zu, wie sie konnte. Tzozic brüllte auf. Blut ausspuckend, schlüpfte sie unter ihm hinweg und schwang sich zum Fenster hinaus. Die Zeit, zu allen Göttern zu flehen, dass sie nicht abstürzen möge, blieb ihr nicht. So schnell sie es vermochte, hangelte sie sich an den Zweigen des Klettergewächses hinab; sie fiel mehr, als dass sie hinabstieg, und ihr Körper brannte von all den Kratzern, die sie sich dabei zuzog. Vor dem Eingang hatten sich einige Leute versammelt und steckten die Köpfe durch die Tür.

»Haltet sie doch, ihr Schwachköpfe!«, schrie Tzozic; sein Zottelhaar erschien am Fenster. Alle Köpfe flogen zu ihr herum. Naave rannte.

Schon am Tage war der *Graben* kein ungefährlicher Ort. Doch nachts im übelsten Viertel der Stadt herumzulaufen war mehr als dumm. Ständig musste Naave den Händen gieriger Männer ausweichen, und mehr als einmal wurde ein Messer gezückt. Trotzdem fühlte sie sich halbwegs sicher – hierher kam kein Tempelwächter. Der *Graben* war nicht nur eine verwirrende Ansammlung baufälliger Hütten, in deren Gassen sich kein Mensch von außerhalb zurechtfand. Der eigentliche *Graben,* welcher dem Viertel seinen Namen gegeben hatte, lag in der Tiefe. Vor vielen Generationen hatten hier große Häuser gestanden; es war ein Viertel reicher Händler gewesen. Dann war der *Große Beschützer* so stark über die Ufer getreten wie noch nie. Die Wassermassen hatten an den Fundamenten gerissen; etliche Häuser waren eingestürzt. Die Menschen hatten sie verlassen, und die prächtigen Mauern verschwanden unter den Schlammschichten, die weitere Überschwemmungen herantrugen. Mehr wusste man über diese Zeit nicht. Nur dass irgendwann andere Menschen gekommen waren und begonnen hatten, auf dem Schutt ihre Hütten zu errichten. Doch in der Tiefe hatten die Ruinen die Zeit überdauert.

Man hatte im Laufe der Zeit Gänge durch die alten Räume gegraben, auf der Suche nach verwertbaren Dingen. Man erzählte sich, es habe manch Glücklichen gegeben, der Schmuck oder eine kostbare Götterstatue entdeckt und sich mit dem Erlös woanders ein besseres Leben erkauft hatte. Die anderen hatten Räume, ganze Wege freigelegt und abgestützt, um darin zu hausen. Und das taten nur die Ärmsten. Wenn es regnete, liefen die unterirdischen Kammern manchmal voll bis zu den Knöcheln. Es stank muffig; alles verdarb. Überall wucherte der gelbe Fadenpilz, der dafür sorgte, dass viele krank wurden. Ständig hörte man jemanden erbärmlich husten. Und die Düsternis legte sich einem aufs Gemüt.

Naave schob sich durch das Gedränge der Hütten und des Abschaums der Stadt. Hier unten war jeder ein Gesetzloser. Sie kletterte über niedrige Verschläge, kämpfte sich durch

Spalten und Lücken, wich knurrenden Hunden und ihren Hinterlassenschaften aus und gelangte in einen Raum, der so groß war, dass man ihn eine Halle nennen konnte. In der Mitte hockte eine Familie um ein kleines Kochfeuer, an den Wänden standen Hütten, vor denen ihre Bewohner lungerten. Hier und da erhaschte Naave einen Blick, der besagte: *Ist das nicht die Fischerin, von der man sagt, sie wäre im Tempel verschwunden?* Aber niemand sprach Naave an, als sie unter aufgespannter Wäsche und zwischen einer Gruppe würfelnder Jungen hindurchlief, bis in die hinterste Ecke. Ihr wurde übel bei dem Gedanken, dass sie jetzt hoffen musste, ihre Hütte, die sie doch eigentlich verabscheute, überhaupt noch betreten zu können. Was, wenn man sie weitervermietet hatte? Doch das schiefe Stück Holz, das eine Tür darstellte, war nicht verriegelt. Naave zog es auf, schlüpfte hindurch und schob den hölzernen Riegel vor.

Endlich allein, endlich in Sicherheit. Soweit man irgendeinen Raum im *Graben* sicher nennen konnte.

Alles war, wie Naave es zurückgelassen hatte. Was hätte sich auch ändern sollen? Es gab hier nur eine Hängematte mit einer zerschlissenen Decke darauf. Einen Bretterkasten, in dem sie ein wenig Tongeschirr aufbewahrte. Einen weiteren mit einem Brotrest. Naave wappnete sich gegen den Anblick eines grünbepelzten Wesens, das den Kasten bis zur Gänze ausfüllen würde, und hob den Deckel. Doch statt Schimmel fanden sich nur ein paar Krümelreste und Mäusekot.

Sie schüttelte die Decke aus, breitete sie auf der Hängematte aus, prüfte deren Schnüre und warf sich hinein. Die Bretter des Verschlags, an dem sie befestigt war, ächzten. Naave kreuzte die Arme im Nacken und sah zur Hallendecke hinauf.

Im matten Schein des Kochfeuers erblickte sie die Sonne und den Bogen der vierzehn Monde. Die vier roten, die vier blauen, die drei weißen und drei grauen, alle von unterschiedlicher Größe. Das gemalte Himmelsgewölbe war von Szenen aus dem Stadtleben umrahmt, mit denen man einst die Wände verziert hatte: Frauen auf den Feldern und auf den Marktplätzen; Männer vor dem Tempel beim Blutopfer; Krieger oder Wächter im Kampf gegen Waldmenschen, die als grünhäutige Dämonenwesen dargestellt waren. Und dazwischen, größer dargestellt, die vierzehn Götter in all ihrer Pracht. Nur den Gott-Einen hatte man nicht darzustellen gewagt. Die Farben waren verblasst; die Figuren teils nicht kenntlich. Aber Tique, ja, den fand Naave mühelos hinter all dem Dreck und den rußgeschwärzten Spinnweben.

Deshalb, so fand sie, war dieser Ort, wenn man schon im *Graben* hausen musste, der einzig erträgliche. Wie oft hatte sie sich gefragt, wie es damals wohl hier ausgesehen hatte, als die Farben noch frisch gewesen waren. Hatte hier in dieser Halle eine reiche Händlerfamilie getafelt? Oder hatte man hier das Handelsgut gelagert? Was mochte es gewesen sein? Schöne und aufregende Dinge aus dem Wald? Naave wusste ja inzwischen, dass es möglich war, mit den Waldmenschen zu handeln. Vielleicht hatte man hier sogar freundschaftlich zusammengesessen und sich Geschichten erzählt.

Naave warf sich auf die Seite und hüllte sich in die Decke ein, obwohl es hier unten nicht kühl war. Sie hatte geglaubt, bald selbst in einem so stattlichen Haus zu wohnen. Nun, nicht ganz so groß, aber ebenso schön. Von Menschen hatte sie geträumt, die sie respektvoll behandelten, einfach weil sie ordentlich gekleidet war.

Den Geruch des Grabens behält man sein Leben lang.

Wer hatte das gesagt? Tzozic. Obwohl ausgerechnet der es ja geschafft hatte. Andererseits war er kein echter Bewohner des *Grabens* gewesen. Er hatte nur ganz am Rande gelebt.

Sie bettete den Kopf auf ihre Hände und schloss die Augen. Aber es ließ sich nicht verhindern, dass ihr die Tränen kamen. Tzozic, wie sie ihn hasste! Wie sie all das hasste! Ihren Vater, der schuld daran war, dass es ihr so schlecht ging. Leise schniefte sie in sich hinein, damit niemand es hörte. *Nun tue ich also wieder, womit ich vor einigen Tagen aufgehört habe: Ich liege in meiner Hütte und weine mich in den Schlaf. Ach, Tique, auch wenn du mich tatsächlich nicht hörst: Hast du mir das versprochen?*

Tique …

Diesmal, so spürte sie, war es anders. Sie weinte um etwas, das sie nicht benennen konnte. Nicht benennen *wollte.* Doch die Bilder, die sie sah, bevor sie wegdämmerte, waren nicht die ihrer Mutter, nicht die des *Grabens,* nicht das *Goldene Axot* oder der Tempel.

Sie sah hoch oben auf einem Ast einen Mann stehen, mit langem schwarzem Haar und dunkelrötlichen Augen, in denen Glutpunkte leuchteten. Sie selbst stand unterhalb des Astes. Royia ging in die Hocke, streckte die Hand nach ihr aus und strich ihr über die tränenfeuchte Wange.

Es klopfte. »Naave?«, raunte jemand vor der Tür. Sofort war sie hellwach. Ein Mann stand dort, den sie gewiss nicht kannte. Sollte sie sich überhaupt bemerkbar machen? Nein, sie wollte ihre Ruhe haben. Was immer dieser Fremde von ihr wollte, es konnte nichts Gutes sein. Das war es im *Graben* nie. Sie hielt den Atem an, lauschte, was er tat. Es musste spät in der Nacht sein, denn auch in den anderen Hütten war es ruhig, bis auf das übliche Schnarchen, Husten und das Gezeter, das immer irgendjemand anfing.

»Naave?«, kam es noch einmal. Sie zog die schmutzige Decke über ihren Kopf. Schließlich meinte sie zu hören, wie sich der ungebetene Besucher entfernte. Ganz sicher war sie sich nicht. Aber sie war zu müde, sich länger darüber Gedanken zu machen. Sie versuchte sich wieder zu entspannen und schloss die Augen.

Ein dumpfes Poltern dicht neben ihrer Hängematte. Naave warf die Decke von sich und fuhr hoch. Der Fremde war einfach durch das Loch in der Hüttendecke gesprungen, und er war von riesenhafter Gestalt! Ein gut gefettetes Messer blitzte an seinem Gürtelstrick. Sie wollte auf der anderen Seite von der Matte springen, doch jäh wurde es dunkel um sie herum. Vergebens versuchte sie an dem Sack zu zerren, den der Kerl über sie gestülpt hatte. Sie landete auf dem Boden; ihre strampelnden Beine konnten nicht verhindern, dass er sie gänzlich einschnürte. Der Eindringling warf sie sich über die Schulter. Sie hörte den hölzernen Riegel zurückgleiten; dann stapfte er mit ihr durch die Halle.

13.

Ihrem Eindruck nach lief der Entführer allein durch den unterirdischen Teil des Viertels. Ständig stieß sie an die Schultern anderer Leute, doch niemand interessierte sich dafür. Naave verwarf den Gedanken, zu schreien und um Hilfe zu betteln – hier unten war sich jeder selbst der Nächste; niemand würde sich diesem messerbewehrten Riesen in den Weg stellen.

Den Geräuschen nach ging es durch halbverfallene Gänge, durch hohe Kavernen, an dichtgedrängten Hütten vorbei. Es gab auch eine Art Marktplatz hier unten, wo man besser nicht fragte, was die Garküchen in ihre dünnen Suppen taten. Danach verlor Naave jegliche Orientierung. Fieberhaft überlegte sie, wer darauf aus sein könnte, ihr etwas anzutun. Tzozic? Nein, sie hatte ja keine Gelegenheit gehabt, etwas von seinem Ringgeld zu nehmen. Wahrscheinlich hatte er gegenüber den Wächtern lautstark sein Leid geklagt und war dann wieder schlafen gegangen. Nun, es gab genug Leute, mit denen Naave im Laufe der Jahre aneinandergeraten war. Dem einzigen Bäcker des *Grabens* war sie schon oft mit geklauten Manoqlaiben entkommen. Aber würde der noch nach Wochen wegen seines steinharten, mit Gips gestreckten Brotes einen Schläger schicken?

Wahrscheinlicher war, dass Naave das Schicksal einer jeden jungen Frau blühte, die versuchte, allein hier unten zu überleben.

Ihr übler Verdacht bestätigte sich, als sie das Getuschel und Geschnatter mehrerer Mädchen hörte. Eine Tür knallte hinter ihr; modrige Bohlen knarrten unter den schweren Schritten ihres Entführers. Halbwegs sanft wurde sie auf dem Boden abgelegt. Der Mann knüpfte den Sack auf und zog ihn ihr über den Kopf.

Das Erste, was sie sah, war sein Messer. Sie griff danach, sprang gleichzeitig auf die Füße und drehte sich, die Klinge vor sich haltend.

Die Mädchen verstummten.

Naave zählte fünf, die von verwaschenen Hängematten die Beine baumeln ließen. Jede hatte eine Näharbeit auf dem Schoß. In ihrer freien Zeit mussten Huren ihre Kleider flicken; schließlich sollten sie anziehend wirken. Und beim Liebesspiel zerriss oft ein Kleidungsstück – das wusste sie von ihrer Mutter.

»Die soll zu uns gehören?«, rief eine der Frauen. Ihr Haar war rot wie das der anderen, doch man sah den hellbraunen Ansatz. »Nehmen wir jetzt etwa *jede* auf?«

»Hast du Angst, nichts mehr zu verdienen, Vaca?« Eine Frau kam eine wacklige Treppe herabgestiegen, die Haare mit dunkelrot gefärbtem Lehm zu einem Kegel aufgetürmt. In ihrer gealterten Üppigkeit erinnerte sie an Machiqa. Ein Gewand aus bunten Stoffstreifen umhüllte ihren fetten Leib. Sie hielt den Stoff mit übertriebener Geste gerafft, als sie vor Naave trat.

Das Messer beachtete sie nicht.

»Solange ich nicht mit einer solchen Nase gestraft bin, verdiene ich noch genug«, höhnte Vaca in ihrem Rücken. Die

Hausherrin hieß sie mit einer Geste zu schweigen, während sie Naave unverwandt ansah.

Mit der Linken griff sich Naave an die Nase. Hatte sie sich etwa verändert? Nein, sie war wie immer. Ein wenig plump, das wusste sie durchaus, aber, bei allen Göttern, sie hatte wahrhaftig andere Sorgen.

»An der Nase gibt es nichts auszusetzen, denn sie sieht aus, als könne sie tun, was eine Nase tun muss«, erwiderte die Hurenwirtin lachend. »Und das Haar …«

Naave hob die Klinge, da man sie anscheinend nicht ernst nahm, und bewegte sie hin und her. »Keine Angst, ich mache niemandem hier seinen Platz streitig. Lasst mich gehen, und keiner muss befürchten, eine Narbe quer im Gesicht zu haben. Das wäre nicht gut fürs Geschäft, ist es nicht so?«

Innerlich zitterte sie vor Furcht. Ein Messer zu nutzen, war ihr vertraut, jedoch eher, um einen Fisch auszunehmen oder es heimlich auf dem Markt in ein dampfendes Stück Fleisch zu stoßen und damit fortzulaufen. Der bärtige Riese bewegte einen Muskel, und sie deutete mit der Klinge auf ihn. An Größe übertraf er sogar Tzozic, doch statt eines Fassbauchs besaß er mächtige Schultern und einen Nacken wie ein Ochse. Dieser Mann könnte sie allein mit einem Finger zu Fall bringen. Stattdessen schielte er zu einem Tisch, auf dem ein Topf Milch stand.

»Ja, trink nur«, die Wirtin wies mit einer gönnerhaften Geste zum Tisch. Sofort stürzte der Riese darauf zu und leerte den Topf so gierig, dass ihm die Milch in den Bart rann. Das Lächeln, das sich auf seinem weißen Mund ausbreitete, als er ihn absetzte, glich dem eines Kindes.

Gut, dachte Naave. Von hier wieder zu entkommen, war vielleicht doch nicht unmöglich. Rückwärts wich sie zur Tür zurück.

»Sie will weglaufen«, sagte der Riese. Eines der Mädchen stieß ein verächtliches Lachen aus, das offenbar seiner Auffassungsgabe galt.

»Allerdings«, schnaubte Naave. »Ich werde …«

»Still wirst du sein«, fiel ihr die Wirtin ins Wort, und sie klang allmählich ungeduldig. »Bei der Macht des Einen! Chinanxi hatte uns ja gewarnt, dass du widerspenstig sein würdest, aber von einer giftsprühenden Ratatoq hat sie nichts gesagt!«

Chinanxi? Wo hatte Naave diesen Namen schon einmal gehört? Sie vermochte sich auf die Schnelle nicht zu erinnern.

»Bring sie zu ihr, Puq. Oder nein, ich werde es selbst tun«, sie schritt auf sie zu, den Kopf steif erhoben, wohl um den Lehm nicht zum Bröckeln zu bringen. »Sonst gibt es nur weiteres unnötiges Geschrei. Also, was ist, Naave?«

Wieso kannte hier jeder ihren Namen?

Auch die faltigen Lippen hatte die Hure mit Rot bemalt. Die Farbe klebte auf ihren Zähnen. Naave war von diesem Anblick gebannt. Beinahe hatte sie das Messer in ihrer Hand vergessen. Sie legte es auf den Tisch.

Zufrieden nickte die Wirtin. »Komm«, sie machte kehrt und stieg eine ausgetretene Treppe auf der anderen Seite des Raumes hoch. Naave folgte ihr; die Blicke der Huren klebten förmlich an ihrem Rücken. Die Treppe führte in eine niedrige Kammer, in der statt einer Hängematte ein Bett stand. Ein richtiges Bett mit einer dicken Matte und sauberen Decken. Eine dürre Gestalt, gehüllt in ein graues Gewand, lag darauf, den Rücken dem Eingang zugewandt. Dunkle Haare, von silbernen Strähnen durchzogen, lagen wirr um ihre Schultern.

»Chinanxi«, rief die Wirtin leise. »Chinanxi, sie ist hier, wach auf!«

Langsam kam Leben in die Frau. Sie drehte sich auf der

knirschenden Matte und hob schwere Lider. Zwei trübe Augen musterten Naave.

»Sie ist es«, hauchte sie.

Die Wirtin gab Naave einen Stoß und drückte hinter ihr die Tür zu. Naave hörte sie die Treppe hinabsteigen, während sie die Liegende, die sich nun langsam aufsetzte, verwirrt ansah.

Ihr schien es, als lege sich ein bronzener Ring um ihren Hals. Hinter ihren Augen pochte es.

Ich muss mich irren. Ihr Götter, lasst es keinen Traum sein. Es wäre zu schlimm, wieder aufzuwachen.

»Tante ... Nanxi?«

Mit einer knochigen Hand strich sich die Frau durch die Haare, im vergeblichen Versuch, Ordnung hineinzubringen. Kurz senkte sie die Lider, als schäme sie sich für ihre Erscheinung. »Ich bin es, Naave«, sagte sie rauh. »Ich freue mich, dass du mich wiedererkennst. Es ist lange her ...«

Naave wollten die plötzlich wackligen Beine wegsacken. Sie wankte, den Kopf eingezogen, da die Decke so niedrig war, zu der Bettstatt und fiel auf die Knie. Ja, zu ihr aufzuschauen wie ein kleines Kind, erleichterte die Erinnerung. Diese großen Augen, in denen so viel Schmerz stand ... Die schmalen Lippen, die selten gelächelt hatten. Die langfingrigen Hände, die Naave umso zärtlicher über den Kopf gestrichen hatten.

»Tante Nanxi«, wisperte Naave. Wie vertraut die Worte doch klangen ... Die Erinnerungen kamen zögerlich. *Tante Nanxi, so hab ich sie genannt, obwohl sie nur meine Amme war, nicht Mutters Schwester. Tante Nanxi, auf deren Schoß ich gesessen habe ...* Tante Nanxi, Mutters Freundin. Tante Nanxi, die irgendwann fort gewesen war.

»Wo warst du all die Jahre? Etwa hier?«

Nanxi – oder Chinanxi, wie der Hohe Priester sie genannt

hatte – schüttelte den Kopf. Sie schwieg, und Naave glaubte zu ahnen, was hinter dieser faltigen Stirn vorging: *Jetzt ist sie da, und alle mühevoll zurechtgelegten Worte sind fort.* Der Druck hinter den Augen löste sich in Tränen auf; Naave entrang sich ein sehnsuchtsvolles Aufschluchzen. Sie streckte die Arme aus, und ihre Amme beugte sich vor und umfing sie. Ganz wie früher.

»Oh, Tante Nanxi«, heulte Naave an der Brust, an der sie einstmals gesaugt hatte. »Eines Tages warst du weg, und ich dachte irgendwann, du wärst nur eine Gestalt aus Mutters Geschichten gewesen.«

»Geschichten, o ja«, murmelte Nanxi, und es klang eher bitter als wehmütig. »Ja, so war es irgendwie auch.«

Die knochige Hand strich über Naaves Haare, über ihren Rücken, dann wieder hinauf, während die andere fest um sie lag. Naave ließ die Tränen in das verwaschene Grau des Gewandes fließen. Nanxis Duft war wie sie gealtert und überlagert von Cupalrauch, der in dem Kleid und in den Haaren hing; dennoch kam er Naave vertraut vor. Er war wie ein Tor in die Vergangenheit. Sie wusste wieder, wie es war, die Hand in die der Amme zu legen. Sie wusste wieder, wie sich Nanxis Lachen anhörte, obwohl es so selten gewesen war. Sie erinnerte sich an die Stimme der Mutter, wie sie mit Nanxi sprach. Naave schloss die Augen, sah die Mutter vor sich und stellte sich vor, sie neben Nanxi sitzen zu sehen. Als sie die Lider hob und der Platz neben der Amme leer blieb, versetzte es ihr einen schmerzhaften Stich, doch nur kurz. Denn Nanxi – Nanxi war da und lächelte auf sie herab. Es tat so gut, sich von ihr halten zu lassen und zu weinen. Um die verlorene Kindheit, um die Mutter. Und um den eigenartigen, schwer zu begreifenden Verlust, der auf ihrer Seele lastete, seit sie von Royia fortgelaufen war.

O Tique, jetzt habe ich es mir eingestanden. Ich vermisse ihn. Und zwar schrecklich.

»Naave? Was hast du?«

Nanxi berührte ihre Wange und drehte Naaves Kopf, so dass sie ihr ins Gesicht blicken konnte. Naave legte eine Hand auf ihre. »Nichts. Ich dachte nur an jemanden. An einen … einen …«

»Ja?«

Naave würgte an dem Wort. »Einen Freund«, presste sie hervor. Und wollte vor Schreck wieder Tique anrufen, dass sie einen Feuerdämon so genannt hatte. Tante Nanxi wäre sicher entsetzt.

Nanxi fuhr fort, ihr über den Kopf zu streichen. Sie spreizte die Beine, und Naave kauerte sich dazwischen, die Wange und einen Arm auf einem dünnen Schenkel. Es war, als hätte es all die Jahre nicht gegeben.

»Aber so erzähl doch, warum du hier bist. Und warum ich jetzt hier bin!« Naave hob den Kopf. »Wieso hat mich dieser Kerl in einen Sack gesteckt und …«

»Schsch.« Nanxi lächelte. »Dieses störrische Funkeln in den Augen hattest du als kleines Kind schon. Die Entführung war nötig, denn zum einen hättest du dich auch mit guten Worten nicht herlocken lassen. Oder wärest du Puq gefolgt, hätte er gesagt, dass du zu Tante Nanxi sollst?«

Das hätte Naave niemals geglaubt. Aber weshalb war Nanxi nicht einfach zu ihr gekommen?

»Und zum anderen wegen der Tempelwächter.«

»Was? Die verirren sich doch nicht in den *Graben!*«

»Hast du eine Ahnung. Man kann sie neuerdings überall in der Stadt antreffen, auch hier unten. Du hast keinen von ihnen bemerkt?«

Erstaunt schüttelte Naave den Kopf.

Nanxi lachte. »Dabei suchen sie dich. Tlepau Aq hat gehört, dass du wieder in der Stadt bist, und will dich in den Tempel holen.«

»Da gehe ich nie wieder hin«, sagte Naave inbrünstig.

Tante Nanxi ließ nicht ab, ihr übers Haar zu streichen. »Hat er dir irgendetwas über mich erzählt?«

»Nur, dass du und Mutter mit mir den Tempel verlassen habt. Und dass ihr einen Schwur geleistet habt, euch allein durchzuschlagen und niemandem zu erzählen, woher ihr kommt.«

Hart lachte Nanxi auf. »So hat er es gesagt? Dieser Heuchler! Vertrieben hat er uns! Verbannt! Wir hatten ihn auf Knien angefleht, bleiben zu dürfen. Er sollte sich schämen. Erst recht seiner Tochter gegenüber. Ja, es stimmt, dass ich mit Xotli ging. Oder Matui, unter diesem Namen kennst du sie ja nur. Ich war auch eine Priesterin, weißt du? Die der Varuta, der Göttin des ersten Mondes, die für eine leichte Geburt und das gute Gedeihen der Kinder sorgt. Viele Varuta-Priesterinnen dienen im Tempel als Ammen. Ich war voller Milch, da ich kurz vorher die Säuglinge zweier anderer Priesterinnen genährt hatte. Als der Hohe Priester kam und mir erklärte, dass ich mit Xotli, die ich nicht einmal richtig kannte, gehen müsse, brach für mich eine Welt zusammen.«

Unsere Welten brechen anscheinend ständig zusammen. Wie die Royias. Warum nur, warum?

»Wir mieteten uns im Handwerkerviertel zwei billige Kammern, über einer Gerberei. Tlepau Aq hatte uns ein wenig Ringgeld zugestanden, und so kamen wir die anfängliche Zeit einigermaßen zurecht. Wir mussten uns ja erst an ein Leben außerhalb des Tempels gewöhnen. Aber das war irgendwann aufgebraucht, und dann standen wir da: zwei Priesterinnen, die keine Ahnung davon hatten, wie man sich seinen Lebensunterhalt verdient.«

»Ich hätte an eurer Stelle den Schwur gebrochen und Hilfe geholt!«

»Darüber hatten wir gesprochen. Aber es ernsthaft erwogen – nein. Der Schwur war uns heilig. Außerdem besaßen wir keine Familien, zu denen wir hätten zurückgehen können. Deine Mutter war die Tochter von Priestern, und meine Eltern waren Tagelöhner eines Manoqbauern; die hatten sich längst totgeschuftet. Nein, wir mussten es selbst schaffen, und wir hatten nur eine Möglichkeit. Matui bestand darauf, es allein zu tun. Ich sollte auf dich aufpassen; deshalb sei ich ja schließlich mitgekommen. Und außerdem kannte sie es ja schon vom Tempel.«

Naave krallte voller Schmerz die Finger in den Stoff von Nanxis Kleid. Sie ahnte, wovon die Rede war.

»Allerdings war ihr dann doch neu, was auf sie zukam. So ein Hurenhaus hat nichts mit der Erhabenheit der Lustkammern im Tempel gemein. Die Männer, die kommen, schon gar nicht. Im Tempel werden sie nämlich vorher gebadet und angewiesen, sich anständig zu verhalten ... Ach, ich will gar nicht viel darüber erzählen.«

Naave wusste auch so mehr, als ihr lieb war. Schließlich hatte sie oft als Kind in die Kammer der Mutter gespäht, aus Angst, weil die Geräusche so bedrohlich geklungen hatten.

»Nach einem halben Jahr mussten wir die Gerberei verlassen und gingen in den *Graben.* Oben, am Rande, wo er nicht ganz so scheußlich ist, fanden wir ein Quartier. Ja, genau die Hütte, in der du aufgewachsen bist. Matui suchte im *Fliegenden Axot* nach Männern, und der Wirt gab mir Arbeit in der Küche. Ich schrubbte die verkrusteten Pfannen, putzte Fische und passte auf, dass du nicht zwischen den Tischen herumkrabbelst – Tzozic hat das nämlich gehasst. Es ging uns verhältnismäßig gut, eben so, wie es einem unter solchen Umständen gehen kann. Deine Mutter sprach oft davon, dass alles anders werden würde, wenn du erwachsen wärest. Dass wir in den Tempel zurückkehren würden. Mit dir. Aufrecht und stolz wollte sie an deiner Seite vor Tlepau Aq treten, und sie machte sogar Scherze darüber, was denn wäre, würdest *du* in der Gosse überleben, er jedoch wäre gestorben, weil er die Tempeltreppe herunterfiel.«

Ihre Hand hielt inne, Naave zu streicheln. Ein tiefes Seufzen entrang sich Nanxi.

»Wir hätten ausharren sollen. Stattdessen habe ich … Der Eine möge mir beistehen! Es ist meine Schuld, dass alles anders kam.«

Von unten erklangen die gedämpften Stimmen der Mädchen, die sich wieder plappernd unterhielten, gelegentlich unterbrochen vom Tadel der Hausherrin. Von oben hörte man dumpfes Poltern und Schritte, wie überall im unterirdischen Teil des *Grabens*. Trotzdem fühlte sich Naave mit Nanxi allein auf der Welt. Gebannt wartete sie, während Nanxi unter ihr Kissen griff und eine Steinschale mit einem gelöcherten Deckel zutage förderte. Sie hob ihn und hielt sich die Schale unter die Nase. Der Duft verbrannter Cupalblätter erfüllte die Kammer. Nanxi wedelte sich den Rauch zu und atmete einige Male tief ein. Dann verschloss sie die Schale wieder, stellte sie neben sich und fuhr fort, über Naaves Kopf zu streichen.

»Matui verstand es, zu erdulden. Ich jedoch – ich konnte dieses Leben ertragen, aber nicht die Dummheit Tlepau Aqs. Ja, er hatte uns seine Beweggründe ausreichend dargelegt!« Ihre rauchige Stimme war voller Zorn, und sie ballte die freie Hand zur Faust, so dass sich ihre Knöchel hell abzeichneten. »Aber ich wollte das alles nicht einsehen. Ein Kind soll in der Gosse aufwachsen, um zu beweisen, dass es wert ist, seine

Nachfolgerin zu werden – das ist doch nur die dumme Fantasie eines weltfremden Mannes!«

Naave fragte sich unwillkürlich, ob sie ihre aufbrausende Art nicht etwa von der Mutter geerbt, sondern von der Amme abgeschaut hatte.

»Inzwischen frage ich mich, ob er nicht recht hatte ... Aber der Reihe nach. Ich schnappte mir dich und ging zum Tempel. Du warst sieben Jahre alt. Alt genug meiner Meinung nach, um bewiesen zu haben, dass du einen unbändigen Lebenswillen hast, den auch der *Graben* nicht dämpfen konnte. Matui wusste nichts davon; sie hätte mich aufgehalten. Sie wollte sich Tlepau Aqs Willen unterwerfen. Nun, sie hatte sein Bett geteilt; sie kannte ihn besser als ich!«

Nanxi schlug die Hände vor das Gesicht. Gequältes Schluchzen schüttelte den dürren Körper. Erschrocken setzte Naave sich neben sie auf das Bett und umschlang sie. Nanxi warf die Arme um ihre Schultern und zog sie fest an sich.

»Ich – ich kam gar nicht erst bis zu ihm«, sprach Nanxi stockend weiter, dicht an Naaves Ohr. »Er hatte die Wächter angewiesen, uns nicht zu ihm zu lassen, sollten wir vor der Zeit erscheinen. Ich habe ihn von weitem noch gesehen; er rief, die Männer sollten zusehen, dass ich verschwinde und nie wieder auf den Gedanken käme, im Tempel aufzutauchen. Sie sollten mit allen Mitteln dafür sorgen ... Einer entriss dich mir und brachte dich fort ...«

Ein Mann griff nach ihrer Hand. Ein großer Mann, so groß wie Tzozic. Sein Körper glänzte im Sonnenlicht von dem Schmucköl, mit dem sich manche ihre Muskeln einrieben. Eine furchterregende Waffe hing an seiner Seite: eine Art Holzlatte, die mit schwarzen Lavasteinsplittern besetzt war. Er zwang Naave, mit ihm zu laufen.

Sie versuchte sich loszureißen, weil sie sich vor diesen schar-

fen Splittern fürchtete und vor dem Lederpanzer auf seiner Brust, der wie ein Raubvogel mit ausgebreiteten Schwingen gearbeitet war. Aber der Mann hielt sie fest und sah sie von großer Höhe so böse an, dass sie es nicht noch einmal wagte.

Wenn er einen Schritt machte, machte sie drei, und sie musste rennen. Dann hob er sie auf den Arm. Das war noch schlimmer, denn sein breiter Mund war so nah, dass sie fürchtete, er werde ihn aufreißen und sie fressen. Über seine Schulter hinweg sah sie im Dunkel des Tempelportals einen hageren, weißgekleideten Mann stehen. Auf der Treppe lief Tante Nanxi hin und her und schrie, doch andere Männer verstellten ihr den Weg.

Auch Naave schrie und weinte. Sie weinte, bis ein Schlag auf den Hinterkopf sie verstummen ließ …

»Ich weiß«, sagte Naave unter Tränen. »Ich weiß es wieder. Irgendwie hatte ich gewusst, dass ich dich nie mehr wiedersehe.«

»Es hat mir das Herz zerrissen zu sehen, wie du zurückgebracht wurdest. Dich weinen zu hören. Der Platz vor dem Tempel ist so laut, und trotzdem habe ich dich gehört. Ich wollte dir nach, aber die Wächter ließen es nicht zu.«

Nanxi schwieg, und Naave wartete voller Furcht auf die nächsten Worte.

»Was haben sie getan?«, drängte sie. »Ich weiß noch, dass ich Angst um dich hatte.«

»Ach, Naave, nicht alles ist es wert, erzählt zu werden.«

»Bitte. Ich will alles wissen. Bitte!«

Nanxis Seufzen kam rasselnd aus der Brust. Wie viel Cupalrauch hatte sie schon eingeatmet, weil er ihr vergessen half? »Sie brachten mich in eine Waffenkammer. Ich versprach ihnen, nicht wiederzukommen, schließlich wollte ich nichts anderes als zurück zu dir und Matui. Ich flehte sie an, mich gehen zu lassen. Aber sie wollten sichergehen, dass ich nie wieder den Gedanken hegte, herzukommen. Ganz wie der Hohe Priester es gewünscht hatte …«

»Haben sie … dich …«

»Auch das. Und sie schlugen mich.«

Mehr sagte sie nicht, und Naave wagte nicht, weiter zu fragen. Sollte sie je an ihrem Entschluss gezweifelt haben, nicht zu ihrem Vater zurückzukehren, so war sie sich jetzt völlig sicher. Niemals sollte er sie wiedersehen! Und sollte er je auf den Gedanken kommen, sich ihretwegen in den *Graben* zu verirren, so würde sie ihm mit solcher Wut entgegenschleudern, was sie von ihm und seinem Tempel hielt, dass er auf der Stelle und für immer kehrtmachte.

»Ich spüre deine Wut, Naave. Aber denk nicht mehr daran; es ist lange her.«

»Was … was geschah dann?« Naave schloss die Augen in der Erwartung weiterer grauenhafter Dinge.

»Man steckte mich für ein paar Wochen in die Kammer, in der man gelegentlich Waldmenschen gefangen hält, um sie beim Fest zu opfern. Auch zu dieser Zeit gab es dort einen, der ständig brüllte und heulte und gegen die Tür schlug. Das war noch schlimmer als die Nacht bei den Tempelwachen … Zum Fest der *Endenden Finsternis* ließ man mich wortlos laufen. Ich kehrte zu Matui zurück, aber wir stritten uns, weil ich dich einfach mitgenommen hatte, und dann bin ich fortgegangen.«

Naave hob den Kopf. »Mutter war zornig auf dich? Nach allem, was dir passiert ist?«

»Ach«, Nanxi winkte ab. »Ich kam ja gar nicht so weit, ihr davon zu erzählen. Ich hätte es tun können, aber ich war selbst völlig verwirrt und voller Zorn. Also habe ich den *Graben* verlassen, habe gebettelt in der Stadt, mich irgendwie durchgeschlagen … Als ich nicht mehr konnte vor Hunger und Schmerzen, bin ich zu euch zurückgekehrt.«

Sie schwieg, und Naave fragte sich, wann das gewesen war. Sie hatte Nanxi nie wieder gesehen …

»Euer Haus stand in Flammen.« Nanxis Stimme war nur noch ein krächzendes Wispern. Ihre Nägel glitten durch Naaves Haar und brannten auf der Kopfhaut, doch Naave hielt still. In ihrem Kopf rauschte es. Das Feuer … die Stimme der Mutter … *Lauf, Naave!* Sie spürte heiße Tränen über ihre Wangen laufen.

»Du hast – du hast es gesehen? Du hast gesehen, wie … sie …«

»Nein, ich habe nur das Haus brennen sehen. Und einen großen Teil des überirdischen *Grabens.*«

In Naaves Erinnerung war es ein großes Feuer gewesen. Dass noch andere Hütten gebrannt hatten, war ihr aber nie bewusst gewesen. Dabei war es bei diesen dichtgedrängten, zumeist aus Schilfrohr gefertigten Hütten naheliegend, dass das Feuer sich nicht nur eine geholt hatte.

»In all dem Durcheinander und Geschrei fand ich deine Mutter – ich war es, die sie in den westlichen Sümpfen begrub. Es war das Letzte, wozu ich noch fähig war.«

Naave kam sich vor wie in einem entsetzlichen Gewitter: Donnerschlag folgte auf Donnerschlag. Sie wunderte sich, dass sie des Denkens noch fähig war, statt sich in Verzweiflung und Tränen aufzulösen. »Du hast Schmerzen erwähnt …«

»Ja, von den Schlägen der Wächter habe ich eine Verletzung. Aber so schlimm ist es gar nicht.«

Naave runzelte die Stirn. »Ich sagte doch, ich will alles wissen.«

Nanxi zog mit der freien Hand den Saum ihres Kleides hoch. »Eigentlich wollte der, der das getan hatte, nur die flache Seite seines Lavasteinschwerts benutzen. Aber das ist ihm nicht ganz gelungen.«

Ein Verband lag um das rechte Knie. Der Unterschenkel war geschwollen, während das andere Bein überaus schmal war, wie seit langem wenig benutzt. »Sag nicht, du bist gelähmt«, keuchte Naave.

»Das nicht, aber jeder Schritt ist eine Qual. Ich schleppte mich herunter in den eigentlichen *Graben,* wie so viele, die hier nach dem Feuer Schutz suchten. Irgendjemand las mich auf und brachte mich hierher. Die Hurenwirtin nahm mich auf, weil sie dachte, man könne noch etwas aus mir machen; dabei wollte ich das gar nicht. Ich wollte sterben. Nun ja, ich blieb am Leben. Anfangs tat ich tatsächlich, was sie von mir erwartete. Aber das Bein wollte und wollte nicht heilen. Es war mir inzwischen auch egal geworden, weißt du. Hätte ich dieses Haus verlassen müssen, dann hätte ich eben auf der Gasse gehockt. Mir war alles so gleichgültig, dass mich sogar das Sterben nicht mehr interessierte. Ich glaube, ich wurde der Hurenwirtin etwas unheimlich, und deshalb wagte sie es nicht, mich hinauszuwerfen. Seit ein paar Jahren tue ich kaum mehr etwas anderes, als hier in der Kammer zu liegen und mir gelegentlich die Nöte der Mädchen anzuhören. Manchmal raffe ich mich auf und koche für sie oder nähe. So seltsam sich das anhören mag, aber es scheint, als bedeute ich ihnen etwas. Und das an einem Ort, an dem es kein Mitleid gibt!«

Nanxis Lachen klang seltsam heiter. Fast wäre es Naave lieber gewesen, sie hätte wieder geweint. So aber blickte sie erstaunt zu der Amme auf, die sich langsam beruhigte und wieder den verlorenen Gesichtsausdruck annahm.

»Ich wusste, dass du irgendwo im *Graben* warst. Aber ich besaß nicht mehr die Kraft, mir auch nur zu wünschen, dich wiederzufinden. Ich wollte dich vergessen. Ich *habe* dich vergessen. Bis zu dem Tag, als man sich erzählte, dass eine junge Frau einen Feuerdämon in den Tempel gebracht hatte, auf der

Opferbrücke erschienen und dann verschwunden war.« Sie klopfte sich gegen die Schläfe. »Da kam mein Kopf wieder in Gang. Ich war ja die Einzige, die sich erklären konnte, *warum* du auf der Brücke warst: weil du zum Eintritt in die Novizenschaft einen Menschen opfern solltest.«

»Ich will da nicht mehr hin! Dazu habe ich inzwischen zu viel über ihn und den Tempel gehört.« *Und über die Götter,* dachte sie. *Zumindest einige von ihnen.*

»Da möchte ich dir beipflichten«, erwiderte Nanxi. »Ob es allerdings die rechte Entscheidung ist – wer weiß. Aber lass uns darüber jetzt nicht reden. Ich fühle mich so lebendig! Als hätte es die letzten Jahre nicht gegeben. Hilf mir aufzustehen.«

Sie stemmte sich hoch, und Naave gab ihr Halt. Nach zwei wackligen Schritten ließ sie sich wieder auf die Bettstatt fallen.

»Ich muss hinaus; hier kann man ja nicht einmal richtig stehen. Draußen ist die Sonne!« Sie legte die Arme um Naave und weinte in ihr Haar. »Wie habe ich das nur so lange ausgehalten? Ich fühle mich, als wäre ich nach langer Zeit an einem Ziel angekommen, von dem ich nicht wusste, dass ich es noch zu erreichen versuchte. Willst du mit mir kommen? Nein – darf ich mit dir gehen?«

Naave nickte unter Tränen. »Allerdings habe ich auch nur eine winzige Hütte hier unten, und die ist noch schlimmer als die Kammer hier.«

»Wir gehen nach oben. Ich habe ein ganz klein wenig gespart, und du – was kannst du?«

»Klauen«, sagte Naave kläglich. »Und fischen.«

»Dann fischst du. Gestohlen wird nicht mehr. Irgendetwas fällt uns schon ein.« Nanxi nahm ihren Kopf zwischen beide Hände und drückte ihr einen Kuss auf die Stirn. Wie früher.

14.

»Diese Wunde haben sich schon mehrere Heiler angesehen.« Die Wirtin schnaubte verächtlich. »Aber lässt man einen Heiler des *Grabens* tun, wie er will, könnte man genauso einen Metzger an das Bein lassen. Beide würden es abhauen.«

Nanxi saß auf einer Hängematte, die eines der Mädchen für sie frei gemacht hatte, den Fuß auf einen Hocker gelegt. Vorsichtig hatte Naave den Verband abgewickelt – und entsetzt den Atem angehalten.

An einer Seite des Knies verlief eine lange, schwärende Wunde.

»Ja, so ist das seit damals«, sagte Nanxi gelassen, als rede sie über einen Riss im Kleid. »Mal ist es besser, mal schlechter; mal tut es so, als wolle es heilen, und dann wieder läuft mir das Wasser aus den Poren.«

»Aus den Poren?«

»Ja, so«, sie drückte einen Finger in die Wade. Ein Wassertropfen sickerte aus der Haut. Als sie losließ, blieb eine Delle zurück.

»Das war der Hieb mit dem Schwert«, sagte die Wirtin, die mit verschränkten Armen dabeistand. »Der hat irgendetwas in dem Bein zerstört. Am linken Arm haben sie sie auch erwischt.«

Bevor Nanxi sich wehren konnte, war Naave an ihrer Seite und schob den Ärmel des grauen Kleides hoch. Eine längliche Narbe kam zum Vorschein.

»Das ist nicht schlimm«, wiegelte Nanxi sofort ab. »Das ist ja längst verheilt.«

Naave kauerte sich wieder neben das Bein auf den Boden. Diese Schlächter! Daran war vor allem ihr Vater schuld. Und sie hatte ihn irgendwie … *gemocht.* Dafür schämte sie sich zutiefst. »Ich wünsche ihm alles Schlechte!«, stieß sie hervor. »Mögen die Götter …«

»Nein, Kind, davon wird es nicht besser. Mir hilft nur Cupalrauch; wenn er meine Sinne betäubt, dann auch die Schmerzen.«

»Noch besser wäre allerdings, goldenes Palmnussöl einzuatmen«, warf die Wirtin ein. »Dann könnte sie wenigstens einmal durchschlafen. Aber das ist viel zu teuer.«

Naave dachte an den betäubten Royia auf der Opferbrücke. Wahrscheinlich hätte Nanxi mit Freuden zu viel eingeatmet und wäre längst gestorben. »Nein, ich weiß ein Mittel. Eines, das dich wirklich heilen könnte. Allerdings weiß ich nicht, ob es das hier überhaupt gibt. Und wenn, wäre es wohl unbezahlbar.«

»So etwas gibt es nicht«, schnaubte die Wirtin.

»Doch. Der Sud ausgekochter Axotzunge. Oder der Speichel eines lebenden Axot.« Naave zog den Ausschnitt ihres Kittels herunter. »Seht ihr die kreisrunde Narbe? Das war ein Pfeil. Eigentlich müsste ich tot sein. Aber ich war dank des Speichels so schnell wieder auf den Beinen, dass ich mich fragen müsste, ob ich das nicht nur geträumt habe, wäre die Narbe nicht.«

»Du *hast* geträumt.«

»Ich glaube dir.« Nanxi neigte sich vor und legte beide Hände auf ihre Wangen. »Ein Pfeil ... Du hast mir auch viel zu erzählen, nicht wahr?«

Naave nickte. Sie schwor sich, den Axotsud zu beschaffen. Ganz sicher gab es ihn irgendwo in der Stadt, so wie es eine Axothaut und Axotfedern im Besitz des Hohen Priesters gab. Wie sie das anstellen sollte, wusste sie zwar nicht. Aber irgendwie würde sie es schaffen. »Lass uns erst einen Ort finden, an dem wir bleiben können. Ich gehe wieder fischen. Irgendwie muss man ja anfangen.«

»So ist es recht.« Nanxi lächelte zufrieden.

Die Wirtin griff in ihren Ärmel und förderte eine Ringschnur zutage, von der sie drei große Kupferringe abnahm und in Nanxis Hand drückte. »Viel ist es nicht«, sagte sie und blickte bedauernd auf die Ringe. Doch Naave war sich sicher, dass es nicht das Geld war, dessen Verlust sie bedauerte. »Und ich kriege es auch nicht wieder; machen wir uns nichts vor. Nun geht schon, geht!«

Naave half Nanxi aufzustehen. »Was ist mit euch, ihr faulen Hühner?«, schalt die Hurenwirtin ihre Mädchen, die sich sogleich wieder über ihre Näharbeiten beugten. »Nachher, wenn die Kerle kommen, habt ihr nichts getan!«

❧ ❧ ❧

Auf Naaves Klopfen öffnete Machiqa die Tür des *Fliegenden Axot.* »Können wir hierbleiben?«, fragte sie geradeheraus. »Tante Nanxi war meine Amme und braucht jetzt Hilfe.«

»Ach!« Die Hure ließ den Blick über Nanxi schweifen. »Und da sagten doch die Leute immer, dass eine Tepehuano dich genährt haben müsse, Naave. Ich habe nichts dagegen, wenn ihr hier eine Zeitlang unterkriecht. Aber es kostet dich ein paar Fische, und zwar noch heute!«

Naave führte Nanxi, die einen Arm um ihre Schulter gelegt hatte, in den verlassenen Schankraum und half ihr, sich auf eine Bank zu setzen. Sie nahm sich die Zeit, das kranke Bein auf ihren Schoß zu legen und kräftig zu kneten. Es tat Nanxi wohl, und sie lächelte Naave dankbar an.

Naave holte ihr Kanu aus dem Schuppen und zog es hinunter zum Fluss. Dann machte sie sich auf zu ihrem Inselchen. Irgendwo im Schilf, in der Nähe der Statue Tiques, lagen hoffentlich noch ihr Bogen und die Pfeile. *Es scheint so lange her zu sein, dass ich gesehen habe, wie Royia dort über den Baum den Fluss überquerte,* dachte sie, und sie wünschte sich heimlich, sie sähe ihm noch einmal dabei zu. *Wenn mir damals jemand gesagt hätte, dass ich mich ihm jetzt in die Arme werfen würde …*

Ob er ihre Umarmung erwidern würde? Was dachte sie sich da überhaupt? Selbst wenn er kein Gott oder Dämon oder Waldmensch – *ein anderes Wesen* – wäre, so hätte er an ihr gewiss kein Interesse.

»Und wann hast du die gefangen?« Die Frau neigte sich über die Matte, auf der Naave ihren bescheidenen Fang darbot. Ein paar Flussgründler, kleine hellrote Naqasfuchsfische und einen Felsentaucher.

»Heute früh«, erwiderte Naave mit dem freundlichsten Lächeln, das sie aufbringen konnte.

»Felsentaucher«, murmelte die Frau in sich hinein, während sie sich das stoppelige Kinn rieb. »So etwas habe ich zuletzt im *Fliegenden Axot* gegessen, aber das gibt es ja nicht mehr. Und im *Goldenen* sind sie unbezahlbar. In das feine Haus würde man unsereins sowieso nicht lassen. Ach, einmal noch einen Felsentaucher kosten! Er ist doch nicht teuer, Mädchen, nein?«

Naave unterdrückte ein Seufzen. Wäre sie fürs Handeln gemacht, würde sie in das Klagen der Frau einstimmen, ihrerseits klagen und eine Stunde damit zubringen, sich auf einen Preis zu einigen. »Zwei große Kupferringe«, sagte sie.

»Zwei! Und auch noch große!«

»Ich habe einen halben Tag gebraucht, ihn zu fangen«, schnaubte Naave. »Und zwei große Ringe verlangt ja schon der Marktaufseher von mir!«

»Der sollte drei nehmen, so frech, wie du bist.« Die Frau rückte sich ihren Korb zurecht, aus dem die Blätter einiger Manoqwurzeln herausschauten, und stapfte davon.

Es war ein Jammer. Den einfachen Leuten, war ein Felsentaucher zu teuer, und jene, die ihn sich hätten leisten können, meinten bedauernd, dass er an ihren Koch verschwendet wäre, denn nur Tzozic aus dem *Goldenen Axot* verstünde sich auf ihre Zubereitung. Und der dumme Fisch lenkte von dem restlichen Angebot ab, so dass Naave zur Mittagszeit wenig verkauft hatte und sich stattdessen darum sorgen musste, ob die Fische bis zum Abend durchhielten. Sie würde sie zukünftig lebend auf den Markt bringen müssen. Nur, wie sollte sie gefüllte Wassereimer herschleppen? Vielleicht sollte sie die Sache aufgeben und sich stattdessen irgendeine andere Arbeit suchen. Aber das war ihr in früheren Jahren schon nicht gelungen. Nur Hurenhäuser öffneten einer jungen Frau aus dem *Graben* bereitwillig die Tür …

Hastig senkte sie den Kopf, als ein Tempelwächter gelangweilt vorüberschritt, und beugte sich tief über die Matte, auf der sie hockte. Sie zwang sich, nicht nach dem Kopftuch zu greifen, mit dem sie vorgab, sich vor der Sonne zu schützen. Von der Hurenwirtin hatte sie noch ein abgelegtes Kleid bekommen, das eng geschnitten und mit allerlei billigem Klimperkram wie Kupferperlchen verziert war. Auch hatte sie die Augen mit schwarzen Strichen und blauem Puder versehen. Doch sollte jemand auf den Gedanken kommen, Naave die Diebin und Fischerin könne so etwas tragen, würde man sie natürlich trotzdem erkennen. Sie kratzte sich an der ausgeprägten Nase, um sie zu verbergen. Der Mann trug sein gut poliertes Lavasteinschwert für jedermann sichtbar an der Seite; seinen kräftigen Oberarm zierte ein runder, mit bunten Federn besetzter Schild. Auf alte Narben hatte er rote Farbe aufgetragen. War das nicht der Mann, der sie und Tzozic am Tempel in Empfang genommen hatte? Naave senkte noch tiefer den Kopf, und erst als er einige Schritte entfernt war, wagte sie aufzuatmen.

Sie blickte über die Schulter. Der Tempel war nicht weit. Aber im Gewimmel des Marktes fiel sie nicht auf. Rechts von ihr bot ein Mann Heuschreckenspieße mit scharfen Mla-Schoten an; linker Hand verkaufte eine Frau Ketten aus bunten Schneckenhäusern, Lavasteinsplittern, kunstvollen Knoten oder Federn. Hinter ihr roch es nach brennenden Cupalblättern, und vor ihr stand der verhangene Karren einer Hure, von der nur zwei nackte Füße zu sehen waren. Weiter vorn gab es einen Stand mit Perücken, und daneben konnte man Almaralämmer kaufen, um sie dem Tempel als Blutopfer darzubringen. Reiche Frauen schwebten in Sänften vorüber, die Haare gewaltig aufgetürmt und mit Schmucksteinen versehen, während schmutzige Kinder um eine Frucht balgten, die von einem Obststand gekullert war. Eine weitere Hure mit langen, rotgefärbten Haaren bot jedem, der vorüberkam, gleich welchen Alters oder Aussehens, ihre Dienste an, und daneben erzählte ein Mann denselben Leuten, dass er Zähne behandeln könne, ohne Schmerzen zu verursachen, was ihm ungläubiges Gelächter einbrachte. Naave stellte sich vor, über den Markt zu huschen, sich an all den Eindrücken zu ergötzen und den einen oder anderen prallen Beutel vom Gürtel eines reichen Mannes zu schneiden, um ihn drüben auf dem hüfthohen Mäuerchen, hinter dem der *Große Beschützer* sein beständiges Rauschen heraufschickte, in Augenschein zu nehmen. Aber Nanxi wollte das nicht. Von überall her roch es nach gebratenem Fleisch, überreifen Früchten, den Ausdünstungen all der Menschen und dem Angstschweiß dreier *Düsterer,* die inmitten des Getümmels hockten und Felle und Federn aus dem Wald feilboten. Neugierig scharten sich die Städter um ihre Matte. Naave entnahm ihren spöttischen Bemerkungen, dass man sich über den Mut oder die Dummheit der Waldleute wunderte, sich hierherzuwagen. Sie dachte an Canca und seinen Sohn, der hierher aufgebrochen war. Vielleicht saß er sogar hier irgendwo.

»Sieh an, das Stachelmädchen versucht es mit ehrlicher Arbeit. Wer hätte das gedacht?«

Der Schatten einer Sänfte fiel auf Naave. Sie glaubte ihren Augen nicht zu trauen. Niemand anderer als Tzozic schwebte in einer Liegesänfte heran, von vier kräftigen Männern auf den Schultern getragen. Er schob den Vorhang des Baldachins beiseite und blickte auf sie herab. Aber war das wirklich Tzozic? Sie hatte ihn zuletzt in tiefster Nacht gesehen – hatte er da auch schon die runden Ohrpflöcke aus strahlend poliertem Cijac-Elfenbein und den runden Nasenflügelschmuck aus Malachit getragen? Um die Schultern trug er einen Schmuckkragen aus aneinandergereihten Silberhülsen und eingearbeiteten Federn, und um die Hüften lag ein Schurz aus teurer Vaiiaschotenfaser.

»Der offene Mund macht dich nicht schöner, du diebisches Hündchen.«

»So wenig wie dich all der Schmuck, du Herr aller betrügerischen Köche.«

»Wer hat dich so herausgeputzt?« Er ließ einen angewiderten Blick an ihr hinabwandern, während er sich mit den Fingern, an denen unzählige Geldringe glänzten, den sorgfältig gestutzten und eingeölten Bart kraulte. »Das wird dir auch nicht helfen, deine Fische loszuwerden.«

»Ich habe sie doch nur mitgenommen, um sie dir um die Ohren zu hauen«, gab sie ungerührt zurück.

»Wie denn?«, fragte er. »Du bist da unten im Staub, ich bin hier oben.«

»Das wird vielleicht nicht ewig so bleiben.«

»So lange können deine Fische aber nicht mehr warten!«

»Ich hebe notfalls die Gräten für dich auf!«

Aus dem Vorhang einer zweiten Sänfte schob sich ein kahlgeschorener Kopf. Dichte Brauen über kleinen schwarzen Augen hoben sich erstaunt. »Wer ist das?«

»Das Mädchen?«, brummte Tzozic. »Nichts als ein spitzes Steinchen in der Sandale, Pe Yioscalo. Sie hat mir früher Fische verkauft und mich dabei auszunehmen versucht wie ihren Fang.«

Der Mann gehörte der mächtigen Yioscalo-Familie an? Vorsichtig hob Naave den Blick. Er war noch jung, aber feist wie ein gemästetes Hausschwein. Sein Silberschmuck war so üppig, dass sich Tzozics Aufmachung dagegen geradezu bescheiden ausmachte. Sie glaubte sogar Gold an seinen Fingern aufblitzen zu sehen. Gold! Aber wie konnte es auch anders sein? Ein Yioscalo musste sich nicht um das Verbot des Tempels scheren, Gold zu besitzen. Die Yioscalos machten ja selbst die Gesetze der Stadt.

Er lächelte sie leutselig an. »Der Felsentaucher sieht gut aus. Ich hätte wohl Lust darauf. In Honigkruste gebraten, die Augen kandiert, und die Haut mit Gold bestäubt – das will ich heute Abend.«

»Wie du wünschst, Pe Yioscalo. Ich habe im Fischteich noch ein paar Exemplare.«

»Und zum Nachtisch gebackene Ratatoq-Eier in süßem Peccaschaum! Oder Palmnusspudding mit Sahne?«

»Auch das, wenn es dir gefällt.«

Zufrieden lehnte sich der Yioscalo in seine Kissen und ließ den Vorhang fallen. Tzozic schenkte Naave noch ein kaltes Lächeln; dann schnippte er mit den Fingern, und die Träger marschierten weiter, verfolgt von zwei trippelnden Sklavinnen. So, bekochte er die Yioscalos oder wenigstens einen von ihnen? Dann würde er bald in seinem Reichtum ersticken. Und sie hockte hier, nur einen Schritt vom Betteln entfernt.

Der Silberschmuck um des Yioscalos üppige Mitte – waren das nicht Schnüre mit aufgereihten Silber- und Kupferringen gewesen? So viele, dass er es unmöglich bemerken würde, wenn eine fehlte … Naave sprang auf und folgte den Sänften. In der Menschenmenge fiel sie nicht auf, aber es war nicht leicht, die Sänften, so groß sie waren, im Auge zu behalten. Überall tanzten viereckige Sonnenschirme über den Köpfen; überall schwebten andere Tragstühle vorüber, mit schmuckbeladenen Frauen, die nach Duftölen rochen, oder versperrten Karren den Weg, über und über mit Gemüse beladen. Kurz verharrten die beiden Sänften bei den Waldmenschen; Pe Yioscalos praller Arm wies die Träger jedoch sogleich an, weiterzulaufen. Von einer Frau, die einen Bauchladen mit Gebäck vor sich hertrug, erstand er Peccanusskuchen; eine andere reichte ihm Saft hinauf. Als Nächstes verweilten der Yioscalo und Tzozic an einem Stand mit Messern und Dolchen. Tzozic prüfte ein Fleischermesser, der Yioscalo einen verzierten Dolch. Dann wieder betrachteten sie ausgiebig alle Arten von Totenmasken, die auf Tischen und an Gestellen gezeigt wurden. Eine erstand der Yioscalo sogar. Doch nie stieg er aus der Sänfte.

Einmal würde er es tun müssen. Und Naave wusste auch, wo.

Sie stahl sich an den Sänften vorbei und lief zu einem Zelt am Rande des Marktes. Hier einzutreten, kostete Geld, das sie nicht hatte, also huschte sie auf die rückwärtige Seite, wartete einen passenden Moment ab, hob die Plane und kroch hinein. Tique war mit ihr – der Raum war leer. Sie kauerte sich hinter die Sitzbank und betete, dass der Yioscalo auch wirklich diesen Ort aufsuchte und nicht den anderen dieser Art, den es noch auf dem Markt gab. Dann richtete sie sich auf eine ungemütliche Wartezeit ein; doch mit einem Mal hob sich der Eingang, und niemand anderer als der Yioscalo kam hereingewatschelt.

»Willst du wohl draußen bleiben!«, herrschte er eine barbusige Sklavin an, die ihm auf dem Fuße folgte. »Ich bin doch nicht mein Vater, dass ich mir nicht einmal selber den Rotz aus der Nase holen lasse. Die Götter mögen mich davor bewahren, dass ich so werde. Verschwinde! Ich kann das allein!«

Erschrocken wich die Frau rücklings hinaus. Er drehte sich, hob seinen Schurz und ließ sich mit einem tiefen Seufzen auf einem der Latrinenlöcher nieder.

Naave konnte ihr Glück kaum fassen. Die hinteren Geldstränge baumelten vor ihren Augen, bereit, abgeschnitten zu werden.

An ein Messer hatte sie jedoch nicht gedacht.

Tique! Hätte Nanxi ihr nicht ins Gewissen geredet, das Stehlen bleibenzulassen, wäre sie wohl besser vorbereitet gewesen.

Sein Gestank drang ihr in die Nase. Sie musste sich abwenden. Genussvoll stöhnte er, als läge er bei einer Frau. Nach einer Weile, die ihr wie eine Ewigkeit vorkam, hörte sie ihn hinausstapfen.

Naave raffte ihr Kleid und sprang über die Latrinenbank. Sie durfte ihn nicht aus den Augen verlieren! Den Blick zu Boden gerichtet, um dem Schmutz auszuweichen, hastete sie durch den Eingang hinaus. Und prallte gegen seine massige Gestalt.

»Hab ich dich nicht irgendwo schon einmal gesehen?«, fragte er verdutzt, während er sich die Finger an einem Tuch abwischte.

Sie schüttelte den Kopf. Hinter ihm stand die Sänfte; eine kleine Leiter lehnte an ihr. Tzozics Sänfte war, den Göttern sei Dank, nicht zu sehen. Aber sicherlich war sie ganz in der Nähe. Entschlossen schob sich Naave an dem Yioscalo vorbei und rannte zu ihrer Matte zurück. Nicht alle Fische waren inzwischen gestohlen – um den letzten kleinen Flussgründler balgten sich zwei Katzen.

Naave sah mehrmals über die Schulter. Dann wagte sie es, die Faust zu öffnen, die sie an den Bauch gepresst hielt. An der Schnur, die sie dem Yioscalo vom Gürtel gerissen hatte, hingen acht Silberringe. Und sogar ein Goldring.

Der Heiler beugte sich über den Jungen. »So, und jetzt leg den Kopf zurück. Ja, so ist es gut. Mach schön den Mund auf.«

Der Junge bebte am ganzen dünnen Leib, gehorchte aber. Der alte Heiler schob einen knorrigen Finger tief in die Mundhöhle und befingerte einen Zahn, was seinen Patienten dazu brachte, zu wimmern und auf dem Hocker herumzurutschen. Schließlich wählte der Alte aus mehreren auf einem Tisch aufgereihten Vogelfedern eine aus und steckte sie in den aufgesperrten Mund – in den Zahn offenbar, denn der Junge begann zu schreien.

»Es ist doch schon vorbei!«, herrschte der Heiler ihn an und trat zurück. »Sieh zu, dass die Feder stecken bleibt, für mindestens drei Tage.« Er hielt eine Hand auf, und die Mutter legte den ausgemachten Lohn hinein; dann schnappte sie sich das weinende Kind, aus dessen fest zusammengepresstem Mund das Ende der Feder ragte, und schob sich durch die Zuschauermenge. Eine junge Frau wählte aus den Wartenden den nächsten Unglücklichen aus, der sich behandeln lassen durfte. Dieser, ein ebenso alter Mann, der gebückt ging, klagte über Schmerzen in den Knien.

»Wickle um sie die Haut einer Tepehuano«, so die Anweisung des Heilers. »Aber eine frisch abgezogene, keine getrockneten, wie man sie hier auf dem Markt kaufen kann.« Die Frage, wie man an eine frische kommen solle, ließ er unbeantwortet. Den Nächsten wies er an, sich auf eine Matte zu legen, wo er ihm den Arm abband und zur Ader ließ. Für das Blut fand sich sofort ein Käufer, der es den Göttern opfern wollte.

»Rohe Sitten«, brummte er. »Als ob es ein Zicklein nicht täte.« Er deutete auf einen schlaksigen Mann mittleren Alters, der gebeugt wartete. Die junge Frau winkte ihn heran und deutete auf den Hocker, wo er sich niederließ. Er war so groß, dass seine Knie fast seine Brust berührten. Der Heiler lieh ihm sein Ohr, und der Mann deutete auf seinen Kopf.

»Ah!«, rief der Heiler, nachdem er sich das Leiden ausführlich hatte darlegen lassen. »Das hier ist ein besonders interessanter Fall«, wandte er sich an die Zuschauer. »Der gute Mann hier klagt über jahrelange Kopfschmerzen an immer der gleichen Stelle an der linken Stirnseite. Und er sieht neuerdings Flecken. Das deutet darauf hin, dass ihm im Kopf etwas wächst, was dort nichts zu suchen hat. Gewöhnlich öffnet man die Schädelplatte und schneidet das Gewächs heraus. Eine blutige Angelegenheit, die selten gut ausgeht. Aber der Eine, der weise Alte, die Sonne, hat uns in seiner grenzenlosen Güte viele Möglichkeiten gegeben, Krankheiten zu behandeln.«

Beide Hände richtete er zu dem Segel, das seinen Heilerstand vor der strahlenden Nachmittagssonne schützte. Dann holte er aus einem Stapel von Kisten und Körben ein rundliches Geflecht, über dem ein Tuch lag. Mit gewichtigen Gesten stellte er es auf einen zweiten Hocker.

»Zum Beispiel die Larven einer Käferart, die tief im Wald lebt.« Er legte eine Hand auf das Tuch – und zog es mit einem Ruck herunter. Die Menge schnappte geschlossen nach Luft.

»Ist der aber groß!«, rief jemand.

O ja, dachte Naave. *Der Rote Menschentöter ist besonders groß.*

»Die Weibchen dieses Käfers spucken ihre Larven auf ein Tier, und die suchen sich einen Weg in den Körper des Opfers. Was tödlich wäre. Aber ich habe einen Weg gefunden, diese Eigenart zu nutzen, um Leben zu retten.« Nun legte der Heiler eine Hand auf die Schulter des Patienten, der sich vor Schreck duckte. »Ich werde ein Loch in seinen Schädel bohren. Das Blut wird die Larve anlocken; sie wird in den Schädel kriechen, genau an der Stelle, wo das Gewächs sitzt. Sie wird sich dort einnisten und sich davon ernähren, bis es verschwunden ist.«

Der Schlaksige schluckte mehrmals. Er hatte die Augen weit aufgerissen.

»Und was tut sie dann?«, kam die Frage aus den Reihen der Zuschauer.

»Sie tut, was Larven eben tun: sich verpuppen. Bevor sie

sich verwandeln kann, entferne ich sie natürlich.« Aufmunternd klopfte der Heiler auf die Schulter des Kranken. »Wollen wir anfangen?«

Dem Mann wich alle Farbe aus dem Gesicht. Er neigte sich zur Seite, erbrach sich und sprang hoch. Wankend floh er in die Menge, die enttäuscht murrend vor ihm zurückwich.

»Wie oft hast du das denn schon getan?«, wollte jemand wissen, woraufhin der Heiler abwinkte.

»Er ist weg, also ist das nicht mehr von Belang. Du da«, er winkte Naave heran, die zögerlich aus der Reihe trat. »Was ist mit dir, junge Frau? Du siehst gesund aus. Oder plagen dich die Monatsblutungen? Da sollten Opfer an Varuta helfen.«

»Nun …«

»Wirklich hilfreich ist in solchen Fällen die Halskrause einer Schwarzen Perlenechse. Man rollt sie und steckt sie sich zwischen die Beine. Zufällig habe ich eine da; sie wäre günstig zu haben.«

Naave schüttelte den Kopf. »Man sagt, du seist der beste Heiler auf dem Markt …«

»Wenn nicht der beste der Stadt!« Beifallheischend ließ er den Blick schweifen, doch die Zuschauer schwiegen, um nichts von der nächsten Ungeheuerlichkeit zu verpassen. Derweil warf die Helferin das Tuch über den Käfig und trug den Menschentöter wieder fort.

Naave verzichtete darauf, von Nanxis Bein zu berichten. Wahrscheinlich hatte er es ohnehin irgendwann zu Gesicht bekommen. »Ich brauche Axotsud. Kannst du mir helfen? Hast du je davon gehört?«

Er rieb sich das stoppelige Kinn. »Ich hörte davon, ja: in Geschichten, die man sich aus dem Wald erzählt. Aber das sind Legenden, die nicht der Wahrheit entsprechen. Ich meine, Heilwasser, gewonnen aus Axotzungen – wer soll denn so etwas glauben?« Er lachte, und die Zuschauer stimmten ein. »Ich könnte dir etwas Besseres anbieten; etwas, das wirklich hilft, und zwar … Wer stört denn da?«

Zwei Tempelwächter drängten die Leute beiseite, die Fäuste an den Lavasteinschwertern.

»Du!«, rief einer Naave zu. »Bleib stehen!«

Sie drehte sich auf der Ferse und stürzte davon. Weit kam sie nicht. Grob wurde sie an der Schulter gepackt und herumgewirbelt.

»Lass mich los!«, schrie sie. »Ich gehe nicht in den Tempel, niemals! Das kannst du meinem Vater sagen!«

Der Wächter runzelte die Brauen. »Da kommst du nicht hin, keine Bange«, knurrte er, und der andere lachte auf. Nein, die beiden handelten nicht im Auftrag Tlepau Aqs; das begriff Naave, als sie den Yioscalo heranstapfen sah. Seine dicken Lippen zitterten vor Wut, als er vor ihr stehen blieb.

»Ja, die ist es.« Vor Zorn überschlug sich seine hohe Stimme. »Die hat mich bestohlen. Bestimmt trägt sie mein Geld unter dem Kleid verborgen.«

Ehe Naave sich es versah, hatte einer der Wächter sie gepackt, während der andere ihre Mitte betastete – und sofort die verräterische Ausbuchtung fand. Als er Anstalten machte, ihr das Kleid hochzuziehen, schlug sie um sich. »Finger weg«, schluchzte sie, tief beschämt. »Ich gebe es ja heraus.«

Sie bückte sich und fasste unter das Kleid. Mit hochrotem Kopf reichte sie dem Yioscalo das Geld.

»Diebin!«, fauchte er sie an, dass Speicheltropfen in ihr Gesicht flogen. »Das wirst du bereuen. Schafft sie ins Silberhaus!«

Die Wächter nahmen sie in die Mitte, die Finger grob in ihre Oberarme gepresst. Dann marschierten sie los. Naave rannte zwischen ihnen her, den Kopf tief gesenkt.

15.

Ein glatzköpfiger, gebeugter Mann in einem weißen Schurz, auf dem kein Stäubchen zu sehen war, fragte sie nach ihrem Namen, doch sie schwieg. Niemals würde sie sich auf Tlepau Aq berufen. Nicht nur, weil man ihr nicht glauben würde. Nein, was immer ihr jetzt geschah, rechtfertigte nicht, in die Arme des verhassten Vaters zu fliehen. Sie würde das hier allein durchstehen, schließlich ging es nur um ein paar Geldringe. Für die Yioscalos war das doch nur ein Krümel, der von ihrem Tisch gefallen war.

Das Diebesgut lag vor ihm auf einem Tisch. Ebenso eine aufklappbare Wachstafel, in der er das wenige vermerkte, was sie sagte: dass sie aus dem *Graben* stammte und arm war. Solche Tafeln standen aufgereiht in Wandregalen, dazu Körbe mit gebrannten Tonkissen, die mit Schriftzeichen übersät waren. An einer Wand lehnten mehrere Gestelle, die Webstühlen ähnelten, mit Geflechten voller verwirrender Knoten. Gelegentlich fand man gebildete Leute auf dem Markt, die mit solchen Knoten halfen, für andere etwas auszurechnen. Solch große Rechenteppiche hatte Naave allerdings noch nie gesehen. Und die Anzahl der Tonkissen und Schrifttafeln war gewaltig. Ständig kam jemand, kramte in den Körben und ging wieder.

»Ich habe dich als ›Frau ohne Namen‹ eingetragen«, riss der Schreiber sie aus ihren Beobachtungen. »Bist du damit einverstanden?«

Sie nickte.

»Gut«, er schlug die beiden Tafelhälften zusammen und legte sie auf den Tisch. »Du wirst jetzt bestraft. Danach wirst du für einen Monat hier arbeiten. Unentgeltlich natürlich. Aber wenn du dich anstellig zeigst, wird man dir gut zu essen geben.«

Naave atmete auf. Es klang nicht so, als sei dieser Monat schlimmer als dieselbe Zeit im *Graben.* Schlimm war nur, dass Nanxi nichts von ihrem Verbleib wusste. Aber sie hatte sich so lange durchgeschlagen, da würde sie diese Zeit auch noch schaffen. *Verzeih mir, Tante Nanxi. Hätte ich auf dich gehört, wäre das nicht geschehen.*

»Komm.« Der Verwalter, oder was immer er war, erhob sich und trat durch eine schmale Tür ins Freie. Es war ein weitläufiger Hof, um den sich weißgetünchte Gebäude reihten. Auf ihren Dächern saßen Frauen unter Palmen oder Sonnenschirmen und aßen und schwatzten miteinander. Junge Mädchen hasteten an den außen gelegenen Treppen hinauf und hinab, mit Tabletts voller Schalen, Kalebassen oder schwarzglänzenden Gefäßen aus Lavagestein und mit Edelsteinen verziert. So manche kauerte hinter einer aufgeputzten Frau und kühlte mit einem Federnfächer den schmuckbehangenen Nacken; eine andere schlug mit einer Rassel in die Handfläche und stimmte einen zarten Gesang an, der die Frauen jedoch nicht veranlasste, ihre Unterhaltungen zu unterbrechen. Von irgendwo erklangen das Plätschern von Wasser und das Kreischen ausgelassener Kinder. Die berühmten künstlichen Badeteiche der Reichen im Sonnenviertel – Naave biss die Zähne zusammen, um den Schmerz zu ertragen, zwar hier zu sein, doch unter ganz anderen Umständen als jenen, die sie sich so oft ausgemalt hatte.

Der Mann schritt voraus und winkte im Vorbeigehen einem Wächter, darauf zu achten, dass sie auch folgte. Der Wächter wirkte nicht ganz so furchterregend wie die des Tempels. Aber auch er trug ein Lavasteinschwert, dazu eine Schleuder und einen kurzen Bronzestab am Gürtel. Es ging zwischen zwei Häusern hindurch, aus denen es nach frisch gebackenem Brot und gelagerten Früchten duftete, über einen kleineren, von Dienerschaft belebten Platz, in ein Haus, dann wieder auf eine Freifläche, an deren Seiten Ställe standen. Gepflegte Almaras reckten die langen Hälse über niedrigen Gattertüren.

Naave konnte nicht verhindern, dass sie einige Tränen vergoss. *Da ist sie, die Almaraherde, die ich mir so gewünscht habe …*

Augenblicklich vergaß sie den Gedanken, als sie in einem riesigen Käfig eine Großkatze sah. Auf einem quer darin liegenden Baumstamm döste eine gewaltige schwarzgefleckte Cijac. Das Raubtier hielt die Augen geschlossen; die Vorderpfoten hingen herunter. Die großen, in langhaarige Spitzen auslaufenden Ohren jedoch waren aufgestellt und drehten sich hin und her.

»Die Wächter sagen immer, dass sie sie aus dem Käfig lassen, wenn die Diener und Sklaven nicht spuren«, erklärte der Verwalter schmunzelnd. »Lass dich davon nicht beeindrucken, Frau ohne Namen. Sie haben es erst zwei- oder dreimal getan.«

Naave schluckte. Nein, sie würde nicht fragen, wen es erwischt hatte und warum. Der Wächter packte sie am Oberarm und führte sie zu zwei gemauerten Pfosten. In Kniehöhe waren zwei Bronzeringe angebracht. »Bringt die Stange!«, rief er, worauf drei Leute zugleich in eines der Gebäude liefen und eine bronzene Stange brachten. Die Enden schoben sie in die Ringe.

»Leg dich auf den Bauch«, befahl der Wächter. »Dann legst du die Füße auf die Stange, mit den Sohlen nach oben.«

Naave schwindelte. Schon einmal hatte sie diese Art der Strafe durchstehen müssen, irgendwann vor Jahren auf einem der Marktplätze. Ihre Fußsohlen begannen bereits zu glühen. *Nein, o ihr Götter, nein, bitte nicht* … Aber es gab kein Entrinnen. Da sie zögerte, schob der Mann sie zu den Pfosten und drückte sie auf den Boden nieder. Grob plazierte er ihre Füße auf der Stange und band sie fest. Dann kniete er noch einmal an ihrer Seite, um ihr eine Schnur über den Kopf zu streifen, an dem ein Stück Holz festgemacht war. Er schob es ihr zwischen die Zähne.

Als wolle er sie aufmuntern, klopfte er ihr auf die Schulter.

Er erhob sich und schritt aus ihrem Blickfeld. In Windeseile hatte sich der Platz mit Menschen gefüllt; sie standen, Körbe und Kisten auf den Armen oder Besen in den Händen, in den Schatten der Wirtschaftsgebäude.

»Sie hat gestohlen und bekommt dafür dreißig Hiebe auf die Füße!«, erklärte der Wächter lauthals. Dann hörte sie ihn hinter sich treten. Schweigen breitete sich aus. Nur das Gelächter der feinen Frauen, die von dem hier nichts ahnten und die sich davon wohl auch nicht stören lassen würden, wehte herüber. Naave sah in einigen Gesichtern der Dienerschaft Mitleid, in den meisten Gleichgültigkeit; dann presste sie in der Erwartung des Schmerzes die Augen zusammen.

Er kam trotzdem plötzlich und brutal. Ein scharfes Brennen zog sich über ihre rechte Fußsohle. Über die linke. Dann wieder rechts. Links. Rechts … Das Brennen wurde zum Glühen, zu einem Feuer, das ihren ganzen Körper erfasste. Sie glaubte, es müsse ein Messer sein, mit dem der Mann sie schlug. Ihre Zähne verbissen sich im Beißholz; ihre Hände schlugen auf die sandige Erde im verzweifelten Versuch, fortzukriechen. Naave warf sich hin und her und brüllte den grauenhaften Schmerz hinaus.

❧ ❧ ❧

Auf den Armen des Wächters schwebte sie über eine gewundene Steintreppe, in einen runden Raum mit einer winzigen Fensteröffnung. Hier legte er sie auf den Boden, brachte ihr eine Decke, ein Tuch und einen Eimer mit Wasser. Dann ließ er sie allein. Naave hörte, wie er die schmale Tür sorgfältig verschloss.

Nein, allein war sie nicht. Da lag eine weitere Gestalt am anderen Ende des kahlen Raumes, den Rücken ihr zugewandt. An den schwarzen Haaren und der helleren Haut erkannte sie ihn als einen Waldmenschen. Seine Fußsohlen waren verkrustet und geschwollen.

Naave lehnte sich unterhalb des Fensterlochs an die Wand und zog den Eimer und das Tuch heran. Vorsichtig kehrte sie die schmerzenden Fußsohlen nach oben und tupfte das Blut ab. Mit dem ausgewrungenen Tuch fasste sie unter ihr Kleid und wischte sich das klebrige Wasser ab, das sie unter sich gelassen hatte.

»Du bist keine Waldfrau«, hörte sie den Gefangenen sagen. Er hatte sich herumgewälzt und musterte sie im Liegen.

»Nein«, erwiderte sie. Wollte sie wirklich wissen, wer er war und wie es ihn hierher verschlagen hatte? Wahrscheinlich auf die übliche Art: Er hatte die verrufene Stadt sehen wollen, hatte mit irgendetwas handeln wollen und war dann einfach gefangen genommen worden.

»Ich habe einen Bruder in der Stadt verloren«, murmelte er, die Augen schließend. »Geopfert haben sie ihn …«

Unwillkürlich dachte Naave an Canca, jenen *Düsteren*, der gesehen hatte, wie sein Bruder von der Opferbrücke gefallen war. Oder war es sein Sohn gewesen? Nein, der Sohn war erst mit seinem Kanu aufgebrochen. Dieser Mann jedenfalls sah keinem von beiden ähnlich. Naave schüttelte den Kopf – er tat ihr leid, doch mit ihrem eigenen Leid hatte sie genug zu tun. Sie reckte sich, um hinausblicken zu können. Die Luft war staubig von Manoqmehl; offenbar war dies ein Speicher, dessen oberen Raum man derzeit nutzte, um Leute wegzusperren. Jenseits der weißgetünchten Umfassungsmauer drehten Männer in Geschirren einen Mühlstein – auch das konnte eine Strafe für Diebstahl sein. Goldener Abendschimmer legte sich über die fernen Hügel. Rings um das Anwesen der Yioscalos lag das Sonnenviertel, das ersehnte Ziel – so nah und doch so weit fort wie eh und je. Wenn sie sich etwas weiter hinaufzog, konnte Naave in den Hof blicken. Die Bronzestange war entfernt worden; alles ging wieder seinen gewohnten Gang. Die Almaras steckten die Köpfe aus dem Stallgatter, Heu mahlend; und es interessierte sie nicht, dass die wunderschöne Cijac ganz in der Nähe in ihrem Käfig herumstromerte. Gewaltige Muskeln spielten unter dem glänzenden Fell. Naave glaubte sich zu erinnern, die Katze brüllen gehört zu haben. Oder war es ihr eigener Schrei gewesen?

Wenn sie sich nur vorstellte, jemand berühre sie an den Füßen – dann krampfte sich ihr ganzer Körper zusammen und bebte wie ein Schilfrohr im Wind. Mit zitternden Fingern hob sie den Saum des Kleides und wischte sich über die tränenverklebten Augen.

Wind kam auf; der Himmel verdunkelte sich. Von einem auf den anderen Moment prasselte warmer Regen nieder. Auf den Dächern schimpften die Frauen und jauchzten die Kinder. Naave zog sich wieder am Fenstersims hoch und sah hinaus. Sie konnte ein Stück weit den großen Platz einsehen, wo zwei lachende junge Mädchen, die nassen Sonnenschirme auf den Schultern und die feinen, aus Teotlihua-Seide gewebten Kleider gerafft, durch die rasch entstehenden Pfützen liefen. Hier war das Leben so angenehm, dass man sich sogar über ein Unwetter freute. Naave beugte sich so weit aus dem Fensterloch, dass die Tropfen auf ihrem Gesicht zerplatzten. Mit nassem Haar ließ sie sich zurück in ihr Gefängnis gleiten und lehnte sich an die Wand. Gerne hätte sie den Kopf zwischen den Knien vergraben, aber es war nicht möglich, die Füße aufzustellen. So schlug sie die Hände vor das Gesicht und weinte still hinein, weinte über die bittere Ungerechtigkeit der Götter, sie zu einer Tochter des Priesters, und über die des Vaters, sie zu einer Bewohnerin der Gosse gemacht zu haben. Sie weinte um ihre betrogene Sehnsucht, bis all der Zorn einer eigenartigen Leere wich, die mit etwas anderem gefüllt werden wollte. Was das war, brauchte sie sich nur einzugestehen, und dann würde die Leere einer anderen Sehnsucht weichen. Aber wäre das besser? Royia war fort.

»Ich vermisse dich. Mehr als das«, wisperte sie in die Stille hinein.

Es war gesagt. O Tique, sie hatte es endlich zugegeben. Sie wollte nicht mehr das schöne Leben auf den sonnigen Hügeln. Sie wollte ihn.

»Heute ist der erste der fünf Tage! Der Anfang der *Endenden Finsternis!* Das Fest hat begonnen!«

Auf einer aus Holz errichteten Plattform schritt eine Frau

hin und her, die Hand in die Seite gestemmt. Eine bunt bemalte Maske mit einem weit aufgerissenen Maul und riesigen Augen bedeckte ihr Gesicht.

»Ich bin Gonitlaxa«, rief sie mit übertrieben düsterer Stimme. »Ich bin gekommen, Dunkelheit über eure Stadt zu bringen. Wo ist der Gott-Eine, dass er mich aufhält? Er ist nicht da, haha!«

Die Städter drängten sich um die Plattform, lachten oder schimpften, klatschten oder schüttelten spielerisch die Fäuste. Hinter der Maskierten war ein Tuch gespannt, auf das mit groben Strichen Menschen gemalt waren. Ein vieltürmiges Gebäude, der Tempel offenbar. Größere Gestalten mit ähnlichen Kronen, Flügeln, manche mit sechs Armen, andere voller Waffen. Ein grünes Band stellte den Fluss dar. Rot war das Blut. Es floss von den Spitzen der Türme.

»Vergeudet euer Opferblut nicht!«, schrie die Frau und tanzte dabei von einem Ende der Plattform zur anderen, dass die Federn wippten, welche die Maske umrahmten. »Der Eine wird euch nicht hören. Ich bin jetzt die Herrscherin der Stadt. Denn seht, die Sonne ist der Finsternis gewichen!«

Die vermeintliche Göttin der Unterwelt deutete hinauf in den Himmel, der in der Tat schwarz war – nicht verwunderlich, denn es war Nacht. Die Zuschauer legten die Köpfe in die Nacken und stießen übertriebene Verzweiflungsrufe aus.

»Der Hohe Priester will einen von euch opfern, um den Gott-Einen herbeizurufen. Aber wer soll das sein? Findet sich unter euch erbarmungswürdigen Gestalten wirklich einer, der den Einen aus seinem Versteck locken könnte, wo immer das ist? Glaubt ihr das? Ha! Niemals!«

Eine feiste Frau pfiff auf zwei Fingern und deutete auf den schmal gebauten Mann an ihrer Seite. »Ich habe den Priestern meinen Mann angeboten. Leider wollten sie ihn nicht. Zu dürr, sagten sie!«

Das darauf folgende Gelächter dröhnte in Royias Ohren. Auch der Mann lachte. Er tat so, als wolle er sich seine Frau auf die Arme heben und davontragen. Beide landeten auf ihren Hintern, und das Grölen ringsum schwoll zu einem Lärmteppich an, der für die Ohren eines Waldmenschen nicht zu ertragen war. Royia machte, dass er weiterkam. Leicht war es nicht, in diesem Gedränge voranzukommen. Die ganze Stadt schien auf den Beinen zu sein und war es wohl auch.

Sie machte ihrem einstigen Beinamen *Die Verdorbene* alle Ehre. Zum zweiten Mal war er nun hier, und zum zweiten Mal fragte er sich, ob er nicht mehr Herr seiner Sinne war, da er es gewagt hatte, sie zu betreten. Er war über denselben, von glitschigem Moos überwucherten Baumstamm gelaufen, über den er, wie es ihm schien, vor langer Zeit die andere Seite des *Trennenden* erreicht hatte, um Naave auf so bemerkenswerte Weise zum ersten Mal zu begegnen. Das Flussinselchen hatte er rasch hinter sich gelassen und sich geradewegs der Stadt zugewandt. Dreckige Gassen hatten ihn zwischen mehrstöckigen Häusern vorbeigeführt, dicht an dicht gedrängt und teilweise verfallen. An den Weg konnte er sich gut erinnern – hatte er ihn doch schon einmal genommen, gefangen in einem Käfig. Auf dem brechend vollen Platz vor dem Tempel hatte er eine für ihn neue Richtung gewählt und war in breitere, gepflasterte Straßen gelangt, mit großzügigeren Häuserfronten, die flachen Dächer teils üppig bepflanzt. Überall brannten Lampen und Fackeln und machten die Nacht zum Tag. Überall vor den Häusern reihten sich Schilfhütten aneinander, die man offenbar eigens für dieses Fest aufgebaut hatte. In manchen hockten Kinder und boten Rauschtrank und Cupalblätter feil – die ganze Stadt stank danach. Ihr eigentlicher

Zweck schien jedoch zu sein, den Menschen einen Platz zu bieten, wo sie beieinanderliegen konnten. Die vor den Hütten hängenden Palmblätter verbargen wenig.

Es war ganz so, wie der *Düstere* Canca es erzählt hatte. Royia fragte sich, ob die Stadtmenschen immer so waren – so ausgelassen, albern und gleichzeitig darauf aus, sich zu prügeln und zu umarmen. Oder ob es an diesem Fest der *Endenden Finsternis* lag. Als erwarteten sie, dass nach dieser Zeit die Dunkelheit tatsächlich bliebe, und sie gierten noch einmal mit aller Kraft nach dem Rausch des Lebens. Es verwunderte ihn, dass sie den Göttern und sogar dem Gott-Einen so wenig Respekt entgegenbrachten. Dieselben, die jetzt grölend den Rauschtrank in sich hineinschütteten, würden wahrscheinlich in fünf Tagen, wenn alles vorbei war, mit schmerzenden Köpfen aufwachen und sich unter bitterlichen Tränen vor den Tempelstufen zu Boden werfen, um die Vergebung der Götter zu erflehen.

Der Schrei der Frau fiel in all dem Lärm kaum auf. Aus den Augenwinkeln bemerkte Royia, wie sie mit den Fäusten auf die Schultern eines Mannes einschlug, der sie in eine finstere Gasse schleppte. Noch war das in dieser Nacht der Absonderlichkeiten nicht weiter auffällig. Als sich zwei weitere Männer dazugesellten und eine Gruppe halbnackter Jungen neugierig die Hälse reckte, erinnerte er sich daran, dass es Canca zufolge gelegentlich auch Tote gab.

Und es ist erst der erste Tag.

Royia folgte den Männern und schob sich durch den Pulk der Kinder, die sich um die schmale Gassenmündung geschart hatten. Hier standen die Hausreihen so dicht, dass man sie mit den ausgestreckten Armen berühren konnte. Unrat türmte sich an den Seiten, und der Gestank nahm einem den Atem. Er fragte sich, wie er sich je vor dem Unterwald hatte ekeln können – dies hier schien in der Tat ein Weg in die *Unterwelt* zu sein. Wenige Schritte vor ihm hielten zwei Männer die Frau fest, während sich der dritte hastig den Saum seines Kittels in den Gürtelstrick stopfte und dann nach den strampelnden Beinen der Frau griff.

»Haltet sie richtig fest! Verdammt, wieso ist die so zappelig? Mädchen, das Fest hat doch begonnen! Also halt schön still und genieß es!«

Rauh lachten die Männer. Den anderen lief bereits der Geifer aus den Mundwinkeln. Die Frau hörte auf, um sich zu treten, und schwieg, als habe sie sich in ihr Schicksal ergeben. Royia packte den ersten Mann bei der Schulter und riss ihn zurück. Sofort ließen die anderen ihr Opfer fallen. Die Frau kroch ein Stück davon und presste sich dicht an die Hauswand.

»Such dir eine andere«, einer der Männer griff nach einem beachtlichen Messer an seinem Gürtelstrick. »Schließlich laufen …«

Zähne brachen, als Royia ihm ins Gesicht schlug. Er kippte nach hinten.

»Bist du von Sinnen?« Auch der nächste Städter zog ein Messer, ein kleines schartiges, und der dritte schritt um Royia herum, um ihr die hölzerne Maske, die er sich vom Gesicht streifte, ins Genick zu schlagen. Royia drehte sich auf den Fersen, hieb dem Messerträger den Ellbogen ins Gesicht und schlug gleichzeitig mit der linken Faust nach dem Maskenträger. Er spürte den Kiefer krachen. Dann trat er zurück und sah zu, wie sie auf allen vieren über den schmutzigen Boden krochen. Fluchend rappelten sie sich auf und taumelten aus der Gasse. Auch der Mann, der die Frau zuerst hatte nehmen wollen, wankte blutspuckend in die andere Richtung davon. Royia hob das größere der beiden Messer auf.

»Geht es dir gut?«, fragte er die Frau. Auch ihr Gesicht verunzierten wilde Bemalungen, und ihre nackten Arme waren über und über mit klimperndem Schmuck verziert. Es hätte ihn nicht verwundert, wäre sie aufgesprungen und hätte sich böse beklagt, dass er ihr das Vergnügen genommen habe.

Sie rappelte sich hoch und strich ihr Kleid über den Schenkeln glatt. »Ich wollte … wollte ja. Aber nicht so. Ich glaube, ich brauche jetzt etwas Kräftiges zu trinken, um den Schreck hinunterzuspülen.«

Sie stapfte an ihm vorbei auf die belebte und von Fackeln erleuchtete Straße zurück, wo die Kinder neugierig zu ihr aufsahen. Dort drehte sie sich zu ihm um. »Ich schulde dir etwas.«

»Das tust du nicht. Aber sage mir, ob du von einer Naave gehört hast. Ich suche sie.«

»Ich kenne keine Naave. Aber komm doch mit; ich werde dir …«

Was immer sie ihm anbieten wollte, es blieb ihr in der Kehle stecken. Er war ebenfalls ins Licht getreten. Ihre Augen weiteten sich.

»Du bist ja ein Waldmensch«, stieß sie voller Abscheu hervor. »Und du …« Sie fasste sich an die Wange. »Dein Gesicht! Du bist … ein Feuerdämon! Ein Feuerdämon ist hier!«

Ihre Stimme war schrill vor Entsetzen oder Empörung; er vermochte es nicht zu sagen. Rasch schob er sie beiseite und machte, dass er im Gewühl verschwand. Vielleicht hätte er auch noch die Maske mitnehmen sollen, überlegte er grimmig. Es war nicht das erste Mal, dass man in ihm einen Waldmenschen erkannte – oder das, was sie einen Dämon nannten. So mancher kam ausgelassen auf ihn zu, tanzend und aus einer Kalebasse trinkend, nur um bei seinem Anblick wie aus einem Rausch zu erwachen. *Das da in deinem Gesicht – das ist doch ein Feuermal! Kennst du das Gebot des Hohen Priesters, einen Feuerdämon, koste es, was es wolle, in den Tempel zu bringen? Es winkt einem eine große Belohnung! Ich kenne sogar einen, der einen kennt, der sie gekriegt hat; es ist noch gar nicht so lange her …* Dass die wenigsten versuchten, ihn zu fangen, mochte auch an seinen vielfältigen Narben liegen. Oder dass er die meisten um einen halben Kopf überragte und auch ohne Messer wehrhaft aussah. Trotzdem war seine Andersartigkeit lästig – sie hinderte ihn, Naave zu finden.

Wenigstens wusste er, dass sie in der Stadt angekommen war. Nachdem er den Fluss überquert hatte, hatte er sogleich begonnen, nach ihr zu fragen. Und war auf einen *Düsteren* gestoßen, der ihm gesagt hatte, dass sein Bruder sie mitgenommen habe.

Naave … Er wollte sie finden, um sie zu fragen, ob er sie erschreckt hatte. *Bist du vor mir geflohen? Bin ich für dich kein Mensch?* Die andere Frage würde er vermutlich niemals aussprechen: *Würdest du überhaupt wollen, dass ich einer wäre?*

Stöhnend fuhr er sich durch die Haare. Diese Stadtfrau hatte ihn völlig verwirrt, da er den heftigen Wunsch verspürte, kein Gott zu sein. Es wäre besser, sich von ihr fernzuhalten, bevor er sich noch erhoffte, ein *Städter* zu werden!

Auch wenn er die Stadt verabscheute, so bewunderte er die steinernen Reliefs um Fenster und Türen – regelmäßige Blüten, Kreise und Spiralen. Nutzlose Zeichen, so hatte er früher gespottet. Mochten sie nutzlos sein, so waren sie doch eine Pracht für das Auge. Wandmalereien zeigten Tiere und Götter, Bäume und den Fluss. Und überall standen Götterfiguren, ähnlich gedrungen gearbeitet wie der Griff von Naaves Opferdolch. Er gelangte auf einen kleineren Platz, in dessen Mitte eine vielarmige, vielbrüstige Figur aus weißem verwitterten Stein stand. Die Göttin Varuta war in tanzender Bewegung inmitten eines viereckigen Brunnens erstarrt. Erleichtert beugte er sich über die Einfassung und schöpfte mit der Hand Wasser, um seinen Durst zu löschen.

Eine Schwangere warf einen kupfernen Ring hinein. Offenbar erflehte sie von der Göttin der Vaiiaschote eine glückliche Geburt. Ihr Blick fiel auf ihn, und sie erschrak wie so viele. Schwerfällig erhob sie sich und geriet in eine Schar kreischender Kinder, die auf den Brunnen zuhielten und die Göttin nassspritzten. Plötzlich wichen sie zurück, doch nicht vor ihm, sondern vor drei Männern, die in bedrohlicher Haltung näher kamen.

Nicht schon wieder.

»Tatsächlich, ein Feuerdämon«, sagte einer. Auch er trug ein schlichtes, aber gut gefettetes Messer.

»Der? Das ist ein Waldmensch, aber doch kein Dämon.«

»Siehst du die Narbe nicht, oder was das sein soll?« Der Mann zog das Kupfermesser aus seinem Gürtelstrick. »Ich schneide ihm die Hand ab, dann werden wir ja sehen, ob er ein gewöhnlicher Waldhund ist.«

»Bei allen vierzehn Göttern, lass mich am Leben, ich flehe dich an.« Die verletzte Hand unter die Achsel geschoben, hob der Mann bittend die andere. Rücklings lag er im Schmutz der Straße. »Wir wollten dir nichts tun. Wirklich nicht! Nur dem Tempel überbringen!«

Langsam nahm Royia die Messerklinge vom Hals des Mannes. Aus dem Schnitt sickerte Blut und rann ihm ins Haar. Allzu gerne hätte er sich weiter dem Rausch des Jagens überlassen, aber er war hier nicht im Lichtwald; er war in der Stadt und noch keinen Schritt weitergekommen. »Sag mir, ob du eine Frau namens Naave kennst und weißt, wo sie ist.«

Kopfschütteln. Wie es zu erwarten war.

»Tzozic. Kennst du ihn?«

Hastig nickte der Städter. »Ja, wer das ist, weiß ich. Das ist der Wirt vom *Goldenen Axot.* Das ist in der Nähe des Platzes vor dem Tempel.«

»Was soll das sein?«

»Ein Gasthaus natürlich.«

Royia hatte eine ungefähre Vorstellung, wovon der Mann sprach. »Gut. Und jetzt verrate mir, wo man die Nüsse oder das Nussöl der goldenen Sonnenpalme bekommt.«

Der Mann zeigte sich redselig; Angstschweiß floss ihm in Bächen über das Gesicht. »Auf dem großen Markt vor dem Tempel. Da gibt es einen Stand am nördlichen Ende. Aber ob er auch während des Festes da ist, weiß ich nicht.«

Royia erhob sich von der zittrig atmenden Brust des Mannes, ließ die Zuschauer, die vor ihm zurückwichen, stehen und machte sich in Richtung des Tempels auf, der nicht zu verfehlen war, denn seine weißen Mauern waren mit Fackeln hell erleuchtet. Auch wenn er auffiel, so war es im Trubel doch immer leicht, wieder unterzutauchen. Schnell hatte er den Markt gefunden und lief durch das Gewirr der Stände und Käufer. Auch den Stand mit den Ölen zu finden, war nicht schwierig. Aber womit sollte er bezahlen? Der Händler war von wuchtiger Gestalt und bewachte mit einem Knüppel an der Seite seine Ware, während er einer betrunkenen Frau sein schönstes Lächeln zeigte und ihr kupferne Ringe abschwatzte. Royia jedoch bedachte er mit einem wütenden Blick. »Bist du ein Feuerdämon, oder bist du nur so dumm, so zu tun? In diesen Nächten gibt es ja genug Verrückte auf der Straße. Hast du überhaupt Geld? Du siehst nicht so aus.«

»Hast du goldenes Sonnenpalmöl?«

»Ich habe alle Arten, die du dir nur denken kannst. Ich habe auch dies hier«, der Händler klopfte bedeutungsvoll auf den

Knüppel an seinem Gürtel. »Damit habe ich schon mehr als einmal diebischen Waldmenschen den Garaus gemacht. Also solltest du ausnutzen, dass ich gerade gute Laune habe, und dich schleunigst davonmachen. Was ist, warum bist du noch nicht fort? Falls du mich bestehlen willst, wird es dir schlecht bekommen.«

Und das mir, dem Gott der Diebe, dachte Royia säuerlich. Es hatte ohnehin keinen Zweck, sich das Tonfläschchen gewaltsam zu beschaffen – der Tisch des Händlers war übersät von ihnen, und sie sahen alle gleich aus.

Er ging weiter. Xocehe hatte ihm erklärt, dass das Einatmen oder Schlucken des Öls die Feuerzeichnung verblassen lassen konnte. Er hatte vorgehabt, das geraubte Messer gegen ein Fläschchen einzutauschen, aber es war schlecht verarbeitet und schartig. Waldmensch oder Feuerdämon hin oder her – niemals würde der Händler sich darauf einlassen. Eine andere Möglichkeit wäre, sich in den Zustand völliger Erschöpfung zu bringen. Auch das ließ die Zeichnung verbleichen. Aber wie sollte er …

Jemand stieß ihn im Vorbeigehen an. Er hob den Kopf und erblickte den gebeugten Rücken eines Waldmenschen.

Ihr Götter.

Gewiss täuschte er sich. Royia brauchte einen Augenblick, seine Verwirrung abzuwerfen. Dann setzte er dem Mann nach. Hier war das Gedränge so dicht, dass er ihn sofort aus den Augen verlor. Doch plötzlich tauchte er vor ihm wieder auf. Royia packte ihn am Arm.

»Zu welchem Stamm gehörst du?«, fragte Royia rauh.

»Bitte. Ich – ich bin nur ein Sklave. Lass mich gehen, sonst wird mein Herr wütend.«

»Wer ist dein Herr?«

»Lass mich! Bitte!«

Der Mann war schmächtig, das Gesicht glatt und das Alter schwer zu schätzen. Um Hals und Oberarme trug er kleine Kettchen aus bemalten Aststückchen. Doch auch in seiner Unterwürfigkeit hätte er ein Bruder jenes Fremden sein können, der Royia das heikle Schriftzeichenholz gegeben hatte. Für einen langen Augenblick überlegte Royia, ob er es nicht selbst war. Aber – nein.

»Gibt es dort, wo du wohnst, noch mehr von deiner Sorte?«

»Natürlich, mein Herr hat viele Sklaven.« Der Mann stand starr und blickte zu Boden; er machte keine Anstalten, sich loszureißen.

»Wer ist dein Herr?«, wiederholte Royia.

»Qu Yioscalo. Er lebt im Sonnenviertel nordöstlich der Stadt. Bitte lass mich gehen; ich darf nicht trödeln.«

Royias Finger lockerten sich; der Waldmensch hastete weiter. Yioscalo – diesen Namen hatte er mehrmals auf der Straße gehört. Wenn er es richtig verstanden hatte, beherrschte diese Familie die Stadt. *Endlich ein Ziel*, dachte er, schwer ausatmend. Nur, wenn ein Ölhändler ihm schon eine so harsche Abfuhr erteilte, konnte er nicht erwarten, dass man ihn dort mit offenen Armen empfing. Er konnte es drehen und wenden, wie er wollte; er brauchte zuerst das Öl. Er brauchte Ringgeld. *Varuta, vielleicht sollte ich einfach die weggeworfenen Ringe aus deinem Brunnen fischen?* Er könnte sie seine Schwester nennen, so wie Muhuatl ihn einen Bruder genannt hatte. Die Erwählte, die irgendwann durch den Jadegang getreten war, um Varuta zu werden. Die vielleicht die gleiche Botschaft empfangen, aber nicht auf sie gehört hatte. Und jene als Varuta Erwählte davor, und jene davor … Wenn er das Geld nähme, um das Rätsel zu lösen, täte er es auch in ihrem Interesse.

Aber gab es nicht auch einen Brunnen für Tique?

Natürlich.

Der Morgen brach an und mit ihm das Lärmen der Flussvögel. Royia lief am Rande der Böschung entlang, bis er zurück bei dem Inselchen war. Er kämpfte sich durch das Schilf, watete mit zusammengebissenen Zähnen durch hüfthohes Wasser, weil es ihm ähnlich unangenehm war, wie über den weichen Boden des Unterwalds zu laufen. Auf dem höchsten Punkt der flachen Insel erhob sich die gedrungene Statue jenes ersten Tique, wie er wohl tatsächlich ausgesehen hatte. Sie stand über einer Quelle, und hier hatte er gesehen, wie Naave etwas Glänzendes hineingeworfen hatte. Kaum mehr als zehn Tage lag das nun zurück … Sie war Tique zugetan wie jene Frau am Brunnen der Varuta. Vielleicht fanden sich hier ein paar Geldringe, die hoffentlich für ein Fläschchen des goldenen Sonnenpalmöls ausreichten. Oder eine Handvoll Nüsse. Wenn nicht, musste er tatsächlich Varuta bestehlen; um des damit verbundenen Aufruhrs willen jedoch hoffte er, dass er nicht darauf würde zurückgreifen müssen.

Er kniete neben der Statue und tauchte den Arm ins Wasser. Seine Finger bohrten sich in einen Klumpen voller kupferner Ringe. Erstaunt holte er heraus, was er greifen konnte. Seit wann hatte er so viel Glück? Naave musste einige Jahre gebraucht haben, um diese üppige Handvoll Kupferringe, einige sogar silbern, zusammenzutragen.

Sie wird mir dafür die Augen auskratzen.

Aber er nahm ja nur, was sie ihm gegeben hatte. Schließlich *war* er Tique, nicht wahr? Es ihr zu erklären, würde zu einer interessanten Auseinandersetzung führen. Er freute sich jetzt schon darauf.

Royia ballte die Faust um das Geld, warf den Kopf in den Nacken und lachte heiser auf.

16.

Den Tag verbrachte er wie fast alle Städter: Er legte sich schlafen. Dank der überall aufgestellten Hütten fand auch ein Fremder einen Platz, sich niederzulegen. Dass sich ein Betrunkener zu ihm gesellte, störte ihn beinahe nicht mehr. Als die Abenddämmerung hereinbrach, begannen wieder die Menschenmassen in Richtung des Tempels zu strömen, als ziehe er sie mit unsichtbaren Fäden heran. Royia machte sich zum Markt auf, mit dem üblichen Aufruhr, den er verursachte, und fand den Stand des Ölhändlers. Allerdings war nichts von ihm zu sehen.

Stattdessen türmten sich Käfige mit Papaccivögeln auf dem Tisch. Sie kreischten erbarmungswürdig und flatterten ängstlich hin und her, so dass ihre bunten Federn flogen. Lauthals pries der Händler ihr Blut als gefälliges Opfer für die Götter an. Wenigstens fand Royia einen Stand mit verschiedenen Nüssen. Hier kaufte er eine Handvoll kleiner Nüsse der goldenen Sonnenpalme.

»Aber vorsichtig damit!«, mahnte der Händler mit erhobenem Finger und einem Augenzwinkern. »Der Genuss der Nüsse ist so entspannend, dass man diese Menge besser erst zu Hause im Bett vertilgt, und am besten überhaupt erst nach dem Fest, schließlich willst du das Vergnügen ja nicht verpassen, oder?«

Royia brach eine der Nüsse auf, zerrieb sie und hob die Handflächen an die Nase. Tief sog er den Duft ein. Sofort legte sich ein süßlicher Geschmack auf seine Zunge und ein seltsam pelziges Gefühl auf sein Gemüt.

»Ah, welche Verschwendung«, sagte der Händler erstaunt. »Man sollte sie schlicht und einfach essen; schließlich schmecken sie hervorragend, und ganz besonders meine. Für solche Zwecke wäre das Öl geeigneter.«

Royia ließ die Hände sinken und sah ihn an. Der Mann war einer der wenigen, die auf seine Feuerzeichnung nicht weiter geachtet hatten. »Habe ich irgendetwas im Gesicht?«, fragte er geradeheraus.

Verwirrt kratzte sich der Händler das doppelte Kinn. »Bis eben ja. Oder habe ich mich getäuscht? Seltsam. Jetzt sehe ich nur ein paar dünne rötliche Streifen, als hätte dir jemand auf die Wange geschlagen. War es wenigstens eine schöne Frau?«

Royia zahlte die drei geforderten Kupferringe. Den Rest all der unterschiedlichen Ringe hatte er auf eine Schnur gereiht und trug sie unter dem Schurz verborgen. Der war so zerschlissen, dass er als Nächstes einen neuen aus einem feinen Gewebe erstand. Dazu noch allerlei Armschmuck, der etwas hermachte. Dann ging er in einen überdachten Hof am Rande des Marktes. Hier, so hatte er beobachtet, zahlten die Städter dafür, dass man sie auf Stühlen durch die Gegend trug. Diese Leute mochten es auch, sich das Ringgeld an die Finger zu stecken, so dass jeder es bewundern oder ihnen neiden konnte. Royia zahlte den geforderten Preis. Die Art, wie die Händler ihn freudig und mitleidig ansahen, als hätten sie einen Dummkopf vor sich, ließ ihn erahnen, dass er jedes Mal viel zu viel zahlte. Aber das war seine geringste Sorge – er war froh, sich endlich halbwegs unauffällig in dieser grässlichen Stadt bewegen zu können.

Er nannte sein Ziel, und vier muskelbepackte Träger hoben die Stangen des Tragstuhls auf ihre Schultern. Diese Art der Fortbewegung war keineswegs nur etwas für alte oder kranke Leute – er erblickte sogar eine Frau, eine recht junge, die sich anscheinend nur deshalb tragen ließ, weil sie an den Füßen Sandalen aus so kunstvoll verschlungenem Bronzedraht trug, dass sich auf ihnen unmöglich ein Schritt tun ließ. Auffällig ließ sie die geschmückten Füße seitlich aus dem Stuhl hängen. Sie lächelte ihm zu, als sie an ihm vorübergetragen wurde.

Gut. Das Nussöl scheint zu wirken.

Das tat es besser, als ihm lieb war. Er fühlte sich benebelt und müde. Die Schaukelei tat ihr Übriges. Als die Träger den Stuhl von den Schultern nahmen, stellte er fest, dass er eingenickt war.

»Das Silberhaus der Yioscalos, Herr«, schnarrte einer der Träger. Royia presste die Handballen gegen die Augen, während er sich streckte und auf das Tor der Umfassungsmauer zuschritt, das sich bereits für ihn geöffnet hatte. Ein älterer Mann in einem weißen Schurz und mit silbernen Reifen an den Armen verneigte sich vor ihm.

»Mein Name ist Royia. Ich hörte, dass Qu Yioscalo viele Sklaven besitzt.«

»Die meisten, Herr.«

»Ich möchte einen kaufen.«

»Das ist ein ungewöhnliches Anliegen, Herr«, erwiderte der Diener freundlich, und Royia überlegte schon, ob er deutlicher werden und zugeben solle, dass er einen bestimmten Sklaven suche. »Aber so komm herein. Ich lasse dir ein Bad bereiten.«

Vermutlich hatte er es trotz seines seidenen Schurzes und all des Schmucks dringend nötig. Der Diener, oder was immer er war, führte ihn in das aus vielerlei Gebäuden bestehende Anwesen. Es war von ähnlichen Ausmaßen wie der Tempel, nur dass sich hier keine Türme und Säulen über den flachen Dächern erhoben, sondern schwer an Früchten tragende Palmen, unter denen die Bewohner dieses Hauses aßen, schliefen und anderweitig die Zeit vertändelten. Die Stimmen einiger Frauen wehten herüber. Sie unterbrachen ihr Geschnatter und blickten ihm nach; dann fuhren sie fort, sich über ihre Abenteuer während der ersten Festnacht zu unterhalten.

Weshalb sich dieses Anwesen das *Silberhaus* nannte, erschloss sich ihm, da hier viele, sogar Diener und Sklaven, silberne Reife an den Armen trugen. Vermutlich wollte der Hausherr auch auf diese Art seinen unermesslichen Wohlstand zur Schau stellen, nicht nur mit den kunstvoll ausgeführten Malereien, die überall die Wände bedeckten, und den Götterschreinen in allen Ecken und Winkeln, auf denen kleine Figuren aus poliertem Bein, schwarzem Holz und sogar Gold standen. Über und über waren sie mit Tecminc und Malachit bestückt, und von den Schalen zu ihren Füßen drang der Duft verbrannter Kräuter, die sicherlich ebenfalls kostbar waren. Royia folgte dem Mann durch einen von allerlei Dienerschaft bevölkerten Pfeilergang in eine weitläufige Kammer, deren Boden aus glänzenden Platten aus blaugebändertem Gestein bestand. Sogar hier schillerten silberne Einschlüsse. Man hieß ihn, sich zu entkleiden und in ein Becken, das den Raum fast zur Gänze einnahm, zu steigen. Eine Sklavin erschien und verneigte sich. Bis auf einen schmalen Seidenstreifen um die Hüften war sie nackt.

»Sie steht dir zur Verfügung«, erklärte der Diener. »Ganz wie es dir beliebt. Ich bitte derweil den Herrn, ein wenig Zeit für dich zu erübrigen. Er ist ein wenig müde, wegen des Festes, du verstehst …«

Royia nickte. Ob er tatsächlich verstand, dessen war er sich nicht so sicher. Empfing man hier jeden Gast so, nur weil er Schmuck und reichlich Ringgeld an den Fingern trug? Für einen Mann, der eine Art Stammesherr über die ganze Stadt war, machte es vielleicht keinen Unterschied, ob ein Gast zehn oder zwanzig Ringe trug. Er stieg ins erfrischende Wasser, streifte die lästigen Ringe ab und bewegte die steifen Finger. Vermutlich trug man sein Geld auch deshalb auf diese Weise, um anschaulich zu machen, dass man reich genug war, die einfachsten Handgriffe nicht mehr selbst tun zu müssen.

Die Sklavin stieg zu ihm ins Wasser und begann ihn mit schaumigem Mooskraut abzuwaschen. Es war eine Waldfrau, und ihm lag die Frage auf der Zunge, wie sie in die Stadt geraten war. Ihm entging nicht ihre zurückhaltende und zugleich sehr eingehende Musterung. Bei den vierzehn Göttern! An seine schwarzen Haare, die ihn unweigerlich als Waldmenschen entlarvten, hatte er nicht gedacht. Aber das war jetzt nicht zu ändern. Die Art, wie sie über seine Narben strich, ließ ihn befürchten, sie könnte ahnen, was er tatsächlich war.

Plötzlich spürte er ihren Atemhauch an seinem Ohr. »Ich wünschte, du würdest die Stadt brennen lassen«, raunte sie ihm zu.

Er fuhr herum. Als er ihr nachsah, war sie schon leichtfüßig durch eine Seitentür verschwunden.

Soll ich etwa der Retter all dieser Sklaven sein?, dachte er matt. *Mir erscheint es schon schwer genug, das Rätsel zu lösen. Und was danach kommt, sollte es je gelingen …*

Er stieg aus dem Becken, rieb sich mit einem bereitliegenden Tuch trocken und kleidete sich wieder an. Dann zerrieb er noch eine Nuss und atmete ihren aufsteigenden Duft ein. Dass die Wirkung wieder zunahm, ließ sich mit der silbernen Mooskrautschale feststellen, die er sich vor das Gesicht hielt.

Der Diener kehrte zurück und verneigte sich. »Mein Herr hat nun ein wenig Zeit für dich«, verkündete er und führte ihn durch hohe Räume, durch die geschäftige Männer und Frauen huschten, in einen kleinen palmengesäumten Innenhof. Vor einem steinernen Teich, auf dem weiße Blüten schwammen, lag ein kleiner Greis, fast ein Zwerg, auf einer kunstvoll geschnitzten Liege aus Acatecoholz. Royia mühte sich, sein Erstaunen zu verbergen. In dieser Stadt voller absonderlicher Gestalten fiel sogar dieser Mann noch auf. Arme und Beine waren über und über mit Silberschmuck behängt. Auf schweren Lidern lagen dicke schwarze Striche, und die Haare hatte der Yioscalo mit schwarzgefärbtem Lehm zu einem mächtigen Turm richten lassen, um den Reife aus Gold lagen, auch sie mit Tecminc besteckt. Unwillkürlich fragte sich Royia, wie dieser Mann es schaffte, den Kopf aufrecht zu halten. In den geweiteten Ohrläppchen steckten silberne Scheiben. Er schien die lebendige Figur eines Götterabbilds zu sein.

»Setz dich, Fremder«, der Zwerg wies mit einer Hand, deren Finger unter all den Ringen kaum noch zu sehen waren, auf eine Liege auf der anderen Seite des Teichs. Royia musste sich beherrschen, nicht der Länge nach niederzusinken. Die einschläfernde Wirkung des Öls machte ihm zu schaffen. Fast fühlte er sich wie an jenem Tag auf der Opferbrücke, als man ihm einen ölgetränkten Schwamm unter die Nase gebunden hatte.

Der Zwerg hingegen setzte sich so geschmeidig auf, als trüge er nur Federn. Auf den gekreuzten Beinen bettete er die beringten Hände, während ein Sklave ihm einen Becher an die Lippen setzte.

»Du willst also einen Sklaven erwerben«, sagte er, nachdem

er getrunken und der Sklave sorgsam die Tropfen von seinem Kinn getupft hatte. »Das ist ein ungewöhnliches Anliegen, schließlich bekommt man auf den Märkten in der Stadt alles, was man sich vorstellen kann.«

Royia fühlte sich von diesen großen Augen neugierig gemustert. Er spürte, dass seine Zunge schwer geworden war. Mühsam besann er sich der Worte, die er sich zurechtgelegt hatte. »Ich hörte, dass niemand so viel Erfahrung mit Waldmenschen hat wie du.« Das hatte er nicht gehört, aber es war anzunehmen, dass über diese bedeutende Familie alle möglichen Gerüchte und Behauptungen kursierten.

»Natürlich, ich halte ja auch die meisten«, erwiderte sein eigenartiges Gegenüber. Qu Yioscalos hohe Stimme war wie eine Schlange, die sich in Royias benommenem Kopf verbiss. »Aber sag mir, müsstest du dich nicht selbst am besten mit Waldmenschen auskennen? Deine helle Haut mag in diesem Teil der Stadt nicht so auffällig sein, denn es gibt ja Leute, die sich ungern allzu oft der Sonne aussetzen. Aber dein Haar zeigt, wo du herkommst.«

Über dieses Problem hatte Royia lange nachgedacht. Auch dass seine Aussprache ein wenig anders klang als die der Städter. »Meine Mutter war eine versklavte Waldfrau«, er musste sich zwingen, jedes Wort klar auszusprechen. Seine Zunge schien zu einem Klumpen geworden zu sein. »Ich bin … sozusagen …«

»… das schwarze Almaralämmchen deiner Familie.« Qu Yioscalo lächelte.

Royia hatte keine Ahnung, wovon sein Gastgeber sprach. »Ja. Das … wollte ich … sagen.«

»Wo lebt deine Familie?« Der kleine Mann tat einen Wink, woraufhin der Sklave einen gefüllten Becher zu Royia trug. »Ich kenne eigentlich jede in der Stadt.«

Mit schwerer Hand ergriff Royia den Becher. Rauschtrank war seinem Zustand sicher nicht förderlich. Dennoch fühlte sich der erste Schluck kräftigend an. »Sie hat sich vor langer Zeit in einem Dorf östlich der Stadt niedergelassen«, erwiderte er bedächtig. »Dort besitzt sie eine Cupalpflanzung.«

»So. Und das Fest hat dich jetzt in die Stadt gelockt.«

Royia wollte nicken, doch die Bewegung brachte seinen Schädel in Aufruhr. »So ist es.«

»Dabei kam dir der Gedanke, einen Sklaven kaufen zu wollen?«

»Ja.«

»Und du möchtest dir jetzt meine Sklaven ansehen und einen auswählen?«

Die schneidende Stimme des grässlichen Zwergs war wie ein Messerstich. Royia musste sich mit einer Hand abstützen, um nicht der Versuchung zu erliegen, einfach auf die Liege zu fallen und zu schlafen. Hierherzukommen war eine absonderliche Idee gewesen! Er hätte stattdessen die Nacht abwarten und versuchen sollen, hier einzudringen, notfalls mit einer flammenden Hand, die sämtliche Yioscalos verschreckt in eine Ecke hätte laufen lassen. Aber da er in der Stadt war, hatte er ja unbedingt wie ein Städter handeln wollen …

»Ist dir nicht gut? Altes Brot hilft gegen Übelkeit.« Der Yioscalo schickte eine Sklavin, welches zu holen. Sie kehrte mit einem altbackenen Manoqlaib auf einem silbernen Teller zurück, schnitt mit einem winzigen Messer ein Stück ab und reichte es Royia, der hineinbiss. Übelkeit war nicht das, was ihn plagte, dennoch half das Kauen, die Müdigkeit wieder ein wenig zurückzudrängen.

»So«, sagte der Yioscalo auf seine schneidende Art. »Nun sag mir, wer du wirklich bist. Ich denke doch, dass ich sämtliche Familien von hier bis zu den nördlichen Hügeln kenne.

Natürlich bleiben Bastarde nicht aus, wenn man sich Waldleute als Sklaven hält. Aber einen solchen Fehltritt stattet man nicht mit Geld und Schmuck aus; den versteckt man eher unter der Dienerschaft. Du bist ein Waldmensch, der auf irgendwelchen krummen Wegen zu Geld gekommen ist. Wo ist es her? Wem hast du es gestohlen?«

»Es gehört … mir.« Verzweifelt schüttelte Royia den Kopf, denn zu seiner Mattigkeit kamen nun Schmerzen hinter der Stirn. Er überlegte, wo er das geraubte Messer gelassen hatte – sich wehren zu können, dürfte bald wichtig werden. Aber er konnte sich nicht entsinnen.

»Lass mich raten«, der Yioscalo hob einen Finger. Er schien ein eigenartiges Vergnügen an der Sache zu haben. »Du hast einen Bruder oder einen Freund hier, den du zu befreien hoffst. Oder eine Frau? Ein paar schöne Waldfrauen gibt es hier auch.« Eifrig nickte er, als überlege er, sie Royia vorzuführen. Sein wuchtiger Ohrschmuck schwang hin und her. »All die Narben auf deinem Körper – stammen sie von den Züchtigungen deines Herrn, dem du entflohen bist? Wenn es so ist, scheint es ihm auf eine seltsame Art gefallen zu haben, deinen Körper eher zu verschönern als zu verunstalten. Das finde ich interessant. Aber sehr redselig bist du ja nicht. Fällt dir denn gar nichts ein?«

Royia musste sich mit beiden Händen abstützen, um nicht zur Seite zu sacken. »Was … soll ich sagen?«, murmelte er. Die Worte fühlten sich an wie Steine im Mund. »Ich verabscheue euch Städter. Wir sind freie Menschen, keine Sklaven. Der Gott-Eine sollte … Feuer von seinem Berg spucken und eure Stadt vernichten.«

Der Yioscalo riss in gespieltem Entsetzen die Augen auf. Vergnügt schlug er sich auf die Schenkel. »Sicher seid ihr das – drüben in eurem Wald. Aber wer die neugierige Nase über den Fluss reckt, muss eben damit rechnen, dass es ihm nicht so ergeht, wie er sich das vielleicht vorgestellt hat. Aber da du den Gott-Einen erwähnst … Ich denke, ich werde dich dem Tempel als diesjähriges Opfer anbieten. Es ist seit ein paar Jahren zur Tradition unter Freunden geworden, dass ich Tlepau Aq noch während des Festes ein Opfer schenke. Er würde über dich sicher staunen, hm?«

Unwillkürlich musste Royia auflachen. *Wenn du wüsstest, wie sehr er staunen würde …*

»Dein Blut wird zu den Göttern aufsteigen, und sie werden sich an dem Wohlgeruch laben«, fuhr Qu Yioscalo genüsslich fort. »Sie freuen sich; das Fest endet wie gewohnt, und wir können uns auf ein weiteres Jahr voller Segnungen des Gott-Einen freuen. Es sollte dir eine Ehre sein, dafür zu sterben.«

»Das Leben der Götter … ist eine Lüge«, murmelte Royia.

»Was sagst du da? Dass es die Götter nicht gibt?«

Oh, es gibt sie. Aber dort oben ist es nicht so, wie wir uns das ausmalen. Das Leben im Licht ist eine Lüge.

»Was hast du gesagt?«, schrie der Yioscalo. Royias Kopf dröhnte. Hatte er wirklich laut gesprochen? »Alles ist, wie es sein soll«, der Zwerg hob unschuldig die Hände. »Seit einer für uns unermesslichen Zeitspanne ist es so, und es wird noch einmal so lange so weitergehen.«

Royia wollte nach dem kleinen Brotmesser greifen, das auf dem Teller am Ende der Liege lag. Feuer zu entfachen, war die einzige Rettung. Doch er sackte auf einen Ellbogen und würgte. Vergebens tasteten seine Finger nach dem Messer; er stieß es zu Boden, und dort, zu seinen Füßen, schien es fast unerreichbar zu sein.

»Dir ist nicht einfach übel; du bist krank. Oder du hast zu viele Sonnenpalmnüsse gegessen. Wie auch immer, ich werde dich … Was ist denn?«

Eine wuchtige Gestalt war in dem Innenhof erschienen. Ein junger Mann, mehr in die Breite als in die Höhe gewachsen, kam zwischen den Palmen herangewatschelt. Ein üppiger Bauch schwappte über seinem seidenen Schurz. Auch er war mit Schmuck und Ringen überhäuft, doch sein Kopf war kahlgeschoren.

»Vater!« Seine dicken Lippen bebten vor Empörung. »Xlihua will mich nicht zu der neuen Sklavin lassen. Er gehört bestraft!«

Qu Yioscalo rollte mit den Augen. Beinahe schien es Royia, als zwinkere er ihm zu. »Pe«, sagte er schließlich streng. »Ich habe dem Verwalter gesagt, dass ich sie für mich haben will. *Deshalb* hat er dich abgewiesen.«

»Aber sie gehört mir! Schließlich hat sie *mich* bestohlen.«

Der kleine Mann drehte sich halb um, um seinen Sohn, der so gar nicht seinen Lenden zu entstammen schien, anzublicken. »Und woher hast du all deine Ringe, hm? Hast du sie selbst verdient, du nutzlosester all meiner Söhne? Hier«, er streifte beiläufig einen goldenen Reif von seinem Handgelenk und warf ihn in Richtung des Sohnes. »Geh dich beim Fest vergnügen. Aber zeig das Gold nicht gar so auffällig!«

Ächzend bückte sich sein Sohn nach dem Reif und versuchte vergebens, ihn sich über die pralle Hand zu schieben. Ihm kamen vor Zorn die Tränen. Ein weiterer Mann erschien, jener, der Royia in Empfang genommen hatte. Offenbar der Verwalter, da ihn der zornige Sohn mit einem hasserfüllten Blick bedachte. Der Mann namens Xlihua verneigte sich in Qu Yioscalos Richtung.

»Die neue Sklavin ist bereit, Herr, wie du es wünschst.«

»*Ich* will sie!«, heulte der Dicke.

Der Herr des Hauses hatte sich nun vollends seinem missratenen Sohn zugewandt. Mit aller Willensanstrengung stemmte sich Royia auf die Füße. Wenn er in seinem Zustand zu entkommen hoffte, dann jetzt! Er taumelte auf den Teich zu, schaffte es gerade noch, sich auf der steinernen Einfassung abzustützen, und tauchte eine Hand ins Wasser, das er sich ins Gesicht spritzte. Durchatmen. Rücklings stapfte er durch die dichte Reihe der Palmen und verschwand in dem umlaufenden Pfeilergang. Die beiden Yioscalos stritten so heftig, dass sämtliche Bediensteten innehielten und sich die Frauen aus den oberen Fenstern lehnten. So gelangte er unbehelligt zurück auf den Weg zum Tor. Der Wächter öffnete es ihm bereitwillig. Wenn nicht die Götter, so war doch Iq-Iq mit ihm – die Träger mitsamt dem Tragstuhl waren noch da. Mit letzter Kraft stieg er hinein und schloss die Augen.

Das Gezeter der beiden Yioscalos drang sicherlich bis hinauf zu den Tempeltürmen. Naave hinkte zum Fenster. Die beiden grässlichen Gestalten standen im Silbernen Palmenhof, wie sie das beschauliche Eckchen mit dem Teich so hochtrabend nannten, und gifteten sich an, während sämtliche Diener und Sklaven glotzten und ein Mann, wohl ein Gast, der offenbar als Einziger keine Lust hatte, sich daran zu ergötzen, in den Schatten der Pfeilergänge verschwand. Vielleicht musste er auch nur den Rauschtrank loswerden, den er, seinem unsicheren Gang nach, reichlich genossen hatte.

Unbeholfen tapste Naave zurück auf das ausladende Bett und kehrte die Fußsohlen nach oben. Sie sahen grässlich aus: teils blau und grün, teils aufgerissen und verschorft. Aber ihre kräftige Haut, die sogar den Waldboden ohne größere Blessuren überstanden hatte, hatte das Schlimmste verhindert. Trotzdem hasste sie es, sich so gedemütigt und hilflos zu fühlen. Und was es bedeutete, in dieses Schlafgemach gebracht worden zu sein, war ihr kein Rätsel. Nur eines wusste sie noch nicht: welcher der Yioscalos gedachte, sich über sie herzumachen.

Sie ließ sich wieder vom Bett gleiten, ging auf die Knie und schob die Arme unter die Matratze aus Almarawolle. Das tat sie nicht zum ersten Mal, aber vielleicht war sie noch nicht gründlich genug gewesen. Ihre Finger tasteten die lederne Bettbespannung ab, während sie um das riesige, aus dunklem Anguaholz gefertigte Bett herumkroch. Nichts. Kein Dolch, kein Messer, auch keine vergessene Nadel. Sie blickte zu den Truhen und Körben an den Wänden. Die hatte sie längst durchsucht und nur feine Stoffe, verzierte Dosen mit Schmuck und eine Schilfrohrrolle gefunden. Die Schriftzeichen darauf hatte sie mühevoll entziffert: eine Schauergeschichte über die Abenteuer der Göttin der Unterwelt im Kalten Land. Vielleicht brauchte der Yioscalo ja solche Geschichten für die nötige Bettschwere.

Wäre ich so reich, könnte ich auch keinen Schlaf finden.

Wenn sie an ihren Wunsch dachte, hier im Sonnenviertel einen Platz zu finden, empfand sie keine Sehnsucht mehr. Sie wünschte sich zurück auf ihr Inselchen. Sie wünschte sich den Tag zurück, als der verletzte Royia über den Fluss kam. Ach, Tique, alles würde sie anders machen! Sie würde Royia helfen und ihm sagen, dass sie … dass sie … *Dass ich was? Dass es mir die Brust verkrampft, wenn ich an ihn denke, und das auf eine Art, die zugleich schmerzt und schön ist?*

Nun, was geschehen war, ließ sich nicht rückgängig machen. So blieb ihr nur, heulen und schreien zu wollen, weil sie so dumm gewesen war, das Falsche zu tun.

Wo er jetzt war? Noch bei dem anderen Erwählten, Muhuatl? Oder hatte er sich doch noch zum Berg aufgemacht, um das Rätsel, wie er es nannte, zu lösen?

Draußen beendeten Vater und Sohn ihren Streit. Kurz darauf stapften kleine schnelle Schritte, wie die eines Kindes, über die Bodenfliesen des Korridors. Naave kämpfte sich zurück ins Bett und strich das gelbgefärbte, aus teurer Teotlihua-Seide gefertigte Kleid glatt. Zwei Dienerinnen hatten ihr Haar gewaschen und mit silbernen Perlen verziert. Auch an den Armen trug sie reichlich Schmuck aus Tecminc, Silber und bunten Federn. Es war ihr recht – sollte ihr die Flucht gelingen, hätte sie nichts dagegen, ihn mitzunehmen. Nur als die Frauen mit einem grässlichen Bronzemeißel gekommen waren, um ihre Ohrläppchen für daumengroße Tecmincscheiben zu weiten, hatte Naave sie mit Geschrei in die Flucht geschlagen. All das nährte ihren Verdacht, dass der Yioscalo keineswegs gedachte, sie nach dem Ablauf ihrer Strafzeit freizulassen. Er hatte sie schließlich selbst festgelegt und konnte sie ändern, wie es ihm beliebte.

Die Tür schwang auf, und der Hausherr kam auf seinen kurzen Beinchen hereingelaufen. Eine Zornesfalte war auf seiner Stirn erschienen.

»Was habe ich getan, dass die Götter mich mit diesem Nichtsnutz strafen?«, schnaubte er und warf die beringten Hände hoch. »Dem Gott-Einen sei Dank, dass ich noch ein paar gescheitere Söhne habe.« Er stapfte zu einem Tischchen, auf dem eine Karaffe mit dunklem Saft wartete. Die hinter ihn herlaufende Sklavin sprang herbei, füllte einen Becher und setzte ihn an seine Lippen. Er trank so gierig, dass der Saft wie Blut durch sein Gesicht rann, und sie tupfte es hastig ab. Was Pe Yioscalo an Falten fehlte, besaß sein Vater zuhauf. Naave fragte sich, ob sie je ein hässlicheres Gesicht gesehen hatte. Der groteske Kopfschmuck tat ein Übriges, dass sich ihr Magen ängstlich zusammenzog.

»So, jetzt aber zu uns, meine Hübsche.« Sein dicklippiger

Mund verbreiterte sich zu einem grausigen Lächeln, das er vermutlich für gewinnend hielt. Er streckte die Hände vor, so dass die Sklavin seine Ringe abziehen konnte. Naaves Hoffnung, dass er zu der Dienerin sprach, zerstob mit seinen nächsten Worten: »Wie geht es deinen Füßen?«

Unwillkürlich zog Naave die Beine an. »Es geht«, erwiderte sie knapp.

»Zieh mich aus«, befahl er der Sklavin. Während er auf das ausladende Bett zuschritt, trippelte sie neben ihm her und knotete rasch den Schurz auf. Der herabgleitende Stoff offenbarte ein knollenartiges Glied, von dem Naave nicht hätte sagen können, ob es noch schlaff war oder nicht.

In den Augen des Gnoms jedoch stand die Lust.

Seit man sie in dieses Gemach gebracht hatte, fragte sich Naave, weshalb ausgerechnet sie der Gegenstand seiner Gier war. Dieses Haus war voll von schönen Frauen, freien und versklavten und solchen, die für Lohn arbeiteten. Gut, die Hausherrin konnte man sicherlich ausnehmen; sie war das weibliche Gegenstück Pe Yioscalos. Aber sie, Naave, war ja durchaus nicht schön. Nicht mit dieser Nase und nicht mit der rauhen Haut, wenngleich sich die Sklavinnen Mühe gegeben hatten, sie mit Bimsstein und wohlduftender Salbe zu glätten. Das Einzige, was Naave von all den anderen unterschied, dachte sie, war ihre Widerborstigkeit.

Sie sagte sich, dass sie ruhig sein müsse. Dann würde der Zwerg sein Interesse an ihr verlieren. Aber wie sollte man still bleiben, wenn er über einen rasch von der Sklavin herbeigeschobenen Hocker ins Bett stieg? Nicht einmal das Gewicht all seines Schmucks und der Lehmfrisur hinderte ihn daran, auf sie zuzukrabbeln. Wie konnte jemand, der sich jeden Handgriff abnehmen ließ, so behende sein? Naave schob sich zurück, bis sie mit dem Rücken gegen das geschnitzte Betthaupt stieß, das Männer und Frauen in wilden Verrenkungen zeigte. Sogar Schlangen und Ziegen waren an dem schamlosen Schauspiel beteiligt. Allerdings hatte Naave darauf verzichtet, näher hinzusehen.

»Keine Angst, Mädchen. Ich bin doch ganz handzahm.« In der Tat kauerte er auf allen vieren vor ihr wie ein eigenartiges Hündchen. »Ein wenig Trost wäre jetzt nicht schlecht, lastet doch auf meinen Schultern die Sorge für die Stadt. Ebenso mein elender Sprössling, und dann hat mir auch noch dieser Fremde meine Zeit gestohlen.« Er blickte zu einem Podest, auf dem eine Baumuhr stand. Die blaue Flüssigkeit, die ein Junge bei Sonnenaufgang in die Blütenkelche der durchscheinenden Schlingpflanze geträufelt hatte, welche den überaus geraden Stamm umschlang, war bis zur Mitte herabgesunken, was hieß, dass es Mittag war. »Und dann ist da auch noch das Fest! Die Freundschaft mit Tlepau Aq gebietet, dass ich das Opfer stelle, und es sind nur noch zwei Tage bis dahin. Mädchen, es wäre wirklich nett, wenn du mir die Plagen von den Schultern streichelst, hm?«

Naave hatte sich bereits ausgiebig ausgemalt, die Blüten der Baumuhr auszuzupfen und dem Yioscalo ins Bett zu streuen.

Vor kurzem noch hätte ich das auch tatsächlich getan, dachte sie grimmig. Inzwischen erschien ihr ein solcher Racheakt wie die Tat eines verzweifelten Kindes.

»Das tue ich nicht«, erwiderte sie kühl. Doch sie spürte, wie ihre Stimme zitterte. Er kroch näher, wie eine Katze, die es sich auf ihrem Schoß bequem machen wollte. Seine Hand langte nach ihrem Gesicht, und er richtete sich auf, um sie mit diesen scheußlichen Lippen zu küssen.

Nein, sie würde es nicht aushalten, still zu liegen, während sich dieses verschrumpelte Wesen über sie hermachte. Sie stieß ihn zurück. Sein Schmuck klirrte, während er hintenüberfiel. Die Sklavin stieß einen leisen Schrei aus.

»Dann doch lieber dein fetter Sohn als dich!«, fauchte Naave, die Arme vor der Brust verschränkt.

Qu Yioscalo wälzte sich herum und rieb sich verblüfft das Gesicht. »Na, na! Was glaubst du denn, was er mit dir täte? Schau dir das Relief in deinem Rücken an, dann weißt du es.«

Erneut kam er auf sie zugekrochen. Dieses Mal ergriff er ihre Füße, um die Beine auseinanderzuziehen. Seine Kraft war erstaunlich. Naave biss die Zähne zusammen, um nicht zu schreien. Sie hoffte, dass die Wunden an ihren Fußsohlen nicht aufrissen. Fest blickte sie dem hässlichen Mann in die Augen. *Mir bleibt keine Wahl … Tique, steh mir bei, es geht nicht anders.*

Tief holte sie Luft.

»Wenn du dich an mir vergreifst, solltest du eines bedenken, Qu Yioscalo.«

»Und das wäre?« Seine Augen blitzten neugierig.

»Ich bin Tlepau Aqs Tochter.«

Er tat einen krächzenden Laut. »*Was* willst du sein?«

»Bist du schwerhörig? Ich bin die Tochter des Hohen Priesters!«

»Du machst mich sprachlos, und das gelingt wenigen. Wieso sollte ich das glauben?«

»Er meint, ich ähnele ihm.«

Sein Blick wanderte an ihr herauf und wieder hinab. »Ich denke nicht«, erwiderte er lächelnd. »Aber ich fände die Vorstellung ganz nett, es mit seinem Töchterlein zu treiben. Machen wir also weiter …«

»Ich bin es wirklich!«, zischte sie und warf sich herum. Sie kam nicht umhin, ihr Hinterteil zu entblößen – bei allen Göttern, wenn er es wagte, sie jetzt anzufassen, würde sie sich in eine Cijac verwandeln. »Siehst du das Mal? Den eingebrannten Ring? Was glaubst du, wer das getan hat? Er war es! Frag ihn, wenn du mir nicht glaubst!«

Als sie sich wieder umwandte, sah sie ihn in sich versunken in den Laken hocken. Grübelnd spielten seine Finger mit den Silberscheiben in seinen Ohren.

17.

Seht nur, diese … diese Male in seinem Gesicht, sie verändern sich! Was mag er wohl sein?«

»Ein Feuerdämon?«, schlug jemand vor, und andere lachten unsicher.

»Dann hätte er irgendwo ein Feuermal. Das da in seinem Gesicht sieht nicht danach aus.«

Ein Schatten baute sich vor Royias geschlossenen Lidern auf. Als er sie mühsam einen Spaltbreit öffnete, sah er eine alte Frau über sich stehen, die mit dürren Fingern und grässlich langen Nägeln nach ihm griff. Beinahe sanft wischte sie ihm einige schweißnasse Strähnen aus der Stirn. »Der hockt doch nur auf der Straße, weil er betrunken ist, und wahrscheinlich hat ihm einer ins Gesicht geschlagen. Dass aber auch jeder an allen Ecken und Enden einen Feuerdämon gesehen haben will! Ich sah einmal einen, ja! Das war ein riesiges Ungeheuer, doppelt so groß wie der da. Der ist ein Mensch, glaubt mir das. Allerdings ein Waldmensch, ganz eindeutig.«

Dankbar bemerkte er, dass sie sich wieder aufrichtete, denn aus ihrem zahnlosen Mund kam ein Geruch, der an einen nassen Naqasfuchs denken ließ. In seinem benommenen Kopf wunderte er sich, weshalb er Aufsehen erregte, nur weil er unsicheren Schrittes durch die Straßen gelaufen und dann, überwältigt von der Müdigkeit, an der nächstbesten Hauswand niedergesunken war. Verhielten sich während des Fests nicht alle Städter so? Was war an ihm anders, da doch die Wirkung der goldenen Sonnenpalmnuss noch anhielt? Er wunderte sich, dass er imstande war, darüber nachzudenken. Doch den Kopf heben oder gar aufstehen – das erschien ihm eine unmöglich zu bewältigende Herausforderung.

Als jemand seinen Arm berührte, wusste er wieder, was an ihm anders war: Er trug reichlich Armschmuck und Geldringe mit sich herum. Er wollte die tastende Hand wegstoßen, schaffte aber kaum, die eigene zu heben. Jemand zerrte die Ringe von seinem Zeigefinger und lief weg.

Bei Iq-Iqs Weisheit! Mit einem heiseren Aufschrei warf er den Kopf in den Nacken und öffnete die Augen.

Diesmal war es ein halbwüchsiger Junge, der sich an seinem Mittelfinger zu schaffen machte und erschrocken innehielt. »Er … er …«, stotterte er und sah über die Schulter zu einem älteren Mann. »Sieh nur, Vater, seine Augen!«

Der Mann riss seinen Sohn an der Schulter zurück. Auch die restlichen Städter, die sich um Royia versammelt hatten, gingen auf Abstand.

»Seine Augen leuchten«, hauchte jemand. »Wie Glut in der Asche.«

»Er ist *doch …* «

»Was steht ihr hier herum?«, donnerte eine tiefe, aber eindeutig weibliche Stimme. »Dies ist ein anständiges Viertel!«

Über ihm baute Aqo sich auf. Diese Frau *musste* Aqo sein, die Göttin der Liebe und Fleischeslust. Lediglich der dritte Mond auf ihrem wallenden roten Haupt fehlte, und nun sah er auch, dass sie keineswegs vielbrüstig war. Ihre menschlichen Brüste schienen das jedoch mühelos auszugleichen. Rotgeschminkte Brustwarzen schimmerten durch ein Kleid, das so eng anlag, dass er sich fragte, ob sie sich damit bewegen konnte. Das dick geschminkte Gesicht, in dem alles üppig war, die Augen, der sinnliche Mund und eine Nase, die an jene von Naave erinnerte, wurde von blutrot gefärbtem Haar umrahmt, das ihr offen bis zu den Ellbogen fiel. Die prächtigen Strähnen schwangen herum, als sie den Kopf zurückwarf. Sie stemmte eine mit Schmucksteinen verzierte Hand in die wohlgeformte Taille.

»Und du, der du meinst, auf dem Boden deinen Rausch ausschlafen zu müssen – gibt es nicht überall genügend Hütten in den Straßen?«

Royia fragte sich, seit wann sich ein Städter darum scherte, dass jemand während des Fests herumlungerte. Konnte man hier nicht andauernd Dinge beobachten, die ein anständiger Mensch besser in seinen vier Wänden tat? Oder vor welch feinem Haus war er niedergesunken?

Über der Frau sah er ein bronzenes Reliefschild an einer Stange. Ein kauerndes Axot hatte die Flügel ausgebreitet, als wolle es sich auf die Menschen auf der Straße stürzen.

»Kannst du aufstehen?«, fragte sie.

»Es wäre zumindest eine Herausforderung«, antwortete Royia mit schwerer Zunge.

Sie entblößte helle Zähne zu einem fröhlichen Lachen. Wieder schwangen ihre Haare, als sie sich der geöffneten Tür zuwandte. »Zuqua!«, rief sie und schnippte mit den Fingern. »Hilf mir, den Gast hineinzutragen!«

Ein drahtiger Mann erschien auf der Schwelle, sich die Hände mit einem Tuch trockenreibend. »Soll ich nicht lieber erst den Herrn um Erlaubnis fragen, bevor du Betrunkene einlädst, Yaia?«

Sie stemmte beide Fäuste in die Seiten. »Die Rote Yaia hat

den vorigen Besitzer nicht gefragt, was sie zu tun oder zu lassen hat, und den jetzigen fragt sie erst recht nicht. Also los!«

Langsam nahm er die Arme von den Schultern Zuquas und der Frau. Das Stehen fiel ihm leichter als vermutet. Dennoch war er froh, als er die paar Schritte zu einer Bank geschafft hatte und sich darauf niederließ.

»Zuqua, misch ihm etwas, das ihn wieder munter macht«, befahl die Rote Yaia dem Schlaksigen, der sich sogleich an einem Regal voller Tonflaschen und durchscheinenden Karaffen zu schaffen machte. Royia fand, dass die Stimme der Frau gemäßigter klingen könnte. Kurz darauf stellte sie einen hölzernen Becher vor ihn auf den Tisch.

»Trink! Du wirst dich wie neugeboren fühlen.«

Er leerte den Becher in einem raschen Zug.

»Unglaublich! Bisher hat das noch niemand so schnell geschafft«, staunte die Frau. »Hast du das gesehen, Zuqua? Jeder bricht in Tränen aus und klagt, ihm stünde die Kehle in Flammen, und er trinkt es wie Fruchtsaft.«

»Wieso, was war das?« Royia meinte eine Besserung zu fühlen, aber sicher war er sich nicht. Behutsam tastete er sich über das schweißfeuchte Gesicht.

»Ausgepresste Mla-Schoten und Qo-Pfeffer im Saft einer bestimmten Kakteensorte.« Sie schob sich an seine Seite und hob ein zartes Tuch, mit dem sie sein Gesicht abtupfte. Die Kühle der Seide tat wohl. »Sag, wer bist du? Und warum hast du da draußen gehockt?«

»Wer bist *du,* und warum hilfst du mir?«

Lächelnd warf sie das Tuch auf die Schulter und legte eine schlanke Hand auf seine beringten Finger. »Deshalb natürlich«, raunte sie mit ihrer dunklen Stimme. »Du bist ein vermögender Mann, und ich hoffe, du wirst dich für meine Hilfsbereitschaft erkenntlich zeigen. Ich bin die Rote Yaia, die Schankhure des *Goldenen Axot,* die dir eine unvergessliche Nacht verspricht.« Ihre Hand glitt seinen Arm hinauf und legte sich in seine Ellbogenbeuge. »Ich würde mich freuen, einen so gutaussehenden Mann im Bett zu haben.«

Hätte er noch aus dem Becher getrunken, so hätte er sich verschluckt. Aber so war die Stadt! Es war sinnlos, sich über solche Dinge zu wundern.

»Es klingt verlockend«, sagte er. Ihr Lächeln zu erwidern, war nicht schwer. »Vor allem, dass ich mich in einem Bett ausstrecken darf. Ich fühle mich, als hätte ich Tage nicht geschlafen.«

Bäuchlings ließ er sich auf eine weiche Unterlage gleiten. Die Rote Yaia und der Schankknecht hatten ihn eine gewundene Stiege hinaufgeführt. Nun war Zuqua wieder fort; Royia hörte ihn unten mit Töpfen und Pfannen klappern. Die Bettbespannung knirschte unter dem Gewicht der Hure. Die weichen Laken rochen nach Duftölen, und flüchtig fragte er sich, welche anderen Gerüche damit übertüncht werden sollten. Aber ihm war das alles gleich. Auch, dass sie sich an seinen Fingern zu schaffen machte und sorgfältig einen Ring nach dem anderen abzog. Wahrscheinlich würde er das Geld nicht wiedersehen. Sogar das kümmerte ihn jetzt nicht. Es hatte ohnehin seinen Zweck erfüllt. Oder auch nicht: Erfolgreich war sein Besuch bei den Yioscalos jedenfalls nicht gewesen.

Über diese Gedanken schlief er ein. Gedämpfte Stimmen aus dem Schankraum und von der Straße weckten ihn. Die Nacht war hereingebrochen, und mit ihr all die Vergnügungssüchtigen, die jetzt die Stadt bevölkerten. Es roch nach gebackenem Fisch und gebratenen Manoqscheiben, nach Kräutern und Rauschtrank.

Oder war es die streichelnde Hand, die seinen Schlaf störte? Sein erster Gedanke war, sich aufzurichten und sie abzuschütteln. Doch wozu die Eile? Viel angenehmer war es, sich vorzustellen, dass diese zarten Finger einer anderen Frau gehörten.

Doch Naaves Finger wären nicht zart. Auch nicht so behutsam.

Trotzdem wollte er keine anderen spüren. Und wenn sie ihn schlügen.

Wider Erwarten fiel es ihm leicht, der Täuschung zu erliegen. Zumindest für einen kurzen Augenblick. Die Fingerkuppen rieben seinen Nacken, kreisten über der runden Narbe des Dorns und glitten dann sein Rückgrat hinab. Durch seinen Körper rann ein wohliges Kribbeln, erfasste seine Kopfhaut und ließ ihn leise aufseufzen.

»Dachte ich's mir doch, dass dir das gefällt«, gurrte die Hure.

Nicht – reden!

Den Göttern sei Dank – sie schien seine Gedanken gehört zu haben. Schweigend, nur hin und wieder ebenfalls seufzend, strich sie über seine Schultern, fuhr mit den Fingerkuppen seine Narbenmuster nach, rieb seinen Nacken und den Ansatz seiner Kopfhaut und glitt dann an seiner rechten Seite entlang. Keck schob sie sich unter seinen Schurz und fuhr seine Flanke hinauf und über seine Gesäßbacken. Mittlerweile ballte sich das Kribbeln in seinem Unterleib.

Naave, ja, Naave, lass nicht nach.

»Dreh dich um«, hauchte die dunkle Stimme, und es gelang ihm, sie mit Naaves Gesicht zu verbinden. Vor den geschlossenen Augen sah er ihre grünen Augen und ein schalkhaftes

Blitzen darin, sah ihre gekrümmte Nase und ihren vollen Mund. Ihre hellen Zähne, die auf der Unterlippe kauten, wenn sie sich ihres Tuns nicht ganz sicher war.

Du glaubst, ich sei ein Feuerdämon, sprach er sie in Gedanken an. *Stört es dich nicht mehr?*

Nein. An dir stört mich gar nichts. Nicht deine Glutaugen, nicht deine Zeichnung oder deine Narben.

Wer bin ich für dich?

Royia, nur Royia. Und ich?

Du bist Naave, die ich halten will. Der ich die Zornestränen mit meinen Fingern abwischen will. Wenn sie das möchte.

Ach, es tat so gut, mit ihr zu reden, ohne dass sie etwas Schnippisches sagte …

Royia, ich …

Er schlug die Augen auf. Dass es Naave war, die forsch nach seinem Glied griff, vermochte er sich zu seinem Bedauern nicht vorzustellen.

»Du solltest das lassen.«

Die Hure neigte sich vor, so dass ihre roten Haare wie ein Wasserfall über ihre Schultern rauschten und seine Brust kitzelten. »Es gefällt dir doch?« Mit der freien Hand berührte sie sacht seine Wange und fuhr die offenbar zurückgekehrte Zeichnung nach. »Die Leute hatten recht. Du bist der Feuerdämon. Wahrscheinlich bist du auch derselbe, den Tzozic neulich in den Tempel gebracht hatte.«

»Und jetzt? Willst du mich erneut ausliefern?«

Er schob einen Arm unter den Nacken. Seine andere Hand hielt ihre auf.

»Hm … Du bist viel zu interessant, um dich wegsperren zu lassen oder was immer der Hohe Priester mit einem Feuerdämon zu tun gedenkt. Ihn opfern, vermutlich. Das wäre doch schade. Ich würde zu gerne …« Was sie wollte, sagte sie nicht, aber ihre lebhaften Finger zeigten es umso deutlicher. Abermals und fester packte er ihr Handgelenk.

»Es zu lassen, wäre wirklich in deinem Interesse, Frau. Ich bin auch in dieser Hinsicht nicht wie andere Männer.«

Den Blick fest auf seinen Unterleib geheftet, strich sie sich eine Strähne hinter das Ohr. »Zu gerne würde ich herausfinden, wovon du sprichst. Ich bin einiges gewohnt, und ich tue auch so einiges. Du musst nicht befürchten, dass ich mich erschrecke.«

Hart lachte er auf.

»Wirklich! Sag, was du dir wünschst, und ich tue es.«

Entweder war ihr das viele Ringgeld eine anständige Gegenleistung wert, oder sie meinte wirklich, was sie sagte. Letzteres traute er dieser Frau mühelos zu. »Also gut!« Er drehte sich wieder auf den Bauch und bettete die Wange auf die verschränkten Arme. »Nimm ein Messer und ritze meine Haut.«

»*Was* soll ich?« Eine Spur Entsetzen lag in ihrer Stimme. Er hatte es tatsächlich geschafft, sie zu überrumpeln. »Ich hatte schon Männer, die die Peitsche spüren wollten. Aber … das?« Dennoch hörte er, wie sie vom Bett rutschte, über den mit Almarateppichen belegten Boden huschte und wieder an seiner Seite kniete.

Ja, dachte er, unwillkürlich von einer anderen Erregung erfüllt, als er die Klinge auf der Schulter spürte. *Lass mich denken, du seist Xocehe. Lass mich denken, alles wäre nicht geschehen und ich dürfte mich nach wie vor auf das Leben im Licht freuen. Lass mich denken, es sei Aja, die mich versehentlich mit ihren Schwanzhaken kratzt, weil sie so ausgelassen tollt.*

Ein scharfer Schmerz. Er fuhr hoch und wirbelte herum, nach ihrer Hand greifend, die das Messer hielt. Yaias ohnehin große Augen waren weit aufgerissen. Er spürte, dass der

Schnitt winzig war, doch sie musste sein Leuchten gesehen haben.

»Lass es«, sagte er hart. »Die Zeiten sind vorbei. Und außerdem hasse ich es.«

Sichtlich verwirrt stieg sie vom Bett, schüttelte ihr Kleid herunter und legte das Messer zurück in die Schale mit den aufgeschnittenen Peccafrüchten. Von unten dröhnte eine Stimme herauf, die Royia irgendwie vertraut vorkam: »Yaia! Der Schankraum platzt aus allen Nähten, und du bist nicht da! Hast du etwa einen Gast? Dann sieh zu, dass du mit ihm fertig wirst und herunterkommst, bei allen Göttern!«

Yaias Seufzen ähnelte eher einem Knurren. Sie schob die Träger ihres Kleides herunter, griff mit dem Mittelfinger in ein Tiegelchen, dem sie rote Paste entnahm und die Brustspitzen kreisend bemalte. Dann rückte sie den hauchzarten Stoff wieder zurecht, strich sich durch die Haare und trat zu dem Vorhang, der ihre Kammer verschloss. »Der vorige Besitzer dieses Hauses war wirklich angenehmer«, brummte sie in sich hinein. »Hätte er doch nur nicht an dieses Scheusal verkauft!« Sie riss den Vorhang beiseite und schritt die Treppe hinunter. Das Johlen aus zwanzig oder mehr Kehlen empfing sie.

Royia atmete erleichtert auf. Er schloss die Augen, bemühte sich, den Lärm zu missachten, und holte Naaves Bild zurück. Seine Hand lag zwischen seinen Beinen.

Die Träger stellten die Sänfte ab. War sie jetzt am Ziel? Naave war des Schaukelns durch die Straßen der Stadt und dann die hallenden Gänge des Tempels müde. Sie war froh um die Vorhänge, die ihre Schande verbargen: Der Yioscalo hatte ihre Handgelenke an die Armlehnen fesseln lassen. Durch den

Spalt der Vorhänge sah sie den Hohen Priester, wie er vom Verwalter des Silberhauses ein steifes Schilfrohrpapier entgegennahm.

»Qu überreicht mir mit Freuden dieses Geschenk«, murmelte er. Die Hand ließ die Nachricht sinken. »Ist die Person in der Sänfte also das Festopfer? Ich habe mich schon gefragt, wann er es schicken wird, schließlich sind es nur noch zwei Tage bis zum Festende, und der ganze Tempel ist in Aufruhr.«

Der Verwalter legte eine Hand auf die Brust und verneigte sich entschuldigend. »Es ist nicht das Festopfer; das wird er dir nachher schicken. Es ist … aber so sieh selbst, Herr.«

»Du machst es wirklich spannend. Öffne die Vorhänge.«

Zwei Hände schoben sich in den Spalt und zogen den Stoff beiseite. Dann trat der Verwalter zurück.

»Naave!«

Ihr Vater stand an dem ausladenden Tisch, das Schreiben in der Hand. Es war derselbe Tisch, an dem sie beide gegessen hatten. Derselbe Raum, der auf eine Terrasse hinausführte. Diesmal jedoch häuften sich keine Speisen auf der Tischplatte aus dunklem Macacoholz, stattdessen alle Arten von Schmuck und eine riesige rotgefleckte Tierhaut.

Tlepau Aq sah aus, wie sie ihn in Erinnerung hatte: eine hochgewachsene Gestalt mit kurzgeschorenem Grauhaar, die ein durchscheinender Seidenmantel locker umfloss. Er lächelte.

»Mein Herr lässt dir noch sagen, dass du mich züchtigen lassen sollst«, warf der Verwalter ein, »falls die Behauptung der Person, deine Tochter zu sein, nicht stimmt.«

Tlepau Aq runzelte die faltige Stirn. »Auf solche Ideen kommt nur Qu!« Scheinbar wahllos langte er in eines der Schmuckhäufchen und förderte zwei goldene Ohrscheiben zutage, die er dem Verwalter überreichte. »Gib das meinem lieben Freund Qu, mit meinem Dank. Es heißt zwar: Silber für sein Haus, Gold für den Tempel. Aber so genau muss man ja nicht immer hinsehen, stimmt's?«

»Eine Sache noch: Mein Herr hat etwas getan, das er sehr bedauert. Wenn du darüber erzürnt bist, so sei es dir unbenommen, mich zur vergeltenden Bestrafung heranzuziehen.«

»Bei der Macht des Einen! Was hat Freund Qu denn angestellt?«

»Er hat deine Tochter züchtigen lassen. Auf die für Diebstahl übliche Art. Ich soll dir anbieten, mich auf die gleiche Art ...«

»Diebstahl!« Tlepau Aq schien sich ein Lachen nicht verbeißen zu können. Er klopfte dem Mann, der sich rasch verneigte, auf die Schulter. »Geh.«

Der Verwalter des Silberhauses eilte aus der Halle, und auch die Schritte der Sänftenträger entfernten sich. Tlepau Aq schlenderte auf Naave zu. Die Sänfte war so hoch, dass er zu ihr aufblicken musste. Er legte eine Hand auf ihren Unterarm.

»Meine liebe Tochter.« Er schien sich aufrichtig über ihre Rückkehr zu freuen. »Ich habe mir solche Sorgen um dich gemacht.«

Du? Um mich? Die du damals mit der Mutter in die Gosse geschickt hast?

»Ich hatte sogar Tempelwächter in den *Graben* entsandt, in der Hoffnung, dass sie dich dort finden. Erst hielt ich dich für verschollen, entführt von dem Feuerdämon, den du hättest opfern sollen.« Beiläufig spielten seine Finger mit den Enden des seidenen Bandes um ihr Handgelenk. »Aber du wolltest gar nicht zurück, oder?«

Sie presste die Lippen zusammen, wusste nicht, ob sie die Wahrheit sagen sollte. »Nein«, gestand sie schließlich.

»Das dachte ich mir.« Seine Hand sackte herab. Seine mit

tiefschwarzen Strichen umrahmten Augen glitten nachdenklich ins Leere. Dann straffte er sich, schritt aus ihrem Blickfeld, einen Befehl rufend, und kehrte kurz darauf mit einer Statuette Tiques zurück. Er hob die schwere, aus Malachit geschnittene Figur vor ihr Gesicht. »Küss deinen Lieblingsgott auf den Mund und schwöre, dass du nicht mehr davonlaufen wirst.«

Nein! Verdammt! Naave schüttelte den Kopf.

»Na, komm. Willst du denn weggesperrt werden, bis du dich besinnst, dass du kein Kätzchen mehr bist, das durch die Gassen tollt?«

Nur das nicht …

Aber Tique ist ja tot. Der Schwur ist nicht gültig.

Sie drückte die Lippen auf den Mund des Gottes. »Ich schwöre es«, murmelte sie. Ihrem Vater einen zornigen Blick zu schicken, konnte sie dennoch nicht lassen. Er schien es nicht zu bemerken.

»Das freut mich, liebe Naave.« Er stellte die Figur auf den Tisch und kam zu ihr zurück. Äußerst behutsam schnitt er mit einem goldenen Messerchen die Seidenstreifen durch. »So, nun lass mich nach deinen Füßen sehen.« Sie wehrte sich nicht, als er ebenso sanft eine ihrer Fußfesseln umfasste, und sie zog auch die Zehen an, damit er sich den Schaden besser ansehen konnte.

»Ach, das haben wir gleich.« Wiederum gab er einem in einer Ecke wartenden Tempeldiener einen Befehl, und der holte ein kleines Tonfläschchen, entkorkte es und reichte es mitsamt einem Tuch seinem Herrn. Tlepau Aq goss eine trübe Flüssigkeit auf das Tuch und betupfte ihre Fußsohlen. »Das ist Axotzungensud. Darunter wirst du dir schwerlich etwas vorstellen können. Seine Heilwirkung ist unübertroffen; du wirst gleich wieder laufen können, und das fast ohne Schmerzen.«

Aufgeregt wartete sie, bis er fertig war. Als er das Fläschchen wieder verschlossen hatte, streckte sie bittend die Hand aus und fragte unschuldig: »Kann ich das haben?«

»Aber nein, liebe Naave! Es ist sehr kostbar. Eigentlich fast unbezahlbar. Und wenn deine Füße noch ein-, zweimal behandelt werden, brauchst du es auch nicht mehr.«

Sollte sie die Wahrheit sagen? Sollte sie ihm an den Kopf werfen, dass er nicht nur die Mutter und sie selbst, sondern auch Tante Nanxi in großes Unglück gestürzt hatte? Dass er die *verdammte* Pflicht hatte, alles zu tun, es wiedergutzumachen?

»Mir ist so viel Unglück widerfahren«, erwiderte sie und sah ihm dabei vorwurfsvoll in die Augen. »Da fände ich es beruhigend, dieses Fläschchen in meinem Besitz zu haben.«

»Das verstehe ich«, nachdenklich rieb er sich das glattgeschabte Kinn. »Aber du wirst dich schon an den Gedanken gewöhnen, immerzu behütet und beschützt zu sein. Dein gefährliches Leben ist vorbei! Und das Fläschchen läuft dir ja nicht weg.«

Es brach aus ihr heraus. »Ich brauche es für Chinanxi, meine Amme, die du mit meiner Mutter *verstoßen* hast!« Sie spuckte ihm das Wort vor die Füße, und tatsächlich, er zuckte zusammen. »Die *deine* Tempelwächter so schwer verletzt haben, dass sie heute noch darunter leidet!«

»Naave, ich weiß nicht, wovon du sprichst.«

»Weißt du, was?« Bitter lachte sie auf. »Das glaube ich dir sogar. Du lebst in deiner eigenen Welt, und wenn du jemandem befiehlst, dafür zu sorgen, dass eine verzweifelte Frau nicht mehr an deine Tür klopft, dann geschieht das außerhalb dieser Welt, und du verschwendest keinen Gedanken mehr daran, auf welche Weise man deinen Befehl ausgeführt hat.«

»Nanu, ist das die Naave, die so unbedarft an meinem Tisch

saß?« Er versuchte sich an einem schiefen Lächeln. »Das ist doch noch gar nicht so lange her?«

Es ist seitdem einiges geschehen, lieber verhasster Vater.

Er trat an den Tisch und stellte das Fläschchen beiseite. »Lass uns doch lieber über anderes plaudern. Zum Beispiel über das Fest. Nun, da du hierbleiben wirst, musst du dich mit den Gebräuchen einer Novizin vertraut machen. Das Festopfer führe ich natürlich selbst aus. Aber danach müssen wir uns Gedanken über dein Opfer machen. Es ist schade, sehr schade, dass es nicht der Feuerdämon geworden ist. Man munkelt übrigens, einer sei in der Stadt. Aber ich glaube nicht, dass er das ist. Ich glaube überhaupt nicht, dass hier tatsächlich ein Feuerdämon herumstreift. Wahrscheinlich machen sich nur ein paar Burschen anlässlich des Festes einen Spaß. Ach, ich bin froh, wenn es vorbei ist. Ich werde ja schließlich auch nicht jünger.«

Ob es Verlegenheit war, die ihn so plappern ließ? Er wollte ihrer und Nanxis Vergangenheit aus dem Weg gehen. Mochte er der mächtigste Priester sein, der Abkömmling einer langen Reihe von mächtigen Hohen Priestern – ihr kam er in diesem Moment vor wie ein einfältiger Junge.

Als er die Axothaut hochhob und ihr zeigte, verstärkte sich dieser Eindruck noch. »Schau, liebe Tochter, das wird mein Festgewand. Die Haut des Schädels wird noch auf eine Haube gezogen, und die Flügel werden auf Schilfrohrstöcke gespannt. In der Haut vom vorigen Jahr waren leider Mottenlöcher. Schade, ich habe sie sehr geliebt. Aber diese ist besonders schön.« Zärtlich streichelte er die Stirnhaut über den Löchern, die einstmals die Augen gewesen waren. »Dieser herzförmige violette Fleck ist wundervoll, findest du nicht auch?«

»Wo ist es her?«, fragte sie, doch statt einer Antwort legte er sie zurück. Nun, wahrscheinlich hatten *Düstere* das Axot erlegt und dem Tempel verkauft. Wie all die anderen Häute zuvor, nach deren Herkunft sie ja auch nie gefragt hatte, wenn sie vor dem Tempel in der Zuschauermenge stand. »Es sind wunderbare Tiere«, murmelte sie. »Man sollte ihre Heilkraft nutzen, statt sie zu töten.«

»Da spricht wieder das Mädchen, das mitleidig sein möchte wie jede junge Frau. Diese Tiere sind viel zu gefährlich, um sie zu halten. Wie sollte man auch den heilenden Speichel eines lebenden Axots ernten? Hast du etwa eines gesehen? Im Großen Wald? Ich sah dich mit dem Dämon den Fluss hinabtreiben. Wie bist du ihm entkommen?«

Er verstand es hervorragend, von einem Thema abzulenken, und sie war viel zu ermattet, sich dagegen zu wehren. »Er war anders, als ich ...«

Tlepau Aq stapfte so heftig auf sie zu, dass sie erschrak. »Er ist ein Ungeheuer! Er muss vernichtet werden! Wenn du weißt, wo er ist, sag es mir. Er ist eine Bedrohung für die Welt!«

Royia eine Bedrohung für die Welt? Was, bei Tique, meinte er nur? So gerne hätte sie ihm gesagt, dass er sich täuschte. Dass der Feuerdämon auf eine Art, seine eigene ganz besondere Art, auch ein menschliches Wesen war. Er war es wert, geliebt zu werden wie jeder Mensch. Sie dachte daran zurück, wie hochmütig Royia sein konnte, spöttisch lächelnd, und dann wieder fürsorglich oder zutiefst zornig. Ganz Mensch.

Tlepau Aq schien seinen Ausbruch zu bereuen; er rieb sich die Nasenwurzel und schüttelte den Kopf.

»Du wirst bald Novizin sein. Alles, was dir geschehen ist, musst du vergessen, und du darfst es auch nicht beurteilen! Du verstehst von alldem viel zu wenig, und es wird Jahre dauern ...« Seine Hand drückte ihren Arm. Sie musste sich zwingen, stillzuhalten. »Leider habe ich in den nächsten Tagen wenig Zeit für dich. Aber danach beschäftigen wir uns ausgiebig mit den vierzehn Göttern, dem Gott-Einen und seinem unabänderlichen Willen. Und was die Pflichten einer Priesterin sind. Ich teile dich dem Turm des Tique zu; wie gefällt dir das?«

Sie rang sich ein Lächeln ab. Von seinem Gerede fühlte sie sich schier erschlagen.

»Gut«, er tätschelte sie unbeholfen. »Bis dahin wirst du dich in deine Kammer zurückziehen und lesen. Du sagtest, du bist des Lesens mächtig? Ich gebe dir ein paar einfache Unterrichtsbücher. Nichts Anstrengendes. Du schaust sie dir an und genießt derweil deine hübsche Kammer, ja?«

»Aber ich muss erst Tante Nanxi helfen. Sie ist im *Graben,* und …«

Als hätte er Schmerzen, presste er die Augen zusammen und senkte den Kopf. Eine kalte Hand schien sich um ihr Herz zu legen.

Sag das jetzt nicht.

»Man sagte mir, sie sei tot …«

Naave sprang aus der Sänfte. Ihr knickten die Beine weg, da der Schmerz an den Fußsohlen noch einmal aufflackerte, doch sie fing sich und rannte an Tlepau Aq vorbei auf die Terrasse. Hatte sie das wegen einer seiner ungeheuren Behauptungen nicht schon einmal getan? Diesmal jedoch hielt sie nicht nach einem Mann Ausschau, der auf seinem Karren ihre Belohnung fortschaffte, sondern nach einer dürren Gestalt in einem dunkelgrauen Kleid, die langen Haare von Silbersträhnen durchzogen und wirr. Natürlich bevölkerten die verschiedensten Gestalten den Platz vor dem Tempel, doch Nanxi war nicht unter ihnen.

»Ich verstehe ja, dass es schmerzlich für dich ist«, hörte sie ihren Vater in ihrem Rücken. Sie ballte die Fäuste. In ihrer Brust brodelte altbekannte, wohltuende Wut.

»Was ist geschehen?« Sie fuhr zu ihm herum. Dieses unschuldige Altmännergesicht machte sie rasend!

»Die Tempelwächter fanden sie in einem Hurenhaus im *Graben*«, erklärte er tonlos. »Da lebte sie wohl noch. Aber dann …«

»Dann haben diese Bestien sie erschlagen!«

»Ich weiß nicht, was passiert ist, liebe Tochter. Man sagte mir, sie sei eine Treppe hinuntergefallen und habe sich den Kopf aufgeschlagen.«

Oh, sie konnte sich lebhaft vorstellen, was da vorgegangen war! Diese brutalen Männer, womöglich dieselben, die Nanxi damals so entsetzlich gequält hatten, waren in das Hurenhaus gedrungen, weil sie sie, Naave, dort vermuteten. Nanxi musste fürchterliche Angst gehabt haben, hatte vielleicht versucht, hinauszulaufen. Vielleicht hatte sie auch nur geschrien, und diese rohen Kerle hatten sie zum Schweigen gebracht …

»Wann war das?«, schrie Naave. »Ich will Nanxi sehen!«

»Sie ist in den östlichen Totensümpfen beerdigt worden. Mit einer feinen Silbermaske aus meiner eigenen Schatulle.«

»Das passt zu dir«, stieß sie voller Verachtung hervor. Fast hätte sie ausgespuckt, und es hätte sie nicht gereut, es zu tun. »In ihrem Tod stattest du sie mit Schmuck aus und meinst, damit ist die Sache aus deiner Welt, ja?«

»Was soll ich denn noch tun? Es tut mir wirklich leid, Naave.«

Sie schlug die Hände vor das Gesicht und schluchzte auf. Zu unfasslich war ihr das alles.

Als sie spürte, dass er ihre Hände herunterzog, ließ sie es geschehen.

»Naave …«

»Ich möchte in mein Zimmer«, unterbrach sie ihn.

Er nickte betrübt. »Wie du willst.«

Es war klein, besaß nur ein Fenster, und die Wandmalereien waren schlicht. Eine Truhe stand an einer Wand, dazu ein leerer Schrein. Dafür sah das Bett mit seinen seidenen Laken und wolkenartigen Decken einladend aus. Ein Mädchen war soeben dabei, sie auseinanderzufalten. Bei Naaves Eintreten verbeugte sie sich hastig. »Ich bin Iine, eine Tempeldienerin, Herrin«, sagte sie mit leiser Stimme. »Der Hohe Priester hat mich angewiesen, dir zur Seite zu stehen. Wenn du etwas wünschst, brauchst du es mir nur zu sagen.«

»Ich wünsche ein Fläschchen Axotsud«, schnappte sie.

»Oh. Da muss ich den Hohen Priester erst …«

Naave machte eine wegwerfende Handbewegung. Selbstverständlich würde dieses Mädchen ihr nicht jeden Wunsch erfüllen. Eine Floskel war das, nichts weiter, um sie ruhigzustellen. »Das musst du nicht. Verzeih mir, ich bin ein wenig unleidlich, glaube ich.«

Vorsichtig lächelte das kaum zwölfjährige Mädchen. »Aber frisch gepressten Peccasaft? Frisch geröstetes Manoqbrot? Wie wäre das?«

»Das klingt verlockend.«

Iine verneigte sich erneut, bevor sie aus dem Zimmer huschte. Naave hoffte, dass das Mädchen lange fortblieb. Ihre Selbstbeherrschung rann aus ihr wie aus einem aufgeschlitzten Manoqmehlsack. Aufheulend warf sie sich auf das Bett und vergrub das Gesicht in dem duftenden Stoff. Warum war Iq-Iq, das große Schicksal, so ungerecht zu ihr? Erst die Mutter, dann Tante Nanxi. Und Royia … Auch er war ihr verloren. Sie schrie und weinte um sie alle. Unter ihren gekrümmten Fingern riss der zarte Stoff. Der Schlaf der Erschöpfung erlöste sie von der Qual.

Als sie die verklebten Lider hob, hockte das Mädchen auf dem Boden, ein Tablett mit Brot und Saft auf dem Schoß. Unsicher sah Iine auf. »Du hast schlecht geträumt, Herrin. Geht es dir jetzt besser?«

Naave konnte sich an keinen Traum erinnern. Schwer wie Bronze fühlten sich ihre Glieder an, als sie sich aufsetzte. Ihr Leib zitterte, obwohl sie nicht fror, und sie schlang eine Decke um sich.

»Möchtest du trinken?« Schüchtern hob die Dienerin den Becher. Naave ließ ihn sich reichen und trank den köstlichen Saft. Sie fühlte sich wie nach einem endlos langen Marsch und wäre am liebsten wieder unter die Decken verschwunden. Tagelang …

Ach, Tante Nanxi. Hätte ich nur nicht den Yioscalo bestohlen. Dann wäre ich da gewesen … Nein, ihr Vater war schuld. Er und seine Männer! Sie durfte sich nichts anderes einreden; das würde es nur mehr schlimmer machen.

»Ich bin so allein …«, wisperte sie in sich hinein.

»Herrin, du hast wenigstens mich«, piepste das Mädchen errötend.

Ich will nicht dich. Keinen Menschen. Ich will … ich will Royia.

Er lebte immerhin. Zwar hielt Naave es für unwahrscheinlich, dass er sich noch einmal in die Stadt wagen würde, die ihm so übel mitgespielt hatte, und im Tempel würde er schon gar nicht erscheinen. Aber er lebte. Das genügte, um sich einzureden, dass es zumindest möglich war, ihn wiederzusehen.

Aber auch diese Hoffnung tat weh. Naave spürte ihr stechendes Herz wie das einer alten Frau.

»Was hast du unter dem Tablett?«, fragte sie, in der Hoffnung, dass es etwas wäre, das sie auf andere Gedanken bringen könnte. Wenigstens drei, vier Herzschläge lang … Iine zog zwei lederbespannte Platten hervor, die miteinander verbunden waren, und klappte sie auf. Mehrere steife Bögen waren in der Mitte befestigt, und sie ähnelten jenem Papier, das Tlepau Aq vorhin in der Hand gehabt hatte. Schriftzeichen und Bilder waren mit braunen Linien darauf gemalt.

»Ein Buch?«

»Ja, Herrin. Der Herr sagte mir, dass du lesen kannst und ich dir etwas bringen soll.« Das Mädchen klappte die Lederplatten wieder zusammen und reichte das Buch hoch. Hastig wischte sich Naave die Finger ab, obwohl sie ja keine kleine schmutzige Diebin mehr war, und ergriff es mit einer gewissen Scheu.

Die Spiralen, Kreise, Punkte und Figürchen fügten sich nur langsam zu Wörtern. Naave fühlte sich zurückversetzt in die Hütte der Mutter, als diese ihr die Schriftzeichen beigebracht hatte. *Es gibt etwa vierhundert verschiedene Zeichen und Bilder. Darüber hinaus noch viele mehr, aber die beherrschen nur wenige Priester, und für das meiste sind sie auch unnötig. Sieh, diese Figur ist einfach: Das ist der Gott-Eine, und sie steht für ›Sonne‹, aber auch für ›leuchtend, strahlend, rein‹ und ›mächtig, unfasslich, groß‹. Aus dem Text ergibt sich die genaue Bedeutung. Es kann also sein, dass du das Abbild des Gott-Einen findest, wenn es darum geht, die Größe einer Raubkatze zu beschreiben. Diese Kreise stehen natürlich für die Monde. Wenn du drei nebeneinander siehst, dann bedeuten sie …*

Ein Tropfen fiel auf den Bogen. Mit dem Arm wischte Naave darüber, nahm dann das Tuch, das ihr Iine hinhielt, und schneuzte sich.

Es gelang ihr zusehends schneller, die Zeichen auf dem ersten Bogen zu entziffern. »Da steht: *Geschichten über das Kalte Land.* Darüber hat allen Ernstes jemand geschrieben?« Erstaunt schlug sie die zwanzig Bögen um. Tatsächlich, sie las von Stürmen, von Regen, der einem die Haut aufriss, weil er so kalt war, und von dem harten Menschenschlag, der dort angeblich lebte. Naave klappte das Buch zu. »Also, so etwas mag ich nicht lesen.«

»Aber es ist wirklich spannend!« Iine nahm es wieder entgegen und öffnete es. »Da wird von Menschen erzählt, die sich in Felle und dicke Wolle kleiden und dass sie ständig Fleisch essen müssen, um nicht abzumagern und zu sterben. Hör dir das an: ›Die Kalte Welt entstand, als der Tod in sie kam. Von dort stammt der Schattenhauch. Der Gott-Eine verabscheut diese Welt, sie ist die steingewordene Verachtung. Man weiß von einigen Menschen, die dorthin gingen und wieder zurückkehrten. Ihr Atem war hart geworden, so dass sie jedem, der zu nah bei ihnen stand, spitze Nadeln aus Wasser ins Gesicht schossen.‹« Die Dienerin errötete noch tiefer. »Ich habe es jedenfalls verschlungen.«

»Wo hast du das denn her?«

»Aus der Schriftenkammer. Dort gibt es Hunderte solcher Bücher.«

»Und wo ist die?«

Iine deutete zur Decke. »Über deinem Zimmer.«

»Ich möchte sie sehen.«

»Verzeih, aber ich muss erst fragen, ob du darfst.«

Naave schnaubte ungeduldig. »Dann geh! Sag ihm, dass ich es *will!*«

Das Mädchen sprang so heftig auf, dass die Schale mit dem Brot umkippte. Hastig, unter mehreren Verbeugungen, rannte sie aus dem Zimmer. Naave eilte zum Fenster, setzte sich halb auf den Sims und lehnte sich rücklings hinaus. Die Schriftenkammer besaß offenbar die gleichen Ausmaße wie ihre. Eine Matte, die vor Regen schützen sollte, war dort oben vor der Fensteröffnung befestigt, und ein Teppich flatterte von der Brüstung. Auch von den anderen Fenstern des verschachtelten Tempelgebäudes hingen solche Teppiche. Natürlich, man pflegte sie während der Festtage herauszuhängen; sie zeigten auf dunklem Grund aus Goldfäden gewirkte Sonnen.

Wenn sie die Truhe unters Fenster schob und sich auf die Brüstung stellte, würde sie den Teppich erreichen können. Sich daran hochzuhangeln, wäre jedoch schwierig. Zumal das in dieser Höhe gefährlich war: Die Plattform, auf der der Tempel errichtet war, befand sich sicherlich mehr als drei Manneslängen unter ihr. Und dann …

»Der Hohe Priester sagt, dass du dir die Schriftenkammer ansehen darfst«, verkündete die Dienerin. »Du darfst dir auch einige Bücher mitnehmen. Aber du sollst mir vorher zeigen, welche. Möchtest du gleich hinauf?«

»Ja.« Naave spürte wieder den Zorn wie heiße Glut in sich hinaufwallen. Von einem Kind sollte sie sich gängeln lassen? Vielleicht war es doch besser, Priesterin zu werden, um sich Respekt zu verschaffen. Allerdings würde sie dann einen Menschen opfern müssen … Diesen grässlichen Gedanken schob sie beiseite und folgte Iine aus dem Zimmer. Tatsächlich stand ein grimmig dreinschauender Wachtposten neben der Tür, mitsamt Lavasteinschwert, Speer und drei Messern am Gürtel. Wen sollte er abhalten? Den Feuerdämon vielleicht? Oder galt seine einschüchternde Gestalt ihr, damit sie brav blieb? Sie bedachte ihn mit ihrem hochmütigsten Blick und schritt hinter dem Mädchen den Korridor entlang, dann eine Rundtreppe hinauf. Auch die Tür der Schriftenkammer war bewacht, jedoch von einem jungen Priester, der dösend auf einem Hocker saß. Iine drückte leise die Tür auf.

»Sieh dir das an, Herrin! Ist es nicht wunderbar? Ich wünschte, mein Leseunterricht wäre schon abgeschlossen.

Manche Zeichen und Bilder machen mir noch arg zu schaffen.«

Staunend betrat Naave den kreisrunden Raum. Höher als ihre Kammer, war er voller Regale, in denen lederne Platten aufgereiht standen, zwischen ihnen Schilfrohrbögen unterschiedlichster Zahl. Wer mochte das alles beschriftet haben, womit und wozu? Ihre Finger glitten vorsichtig die geschnürten Rücken entlang, berührten die Körbe, in denen Tonkissen lagerten, in die man Zeichen eingeritzt hatte. Auch gerollte Schilfrohrbögen gab es; sie ragten aus hölzernen Kästen heraus. Die Luft war erfüllt vom Geruch von Leder und Staub.

»Wo ist das Buch der Aqs?«, fragte Naave.

»Hier«, Iines ausgestreckte Hand fuhr eine Regalreihe entlang.

»Das alles?« Naave glaubte ihren Augen nicht zu trauen. Sie hatte geglaubt, die Familienchronik der Aqs, wie ihr Vater es genannt hatte, sei einfach nur ein dickes Buch. Stattdessen waren es sicherlich mehr als hundert schmale Bände.

»Und die da gehören auch dazu.« Das Mädchen berührte die Reihe darunter. »Die stammen aus der Zeit, als die Pitaqu-Familie den Hohen Priester stellte. Und die Bücher jener Familie, die davor regierte ... Ihr Name fällt mir jetzt nicht ein. Aber die lagern hier.« Sie klopfte auf einen großen Kasten, der auf dem untersten Regalbrett stand. »Sie sind so alt, dass man sie in wollene Tücher eingeschlagen hat. Ich hörte einmal, wie eine Priesterin sagte, dass da schon seit Jahrzehnten keiner mehr hineingeschaut hätte.«

»Unglaublich«, murmelte Naave. Sie wollte nach einem der Bücher greifen, doch Iine hob abwehrend eine Hand.

»Verzeih. Aber der Hohe Priester sagt, du sollst das noch nicht lesen.«

Hatte er ihr während des ersten Treffens nicht gesagt, dass sie die Familienchronik lesen sollte? Jedoch hatte er gesagt, irgendwann später ... *Irgendwann später, wenn ich eine anständige Priesterin geworden bin, die keine Schwierigkeiten mehr macht?* »Ach, ich bin sowieso nicht erpicht, mir all das durchzulesen«, winkte sie ab, und das Mädchen kicherte. »Ich sehe mich nach etwas Interessanterem um.«

Sie ließ sich Zeit. Sollte sie ein Lehrbuch nehmen, wie ein Mann das Lavasteinschwert am besten schwang? Oder die Geschichte der Silberfänger, jener Menschen, die viele Tagesreisen westlich der Stadt Silber und Gold aus dem Fluss holten? Beides fände sie interessant ... Oder eines von mehreren Büchern, die sich der Betrachtung des schwer zu fassenden Iq-Iq widmeten? Das war etwas für ergraute Leute. Sie wählte ein Buch, das die Tierwelt des Großen Waldes behandelte und schöne Zeichnungen aufwies, dann eines über die Herstellung der Teotlihua-Seide und feiner Almarawolle, und als drittes zwei Platten, zwischen die nur wenige Bögen eingeheftet waren. Sie enthielten Liebesgedichte. Es gab hier wirklich alles! Naave wusste, dass man auf dem Markt einen Schreiber beauftragen konnte, ein Liebesgedicht zu ersinnen – was der Verliebte damit dann tat, darüber hatte sie sich nie Gedanken gemacht. Niemals hätte sie sich vorstellen können, dass man so etwas zwischen zwei Platten steckte und sogar in der Schriftenkammer des Tempels verwahrte.

Auch Iine beäugte neugierig die Bücher, zog hier und da eines heraus und studierte die Schrift auf der Vorderseite. »Die Zeichen auf den Tonkissen sehen anders aus«, sinnierte sie, während sie ein solches Kissen in der Hand wog. »Man hat mir erklärt, dass es eine vereinfachte Schrift ist, die sich schnell einritzen lässt. Die Kissen sehen aus, als hätte man sie in Schilfrohrhäcksel gedrückt. Bildschriften zu entziffern, ist schon nicht leicht, aber wie jemand *das* lesen kann, ist mir ein Rätsel. Ich glaube, das hier sind Listen der Tempelgüter.«

Naave war froh, dass sich das sonst so schüchterne Mädchen leicht ablenken ließ. So griff sie nach zwei jüngeren Bänden aus der Reihe der Aq-Chronik und schob sie unter ihren kleinen Stapel. »So«, meinte sie leichthin. »Ich bin fertig.«

»Was hast du dir ausgesucht, Herrin?« Iine legte das Tonkissen zurück und berührte zögernd das zuoberst liegende Buch auf Naaves ausgestreckten Armen. »Oh. Liebesgedichte? Wie schön! Und das darunter …«

»Über Tiere des Waldes.«

Die Aq-Deckblätter waren mit nur einem Zeichen versehen, das Naave nicht kannte. Sie hoffte, dass auch das Mädchen nichts damit anzufangen wusste und sich erfolgreich eine Lüge auftischen ließ. Schließlich war nicht zu erwarten, dass jemand, der sich für harmlose Gedichte interessierte, ein paar Bände der Chronik herauszuschmuggeln versuchte. Doch Iine wagte nicht einmal, die restlichen Bände anzuheben.

Sie verließen die Schriftenkammer, und zurück in Naaves Zimmer fragte das Mädchen: »Was möchtest du, Herrin? Noch etwas zu essen?«

»Nein danke.« Naave setzte sich auf das Bett und legte den Stapel neben sich.

»Etwas zu trinken?«

»Nachher.«

»Ich kann auch auf der Knochenflöte spielen und singen …«

»Geh schon!« Wenn sie es jetzt nicht tat, so würde Naave nach einem der Kissen greifen und es werfen. Aber das Mädchen verneigte sich und verließ eilends den Raum.

Naave atmete auf. Für den Fall, dass Iine doch noch einmal wiederkäme, schlug sie zuerst das Tierbuch auf. Da fanden sich bemerkenswerte Dinge über die Schlange Ratatoq, deren Halskrause nicht nur bedrohlich wirkte, sondern auch das Männchen anlocken sollte. Oder das Izeloweibchen, welches gelegentlich mit seinen Stacheln das Glied des Männchens ausriss, das dann elend verblutete. Auch die Naz-Schlinge wurde erwähnt, jene sich um sich selbst drehenden Fäden, die einem Menschen den Hals aufschneiden konnten. Sie wuchs auf dem Berg des Gott-Einen auf, so stand da zu lesen, und ließ sich vom Wind heruntertragen. Offenbar hatte der Verfasser nicht gewusst, dass es sich um eine lebende Pflanze handelte. Naave fragte sich, wie solches Wissen über den Fluss gekommen war. Hatten die *Düsteren* es mitgebracht? Über das Axot fand sie nichts, und als sie las, dass man Waldmenschen für Tiere hielt, weil sie fliegen konnten, begriff sie, dass es mit dem Wissen über den Großen Wald nicht weit her war.

Dann öffnete sie eines der Aq-Bücher. Sie blätterte hin und her, aber was dort stand, war schwer verständlich oder schlichtweg uninteressant. … *und dann opferte ich Xocehe drei schöne Almaralämmchen, und sie nahm die Zahnschmerzen rechtzeitig zum Fest von mir … Ich wies meinen Sohn an, in den Tempel der Aqo zu gehen, um mit einer der Priesterinnen zu schlafen. Er war störrisch, gehorchte dann aber. Hoffen wir das Beste … Heute den Pfleger der Baumuhr auspeitschen lassen. Um Hilfe im Turm der Xocehe ersucht, um Schädlingsplage einzudämmen. Göttin der Heilkunde nicht dafür zuständig … Priesterin des zwölften Mondes sagte heute, ich rieche aus dem Mund …*

Wenn alle Bände voll von solchen Dingen waren, grauste es Naave jetzt schon, sie alle lesen zu müssen.

Irgendwo in der Mitte schlug sie den zweiten Band auf.

… ich ließ ihn mit Bronzedraht binden, damit er, falls er in Flammen aufginge, nicht entkommen könne. Was die Wächter

genau mit ihm taten, um ihn zum Reden zu bringen, weiß ich nicht – vor solchen Greueln verschließe ich lieber die Augen. Man sagte mir, dass er ständig nach der ›Wahrheit‹ schrie. Ich weiß nicht, was er meint. Die alles umfassende Wahrheit ist doch, dass der Gott-Eine im Goldenen Bergpalast sitzt und von den vierzehn Göttern umgeben ist. Er hält das für eine Lüge. Nun, streng genommen ist es keine. Aber es ist auch nicht so, wie er sich das immer vorgestellt hat …

Sie hielt den Atem an. Von wem war die Rede? Rasch blätterte sie zurück und fand einen Namen.

Muhuatl.

Mit angehaltenem Atem las sie weiter, und die Zeichen wollten vor ihren Augen verschwimmen, weil sie sich so anstrengte. Manchmal musste sie ein Zeichen auslassen, weil es sich nicht sinnvoll in einen Satz einfügen ließ.

Er werde sterben, sagte ich zu ihm, denn mit dem Wissen, das nur ich, der Hohe Priester, haben darf, darf er nicht weiterleben. Oder soll ich ihn den Göttern ausliefern? Trotz der hohen Belohnung, die seit ewigen Zeiten für den Fang eines Feuerdämons ausgesetzt ist, ist während meiner Amtszeit noch keiner in den Tempel gebracht worden. Ich weiß nicht, wie man einen entflohenen Gott auf den Berg schafft. Die älteren Bände der Chronik berichten über einen Fall, in dem man es versucht hat und daran gescheitert ist. Die Gefahren des Waldes sind zu groß. Leider ist die Lesbarkeit der alten Chronik der Zeit zum Opfer gefallen. Eindeutiger ist da der Hinweis, dass man Feuerdämonen unbedingt töten solle. Also lasse ich mich auf keine Überlegungen ein und werde genau das veranlassen …

… er ist geflohen. Es wird Zeit brauchen, zu ergründen, wie ihm das gelungen ist. Und jetzt wütet er in der Stadt, heißt es …

… der Gott-Eine hielt seine schützende Hand über die Stadt. Der Dämon hat nur den Graben verwüstet. Ich hoffe, dass meine Tochter das übersteht. Aber wenn nicht, ist der Wille des Gott-Einen, was meine Nachfolge für das Hohe-Priester-Amt betrifft, zumindest eindeutig.

Es war das letzte Blatt. Tique! Sie hätte den anschließenden Band mitnehmen sollen, statt die anderen mit dem nutzlosen Zeug. Unbedingt musste sie noch einmal hinaufgehen. Nicht sofort; das wäre zu auffällig. Außerdem war sie müde und wollte sich nur noch ins Bett vergraben.

Aber heute Abend. Und notfalls durchs Fenster.

18.

Da war wieder der Schatten. Er erhob sich hinter dem Feuer – kalt, dunkel, unwirklich. Muhuatl schrie, und der Schatten schrie. Er stob fort, warf sich auf Tante Nanxi; sie sackte nieder und starb. Er verfolgte Royia; er sandte Todeshauch aus. Royia hatte das Axot mit seinen Gedanken gerufen und den Schattenhauch hergelockt. So hatte es Muhuatl gesagt: Toxina Ica verjagte den Tod in die Unterwelt, von wo aus dieser seitdem seinen Schattenhauch aussendet, um Sterbende zu holen.

Und er war hier.

Naave schreckte hoch. Da war kein Schatten. Zumindest keiner, der sich von den Schatten unterschied, die mit der Nacht gekommen waren. Sie rieb sich über die fröstelnden Arme. Der Traum vom Schattenhauch … Sie hatte ihn schon einmal geträumt, im Wald, als Royia das Axot herbeigerufen hatte. Sie hatte den Tod gespürt. Aber Royia hatte nichts gespürt. Warum?

Langsam ließ sie sich wieder auf das Bett sinken. Auch seiner Umarmung entsann sie sich, wie er sie auf dem Ast festgehalten hatte, als sie auf einem Baum genächtigt hatten. *Seltsam, ich erinnere mich erst jetzt daran. Aber auch nur schemenhaft. Ich weiß nur, dass … dass es schön war.*

Schmerzhaft schön, nun da sie eine solche Umarmung nie wieder spüren würde.

Sie kuschelte sich in die Decken, berührte sich, aber das Gefühl, das ihre Hände hervorriefen, war schal. So stand sie wieder auf und tapste zum Fenster, herbeigelockt von dem Lärmen der nächtlichen Stadt. Der Platz vor dem Tempel war mit Feuern und Fackeln erleuchtet und dicht bevölkert. Auch die Straßen dahinter, die Gassen, überall drängten sich die Menschen, um ihrer geradezu zwanghaften Lust am Feiern zu frönen. Sie tanzten, klatschten, stritten sich, rauften miteinander, umarmten sich, und überall erklang die wilde, wahrlich nicht schön anzuhörende Mischung aus Trommeln, Flöten, Fellpauken und Rasseln. Mit jeder Festnacht wurden die Menschen lauter. Heute war die vierte Nacht. Noch eine würde folgen, und beim nächsten Sonnenaufgang würde ein Mensch sterben und alles für ein Jahr beenden.

Unwillkürlich hielt Naave nach Royia Ausschau. Was natürlich unsinnig war – wäre er wirklich dort unten, so würde sie ihn von hier aus nicht erkennen. Aber es war tröstlich, sich vorzustellen, dass er jeden Augenblick die Treppe heraufgestürmt käme, um …

Nein, das war nicht tröstlich. Das war immer noch schmerzlich.

Naave schob den Oberkörper weit aus dem Fenster, um sich zu drehen und den Teppich, der ihr den heimlichen Einstieg in die Schriftenkammer ermöglichen sollte, noch einmal eingehend zu betrachten.

Es klopfte; die Tür öffnete sich. Rasch machte Naave einen Schritt zurück ins Zimmer. Es war nicht die junge Iine, die da mit mächtigen Schritten eintrat. Es war eine Priesterin mit wogenden Brüsten und klirrendem Schmuck am faltigen Hals und den Armen – dieselbe, die Naave bei ihrem ersten Betreten des Tempels zum Baden geschickt hatte. Auch heute musterte sie Naave unter schweren, dick geschminkten Lidern. Und auch heute schwebte die mit weißem Stoff bespannte Kugel des siebten Mondes über ihrem Haupt.

»Willkommen zurück im Tempel«, sagte sie kühl und streckte einen Ball aus Schilfrohrgeflecht vor. »Dies ist für dein Zimmer. Es ist ja noch recht kahl.«

»Danke«, murmelte Naave und nahm den blauschwarzen Papaccivogel, der sich in dem runden Käfig eingeschüchtert auf seinem Zweig duckte, in Empfang und stellte ihn auf die Truhe.

»Wie du siehst, ist Iine nicht hier.« Die Priesterin setzte sich auf das Bett. »Sie wird auch nicht wiederkommen. Ich werde dich jetzt, nun … betreuen.«

Naave beschlich ein ungutes Gefühl. »Wo ist Iine?«

»Das leichtfertige Ding putzt für die nächste Zeit die Böden. Und zwar in Bereichen des Tempels, wo sie nichts falsch machen kann.« Die wuchtige Frau ließ den Blick über die Decken schweifen und schlug zielsicher eine zurück. »Sie hätte nicht zulassen dürfen, dass du diese Bände an dich nimmst.«

»Mein Vater will, dass ich sie lese.«

»Unter Anleitung, und nicht, wann *du* es für richtig hältst!« Eine so schneidende Stimme besaßen nicht einmal die Frauen auf dem Markt. Naave war danach, sich die Ohren zuzuhalten.

»Ich muss noch einen Band …«

»Was du musst, entscheidest nicht du, sagte ich das nicht gerade? Du bist ja noch nicht einmal Novizin!«

»Dass ich die Tochter des Hohen Priesters bin, zählt nicht?«

Die Priesterin der Imiqatiqa, der Göttin der Ordnung und des reinen Herzens einer anständigen Frau, schnaubte so verächtlich, dass Speicheltröpfchen flogen. Im *Graben* hatte man sich erzählt, dass Imiqatiqa eine verbiesterte Göttin sei, da es so wenige Frauen in der Stadt gab, deren Lebensführung ihr genehm sein könnte. Die Priesterin schien eine Verkörperung dieser Göttin zu sein.

»Das Straßenkind muss noch viel lernen. Zum Beispiel, dass man eine Priesterin nicht so anstarrt. Senke die Augen, wenn ich mit dir spreche.«

Naave gelang es nicht.

Seufzend schlug die Priesterin ein Bein über das andere und ordnete ihr Gewand. »Ich war damals eine der wenigen, die sich dagegen aussprachen, dass du die Nachfolge des Hohen Priesters antrittst, solltest du in der Gosse überleben. Leider hat er damals nicht auf mich gehört, und ich fürchte, dass du dafür sorgen wirst, dass er es nun bereut. Du bist zänkisch und hast kein Benehmen. Was ich bisher über dich gehört habe, passt dazu. Also: Solltest du frech werden, setzt es auch für dich eine Ohrfeige. So viel dazu, ob deine Herkunft etwas zählt. Für mich nicht!«

Naave ballte die Fäuste vor unterdrücktem Zorn. »Mit Unterwürfigkeit überlebt man den *Graben* nicht. Und es war mein Vater, der mich zu dem gemacht hat, was ich bin!«

Unbeeindruckt hob die Frau eine Hand. »Von mir aus. Ab heute vergisst du den *Graben* und alles, was du erlebt hast. Und glaube mir: Ich werde es schon schaffen, aus dir eine andere Frau zu machen.«

Naave nahm den Käfig, lief zum Fenster und öffnete ihn. Nach einigem Schütteln flatterte der Vogel hinaus und davon.

Die Priesterin seufzte, als hätte sie ein störrisches Almara vor sich. »Morgen früh bringe ich dich ins Bad, wo ich mich höchstpersönlich um die Pflege deiner räudigen Straßenhaut kümmern werde. Dann bereden wir noch einmal ausführlich, was du in der nächsten Zeit darfst und was nicht. Bis dahin lass dir nicht einfallen, im Tempel herumzustreunen; das tut dir nicht gut. Sicherlich hast du schon von bedrohlichen Schatten geträumt? Wenn nicht, wirst du das heute Nacht tun. Es befällt jeden Neuling. Aber bald gewöhnt man sich an die Anwesenheit des Todeshauchs und nimmt ihn nicht mehr wahr. Hast du das alles verstanden?«

Mürrisch nickte Naave. Warum geisterte der Schattenhauch durch den Tempel? War der Tod nicht überall zu finden? Sie schauderte, und jeder anderen Priesterin gegenüber hätte sie es zugegeben.

In der halboffenen Tür erschien ein Priester und verneigte sich. »Ehrwürdige Herrin des siebten Mondes, ich soll dir sagen, dass das Festopfer eingetroffen ist.«

Sie erhob sich und strich das Gewand glatt. »Das wurde auch Zeit! Hoffentlich hat der Yioscalo einen kräftigen jungen Mann gewählt, der etwas hermacht und nicht heult und zittert, wenn er das Messer sieht.« Sie schritt, die Kugel hoch erhoben, aus dem Raum. Naave wartete einige Zeit und folgte ihr. Neben der Tür stand ein anderer Tempelwächter. Er hielt sie nicht zurück, als sie die Treppe hinauflief. Der Priester, der auf seinem Hocker so nachlässig die Schriftenkammer bewacht hatte, war verschwunden. Stattdessen standen zwei Schwerbewaffnete neben der Tür. Hastig zog sich Naave in ihre Kammer zurück. Den Weg durchs Fenster überprüfte sie nicht mehr. Zweifellos war ihr auch der verwehrt.

Sein Kopf schmerzte, als hätte er Rauschtrank in sich hineingeschüttet. Noch immer lag er auf dem Bett der Hure. Er fragte sich, wie lange er geschlafen hatte. Unten war es still.

Durch die Matte vor dem Fenster schimmerte das Licht der Abenddämmerung.

Er überlegte, ob er sich noch einmal entspannen und hoffen sollte, wenigstens in seiner Vorstellung mit Naave aufregende Dinge zu erleben.

»Yaia, was ist mit dem Kerl?«, dröhnte es von unten. »Macht er Schwierigkeiten? Er liegt schon ziemlich lange da oben! Wir machen gleich auf. Ich werde ihn jetzt hinauswerfen.«

»Hör auf zu poltern, du Ochse. Er hat genügend Ringgeld, um meinetwegen noch drei Tage zu schlafen.«

»Aber Yaia! Dieses Haus ist doch keine Herberge!«

Schwere Schritte stampften die Treppe herauf. Royia hatte kaum Zeit, sich aufzusetzen, da flog der Vorhang des Eingangs zurück, und ein riesenhafter Kerl baute sich auf der Schwelle auf. Über dem Bauch wölbte sich eine fleckige Schürze, und sein Haar, das in alle Richtungen abstand, war klebrig vor Fett. Er riss den Mund auf – doch was immer er sagen wollte, blieb ihm in der Kehle stecken.

»Wie?« Royia musste lachen. »Dieses Haus gehört dir?«

»Verdammt!«, schnaufte der Riese. »Die Götter sollen mich mit Blindheit schlagen. Das ist …«

»Ja, er ist ein Feuerdämon«, die Hure schob sich an ihm vorbei und hob beschwichtigend die Hände. »Aber er ist ganz harmlos.«

»Das ist der Kerl, den ich neulich in den Tempel gebracht habe!«

»Was?« Ihr Blick huschte zwischen dem Mann – wie hieß er, Tzozic? – und Royia hin und her.

»Ja! Er ist die Opferbrücke hinabgestürzt … Geflohen ist er, und dann zurückgekehrt. Ausgerechnet hierher.« Er rieb sich das Kinn, mit einem plötzlich höchst zufriedenen Ausdruck. »Den Göttern gefällt es offenbar, mich zweimal mit

Reichtum zu segnen. Das Gebot, einen Feuerdämon in den Tempel zu bringen, gilt ja noch immer.«

»Ach, deshalb konntest du dir dieses Haus leisten? Du hast ihn ausgeliefert, die Belohnung eingestrichen, und jetzt willst du das noch einmal tun?« Sie warf ihre Mähne zurück und lachte schallend. »Die doppelte Belohnung für ein und denselben Dämon!«

Royia schwang sich aus dem Bett, angelte nach seinem Schurz und schlang ihn sich um die Hüften. Auf einem Tischchen lag der Armschmuck, Bänder aus Lavagestein, den er sich jetzt überstreifte. Von den Ringen waren noch einige übrig. Drei silberne schob er sich an die Finger; sie würden genügen. »Wenn ich mich recht entsinne, gelang es ihm nur, weil ich bewusstlos war. Ich denke, dieses Mal werde ich mich nicht so leicht in einen Käfig stecken lassen. Was sagst du dazu, Wirt?«

Tzozic hatte ihm mit offenem Mund zugesehen. Seine Pranken ballten sich unschlüssig und öffneten sich wieder.

Mit den Fingern fuhr sich Royia durch das zerzauste Haar und band es im Nacken mit einer Lederschnur zusammen. Ebenso beiläufig sagte er: »Ich werde das Haus in Brand stecken, wenn du auf dumme Gedanken kommst.«

»Möge der Gott-Eine dich verfluchen!«, spuckte ihm Tzozic vor die Füße, machte kehrt und stapfte die Treppe hinunter.

»Das hat er längst«, murmelte Royia. Er sackte auf die Bettkante und rieb sich das Gesicht. Dann hob er den Kopf. »Wird er jetzt zum Tempel laufen?«

»Du würdest das *Axot* wirklich anzünden?«, fragte sie im Gegenzug.

Er zuckte die Achseln. Nicht weil er es tatsächlich erwog, denn was würde es ihm helfen? Aber es konnte nicht schaden, wenn Yaia es glaubte.

Sie kam auf ihn zu und legte eine Hand auf seine Schulter. Ihr Daumennagel rieb über eine Narbenspirale. »Tzozic mag Felsentaucher zubereiten wie kein anderer, aber er ist ein Rüpel, dem ich täglich ins Gesicht schlagen möchte für seine Anmaßung, sich hier als Herr breitzumachen. Ich würde mich auf sein Gesicht freuen, wenn er mit ansehen müsste, wie das Haus in Flammen aufgeht. Leider würde ich mir dabei ins eigene Fleisch schneiden, denn mir liegt am *Axot* noch viel mehr. Was wirst du nun tun?«

»Erst einmal gehen – ich kann ja nicht ewig hier im Bett bleiben und so tun, als sei die Zeit stehengeblieben. Aber wer so aussieht wie ich, für den ist es eine Last, dort draußen herumzulaufen.«

Sie lachte. »Das glaube ich.«

»Ich hatte Nüsse auf dem Markt gekauft …«

»Du hast Hunger?«

Er winkte ab. Das Nussöl taugte für seine Zwecke nichts, denn er wollte nicht noch einmal an einer Hauswand liegend aufwachen. Yaia schritt aus dem Zimmer, und kurz darauf kehrte sie mit einem Korb zurück, in dem Käse, Brot, ein Tonfläschchen mit Öl und ein scharfes Lavamesser lagen. Hungrig verschlang er das Frühstück, während sie bei ihm saß, und dann ließ sie es sich nicht nehmen, das Öl auf seinem Gesicht zu verteilen und mit dem Messer die Bartstoppeln abzuschaben.

»Das kostet noch einen Kupferring«, sagte sie verschmitzt und reichte ihm ein Tuch, mit dem er sich trockenrieb. »Wirst du jetzt wirklich gehen?«

Es klang, als hätte sie nichts dagegen, wenn er noch eine Nacht in diesem Zimmer ausharrte. Eine Nacht, in der er dann endlich täte, was sie sich offenbar erhoffte. Erstaunlich, wie doch eine Stadtfrau so ganz anders auf ihn reagieren konnte als die Frauen seines Stammes. Was die interessante Frage aufwarf, was sie in ihrem durchaus nicht mehr jungen Leben bereits alles gesehen und erlebt haben mochte.

»Wenn eine von einer Naave gehört hat – dann du«, sagte er.

»Naave? Wer soll das sein?«

»Ein Mädchen aus dem *Graben.*«

Sie schnaubte. »Gewöhnlich kennt man die Namen der Leute aus dem *Graben* nicht.«

»Sie ist die Tochter des Hohen Priesters.«

»Oh, du meinst Naave Aq! Die junge Frau, die von der Opferbrücke gefallen ist, mitsamt dem Opfer …« Yaias Augen weiteten sich. Verwirrt fuhr sie mit den Händen durch die Luft, deutete nach unten. »Tzozic würde dich zweimal … und das Opfer … Natürlich, das warst ja dann du!«

Er nickte, und sie schlug lachend die Hände auf die Schenkel.

»Da habe ich wirklich einen bemerkenswerten Gast! Oh, über diese Naave gibt es Gerüchte. Es heißt, eine Frau sei in einer verschleierten Sänfte in den Tempel getragen worden. Und heute Nacht meinte ein Gast, man habe sie an einem der Tempelfenster gesehen. Aber ob sie das wirklich war?« Yaia zuckte die Schultern. »Gelegentlich lassen sich auch Priesterinnen in Sänften herumtragen, und aus den Fenstern schauen sie sicher auch.«

All das Hetzen durch die Stadt war sinnlos gewesen. Tief in seinem Innern hatte er ohnehin geahnt, dass Naave nur an zwei Orten sein konnte: im *Graben,* wo er sie niemals fände, oder im Tempel, wo er sie unmöglich erreichte.

»O doch, sie war es bestimmt. Tzozic würde mich gerne in den Tempel bringen. Nun, ich denke, ich werde ihn um die zweite Belohnung bringen und selbst dorthin gehen. Es ist das Einzige, was ich noch tun kann. Heute ist die letzte Festnacht.

Bei Sonnenaufgang wird der Hohe Priester auf der Opferbrücke erscheinen. Und ich werde ebenso da sein.«

»Um was zu tun?«

Er konnte nicht anders, er musste diesen gierigen Blick mit einer Geste erwidern. Er strich ihr über die Wange. »Ich habe genug gesagt.«

Ja, er würde sich notfalls ausliefern. Im Gegenzug würde er von dem Priester verlangen, ihm alles zu sagen, was er über das Rätsel wusste. Das Rätsel, dessen Enthüllung so schrecklich war, dass es Muhuatl in Flammen hatte aufgehen lassen. Und er würde verlangen, Naave zu sehen …

Wenn der Hohe Priester mich haben will, muss er mir eine Stunde seiner Zeit gewähren. Und eine mit Naave. Wenn ich es danach tatsächlich nicht schaffe, zu entkommen – war es das vielleicht wert.

»Mir scheint, du sehnst dich nach Schwierigkeiten«, sagte die Hure, und ihr Blick wurde nur mehr sehnsuchtsvoller. »Ich helfe dir, dorthin zu kommen, ohne dass jeder vor dir davonläuft oder dich fangen will.«

»Und wie willst du das tun?«

»Ach, das ist ganz einfach. Außerdem habe ich ja noch Zuqua. Er hält die Leute schon von dir ab.«

»Der schmächtige Kerl?«

Sie lachte. »Du wirst schon sehen!«

Yaia hatte nicht zu viel versprochen. Zuqua hatte seine Schürze abgelegt und schlenderte, mit nichts als einem handbreiten grauen Tuch um die sehnigen Hüften, zwei Schritte hinter ihr. An einem Gürtelstrick hing eine Naz-Schlinge. »Ich habe sie voriges Jahr einem Waldmenschen abgekauft«, erzählte Yaia, während sie neben Royia durch die Straßen lief. »Er berichtete Erstaunliches über diese Waffe, nämlich dass sie sich von selbst um ihre Beute schlingt. Das erwies sich als wahr. Leider ging das Tier oder die Pflanze oder was immer es war, ziemlich schnell ein. Aber das weiß niemand. Zuqua hat damit einige so beeindruckende Dinge angestellt, dass sich ihm auf ewig keiner mehr zu nähern wagt.«

Royia konnte sich lebhaft vorstellen, dass die wundersamen Dinge, über die sie mit leuchtenden Augen sprach, für einige Menschen tödlich ausgegangen waren. Allerdings wirkte Yaia nicht, als bedürfe sie überhaupt des Schutzes eines Leibwächters. Stolz schritt sie aus. Ihre schweren Brüste mit den geschminkten Warzenhöfen schwangen hin und her, kaum bedeckt von dem hauchzarten Stoff ihres enganliegenden Kleides. Ein Gürtel aus Tecminc-Steinen lag um ihre Hüften, und in das Fleisch ihrer Oberarme pressten sich Lederbänder mit Schneckenhäusern, die Royia schmerzlich an Naave erinnerten.

Er hatte erstaunt bemerkt, dass ihre Mähne andere Frauen mit ebenso rot gefärbtem Haar anzulocken schien. Irgendwann begriff er, dass dies das Zeichen der Huren war. Aber keines leuchtete so prächtig, war so dicht und so lang. Die Frauen, auch die jüngeren mit festeren Körpern, betrachteten sie voller Neid und Ehrfurcht. In gehörigem Abstand umschwärmten sie die Hure, als erhofften sie, dass ihr Glanz auf sie abfärbe.

Das Geschrei vom Feuerdämon blieb dennoch nicht aus.

»Sie werden glauben, ich hätte dich gehabt«, sagte Yaia, während sie einem Mann zuwinkte, der die Finger zwischen die Zähne steckte und anzüglich pfiff. »Ich schätze, gleich morgen nach dem Fest wird der Yioscalo bei mir anklopfen, und ich werde den doppelten Preis verlangen können. Du bringst mir Glück, Feuerdämon.«

Und mit diesem verrückten Zwerg zu schlafen, machte ihr wahrscheinlich sogar Freude.

Es scheint so, als wolle die Stadt ihren Ruf mit aller Macht bestätigen, dachte er.

Nicht nur Yaia tat ihr Möglichstes dazu. Überall tanzten und lärmten und soffen die Städter unter dem von ihren Feuern und den Monden erhellten Nachthimmel. In bunte Federkleider gehüllte Männer schoben sich Fackeln in den Mund und ernteten begeisterten Beifall. Anderswo gab es Geschrei, weil eine der vielen Festhütten durch das heftige Liebesspiel eines Paares zu Bruch ging. Eine ganze Gruppe wogte, die Arme umeinandergelegt, hin und her und sang, offenbar berauscht von zu viel Cupalrauch. Eine andere hatte sich um einen Ochsen versammelt, der sich an einem Spieß drehte. Der Lärm nahm zu, je näher Royia mit seiner eigenartigen Begleitung zum Platz vor dem Tempel gelangte. Es war brechend voll, doch sogar hier wichen die Feiernden vor der Hure zurück.

Auf der erhöhten Tempelplattform und an den Seiten der Treppen erhellten riesige Fackeln die weißen Mauern. Blütengebinde waren um die Pfeiler der Götterstatuen geschlungen. Auch die jetzt noch leere Opferbrücke war mit Fackeln erleuchtet. Es gab Geschrei, als ein Mann die Treppen hinauf- und hinabrannte. An seinen Schultern und den ausgebreiteten Armen waren spitze, rotbemalte Blätter befestigt. Und auf seiner nackten Brust prangten dicke rote und schwarze Striche, die offenbar eine Flammenzeichnung darstellen sollten. Er vollführte wilde Sprünge, die eher an einen angriffslustigen Affen als an einen Feuerdämon denken ließen. Die Menge wich lachend vor ihm zurück.

»Denk dir nichts dabei, so einen sieht man jedes Jahr«, rief Yaia. Es war so laut, dass man sein eigenes Wort kaum mehr verstand. Aber Royia interessierte das kaum. Seine Augen suchten die Fenster und Terrassen ab, in der Hoffnung, Naave dort oben zu entdecken. Tatsächlich sah man die fahlen Gewänder der Priester mitsamt ihrem aufwendigen Kopfschmuck aufleuchten. Doch keine von diesen Gestalten glich Naave. Ihn packte das betäubende Gefühl, einer Täuschung zu erliegen. Die kleine freche Fischerin konnte unmöglich zu ihnen gehören.

Da sah er sie.

Ausgerechnet Zoi, so hieß die grässliche Priesterin der Göttin des siebten Mondes, hatte Naave auf eine der Tempelterrassen geführt. Hier, im Licht der sechs Monde, die zu dieser Nachtstunde am Himmel zu sehen waren, sollte die Zeremonie abgehalten werden, die Naaves Eintritt in die Novizenschaft markierte. »Normalerweise dient ein Novize ein Jahr im Turm seiner erwählten Gottheit, bevor er zum Priester geweiht wird. Da du nicht die Priesterin einer bestimmten Gottheit werden wirst, sondern die oberste Priesterin aller Götter, wirst du deine Novizenzeit in jedem Turm verbringen.«

»Vierzehn Jahre?«, fragte Naave entgeistert.

»Unterbrich mich nicht! In deinem Fall vierzehn Monate, und ich freue mich schon, dich im Turm meiner Göttin begrüßen zu dürfen.« Zois Lächeln ließ an eine lauernde Schlange im Geäst des Waldes denken. »Wir üben das Nähen mit Kakteennadeln, das Rechnen mit Schnurteppichen, und lauschen den Legenden der ersten Hohen Priester.«

»In welchem Turm werde ich anfangen müssen?«

»Du darfst ihn dir erwählen, hat dein Vater entschieden. Wähle gut!«

»Ich will in Tiques Turm«, antwortete Naave sofort, und die Mundwinkel der Priesterin zuckten ärgerlich.

»Natürlich, der Gott der Gesetzlosen. Ich denke, darüber reden wir noch einmal in den nächsten Tagen.«

Ich denke nicht, dachte Naave erbost, schwieg aber. Zoi ging zu einer verhüllten Statue.

»Die Zeremonie ist schlicht. Du wirst dem Gott-Einen schwören, den vierzehn Göttern zu dienen, die wiederum ihm dienen.« Die Priesterin zog das weiße Tuch herunter. »Du darfst ihn ansehen.«

Dennoch schlug Naave erschrocken die Augen nieder. Nun, sie kannte immerhin einen der vierzehn Götter persönlich, da sollte es nichts ausmachen, eine Statue des Herrn der Götter zu betrachten. Der schöne Jüngling mit der goldenen Federkrone und den goldenen Flammen in den Händen sah sie aus schwarzen Lavasteinaugen an.

»Küss seine Zehen«, wies Zoi sie an.

Naave raffte ihr Zeremonienkleid, ging in die Knie und beugte sich vor. Der Stein unter ihren Lippen fühlte sich kalt an. Sie schloss die Augen, und es kam ihr seltsam vor, keine Stille um sich zu haben, sondern das Lärmen der Feiernden, das vom Tempelplatz heraufdrang. Während sie den Gott küsste, hörte sie eine schrille Stimme johlen, dann eine besonders laute Fellpauke, dann das schräge Lied mehrerer Betrunkener. Ob sie es als würdelos empfinden sollte oder gar als Auszeichnung, dass es während des Festes der *Endenden Finsternis* geschah – darüber würde sie noch einmal in Ruhe nachdenken müssen. Sie beschlich das Gefühl, sich tatsächlich mit diesem Kuss ganz und gar der Allmacht des Gott-Einen ausgeliefert zu haben. Und dass mit diesem Beginn der Höhepunkt und Abschluss der Zeremonie erreicht sein müsse.

So war es, wie sie feststellte, sobald sie wieder stand. Zoi winkte einer Priesterin, die aus dem Schatten der Tempelmauer trat, einen Kopfschmuck in den Händen. Weißer Stoff spannte sich um ein Drahtgestell, das im Gegensatz zu den üblichen Monden die Form einer schmalen, schön geschwungenen Sichel besaß. Zoi ergriff es und hob es über Naaves Kopf.

»Die Sichel ist der Mond am Beginn seines Daseins, so wie die Novizenschaft der Beginn des Daseins im Tempel ist. Du wirst sie ein Jahr tragen.«

Drei schmale, gebogene Bronzedrähte, die als Stütze dienten, gruben sich in Naaves Haar, als ihr Zoi die Mondsichel aufsetzte. Unwillkürlich hielt Naave den Kopf still, da sie befürchtete, der Kopfschmuck könne bei der kleinsten Bewegung kippen.

»Das hält schon«, winkte Zoi ab. Sie trat an Naaves Seite. Aus dem Inneren des Tempels kamen Priester und Priesterinnen, sie alle in weißen Festtagskleidern oder Schurzen; Halskragen und Armschmuck aus weißen und goldenen Perlen und mit weißen Federn verziert. Jeder trug den Mond seines Gottes auf dem Haupt. Nacheinander traten sie zu Naave und küssten sie auf die Stirn.

Naave fragte sich, wie der Dienst im Turm des Schwertgottes Xipe To aussah, oder gar bei Aqo, der Göttin der Liebe. Man würde von einer Novizin doch sicherlich nicht verlangen, in Aqos Turm das Gleiche zu tun, was Naaves Mutter hatte tun müssen?

»Ich werde dich jetzt auf die Opferbrücke bringen«, erklärte Zoi. »Der Hohe Priester hat seinen Wunsch, dass du schnell einen Menschen opfern sollst, zwar zurückgestellt, weil nicht die rechte Zeit dazu ist, aber er will, dass du ihm beim Festopfer zur Seite stehst. Und er rät dir eindringlich, dich weder zu zieren, noch zu zetern oder zu betteln.«

Naave nickte nur. Wie sollte man diese Frau auch um etwas anbetteln können? Er hatte schon gewusst, wen er schickte, um dafür zu sorgen, dass die aufmüpfige Tochter pflichtschuldig auf der Opferbrücke erschien. Würde sie es schaffen, der Opferzeremonie zuzusehen? Sie musste – wie sollte sie es auch verhindern? Sollte sie das Opfer von der Brücke stoßen? Sicherlich war der Mann ebenso betäubt wie alle anderen, und dann ertrank er, denn so stark wie Royia war er wohl kaum.

Während sie Zoi durch die verschlungenen Wege des Tempels in jenen Trakt folgte, der hinter dem Jadetor begann, dann die schmale Treppe hinauf in den Vorraum zur Opferbrücke, fragte sie sich, ob wohl jeder Priester solche Gedanken erwogen hatte. Nur um dann doch seine Pflicht zu tun. Wie auch sie ihre Tränen während des Festopfers zurückzudrängen gelernt hatte, damals als eine von vielen in der Menge. Die von Fackeln erhellte Nacht, die Geräusche des Festes, das Gebilde auf dem Kopf, das sie zu einer steifen Haltung zwang – all das ließ den Gang hierherauf noch unwirklicher als beim ersten Mal erscheinen. Durch die schmale Tür erblickte sie bereits das Opfer auf der Brücke; an ihrem Anfang standen zwei kleinere und an ihrem Ende ein gewaltiges bronzenes Becken mit brennendem Öl. Der Mann war ähnlich geschmückt wie zuvor Royia. Ähnlich wie alle Festopfer. Ein Waldmensch, wie sie sogleich an den schwarzen Haaren erkannte.

Sie stieß einen kleinen Schrei aus, als sich ein Ungeheuer von der Seite näherte.

»Ruhig, liebe Tochter«, ihr Vater ergriff ihre Hand, und sie musste die andere auf ihr bebendes Herz legen. »Ich weiß, ich sehe bedrohlich aus. Wie fühlst du dich als frischgebackene Novizin? Der Sichelmond steht dir hervorragend.«

Er ließ sie los und trat an das Kupferbecken. Das Händewaschen vor dem Opfer … sie hatte es nicht vergessen. Auch nicht den jungen Priester mit seinem Tablett verschiedener Flüssigkeiten, ebenso das Tischchen, auf dem er sie abstellte, das Schwämmchen, das er mit ihnen tränkte und das er Tlepau Aq unter die Nase band.

»Ich denke, du wirst die Öldämpfe nicht brauchen, Naave«, sagte ihr Vater geschäftig. Er wirkte nervös, wanderte in seiner Axotverkleidung hierhin und dorthin, prüfte, ob auch alles saß. Es schien, als fürchte auch er sich vor dem Opfer, gleichgültig wie oft er es schon ausgeführt hatte. Dann schloss er kurz die Augen und atmete tief durch. »Was du tun wirst, ist einfach. Halte dich an die Priesterin dort«, er wies auf eine Frau, die steif in einer Ecke wartete, mit einer Art bronzenen Pfanne in den Händen. »Ihr beide werdet, sobald das Opfer in den Fluss gefallen und die Sonne aufgegangen ist, die Feuer in den kleineren Ölbecken draußen löschen.«

Naave nickte. Sie bekam ebenfalls eine Pfanne gereicht und gesellte sich zu der Frau, die sie unruhig anlächelte. Das Löschen des Feuers markierte das Ende des Festes. Auch all die Feuer und Fackeln rund um den Tempel und auf dem Platz würden erlöschen. Sie war froh, nicht den Platz der anderen Priesterin einnehmen zu müssen, die eine Schale mit Wasser und ein Tuch hielt: Sie würde Tlepau Aqs Hände und den Opferdolch reinigen. Eine ältere Priesterin mit dem Mond der Xocehe auf dem greisen Haupt prüfte noch einmal den Bestand eines Arzneikastens – offenbar stand sie bereit, um zu helfen, falls jemandem übel werden sollte. Am abgebrochenen Ende der Brücke warteten zwei Priester neben dem großen Feuerbecken; die riesige Abdeckung, mit der sie das Feuer im rechten Moment ersticken würden, lehnte in einem Gestell daneben.

Tlepau Aq räusperte sich. »Es wird Zeit; bald ist Sonnenaufgang. Seid ihr bereit?«

Um ihn nervöses Nicken. Er schob den Dolch in eine lederne Halterung an seinem linken Unterarm, verschränkte die Finger und ließ sie knacken; dann trat er hinaus.

Naave hörte den Lärm der Menschen aufbranden, als sie ihn im Schein der Feuer sahen. Seine Aufregung schien wie weggeblasen; geschmeidig und ohne jede Furcht vor dem Abgrund schritt er über die schmale Brücke. Am Kopfende der Bahre, auf der das Opfer lag, blieb er stehen. Der Lärm schwoll an und erstarb abrupt, als er in einer schnellen Bewegung den Dolch zog und beide Arme in den Himmel reckte. So drehte er sich, um dem Volk die Pracht seiner Aufmachung zu zeigen. Ehrfürchtiges Stöhnen wallte die Tempelmauern herauf und mischte sich mit dem Gischten und Schäumen des *Großen Beschützers.*

»Sieht er nicht großartig aus?«, hauchte die junge Priesterin mit dem Mond der Varuta, während sie hinaustrat, um neben dem kleineren Becken Aufstellung zu nehmen.

Ja, das tut er. Naave folgte ihr und blieb neben dem anderen Becken stehen. Was empfand sie, als er sich trotz des schweren Kostüms bewegte, als kümmere ihn der Abgrund nicht? Abscheu, Ehrfurcht? Oder doch auch einen Hauch von Stolz? *Nein! Er hat Nanxi auf dem Gewissen!* Die angewinkelten Axotflügel waren mit Drähten und Schilfrohrstöcken über Schultern und Oberarme gespannt; über seinem Scheitel erhob sich der Kopf des Axots, die Augenhöhlen mit Blutsteinen in Goldringen ausgefüllt, und der zahnbewehrte obere Schnabel lag über Tlepau Aqs Stirn. Die Rückenfedern erzitterten im Wind. Seine Brust mit dem Sonnenpektoral, sein Gürtel mit goldenen und schwarzen Steinen und Federn und all die Reife aus Gold um Hand- und Fußgelenke erinnerten daran, dass er ein Mensch war. Er genoss seinen Auftritt. Langsam senkte er den Kopf und die Arme.

»Töte das Opfer!«, rief jemand von unten, und eine Stimme nach der anderen nahm den Ruf auf, bis schließlich der rhythmische Laut aus Tausenden von Kehlen die Tempelwände heraufbrandete: »Töte es, töte es, töte es!«

Bewegte sich da nicht das Opfer? Nein, sicherlich war es nur der Wind, der das Haar des Waldmenschen und den Saum seines Schurzes hob. Naave hatte Angst, ihn näher zu betrachten – sie wollte nicht sehen müssen, dass es vielleicht der Sohn des *Düsteren* Canca war, der ausgezogen war, um für seinen Vater Almarafleisch zu bringen. Oder der Mann, mit dem sie im Manoqmehlspeicher bei den Yioscalos eingesperrt gewesen war …

»Bring uns die Sonne zurück!«, hörte Naave den schrillen, irgendwie erheitert klingenden Ruf einer Frau in jenem Moment, als die Menge Atem holte. Sie meinte im bunten Gewühl überaus lange und rote Haare zu erkennen. Und einen Mann, der sich von ihrer Seite löste und sich durch das Gewühl näher heranzukämpfen begann …

Royia.

19.

»Wo willst du hin?«, schrie die Rote Yaia hinter ihm her. Er hörte sie kaum; zu laut war das hämmernde Fordern der Städter, den Bewusstlosen dort oben umzubringen. Zu opfern für den Augenblick, da sich die Sonne ohnehin über den Wipfeln des Waldes erheben würde, auch ohne dass diese Tat geschah. »Willst du den Waldmenschen etwa retten? Du bist verrückt! Er ist verloren!«

Sie hatte recht – selbst wenn es ihm gelänge, den Mann herunterzuholen, so würde sich die aufgepeitschte Menge auf ihr Opfer stürzen und es hier unten zerreißen. Aber zu verlieren hatte er auch nichts; also nahm er Hände und Ellbogen zu Hilfe, um sich den Weg zur Opferbrücke freizukämpfen. An der Mauer, hinter der der Fluss in der Tiefe rauschte, drängten sich die Menschen so dicht, dass man kaum atmen konnte. Besonders Waghalsige waren auf die hüfthohe Mauerkrone gestiegen und hielten sich an den Schultern ihrer Vordermänner fest. Manche taten es nicht freiwillig – sie mussten nach oben ausweichen, um nicht zerdrückt zu werden. Anscheinend wurde das Festopfer immer auch von einigen Unfreiwilligen hinab in die Schattenwelt begleitet. Diese irrsinnigen Städter!

Royia hatte den Manoqbaum erreicht. Er berührte den Stamm, um die Verbindung zu den Lebensadern aufzunehmen. Hände griffen nach ihm und wollten ihn zurückhalten, als wüssten die Menschen, was er vorhatte. Er schüttelte sie ab und lief den Stamm hinauf. Kurz sah er zurück, sah sie, wie sie unten standen und fassungslos glotzten. Zwei Tempelwächter waren dabei, sich zu dem Baum durchzukämpfen. Ihr Brüllen, man möge zurücktreten, ging unter; sie hoben ihre Lavasteinschwerter, und Royia sah zu seinem Entsetzen, dass sie zuschlugen. Die Menschen stoben zurück. In ihre Rufe mischten sich die spitzen Schreie grenzenloser Furcht. Die Menschenmenge brandete gegen die Flussmauer und darüber hinweg; fünf, sechs Menschen krallten sich in die Haare oder Kleidung anderer, doch es rettete sie nicht mehr vor dem Sturz in den Fluss.

Er rannte hinauf, sprang in der Baumkrone von einem aufstrebenden Ast zum nächsten und mit einem letzten Satz auf die Brücke.

Naave stand nur eine Armlänge entfernt.

»Royia«, sagte sie. Das Wort ging unter im Getöse; er las es von ihren Lippen. In den Händen hielt sie ein bronzenes flaches Ding, von dem er nicht wusste, wozu es diente. Jemanden damit schlagen ließe sich sicherlich gut. Alle seine Fragen wollten gleichzeitig aus seiner Kehle und waren einander im Weg: *Bist du froh, mich zu sehen? Oder möchtest du wieder weglaufen? Was denkst du? Sag es, und sag es schnell, bevor sie mich ergreifen.*

»Naave …« Mehr brachte er nicht hervor. Aber die Hand nach ihr auszustrecken, das würde er schaffen. Er hob sie, und Naaves Augen leuchteten erwartungsvoll. Ihre Lippen zitterten, formten immer wieder seinen Namen. Freudig. Ja, freudig. Mehr als das. Zwei Tränen rannen aus ihren glänzenden Augen.

Für einen langen Augenblick vergaß er, wo er war. Er hörte nichts mehr, nur noch das Pochen seines Blutes; er sah nichts mehr, nur noch diesen frohen Blick.

Seine Fingerspitzen berührten ihre Wange …

Ein Blitzen in ihren Augen; ihr Mund öffnete sich zu einem Schrei. Wie einstmals Aja hörte er ihre Stimme nur in seinem Kopf.

Vater! Nein!

Mit schmerzhafter Wucht prallte die Wirklichkeit zurück auf seine Augen und Ohren. Der Lärm schien noch lauter geworden zu sein. Er drehte sich um und sah den Hohen Priester mit erhobenem Dolch vor sich stehen.

»Stirb endlich!«, brüllte Naaves Vater.

Royia musste nur die Hand heben, um den Hieb abzufangen. Der wohlbekannte Schmerz, als seine Finger die Klinge umschlossen, fuhr wie ein Peitschenhieb durch seinen Arm. Zugleich drehte er den Dolch aus der Hand des Hohen Priesters und schleuderte die Waffe von der Brücke.

Er hielt die Hand hoch erhoben. Aus den Schnitten loderten Flammen. Die Priesterin neben Naave keuchte und wankte. Bevor Naave nach ihr greifen konnte, um sie zu stützen, schlug sie die Hand vor den Mund und hastete zurück in den Vorraum. Auch die Priester am äußeren Feuerbecken waren blass geworden. Einer sackte auf die Knie und klammerte sich an dem Gestell fest. Nur der Hohe Priester stand stolz aufgerichtet, als hätte er sich nicht lächerlich einfach entwaffnen lassen, eine Hand an der Schulter des Opfers, wie um klarzustellen, dass der Mann sein Besitz war. Die Axothaut, die ihn umhüllte, mitsamt den halbaufgerichteten Flügeln und dem schnabelbewehrten Kopf, schien einem von zu viel Rauschtrank verursachten Alptraum entsprungen zu sein.

Dieser Fleck …

Das kann nicht sein!

Hierfür hatten die Toxinacen Aja gehäutet. Für diese groteske Schande.

Aja …

Royia machte einen wankenden Schritt auf die Bahre zu. Er packte mit der unverletzten Hand eine Tragstange, weil er Halt brauchte. Einen Schritt stand er von dem Hohen Priester entfernt. Er brauchte nur die Hand auszustrecken, um den Fleck zu berühren. Noch einmal die zarte Stirnhaut spüren … Aber wenn er es täte, würde er schreiend in Flammen aufgehen wie Muhuatl. So konnte er nur starren, innerlich um Aja weinen und gleichzeitig lachen, weil dieser Mann in ihrer Haut so schauerlich aussah, so grauenhaft *falsch.*

In seinem Innern hallte Xocehes Stimme, eine längst verdrängte Erinnerung.

Ach, Royia. Den ersten Schnitt zu setzen, fällt mir bei jedem Schüler schwer …

Sein Körper war noch ungezeichnet. Von einigen hell glänzenden, winzigen Narben abgesehen, wie sie jedes Kind aufwies, das sein Leben mit Jagen und Herumtoben verbracht hatte. Xocehe berührte mit der Schneide des Messers seinen Unterarm. Die Haut zog sich zusammen. Er fror, obwohl es ein heißer Tag war, und starrte auf das Messer. Fahrig leckte er sich den Schweiß von der Oberlippe.

Er schluckte. »Wird es sehr weh tun?«

»Du bist fünfzehn; du weißt, wie es ist, wenn man sich versehentlich mit dem Jagdmesser schneidet. Aber seltsamerweise fragt mich das zunächst jeder.«

Ihre linke Hand umfasste sein klammes Handgelenk. Unter ihren Fingerkuppen erspürte er sein Zittern. Sie drehte den Arm herum und setzte das Messer an der empfindlichen Unterseite an. »Und hier tut es noch mehr weh.«

Erschrocken keuchte er auf, als sie die Klingenspitze in die Haut grub. Ein Blutstropfen sickerte heraus.

»Das tut sehr weh«, stellte er bemüht sachlich fest. »So habe ich mir das nicht vorgestellt, ihr Götter, das ist ja furchtbar. Kann ich mir die Sache nicht noch einmal überlegen? Eigentlich hat mich sowieso keiner gefragt, wenn ich es recht bedenke.«

Er hatte einen Toxinacen sagen gehört, dass manche Erwählte beim ersten Mal einfach nur schwiegen und sich auf die Zähne bissen. Manche begannen zu plappern – wollten sich ablenken oder in Scherze retten, wie er. Die meisten jedoch flehten oder heulten. Er war entschlossen, beides nicht zu tun.

»Ich werde die Narben zu schönen Bildern und Mustern fügen«, sagte Xocehe. In ihrem Blick lagen zugleich Lust und Bedauern. »Du wirst dich deines Körpers nicht schämen müssen. Das verspreche ich dir. Und halte dein Leben nicht für einen Ablauf von Qualen. Es wird Monate geben, in denen gar nichts geschieht. Mehr als einen Schnitt täglich werde ich dir nicht zumuten. Und sie werden schnell heilen.«

Danach lag er doch mit verheultem Gesicht und zerbissenen Lippen auf der Seite und ließ sich von ihr die Stirn kühlen. Sie holte ein Bündel, das sie ihm in den Arm legte. Er sah auf. Ein Axotjunges reckte das Köpfchen heraus. Seine zitternden Finger strichen behutsam über den violetten Fleck auf der Stirn. In seinem Kopf hörte er es nervös quieken.

»Jeder Erwählte bekommt ein Axot geschenkt. Es wird dich trösten und deine Wunden heilen. Einen besseren Freund wirst du niemals haben. Wie willst du es nennen?«

Er lauschte dem Fiepen und meinte ein Wort herauszuhören. »Aja«, sagte er.

Warum lachte er und sah dabei so gramvoll aus, dass es Naave im Innersten weh tat? Oder war es kein Lachen, vielmehr ein verzweifeltes Aufschreien? Sie wollte zu ihm, wollte über seine Wangen streichen, um die Tränen abzuwischen. Und um sich selbst zu überzeugen, dass er wirklich, wirklich hier war. Doch sie ahnte, dass sie jetzt besser nicht zwischen diese beiden Männer trat. Der Lärm verebbte allmählich. Lagen die Menschen etwa allesamt berauscht, betrunken und erschlagen übereinander? So war es nicht, wie ein Blick hinab verriet. Vielleicht waren sie nur heiser geschrien, zu erschöpft – wo man nicht gar so dicht beisammenstand, hockten sich die Leute hin. Alle sahen herauf. Nur längs der Mauer war das Toben in Jammern und Wehklagen übergegangen.

Aus dem Vorraum erklangen schwere Schritte. Drei, vier Tempelwächter drängten sich am Eingang.

»Bist du in Gefahr, Herr?«, rief einer herüber. Beide, Tlepau Aq und Royia, hoben eine Hand in Richtung der Männer; der eine abwehrend, der andere, um drohend sein Feuer zu zeigen.

Ihre Blicke waren ineinander verhakt.

»Wie bist du an die Axothaut gekommen?«, fragte Royia. Er hatte seine Fassungslosigkeit überwunden. Seine Stimme war kalt. Er war zum Töten bereit.

»Ich glaube, du weißt es«, erwiderte Tlepau Aq.

Royia schüttelte den Kopf. »Sag mir, was *du* weißt, und ich verschone dein Leben.«

Aus Tlepau Aqs Mund kam ein krächzender ungläubiger Laut. »Wie meinst du das?«

»Ich meine, dass das Leben im Licht eine Lüge ist.«

»Das – das ist Unsinn.«

Das Stocken hatte ihn verraten. *Mein Vater kennt das Rätsel,* dachte Naave.

»Sag mir, was es bedeutet. Sag mir, was dort oben nicht so ist, wie man es mir immer in den schönsten Farben ausgemalt hat«, verlangte Royia. Beinahe harmlos züngelten die Flammen auf seiner Handfläche. Er hielt die Hand, als trüge er darauf eine Ölschale.

»Was hat man dir erzählt?«

»›Schönheit über Schönheit erblickt das Auge‹, heißt es in einem Lied. ›Gold, Silber, Edelsteine. Wasser, das munter aus Quellen sprudelt. Vögel, die sich auf der Schulter niederlassen. Wild, das durch Gärten zieht. Keine Furcht mehr vor den allgegenwärtigen Gefahren des Waldes. Keine Leiden, keine Schmerzen. Ein Leben in Licht und Sonne; und kein Gott, sofern er atmet, denkt und liebt, sehnt sich wieder fort.‹«

Naave sah, wie ihr Vater angestrengt schluckte.

»Die Göttin des achten Mondes und die Toxinacen haben mich mein Leben lang belogen. Mich, den Gott des zehnten Mondes. Ich habe ein Recht, es zu wissen. Und ich werde dich töten, wenn ich nicht endlich Antworten bekomme.«

»Eine Lüge?« Auch Tlepau Aqs Hand hob sich; er hatte sich gefasst. »Alles ist, wie es sein soll. Sieh dich doch um, sieh das Land und deinen Wald, wie beides gedeiht; sieh die Stadt, wie sie voller Leben ist. Was dort oben auf dem Goldenen Bergpalast geschieht, dient dem Gedeihen der Welt. Man hat es dich doch gelehrt? Die Götter dienen dem Gott-Einen, indem sie ihm ihre Kräfte schenken. Sie geben ihm ihr Licht, ihr Feuer, ihre Wärme. Und sein Licht, sein Feuer, seine Wärme sind es, die die Welt atmen lassen. Willst du hinaufgehen und es beenden? Dann vernichtest du all das!« Tlepau Aqs ausgreifende Geste schien die ganze Welt zu umfassen.

»Ihr Licht, ihr Feuer, ihre Wärme?«, wiederholte Royia zweifelnd.

»Ja, all das. So hat man es dich gelehrt. Und es ist auch nicht falsch.«

»Aber es ist nicht die ganze Wahrheit.«

Ihr Vater zögerte. »Nein«, gab er schließlich zu.

»Sag sie mir.«

»Sie ist tief verschlossen in meinem Herzen. Nichts kann sie herausreißen. Nichts.«

Nichts? Wenn sie, Naave, seine Nachfolgerin würde, musste er die Wahrheit sagen. Wenigstens ihr.

Sie öffnete den Mund, doch er kam ihr zuvor: »Ja, irgendwann wirst du es erfahren, meine Tochter. Du bist gerade erst eine Novizin geworden und hast wahrscheinlich noch nicht einmal das richtig begriffen. Die *ganze* Wahrheit käme für dich viel zu früh.« Ihr Vater tat einen langen, schweren Atemzug. »Glaub mir, ich wünschte, ich würde sie nicht kennen. Nach all den Jahren raubt sie mir heute noch den Schlaf.«

»Kennt Toxina Ica die Wahrheit?«, fragte Royia.

»Er ist der Gott-Eine; wie sollte er nicht? Du hättest mit Freuden und Demut in seinen Dienst treten sollen, statt um dich zu schlagen und alles in Gefahr zu bringen. Aber ich wusste ja, dass es so kommen würde! Toxina Ica steh mir bei – ich wusste es.«

»Woher?«

»Die alten Schriften sagen, dass ein Erwählter sich niemals allzu weit von seinem Stamm entfernt, weil ihn jederzeit der Ruf auf den Berg ereilen kann.« Naave schien es, als bräche eine Angst aus ihm hervor, die ihn zeit seines Lebens – oder seiner Amtszeit – begleitet hatte. Er fuhr sich durchs Gesicht, grub die Finger unter den Axotschnabel. Sie zitterten wie die eines alten Mannes. »Deshalb war mir und auch meinem Vater und wohl allen Hohen Priestern vor uns klar, dass ein Erwählter, sollte er je in der Stadt auftauchen, auf der Flucht sein müsse.«

»Wer hat mir das Schriftzeichenholz geschickt?«

»Das weiß ich nicht.«

»Aber irgendjemand wollte, dass ich lebe.«

»Das ist auch mir ein Rätsel! Und nun? Wirst du mich jetzt verbrennen?«

»Ich sollte dich von der Brücke stoßen, statt des Mannes hier«, fuhr Royia ihn voll ohnmächtiger Wut an. Er ballte die brennende Hand zur Faust, so dass die Flammen zwischen den Fingern hervorzüngelten.

»Nein!« Naave warf ihre Erstarrung ab. Sie lief zu ihm und fiel ihm in den anderen Arm. Sie liebte ihren Vater nicht – aber das durfte nicht geschehen. Es waren genug gestorben, genug! Kaum hatte sie Royia berührt, öffnete er den Arm, und sie konnte nicht anders, als die Einladung seiner Umarmung anzunehmen. Sie fürchtete sein Feuer nicht. Sein Arm lag um ihre Schulter und presste sie an ihn.

»Naave!« Der Ruf ihres Vaters war ein gequälter Laut des Entsetzens. »Er – und du?«

Ja, ihr Götter, ja. Er und ich. So unmöglich es sein mag.

»Es ist ja alles noch schlimmer, als ich dachte! Du gehörst dem Gott-Einen, so wie ich, begreifst du das nicht?«

»Wenn das Leben im Licht eine Lüge ist, dann auch das«, erwiderte sie, ohne Royia loszulassen.

Tlepau Aq winkte in Richtung der Tempelwächter. »Tötet ihn, aber seht zu, dass meiner Tochter nichts geschieht!« Und ihr befahl er: »Geh in den Tempel.«

Ich denke nicht daran!

Naave schloss die Augen und barg das Gesicht an Royias Schulter. »Geh«, sagte auch er.

Sie schüttelte den Kopf. Es war geschehen, was sie sich ersehnt hatte, nämlich ihn wiederzusehen, und jetzt sollte sie ihn loslassen, nur damit es zu einem tödlichen Kampf kam?

Über die Schulter hinweg sah sie voller Entsetzen, dass alle vier Wächter ihre Speere hoben. Wollten sie allen Ernstes diese schrecklichen Waffen über ihren Kopf hinweg auf Royia schleudern?

»Sie sind äußerst treffsicher«, bestätigte Tlepau Aq ihre Gedanken. »Und du, Dämon, wirst nicht alle gleichzeitig anzünden können.«

»Vater, das ist doch Wahnsinn.«

»Ja, das ist es.«

Entsetztes Geschrei kam von unten. Widerwillig hob Naave den Kopf, und zugleich schob Royia sie von sich, um sich dem Platz zuzuwenden. Zunächst entdeckte Naave nichts Auffälliges. Überall brannten Fackeln und Feuer. Doch an einer Stelle war Bewegung in die ausharrende Menge geraten. Sie stob vor einem Mann zurück, der auf den Tempel zuwankte. Er war nackt, und er war verrückt, so wie er sich schwankend drehte, dass sein schwerer Bauch schwappte, und den erschrocken schreienden Leuten schwarze Zähne und wild aufgerissene Augen zeigte. Auch seine Haare wirkten wie verkohlt. Doch nicht das war es, was alle vor ihm flüchten ließ.

Sein linker Arm fehlte. Aus der klaffenden Wunde an seiner Schulter schlugen Flammen.

»Royia!«, schrie Muhuatl herauf. »Warum bist du noch nicht tot? Warum sind sie alle noch am Leben? Sie sollten besser sterben! Sterben … sterben …«

Er legte den Kopf in den Nacken und brüllte seinen Wahnsinn heraus. Er brüllte, bis auch sein Schlund brannte. Er brüllte noch, als sein ganzer Körper eine einzige lodernde Fackel war.

Naave würgte von dem Gestank verbrannten Fleisches. Sie hob den Kopf, als Royia an ihr vorbeistürzte, auf die Tempelwächter zu, die von dem Anblick des sterbenden Feuerdämons abgelenkt waren. Royia riss dem Vordersten den Speer aus der Hand; die anderen kamen zu sich, doch es war zu spät. Er drückte ihm die Lavasteinspitze gegen den Bauch, so dass der Mann sich krümmte.

»Zurück in den Tempel«, befahl Royia. »Und lasst euch nicht wieder blicken, sonst stoße ich hier alle von der Brücke.«

Sie stießen Flüche über ihm aus; ihre Hände zuckten, wollten die Speere nach ihm werfen, doch dann zogen sich die Männer zurück. Er trat zurück an die Bahre, den eroberten Speer fest in der Hand. Mit der anderen löste er die Schnur um den Kopf des Opfers, die das mit Nussöl getränkte Schwämmchen unter der Nase hielt. Der Waldmensch drehte den Kopf hin und her und öffnete stöhnend die Augen. Naave dachte, dass er unweigerlich fallen würde, wollte er in seiner Benommenheit jetzt aufstehen. Doch seine Lider schlossen sich wieder, und er schlief weiter.

»In diesem Jahr gibt es kein Opfer«, sagte Royia zu Tlepau Aq. Er nickte in Richtung des Waldes, wo sich hinter den Kronen die Wolkenstreifen rötlich eingefärbt hatten. »Seit undenklichen Zeiten geht die Sonne am sechsten Tag auf. So auch heute, wie du siehst, ohne dass dieser Mann sterben musste. Sie hätte es immer getan. Immer. Und was die Erwählten betrifft: Wenn *zwei* in deiner Stadt auftauchen, werden auch weitere kommen. Willst du sie alle töten? Die Zeit der Täuschungen ist vorbei. Vorbei, begreif das endlich! Also sag mir, was auf dem Berg geschieht!«

Tlepau Aq sah ihn gequält an. Er wusste, dass Royia mit jedem Wort recht hatte. *Sag es,* wollte Naave ihn in Gedanken zwingen. *Sag es endlich.*

Doch er schüttelte fahrig den schwer geschmückten Kopf. »O nein. Finde es selbst heraus, wenn du unbedingt die Welt in ihr Unglück stürzen musst. Ich werde dir dabei gewiss nicht helfen.«

»Vater …«

»Sei still, Tochter! Ich habe versagt! Ich habe vor meinem Herrn, dem Gott-Einen, aufs schmählichste versagt, denn ich konnte die Welt nicht vor diesem Mann bewahren, den du auch noch … liebst. So ist es doch, nicht wahr?«

»Ja.«

»Sogar Iq-Iq muss sich hinter den Himmelsbogen abwenden! Ich kann nur noch sterben.«

»Warum?«, schrie sie gegen den Wind an, der ihr das Haar ins Gesicht drückte. »Warum?«

»Weil ich weiß, was geschehen wird. Jetzt ist nichts mehr aufzuhalten. Der Schattenhauch wird entfesselt. Möge Toxina Ica mir beistehen – ich will dem nicht zusehen müssen.«

Abrupt drehte er sich um, breitete die Arme aus, als wage er den Irrsinn, sich mit den Axotflügeln in die Lüfte zu erheben – und sprang.

Naave stieß einen heiseren Schrei aus. Sie stürzte nach vorne, sackte auf die Knie und beugte sich über den Rand der Brücke. Da verschlang schon der gischtende Fluss den Körper ihres Vaters und riss ihn in die Tiefe.

Sie wusste nicht, wie lange sie so kniete. Ewig. Irgendwann fühlte sie sich von Royia an den Schultern gefasst und hochgezogen. Sie ließ sich von ihm halten, sog seinen Geruch nach Mann und Feuer ein; dann bemerkte sie, dass sich etwas verändert hatte. Der Waldmensch hatte sich auf die Seite gedreht und schaute ängstlich hinunter in die Masse all der vielen Menschen, die nach wie vor schweigend ausharrten. Die anderen Priester waren verschwunden, die Tempelwächter hingegen zurückgekehrt. Und Zoi war da. Drei Schritte stand die

Priesterin entfernt, die Wächter hinter ihr. Ihre Miene war wie versteinert. Langsam senkte sie den Kopf mit dem siebten Mond.

»Es ist nun geschehen, was der Hohe Priester wollte: Du hast seinen Platz eingenommen. Du bist die Hohe Priesterin.« Sie sagte es tonlos, wie erschöpft, als sei von allen schlimmen Dingen das Schlimmste eingetreten. Langsam richtete sie sich wieder auf, musterte Naave auf ihre spitze Art und schürzte die Lippen. »Ich würde dir dennoch dringend empfehlen, den Unterricht in meinem Turm zu beginnen.«

Naave war sich nicht sicher, richtig gehört zu haben. Hohe Priesterin – sie, und so schnell? Aber an diesem Tag der Unmöglichkeiten konnte wohl auch das geschehen.

20.

»Es tut mir leid, dass ich hierbei so gar keine Hilfe bin.« Royia blätterte in einem der Chronikbände und legte ihn auf einen Stapel. »Bei uns kerbt man nur. Und das habe ich mehr schlecht als recht gelernt. Anscheinend ist *Lesen* keine Fähigkeit, die auf dem Bergpalast gefragt ist.«

»Vielleicht solltest du doch auf die Hilfe der lesekundigen Priester zurückgreifen, Herrin«, wagte Iine einzuwenden. Mit gekreuzten Beinen hockte die junge Tempeldienerin auf dem Boden der Schriftenkammer, wie auch Royia und Naave, und half, die riesige Chronik nach *dem Rätsel* zu durchforsten. Gefunden hatten sie bisher nichts. Naave graute es vor dem Kasten mit der älteren Chronik, die sicherlich noch viel mühseliger zu lesen war. Sie klappte ihren Band zu und griff nach einem Becher.

»Wenn der Hohe Priester, der als Einziger das Schlimme hinter der Wahrheit kannte, schon nicht von ihr abrücken konnte, wie sollen dann die anderen Priester eine Hilfe beim Suchen sein? Sie werden mir in den Ohren liegen, dass alles so zu bleiben hat, wie es immer war. Allen voran Zoi. Nein, wir müssen es selbst herausfinden. Es *muss* doch hier irgendwo stehen!«

Naave trank einen Schluck Wasser und zog den nächsten Band auf den Schoß. Sie schlug ihn auf, doch die Schriftzeichen und Bilder verschwammen vor ihren müden Augen. Sie lehnte sich gegen das Regal. Unter ihrem Gewicht knirschte ein Korb mit beschrifteten Tonkissen. Aus halbgeschlossenen Augen sah sie zu, wie Royia geschmeidig aufstand, zum Fenster schlenderte, die Arme auf die Brüstung legte und sich hinauslehnte. Er war hier – es kam ihr noch immer unwirklich vor.

Der sechste Tag neigte sich dem Ende zu; der Abend hatte sich über die Stadt gesenkt. Und wie an jedem ersten Tag des neuen Jahres war die Stadt in einen Dämmerzustand gefallen. Die Menschen schliefen in ihren Häusern, den Festhütten oder auch auf den Straßen ihren Rausch aus. Nur einige Tempeldiener hatten sich wie jedes Mal nach dem Fest aufgemacht, um jene zu bergen, die von den Wächtern erschlagen oder von der Menge zerdrückt worden waren. Früher hatte Naave nie zugesehen, wie sie dieser grausigen Arbeit nachgingen. Sie war zurück in ihre Hütte im *Graben* geflüchtet, um dort Vergessen zu finden. Oder zu ihrem kleinen steinernen Gott auf dem Inselchen. Heute jedoch hatte sie am Fenster gestanden. Sie empfand es als ihre Pflicht, die Augen nicht mehr davor zu verschließen.

Und dafür zu sorgen, dass es damit endgültig ein Ende hatte.

Den Rest des Tages hatten sie und Royia in ihrem Zimmer verbracht, wo sie einfach gemeinsam auf das Bett gefallen waren. Noch bevor sich die Decken unter ihrem Gewicht zusammengedrückt hatten, war Naave eingeschlafen. Schwer und traumlos und viel zu kurz war ihr Schlaf. In den frühen Nachmittagsstunden hatten sie sich wieder erhoben und sich darangemacht, die Chronik zu durchforsten. Niemand hatte sie gehindert. Es war, als sei den Priestern und Tempelwächtern der führende Kopf abhandengekommen, wie es ja auch der Fall war.

Naave gähnte. Mit der Müdigkeit kehrten die schrecklichen Bilder zurück. Der schreiende Mob, der brennende Muhuatl.

Der stürzende Vater …

Sie wusste, dass er nicht überlebt hatte. Er war nicht jung und stark gewesen wie Royia, und das Axotkostüm musste ihn wie einen Stein in die Tiefe gezogen haben. Als sie von der Brücke gefallen war, hatte er ähnlich empfunden? An seine Gestalt, sich schattenhaft gegen den blauen Himmel abzeichnend, an seinen erschrockenen Blick, ja, daran konnte sie sich gut erinnern. Doch an *seinen* Sturz kaum. Und wenn sie in sich lauschte, empfand sie nur Mattigkeit und Leere. Keine Trauer. Vielleicht kam das noch. Vielleicht auch nicht – er war für sie schließlich nie ein Vater gewesen. *Es tut mir leid, Vater,* dachte sie und wischte eine Träne aus dem Augenwinkel. Oh, das fühlte sich doch ein wenig traurig an, und irgendwie war sie froh darüber.

Sie gähnte noch einmal und reckte sich. Es war Zeit, weiterzumachen. Doch Iine hatte sich auf dem Boden zusammengerollt und die Augen geschlossen. Royia stand noch immer am Fenster, in seine eigenen Gedanken und Welten versunken.

Leise blätterte Naave weiter. Das Buch gehörte zur Chronik der Pitataqus, und hier fand sie die von Tlepau Aq erwähnten Rezepte für die verschiedensten Nussöltränke. Ach, hatte das Wühlen überhaupt einen Sinn? Sie schob es auf den durchgearbeiteten Stapel und öffnete die Truhe mit den ältesten Teilen der Chronik. Der Geruch uralten Staubes schlug ihr entgegen. Vorsichtig hob sie eine in ein Tuch geschlagene Rolle hoch, nahm das fleckige Leinen ab und versuchte sie auszubreiten. Sofort brach das Papier. Naave wischte Staub und Krümel herunter.

»Und?«, fragte Royia, der sich bei dem Geräusch umgewandt hatte.

»Das ist alles verblasst. Und voller Zeichen, die ich nicht kenne. Und es riecht ziemlich übel.«

Trotzdem steckte sie die Nase in den Text, fast ohne Hoffnung, hier etwas zu finden. Doch recht bald stieß sie auf ein Wort, das sie von Royia kannte.

»Toxinac …«

»Was steht da?«

»Moment. *Ich … dem Toxinacen … Gastfreundschaft?* Ja, Gastfreundschaft. *Es war mir* … nein, *es kam mir seltsam vor, einen Waldmenschen … hier* … Ich fürchte, das war es schon. Der Rest ist völlig verblasst.«

»Nun, das beweist immerhin, dass es eine Verbindung zwischen den Priesterschaften des Waldes und der Stadt gibt. Oder gab. In diesen Büchern wird nichts zu finden sein. Dein Vater bekam sein Wissen von seinem Vater, und irgendwann gelangte es von den Toxinacen hierher.«

Die Tür flog auf. Sofort war Naave auf den Beinen. Die Priesterin des siebten Mondes rauschte herein. Ihr kühler Blick schweifte durch den Raum, streifte Royia und die sich aufrappelnde Iine und wandte sich Naave zu. Langsam neigte Zoi den Kopf mit dem weißen Mond. Das Zucken ihres Mundes verriet ihren Widerwillen.

»Du hast den Sichelmond abgelegt, Herrin?«

»Er störte beim Schlafen.«

»Du musst ihn verbrennen, heute Nacht im Angesicht des zehnten Mondes. Das macht man so, wenn die Novizenschaft endet. Morgen früh wirst du zur Priesterin geweiht. Und am Mittag zur Hohen Priesterin.«

Zoi verzog auf ihre unnachahmliche Art die Lippen. »Es geht ein wenig schnell bei dir.«

Ja, viel zu schnell. Naave fragte sich, ob je in ihrem Kopf ankommen würde, dass sie nun Hohe Priesterin war. Und wann das geschehen würde.

»Aber wir sind nun einmal in dieser misslichen Lage und müssen sie meistern«, fuhr Zoi betont geschäftig fort. »Du wirst dir also danach Gedanken darum machen, wer dein Nachfolger wird. Das Amt wird ja nicht verliehen, sondern vererbt, wie du weißt. Diese Frage ist bald zu klären. Nicht dass es wieder solche Probleme damit gibt, wie Tlepau Aq sie hatte … Und es wäre wünschenswert, dass der nächste Aq ein *Sohn* ist.«

Alle allmächtigen Götter! Naave schwindelte. Das war nun wirklich viel zu viel für sie.

»Danach zeige ich dir die hohepriesterlichen Gemächer. Und richte dich darauf ein, dass wir in den nächsten Tagen ausarbeiten werden, wie wir deinen ursprünglich für vierzehn Monate geplanten Aufenthalt in den vierzehn Türmen gestalten werden. Denn auf deine Ausbildung werden wir natürlich nicht verzichten.«

Hohe Priesterin hin oder her – Zoi schien entschlossen, sie nicht anders zu behandeln als zuvor. Das war Naave irgendwie sogar recht, schließlich fühlte es sich vertraut an. Würde diese Frau ihr plötzlich unterwürfig begegnen, könnte sie die Welt wohl gar nicht mehr verstehen.

»Das wäre fürs Erste genug.« Zoi wandte sich um. Royia hatte sie keines weiteren Blickes gewürdigt.

»Zoi? Hat man meinen Vater gefunden?«

»Die Tempelwächter haben einen Suchtrupp losgeschickt. Aber rechne nicht damit, dass der *Große Beschützer* den Leib deines Vaters hergibt.«

Hinter Naaves Augen ballte sich ein Druck. Sie blinzelte, um ihn wieder loszuwerden. Als die Priesterin gehen wollte, lief Naave ihr nach. »Zoi! Wir suchen einen Hinweis, was auf dem Bergpalast geschieht. Aber nichts davon steht in den Büchern! Wozu eine Chronik, wenn man das Wichtigste nicht aufzeichnet? Und wenn man es nicht getan hat – woher wusste mein Vater davon? Von seinem Vater, und der wiederum von seinem, ja? War es so? Sie alle haben es nur mündlich wiedergegeben, weil es zu furchtbar ist, niedergeschrieben zu werden. Ist das richtig?«

Zoi war angesichts all dieser Fragen zurückgewichen. Langsam nickte sie. »Ich weiß darüber nichts. Nur einmal erwähnte Tlepau Aq, dass er es wüsste, weil er es gesehen hat. Was immer es war – ich habe nicht nachgefragt. Ich sah in seinen Augen, dass man besser nicht an diese Wahrheit rührte.«

»Er hat es … gesehen?«, hauchte Naave entgeistert. »Er war auf dem Berg der Götter?«

»Er war der Hohe Priester. Ich habe daraus geschlossen, dass einem Hohen Priester Zugang gewährt wird.«

»Das heißt … das heißt …«

»Ja, das heißt es wohl.« Zoi schürzte die Lippen. »Ich nehme an, dass sämtliche Bitten, dieses Vorrecht nicht zu nutzen, an dir abprallen werden, also lasse ich es.« Hochaufgerichtet machte sie auf der Ferse kehrt.

»Aber wie kommt man dort hinauf? Was muss ich tun?«

Noch einmal blickte Zoi über die Schulter zurück. »Das weiß ich nicht. Aber ich vermute, der Mann an deiner Seite weiß es.«

Damit schritt sie aus der Kammer. Naave wandte sich Royia zu.

Er nickte. »Sie hat recht. Ich kenne den Weg.«

»Aber wenn ich gehe und du mich begleitest, töten dich die Wächter der Toxinacen.«

»Sie sagt, du darfst hinauf. Wenn *du* mich begleitest, werden sie es vielleicht nicht tun.«

Ich will dich nicht verlieren, kaum dass ich dich wiedergefunden habe, dachte sie. Aber es war ja sinnlos, über einen anderen Weg nachzugrübeln. Es gab keinen. »Also sollen wir es wagen?« Ihre Stimme war kaum mehr als ein Hauch. Fast wünschte sie sich, er würde ablehnen. Denn ihre Schultern waren viel zu schmal für dieses Wissen, das dort auf sie wartete, das ahnte sie bereits. Andererseits ersehnte sie, dass er mit der Antwort, wie auch immer sie ausfallen mochte, endlich Ruhe fand. Sie griff nach seiner Hand und verknotete ihre Finger mit seinen.

»Ja«, sagte er rauh. »Allerdings werden wir hinterher vielleicht nicht mehr dieselben sein. Mit mir könnte geschehen, was mit allen Erwählten geschieht, und du – dir könnte das Wissen schaden, so wie es der Seele deines Vaters geschadet hat. Also, wann sollen wir aufbrechen?«

»Gleich morgen Mittag nach dem Ritual.« Tief atmete sie ein. »Dann habe ich nicht so viel Zeit, es mir anders zu überlegen.«

Naave hielt den Sichelmond an die Flamme eines Öllämpchens, wartete, bis eine der beiden Spitzen Feuer gefangen hatte, und legte ihn in eine bronzene Schale nah am Fenster, wo der Stoff verbrannte. Der Wind trug einige tänzelnde Funken mit sich hinaus. In der Ferne grollte Donner, und von einem auf den anderen Moment prasselten dicke warme Tropfen zum Fenster herein und ließen die Glut zischen.

Die Stadt kam allmählich wieder zu sich. Unten auf dem Platz, wo die Händler wieder ihre Stände aufgestellt und Matten ausgebreitet hatten und lautstark ihre Waren anpriesen, redete man sich wahrscheinlich über den Tod des Hohen Priesters und die junge, unbedarfte Nachfolgerin aus dem *Graben* die Köpfe heiß.

Der Gedanke, dieses Amt zu übernehmen, war so fern wie alles, was nach ihrem Gang auf den Berg kommen mochte. Einfach unwirklich. Ebenso die Forderung Zois nach einem Sohn.

Wer soll denn überhaupt der Vater sein? Der altbekannte Trotz flackerte auf – wohltuend wie das Erscheinen eines vertrauten Freundes. *Hat sie darüber auch nachgedacht?*

Sie legte eine Pfanne auf die Schale, um den rußigen Qualm zu ersticken. Dann wandte sie sich zu Royia um. In Ermangelung einer eigenen Kammer hatte er sich auf ihre Bettstatt gelegt. Er ruhte auf der Seite, den Kopf auf eine Hand gestützt, und sah sie an.

Er?

Sie musste lachen. Fragend runzelte er die Stirn.

»Verzeih«, sagte sie. »Aber da hatten wer weiß wie viele Hohe Priester angeordnet, einen Feuerdämon zu fangen und zu ihnen zu bringen – und ich habe bei meinem Amtsantritt einen auf meinem Bett liegen. Was fange ich nur mit dir an? Also nicht morgen oder in den nächsten Jahren, sondern jetzt?«

Er setzte sich auf, und sie wusste die Antwort. Sie lief zu ihm und warf sich in seine geöffneten Arme.

So selbstverständlich fühlte es sich an, sich von ihm umarmen und halten zu lassen. Seinen Atem an ihrem Hals zu spüren. Über seine Narben zu tasten, seine harten Muskeln, seinen ganzen beeindruckenden Leib. Sie dachte zurück, wie sie sich an seinen Rücken hatte klammern müssen, um von ihm in den Lichtwald getragen zu werden. Welch eine Abscheu sie empfunden hatte! Und wie seltsam es ihr im Nachhinein vorkam. Damals war ihr nicht aufgefallen, wie zart und doch fest sich seine Haut anfühlte. Es war ganz natürlich, ihn zu berühren. Nicht nur mit den Händen. Ihre Haut prickelte überall, wo sie auf seiner lag.

»Wie eigenartig es ist, dich in den Armen zu halten«, flüsterte er in ihr Ohr. »So entsetzt, wie du mich anfangs angesehen hast …«

»Ja«, lachte sie glücklich. »Ich weiß.«

Naave hob eine Hand, ließ sie zögerlich vor seinem Gesicht schweben, vor seinem berückend schönen Gesicht, das nichts entstellte, auch nicht seine Flammenzeichnung, die jetzt klar und in aller Pracht zu sehen war. Sanft fuhr sie sie mit den Fingern nach, und mit einem wohligen Seufzen ließ er seine Lider sinken.

»Hast du dies denn schon immer?«, fragte sie.

»Nein, sie erschien in den Tagen meiner Mannwerdung.« Er berührte stattdessen eine winzige Narbe in der Kuhle seines Schlüsselbeins. »Diese Narbe war meine erste. Die hat jeder Waldmensch. Es ist ein Geburtsritual: Man schneidet das Kind, um festzustellen, ob der Schnitt leuchtet. Wenn es so ist, weiß man, dass es die alte Gabe des Lavavolkes geerbt hat und ein Erwählter ist. Allerdings passiert das so selten, dass niemand tatsächlich damit rechnet. Und du?« Er berührte die Grübchen ihrer Wangen. »Woher hast du dies?« Dann fuhr er über ihren gebogenen Nasenrücken. »Und dies?«

»Von meiner Mutter.« Warum fragte er das? Dahinter konnte schließlich keine so erstaunliche Geschichte stecken. Doch dann begriff sie, dass er ihr zeigen wollte, wie aufregend er sie fand. »Es ist schade, dass wir noch so wenig voneinander wissen. Wir wissen nicht einmal, ob uns viel Zeit bleibt, uns gegenseitig zu erkunden.«

»Oh, da fällt mir ein, dass ich dir gestehen muss, dir etwas genommen zu haben.«

Unwillkürlich sah sie an sich hinunter. »Was denn? Ich hatte doch nichts.«

»Das Ringgeld auf der Insel.«

»Oh. Oh! Das gehörte doch Tique.«

»Eben. Deshalb erscheint mir ›gestohlen‹ auch als etwas zu hart. Du wirst mir dafür nicht die Augen auskratzen, oder?«

Sie warf die Haare zurück und lachte. »Habe ich dir je erzählt, dass ich eine Diebin war?«

»Ich glaube nicht. Aber dann ist ja alles in Ordnung – eine Diebin und der Gott der Diebe.«

Sie hielten sich an den Schultern auf Abstand und sahen sich an. Dachte er wohl auch an das, was er früher in ihr gesehen hatte? Ein lästiges Mädchen, das ihn alle Geduld kostete? Oder verglich er sie mit den Waldfrauen, die er vielleicht zuvor gehabt hatte? Oder gar … Göttinnen? Andere Erwählte?

»Tique ist der Gemahl der Göttin des vierten Mondes«, sagte er. »Axiciya, die Göttin der Webkunst und des Tanzes. Xocehe, meine Lehrmeisterin, die Göttin der Heilkunde, hatte mir versprochen, dass ich sie lieben werde und sie mich. Ich hatte sie mir als wunderbare Frau vorgestellt.«

Schon wieder dachte er über das Gleiche nach wie sie. Naave fand es geradezu beängstigend.

»Aber ich fürchtete mich auch vor ihr und verstand nicht, weshalb. Jetzt, da ich dich habe, ist es mir klar. Ich fürchtete, enttäuscht zu werden. Neben dir muss auch eine Göttin verblassen.«

Misstrauisch hob sie die Brauen.

»Nicht weil du so viel schöner bist …«

»Sondern?« Sie fasste sich an ihre auffällige Nase.

»Sondern weil sie … weil *alle* Frauen im Vergleich zu dir entsetzlich langweilig sein müssen.«

Für einen langen Augenblick vergaß sie, wo sie war. Hörte nichts mehr, nur noch das Pochen ihres Blutes. Sah nur noch diese Lavaaugen, in denen die Glutsprengsel leuchteten. Ihre Fingerspitzen berührten seinen Unterarm. Er hob die Hand, unendlich langsam, und berührte sanft wie ein Hauch ihre Wange. Naave schmiegte sich in ihre Wärme, und da lächelte er.

»Royia?« Sie biss sich auf die Unterlippe. »Die Sonne geht gleich unter.«

»Und dann?«

»Dann ist mein Geburtstag vorbei. Heute früh bei Sonnenaufgang, zur *Endenden Finsternis* vor neunzehn Jahren, wurde ich geboren. Hier bei uns in der Stadt macht man es so, dass der liebste Mensch einem etwas schenkt. All die Jahre habe ich nie etwas bekommen, ich hatte ja keinen Menschen mehr. Aber plötzlich ist da wieder jemand …« Sie hob die Hand und legte sie an seine Wange.

»Was möchtest du haben, das ich dir geben kann?«

Zaghaft ließ sie die Finger über seine Haut wandern, den Hals hinab. Ihr Zeigefinger glitt seine Brust hinunter. Sicherlich glühte ihr Gesicht.

»Dich. Du weißt, wie ich es meine?«

Er schluckte. Sein Blick wurde glasig. »Sicher. Du musst dir aber im Klaren sein, dass du dich, nun … erschrecken könntest. Es könnte sein, dass du schreiend vor mir davonläufst.«

Ihr Auflachen klang ein wenig bitter. »Was soll mich denn jetzt noch erschrecken? Außerdem habe ich meinem Vater schwören müssen, nie mehr wegzulaufen. Bei Tique habe ich es geschworen. Und Tique lebt. Ich kann also gar nicht vor dir weglaufen.«

Rücklings ließ er sich auf das Bett fallen und zog sie mit sich. Naave kreuzte die Arme auf seiner Brust und legte das Kinn darauf. Ewig könnte sie so liegen und mit den Augen die Linien seines Gesichts und seiner Feuerzeichnung nachfahren. In seiner berückenden Andersartigkeit schwelgen. Seine Hände glitten ihren Rücken hinab und begannen den Stoff ihres Kleides zu raffen. Wie von selbst hob sich ihr Becken, um ihm zu helfen, ihn hochzustreifen.

»Noch kannst du flüchten«, sagte er.

»Ich will aber nicht«, erwiderte sie rauh.

Sie streckte sich, um ihn zu küssen. Er packte ihren Hinterkopf, um sie an sich zu ziehen. Seine festen Lippen waren warm; seine Zunge heiß. Dann schob er sie an den Schultern ein Stück fort. Wirkte er … hilflos? Es machte nichts, dass er zögerte, konnte sie doch die Zeit nutzen, länger in seinem Anblick zu schwelgen. *Hier beginnt, was ich nie zu hoffen gewagt hätte,* dachte sie berückt. Das Leben war plötzlich wie ein funkelnder Schmuckstein. Royia könnte sie nun fortschieben, könnte aufstehen und gehen, und dennoch wäre sie froh um diesen kurzen Augenblick. Und die Gewissheit, dass er nicht gehen würde, dass er vielmehr noch näher zu ihr kam, machte sie trunken vor Glück. Jäh fuhr er herum, sie umschlingend, und kam auf ihr zu liegen. Naave starrte gebannt auf die Glutpunkte in seinen Augen. Sie bewegten sich, leuchteten auf, als befände sich dahinter eine eigene kleine Welt voller tanzender Leuchtwesen. Dann schloss er die Augen, senkte den Kopf und liebkoste ihren Hals und durch ihr Kleid hindurch ihre Brustwarzen, die wohlig zu schmerzen begannen. Als er die Bänder seines Schurzes löste, versteifte sie sich in der Erinnerung an die Männer, unter denen ihre Mutter gelitten hatte. Doch nur für einen winzigen Augenblick. Das hier war anders, völlig anders. Sein Feuer schien auf sie überzuspringen, ihren ganzen Körper zu erhitzen. Sie dachte, dass der Regen, der dort draußen niederprasselte, auf ihrer Haut verdampfen würde. Ihre Fingernägel gruben sich in seinen Rücken, fuhren vor Wonne die Narben entlang. Sein großer Leib erzitterte, als er sich seinen Weg in sie suchte. Ein Stich fuhr durch ihren Unterleib.

»Das hat weh getan«, erkannte er.

Naave kniff die Augen zusammen, blinzelte eine Träne weg. Was waren diese Schmerzen gegen seine? Sie wollte alles spüren, alles, was dazugehörte. Sie ermunterte ihn weiterzumachen, und er senkte sich weiter in sie. Bald fühlte sich alles richtig an, und sie wiegte sich mit ihm im Gleichklang, genoss die Gier, die sie erfasste. Das alles war so neu, so beängstigend, zugleich schmerzlich und schön. Und dass *er* es war, der all das in ihr auslöste, war kaum zu ertragen.

Unter den Fingern erspürte sie Glut. Er schien innerlich zu brennen. Lichtpunkte erschienen an den Narben, überall, an jeder einzelnen. Sie zeichneten die Muster nach, erfüllten all die Linien, Kreise und Spiralen mit feurigem Licht. Naave keuchte auf, zugleich gebannt und entsetzt. Royia öffnete den Mund zu einem lustvollen Stöhnen. Tief in seiner Kehle glühte es.

Er hob die Lider.

Naave schrie.

Aber sie würde nicht fliehen; sie hätte es auch nicht gekonnt. Sie warf die Arme um ihn, um ihm zu zeigen, dass sie ihn nicht fürchtete. Sondern genoss.

4.

DURCH DEN BERG

21.

Zoi trat vor Naave, neigte den Kopf vor ihr und richtete sich wieder auf. »Alles ist anders geworden«, sagte sie, und ihre Stimme hallte von den Wänden des Innenhofs wider. Naave stand unter dem Jadetor, gekleidet in ein frisches weißes Gewand, eng anliegend und mit ellbogenkurzen Ärmeln, wie jede Priesterin. Und wie jede trug sie einen mondförmigen Kopfputz, ihrer jedoch mit einer Korona aus schwarzen, grünen und goldenen Vogelfedern. Auf ihren Schultern lag ein schwerer Halskragen aus Gold, Silber und ebensolchen Federn. Und ihre Arme zierten so viele Schmuckbänder und Reifen, dass sie sie kaum heben konnte. Sie musste sich eingestehen, dass sie davon entzückt war. *Irgendwann werde ich Tzozic einladen. Er wird an dem großen Esstisch mit zahllosen Leckereien sitzen, und dann werde ich vor ihm erscheinen und mich daran ergötzen, wie ihm die Augen aus dem Kopf fallen.*

»Alles ist anders«, wiederholte Zoi so streng wie feierlich. »Wir haben hier eine Frau, die in die Priesterschaft eintrat, ohne einen Menschen zu töten, wie es jeder Novize eigentlich tun muss. Es schmerzt meine Seele, dass so ein schöner alter Brauch untergeht. Aber wir müssen wohl einsehen, dass er seinen Sinn, auf das Töten vorzubereiten, verloren hat. Denn das Fest endete ohne das Opfer, und trotzdem ging die Sonne auf.«

An die hundert Männer und Frauen hatten sich in ihren besten Priestergewändern an den Mauern aufgereiht. Zwischen ihnen standen die Tempelwächter in voller Bewaffnung. Sie alle hätten wie Statuen gewirkt, würde nicht eine sanfte Brise an ihren Kleidern und Haaren zupfen. Naave hatte das Gefühl, sich ihnen gegenüber rechtfertigen zu müssen. Es war nicht ihr Wille und schon gar nicht ihr Wunsch, hier zu stehen. Aber Iq-Iq hatte das nicht gekümmert.

Sogar Royia war anwesend. Er stand etwas abseits im Schatten eines Durchgangs. Niemand beachtete ihn – er war wie ein Fremdkörper, den man nicht fortzuschicken wagte; also schien man sich einreden zu wollen, er sei gar nicht hier. Lediglich die Tempelwächter sahen gelegentlich aus den Augenwinkeln zu ihm hinüber und umklammerten ihre Waffen noch fester, wenn er sein Gewicht von einem Fuß auf den anderen verlagerte.

Zoi faltete die Hände vor dem Körper. Einen halben Kopf größer als Naave, dazu in Sandalen mit keilförmigen Absätzen, schien sie von sehr weit oben auf sie herabzublicken. Naave wartete, dass sie aus diesem sonderbaren Traum aufwachte, indem Zoi doch noch sagte, so eine wie sie könne nicht Hohe Priesterin werden. Sicherlich schilderte die Chronik den einen oder anderen Fall, in dem die Priesterschaft einen Nachfolger bestimmt hatte. Und diese Frau, so erhaben und wuchtig wie ein unüberwindlicher Felsbrocken, gäbe zweifellos eine geeignete Anwärterin ab …

»Tlepau Aq, der jetzt in der Schattenwelt weilt, hat entschieden. Du bist die Hohe Priesterin.«

Noch einmal neigte sie das Haupt; ihr Blick, mit dem sie ausdrückte, wie wenig ihr das gefiel, streifte Naave, und dann verbeugte sie sich so tief wie noch nie. Alle Priester und Wächter folgten ihrem Beispiel. So standen sie und schwiegen. Als Naave sich zu fragen begann, ob sie sich jemals wieder erheben wollten, taten sie es.

»Ehrwürdige Naave Aq, das Ritual ist beendet«, erklärte Zoi.

»Ich kann über die Tempelwächter verfügen?«

»Wie es dir beliebt.«

»Sie sollen mich durch den Wald begleiten. Royia und ich wollen heute noch aufbrechen.«

Sie wartete auf entsetzten Protest, doch Zoi hob nur eine Braue. Vielleicht dachte sie ja, dass sie selbst doch noch zum Zuge käme, sollte Naave bei diesem Wagnis umkommen.

»Wie du wünschst«, sagte die Priesterin. »Diese Neugier scheint in deiner Familie zu liegen. Soweit ich weiß, gab es nicht viele Hohe Priester, die ihr Recht, den Berg zu betreten, wahrgenommen haben. Dein Vater jedenfalls gehörte dazu.«

»Hat er darüber etwas gesagt oder geschrieben?«

»Mir ist nichts bekannt.«

Naave kaute auf der Unterlippe. »Ich würde uns gerne wenigstens vorher ankündigen. Damit wir, nun ja … empfangen werden.«

Royia kam heran. Unruhig bewegten sich die Priester, als er an ihnen vorüberschritt. »Naave«, sagte er, Zoi ein flüchtiges Nicken widmend. »Das ist leicht. Laut gesprochene Gebete dringen hinauf zu den Göttern.«

»Natürlich! Du hast recht.« Sie drehte sich mit gereckten Armen in Richtung des Waldes. Am besten tat sie es sofort, bevor ihr Bedenken kamen. »Gott-Einer, ihr anderen Götter! Hört mich an!«, rief sie laut und staunte über die eigene kraftvolle Stimme. »Ich bin Naave Aq, die neue Hohe Priesterin. Und ich werde mit dem Erwählten kommen. Nehmt uns friedlich auf; ich bitte euch!« Über die Schulter blickte sie zurück. »Betet alle, damit sie es auch wirklich hören.«

Die hundert Priester und Priesterinnen hoben die Hände und gehorchten; ihr Flehen erfüllte den Hof wie ein Rauschen. Auch Zoi stimmte in das Gebet ein. Nur Royia stand mit verschränkten Armen und schwieg.

Der Hinterleib des Menschentöters tastete nach seiner Armbeuge. Ein kurzer Schmerz. Royia spürte, wie sich das Insekt an seinem Blut labte. Prüfend streckte er den Arm aus, spannte die Muskeln an. Sofort öffnete es die Mandibeln, bereit zum Schuss. Keinen Augenblick zu spät – er zielte auf die Ratatoq, die im Begriff war, sich von einem Ast auf einen der Tempelwächter fallen zu lassen. Der Dorn bohrte sich in ihr geöffnetes Maul. Fauchend und sich windend stürzte die Schlange auf den Boden des Unterwaldes, genau vor Quzas Füße.

»Bei allen Göttern.« Der Tempelwächter, der Royia damals festgenommen und mit einer bronzenen Schlinge um den Hals in den Tempel geschleppt hatte, machte einen Satz zurück. »Das Biest hätte mich beinahe umgebracht.«

Er zog sein Lavasteinschwert und machte den Todeszuckungen des Tieres mit einem gezielten Hieb ein Ende. Dann nickte er Royia dankend zu und bedeutete seinen Männern, weiterzugehen. Mit angewidert verzogenen Gesichtern stiegen sie über den schwarzglänzenden Kadaver. Einer ließ es sich nicht nehmen, die Halskrause abzuschneiden und in seinen Gürtel zu stecken. Sie alle warfen Royia und seiner ungewöhnlichen Waffe im Vorbeigehen einen misstrauischen Blick zu.

Dann folgte die Sänfte, in der Naave durch den Wald getragen werden sollte. Dichtgewebte Vorhänge sollten sie vor den Unbillen der gefährlichen Natur schützen. Vier Tempelwächter trugen die Stangen des Stuhls auf den starken Schultern.

Und Naave lief nebenher.

»Du bist ja schon wieder hier draußen«, tadelte Royia sie. Zoi hatte ihr eindringlich ans Herz gelegt, in der Sänfte zu bleiben, und in diesem Fall gab er der strengen Priesterin der Imiqatiqa recht. Es würde die Stadt ins Chaos stürzen, sollte gleich nach dem Tod des Hohen Priesters der nächste Amtsträger ums Leben kommen.

Naave machte eine abwiegelnde Handbewegung. »Seit drei Tagen lasse ich mich herumschleppen. Meine Beine sind steif wie die einer alten Frau! Hast du vergessen, dass ich sehr wohl imstande bin, den Wald ohne eine Sänfte zu überleben? Sogar ganz allein, wie ich bewiesen habe, erinnerst du dich?«

Das wilde Funkeln in ihren Augen machte sie so reizvoll, dass er nicht anders als nachsichtig sein konnte. Mit ihrem aus hellem Leder gefertigten kniekurzen Kleid und dem langen Messer an der Seite wirkte sie in der Tat wie eine Anhängerin des Kampfgottes Xipe To. Ihre Haare hatte sie zu einem dicken Zopf gebunden, der über ihrer Schulter lag. Leichte Almarawolle schützte ihre Arme vor Mückenstichen, und silberner Schmuck um Hals und Handgelenke zeigte ihre hohe Stellung an. Er dachte, dass ein solcher Anblick Raubkatzen ebenso bannen müsse wie die Toxinacen.

»Also schön, ich lasse mich wieder ein Stück tragen«, murrte sie. Statt die Träger anzuweisen, den Stuhl abzustellen, lief sie neben ihnen her, packte die Lehne und schwang sich strampelnd hinauf, so dass die Männer Mühe hatten, die Sänfte gerade zu halten.

»Wann sind wir da?«, fragte sie, den Kopf zwischen den Vorhängen hindurchstreckend.

»Bald. Sehr bald.« Ganz genau konnte er das hier unten nicht sagen. Der Wald war ständiger Veränderung unterworfen, und was im letzten Monat noch eine Lichtung oder ein Bachlauf gewesen war, konnte inzwischen überwuchert, von quer liegenden Baumstämmen bedeckt oder von einem Brand geschwärzt sein. Es war an der Zeit, wieder in den Lichtwald hinaufzusteigen und sich zu orientieren. Er wollte nach vorne laufen, um seinen Ausflug anzukündigen, als von der Vorhut erstaunte Rufe kamen.

Er hastete an der Reihe der dreißig Tempelwächter vorbei. Quza und einige weitere standen am Rand einer großen Lichtung. In ihrer Mitte erhob sich der mächtigste Angua des Waldes, mit seinen vier übereinandergewachsenen Kronen, die sich im Dunst eines gleißenden Himmels verloren.

Der *Baum der Verehrung*.

Einer der Tempelwächter deutete hinauf. »Der Gott-Eine wohnt in dem Baum!«

Die Männer warfen sich auf die Knie und pressten die Gesichter in den weichen Waldboden. Ihre muskulösen Körper, die jedem anderen Mann um das Dreifache überlegen waren, zitterten vor Furcht. Royia ging zu Quza und rüttelte ihn an der Schulter. »Es ist nur eine Statue. Der Gott-Eine wohnt nicht in diesem Baum, sondern auf dem Berg.«

Langsam erhoben sie sich wieder. Naave war an Royias Seite getreten und legte eine Hand über die Augen. »Wie groß der Angua ist!« Sie wandte sich ihm zu und musterte ihn. »Da drinnen hast du dein Axot gefunden, nicht wahr?«

»Und hier unten hat Muhuatl seine Frau beweint.« Er wartete, ob sich jemand blicken ließ, ein Toxinac oder einer ihrer Wächter, doch nur Vögel kreisten über dem Baum, stoben in die Kronen und wieder daraus hervor. Auch auf den drei Hängebrücken tat sich nichts. Er wies auf das Ende der Lichtung, wo die Felswand anstieg. »Wir sind fast da. Es ist an der Zeit, dass wir alleine weitergehen, Naave.«

»Herrin, meine Männer und ich können doch nicht zurückbleiben!«, warf Quza sofort ein.

»Und wie sollt ihr hinaufkommen?«, wollte Royia wissen. Auf Quzas zweifelnden Blick hin schlug er ihm auf die Schulter. Der Tempelwächter zuckte zurück. Geheuer war ihm Royia nicht, und das würde sich wohl auch so bald nicht ändern. »Ich kann nur Naave tragen«, fügte Royia hinzu.

»Ihr solltet uns herbringen, und diese Aufgabe habt ihr aufs vortrefflichste erfüllt«, warf Naave freundlich ein. »Wartet jetzt hier.«

»Wie du willst«, murmelte Quza betreten. »Wir lagern hier«, rief er seinen Männern zu, die sich sofort erleichtert entspannten. Diese drei Tage waren für alle anstrengend gewesen. Zwar hatten sie keine allzu gefährlichen Tiere abwehren müssen, bis auf einige Schlangen und ein wild gewordenes Izelomuttertier, das seine Jungen verteidigte. Auch kein Waldmensch hatte sich angesichts der gefährlich wirkenden Kämpfer blicken lassen. Der Unterwald selbst war jedoch ein schwieriger Gegner gewesen, mit seinen alles überwuchernden Schlinggewächsen, dem sumpfigen Untergrund, den giftsprühenden Pflanzen und blutsaugenden Insekten. Zwei Männer waren den überraschenden Angriffen einer Giftnaua zum Opfer gefallen.

»Ich danke euch«, sagte Naave zu Quza, und er verneigte sich. Sie trat zu Royia. Er drehte sich um, damit sie die Hände um ihn legen konnte. Dann lief er mit ihr hinauf in den Lichtwald.

Naave bestaunte das Gewirr von Treppen und Brücken, das die Behausungen der Chacu miteinander verband. Männer und Frauen steckten die Köpfe aus den rundlichen, aus Blattwerk gefertigten Baumhütten und tuschelten miteinander. Da es keine Handläufe und auch sonst nichts gab, das vor dem Absturz von den schaukelnden Brücken bewahrte, hielt sich Naave an Royias Hand fest. Es ging über weitere aus Brettern oder Ästen gefertigte Treppen, durch dichte Kronen hindurch, hinauf und hinab; dann nahm er sie wieder auf den Rücken und sprang über Abgründe hinweg. Sie staunte über sich selbst, wie furchtlos sie das alles ertrug.

»Wir sind da«, sagte er. Sie löste sich von ihm. Vor ihr lag ein Plateau, das aussah wie vom Schwertstreich eines gewaltigen Gottes in den Fels geschlagen, so eben und glatt war der Boden. An seinem Ende erhob sich die zerklüftete Wand des Berges, und darin der schwarzgähnende Eingang einer Höhle. Naave wusste sofort, dass es sich um den Jadegang handelte, den Weg, den sie gehen würden.

Ein Mann löste sich aus dem Schatten. Mit vor dem Bauch gekreuzten Händen schritt er ruhig auf sie und Royia zu. Dies musste einer der Toxinacen sein. Auf eine seltsame Art war er in ein Kordelgeflecht gehüllt, in dem dicht an dicht Jadesteine aneinanderschlugen. Eine Krone aus grünen Federn bedeckte sein kahles Haupt, und schwere Jadesteine schaukelten in seinen geweiteten Ohrläppchen. Aus mit dicken schwarzen Strichen umrandeten Augen musterte er Royia.

»So bist du zurückgekehrt«, sagte er. Nichts an seiner Haltung oder seiner Stimme verriet, dass er zu jenen gehörte, die Royia tot sehen wollten.

»Und du«, der Toxinac wandte sich Naave zu. »Du bist also die Tochter Tlepau Aqs. Und du bist gekommen, zu tun, was dein Vater tat: auf den Berg gehen, was dein gutes Recht ist. Dein Vater war jedoch klug genug, mit seinem Wissen nichts anderes zu tun, als es tief in seinem Herzen zu begraben. Es wäre gut, wenn du ebenso handeln würdest. Aber da du *ihn* mitgebracht hast, fürchte ich, ist jeder Rat in den Wind geschlagen. Bedenkt bei allem, was ihr dort oben vorfindet, dass jede Veränderung, die ihr gewiss herbeizuführen wünscht, eine Veränderung der Welt bedeutet.«

Er machte einen Schritt zur Seite, als gebe er damit den Weg frei. Naave musste sich zwingen, ihre Füße über den glatten Boden zu bewegen. Mit einem solch merkwürdigen Empfang hatte sie nicht gerechnet. Eher damit, dass eine Reihe schwerbewaffneter Wächter den Eingang versperrte und dass alle vierzehn Toxinacen auf sie einbrüllten, sie solle verschwinden. Doch die Wirkung war verblüffend: Die Furcht, in diesen finsteren Gang einzutreten, sprang sie mit aller Macht an.

Will ich denn die Welt verändern? Das ganz sicher nicht! Ich will nur die Wahrheit wissen, und das vor allem um Royias willen.

Doch als sie in die tiefgründigen Augen des Toxinacen blickte, ahnte sie, dass er es darauf angelegt hatte, diese Furcht zu wecken. Entschlossen straffte sie sich, nickte Royia zu und ging auf den Eingang zu.

Die fahle Düsternis, in der die abgestandene Luft streng nach Fledermauskot roch, ließ das Innere wie irgendeine Höhle erscheinen. Kleine Tierskelette und Spinnweben hingen in ihren Ecken. Aber nach einigen vorsichtigen Schritten entdeckte Naave eine aus dem Fels gehauene Treppe, die in völlige Schwärze führte.

»Allein würde ich da niemals hinaufgehen«, murmelte sie. Royia schob sich an ihr vorbei und stellte einen Fuß auf die erste Stufe.

»Mein Toxinac hatte mich hinaufgeführt.«

»*Dein* Toxinac?«

»Der Priester des Tique. Der, den ich später getötet habe. Bleib dicht hinter mir.«

Schaudernd gehorchte sie. Bald sah man nicht mehr die Hand vor Augen. Ihr Inneres gaukelte ihr Schrecknisse in den Schatten vor, und am liebsten hätte sie kehrtgemacht, wäre es hinter ihr nicht ebenso dunkel. So zwang sie sich, ihre Gedanken allein auf Royia zu richten, an dessen Hand sie sich festhielt und der erzählte, wie es war, als er diese Treppe hinaufgestiegen war. Dankbar ließ sie sich von seiner Stimme ablenken, doch als er stehen blieb, hätte sie nicht sagen können, wovon er gesprochen hatte. Sie hätte nicht einmal sagen können, wie viel Zeit verstrichen war. Ganz sicher war der Weg bis hierher nicht lang gewesen, doch er war ihr wie eine kleine Ewigkeit vorgekommen.

»Wir können nicht weiter«, sagte er. »Wir müssen warten, bis sich der eigentliche Gang für uns öffnet.«

»Und wie lange?«

Sie hörte ihn Atem holen für eine Antwort, da kam ein Grollen aus der Tiefe des Berges. Royias Arm lag beruhigend um ihre Schultern.

»Nicht so lange wie letztes Mal«, erwiderte er trocken. »Erschrick jetzt nicht.«

Ein plötzlich aus der Schwärze hervorschießender Lichtstrahl hüllte Royia in grünlichen Schimmer ein. Hielte er sie nicht, wäre sie vor Schreck die Treppe hinabgefallen. Knirschend zog sich der Fels zurück. Wie war das möglich? Naave sah einen weiteren Gang, doch dessen ebenso zerklüftete Wände erstrahlten in einem glänzenden Grün. Jade, ein Gang aus Jade. Goldene Einschlüsse leuchteten wie die Sonne selbst. Der Boden war vollkommen glatt. Kein Stäubchen verunzierte die Pracht. Die Luft war warm, aber nicht mehr unangenehm stickig.

»Was jetzt kommt, ist auch für mich neu.« Royia sprach leise, ging leicht vorgebeugt, die Hand mit dem Menschentöter erhoben. Immer wieder legte er den Kopf in den Nacken, denn der Gang war schmal, aber hoch.

Er fuhr aus, um Tante Nanxi zu holen. Er umschwirrte Muhuatl, als er verbrannte. Er stürzte sich hinab in den Fluss, um dem ertrinkenden Tlepau Aq zu folgen. Er ist überall. Auch hier …

Der Schatten stürzte sich in Naaves Kopf, ließ sie innerlich erfrieren. Sie wankte, presste die Hände an die Stirn. Der Tod war hier! Merkte Royia es nicht? Nein, er war ja ein Gott; er nahm den Tod nicht wahr.

Ihre Knie knickten ein. Ihr Kopf wollte bersten. Royia nahm sie auf die Arme und trug sie weiter. Verschwommen sah sie sein angespanntes Gesicht, von Entschlossenheit erfüllt. Sie wünschte sich, er würde sie fortbringen, wenigstens in den anderen, den düsteren Gang, damit sie dort schlafen konnte. Hier war alles grell und hart. Zugleich wünschte sie, er möge weitergehen, damit sie endlich beenden konnten, weshalb sie gekommen waren. Ihr entging nicht, dass auch er wankte und blinzelte, als plage ihn hinter den Augen ein Schmerz. Spürte er doch den Schattenhauch? Schweiß rann ihm in Bächen die Schläfen hinab; seine Zähne hinter den zurückgezogenen Lippen waren zusammengepresst. Seine Feuerzeichnung begann zu verblassen … Naave wollte auf den Boden, wollte versuchen, allein zu laufen. Doch er hielt sie entschlossen gepackt.

Er kämpfte sich eine Treppe hinauf. Die Stufen waren scharfkantig, wie frisch aus dem Berg gehauen. Auch sie bestand aus funkelndem Jadegestein. Wo das Licht herkam, ließ sich nicht sagen. Nicht von oben, nicht aus den Wänden. Es war einfach da. Überall war es; nicht der schwächste Schatten war zu sehen. Der Gang machte eine leichte Biegung, wurde steil, dann wieder flacher und niedrig. Wie konnte Royia diesen Weg bewältigen? Oder war er gar nicht so lang, wie es Naave vorkam?

Der Tod umkreiste sie noch immer wie eine Krähe die reife Frucht. Er nistete in ihren Gedanken, brachte Bilder von Gefahren. Oder waren sie wirklich? Eine schwarzgefleckte Cijac sprang auf sie zu, die Fänge weit aufgerissen. Naave schrie und spürte doch, dass sie still war. Die gewaltige Raubkatze schlug ihre Krallen in Royias Schultern. Er stolperte und begrub Naave unter sich. Er kämpfte, ließ Dorn um Dorn von seinem Menschentöter schnellen. Ganz deutlich sah Naave, wie sich die kleinen, schwarzen Geschosse in das Fell der Katze bohrten. Sie sah jedes einzelne Haar, wie es in Bewegung geriet, sah Blut heraussickern und das erboste Funkeln in den schwarzen Augen des gereizten Tieres. Und doch sah sie zugleich, dass nichts dergleichen geschah, dass Royia weiterhin mit ihr Stufe um Stufe nahm. Die Katze setzte zum Sprung an. Naave schrie, als das gewaltige Tier durch Royia hindurchsprang und seine Fänge sich unmittelbar vor ihrem Gesicht öffneten. Naave glitt in den Schlund. Sie starb, und der Tod lachte.

Alle ihre Glieder waren wie zerschlagen, als Royia sie auf den Boden gleiten ließ. Sie lauschte. Stille. Nur das Knistern von Feuer und Royias keuchender Atem waren zu hören. Mühsam hob sie die schweren Lider. Sie lag auf der letzten Treppenstufe. Schräg unter ihr gleißte das Jadelicht herauf. Weit über ihr wölbte sich eine grüne Jadekuppel. Golden umrahmte Fenster ließen das Sonnenlicht herein. Papaccivögel flatterten unter der Decke, spielten miteinander und stoben hinaus, wobei sie stolz ihr prächtiges, blau und violett schillerndes

Federkleid zeigten. Im blauen Himmel darüber segelte ein Axot dahin.

Wie sprach das Lied, das Royia ihr aufgesagt hatte? *Schönheit über Schönheit erblickt das Auge. Gold, Silber, Edelsteine. Wasser, das munter aus Quellen sprudelt. Vögel, die sich auf der Schulter niederlassen …*

Sie war auf dem Goldenen Bergpalast.

Sie rollte sich auf die Seite, um sich aufzurichten. Um zu sehen, was ihren Vater bis ins Innerste erschüttert hatte.

Royia berührte Naaves Kopf und vergewisserte sich, dass sie bei Bewusstsein war. Die Treppe mündete in einen kreisrunden Raum, die Wände aus Jade glatt und ohne Fugen, anders als er sie in den steinernen Gebäuden der Stadt gesehen hatte. Die Kraft des Gott-Einen musste diese Halle erschaffen haben. Goldene Sonnenreliefs wanden sich um hoch gelegene Fenster, das einfallende Licht bündelte sich auf einem Podest inmitten des Raumes. Eine Gestalt saß hochaufgerichtet auf einem wuchtigen Steinthron, die Hände auf den Lehnen, die wie gedrungene Menschen gestaltet waren, ähnlich der Figur des Tique auf Naaves Insel. Eine Krone aus Gold und goldenen Federn lag um ihr hochgestecktes schwarzes Haar. Auch ihr Gewand bestand aus aneinandergereihten goldenen Stäbchen, Perlen und Plättchen. Jaderinge schmückten ihre nackten Arme, Finger und Zehen.

Sie zeigte ihr seltenes Lächeln.

»Du bist ein wenig spät, Royia«, sagte Xocehe.

Dies musste der Sitz des Herrn der Welt sein. Doch wo war er? Warum saß die Lehrmeisterin der Erwählten auf dem Thron? Die Göttin des achten Mondes?

Doch als er sich umsah, vergaß er sie sofort wieder.

In einem Kreis um den Thron standen die Götter der vierzehn Monde. Aus ihren Narbenmustern, die ihre Körper übersäten so wie den seinen, züngelten Flammen empor. Weißes Feuer bündelte sich über ihren Köpfen zu aufstrebenden Strängen. Ihre Körper hingen aufrecht in bronzenen Gestängen, gehalten von Reifen um ihre Beine, Arme und Hälse.

Nur eines dieser Marterwerkzeuge war leer – das des Gottes des zehnten Mondes. War die Göttin daneben, die den Kopf zur Seite neigte und dabei die Augen öffnete, aus deren leeren Höhlen Flammen schlugen, die ihm versprochene Frau? Oder hatten sie alle ihre Namen und Wesen verloren, da sie alle nackt waren und nichts verriet, wer zu welchem Mond gehörte? Aus dem qualvoll verzerrten Mund eines anderen sickerte ein glühender Tropfen, der sich im Herabfallen rot färbte. Dann sah Royia es: Überall klebte getrocknetes Blut an den Beinen der Götter. Vor allem an den Oberschenkeln – als würden sie sich dort kratzen; die einzige Bewegung, derer sie in ihren Fesseln fähig waren. Stöhnend sackte der Kopf eines anderen Erwählten nach vorne, aufgehalten von der Halsfessel.

»Ja, sieh sie dir an«, sagte Xocehe tonlos. »Deine Brüder und Schwestern. Die angeblich auf dich warten, damit du die Lücke in ihren Herzen schließt. Aber sie haben keine Herzen mehr.«

Royia kämpfte sich auf die Füße, wankend vor Entsetzen. Er trat in eine Wasserrinne, was ihn fast zu Fall brachte. Zwischen den Göttern kam Wasser aus Öffnungen im Gestein, floss durch Rinnen sternförmig auf Xocehe zu, in ein rundes Becken, welches das Thronpodest umschloss. Dieses Wasser kam ihm wie eine Verhöhnung der in ihrem Feuer leidenden Götter vor.

»Das Wasser steht für Iq-Iq, das alte Dasein hinter dem

Himmelsbogen«, sagte Xocehe. »Das Feuer der Götter jedoch für das Leben, das Toxina Ica der Welt schenkte.«

»Das Leben?« Ihm kam seine rauhe Stimme unwirklich vor. »Sie scheinen eher tot zu sein.«

»O doch, sie haben etwas in sich, das sie am Leben hält, nur ein Herz kann man das nicht mehr nennen. So wenig wie das, was in ihren Köpfen ist, noch denken kann. Sie sind über ihre Schmerzen wahnsinnig geworden und darüber, zur Bewegungslosigkeit verdammt hier auszuharren. Manche tun das seit Jahrhunderten. Ich habe sie in ihrem irdischen Leben gequält, damit sie es beizeiten lernen. Andernfalls würde ein Erwählter, kaum dass man ihn hierherauf geschickt hat, nur ein paar Tage durchhalten. Dort, der Älteste in unserer Runde«, Xocehe deutete auf eine kleine, zu einem Skelett abgemagerte Gestalt, von dem Royia nicht mehr hätte sagen können, ob sie ein Mann oder eine Frau gewesen war, »das ist Xipe To, der Gott des Schwertes und des Kampfes. Wahrlich stellt man ihn sich so vor, nicht wahr? Er erträgt sein Leiden seit mehr als tausend Jahren und will einfach nicht sterben. Und neben ihm, Hzitzapoqoqotli, der Fledermausgott. Muhuatl hätte seinen Platz einnehmen sollen. Stattdessen berief ich diesen jungen Mann. Aber er ist schwach; er wird uns bald verlassen. Ich gebe ihm keine hundert Jahre.«

Royia hörte Naave vor Ekel und Verzweiflung keuchen. Er riss den rechten Arm hoch. Der Dorn des Menschentöters bohrte sich in die Brust Hzitzapoqoqotlis, traf ins Herz. Ein glühender Faden troff heraus. Die dürre Gestalt erzitterte in ihren Fesseln und starb mit einem langen Seufzen. Royia meinte Dankbarkeit in den lodernden Augenhöhlen des Gottes zu sehen. Aber wenn es so war, musste es die Dankbarkeit eines gequälten Tieres sein, nicht die eines denkenden Menschen.

Das ist Wahnsinn!

Er glaubte den Wahnsinn selbst schon in sich zu fühlen. »Royia …«, krächzte Naave hinter ihm. Unendlich träge drehte er sich um. Ein Wächter sprang auf ihn zu – er hätte nicht zu sagen vermocht, woher er gekommen war. In den Händen hielt er einen Speer. Die wuchtige Lavasteinspitze bohrte sich in Royias Unterleib. Mit erstaunlicher Klarheit nahm er wahr, wie sie aus seinem Rücken wieder austrat. Und dass er rücklings niedersackte und der Schmerz, als die Waffe wieder ein Stück zurückglitt, zu einem grellen Blitzen in seinem Schädel wurde. *Fühlt es sich so an?* Der Mann beugte sich über ihn, bereit, die Waffe wieder tiefer hineinzutreiben. Royia starrte in ein mitleidloses Gesicht, das mit schwarzer Erde unkenntlich gemacht war. Ein Zweiter sprang hinzu – wo, bei allen Göttern, kamen sie her? Dieser schwang eine Naz-Schlinge über dem Kopf. Sein Ziel war Naave. Rücklings versuchte sie von ihm fortzukriechen.

»Sie hat das Recht, hier zu sein!«, rief Xocehe. Der Mann ließ die Schlinge sinken und wandte sich wieder Royia zu. Er packte den Menschentöter und riss ihn aus seinem Arm. *Dieser* Schmerz war bedeutungslos. Auch Naaves Messer nahm er an sich. Der andere ließ den Speer los. Dann waren sie verschwunden.

Naave kroch an seine Seite. Ihr Gesicht, so weiß wie die Schaumkronen auf dem tosenden *Trennenden,* schwebte dicht über seinem. Er spürte seinen Körper nicht mehr. Aber er sah in ihren Augen, wie schlimm es um ihn stand. Diesen Speer konnte er nicht wegbrennen. Der Schaft war aus Bronze.

Er lag gekrümmt auf der Seite, die schweißnassen Hände um den Speer geklammert. Die Feuerzeichnung in seinem Gesicht war gänzlich verschwunden; sogar seine Narben waren kaum noch zu sehen. Naave versuchte eine seiner Hände zu lockern, aber das ließ sie schnell bleiben, da er bei der kleinsten Berührung aufstöhnte. Licht quoll zwischen seinen Fingern hervor und bildete unter ihm eine Lache. Naave beugte sich über ihn. Auch aus der schrecklich aufgerissenen Rückenwunde floss glühende Lava.

Nein, nein, nein …

Sie hatten gewusst, dass es gefährlich werden würde. Doch dies … Naave würgte. Nicht vor Ekel. Vor Angst.

»Es tut mir leid«, hörte sie die Stimme der Göttin durch das Dröhnen des Blutes in ihren Ohren.

Naave hob den Kopf und wischte sich die tränennassen Haare aus dem Gesicht. »Es tut dir leid? Hättest du es nicht verhindern können?«

Die erstarrte Miene der Göttin erinnerte an die Zois. Nur war sie von reifer, aber zeitloser und kalter Schönheit. Eine Statue hätte sie sein können, wie sie unbeweglich und erhaben auf ihrem Thron saß. *Ihrem* Thron? In einem Winkel ihres erschöpften Verstandes fiel Naave die Widersprüchlichkeit auf. Gab es keine Rettung? Er war doch ein Gott! Aber Götter konnten sterben. »Hilf ihm doch!«, schrie sie der kalten Göttin zu. »Bist du dazu nicht fähig?«

Die Göttin ballte eine Hand zur Faust und öffnete sie wieder. »Ich bin die Herrin der Welt. Ich wäre fähig. Und bin es doch nicht.«

Seine Hand, mit der er Naave berührte, war so glühend, dass sie beinahe zurückgezuckt wäre. Mühsam öffnete er die Augen. Das Weiße darin leuchtete wie Metall in der Glut. Unendlich behutsam berührte sie seine Wange. Sein Körper zuckte; er schwitzte und litt, wie es jeder Mensch getan hätte.

»Stirb nicht«, flehte sie ihn an. »Ich kann doch nicht schon wieder jemanden verlieren. Nicht dich. Nicht dich, hörst du?«

Seine Lippen formten ihren Namen. *Naave.* Sein Blick sagte so viel mehr: *Mag der Tod nah sein, du bist es wenigstens auch.*

Dann drehte er den Kopf nach der Göttin. Er stemmte den Ellbogen auf den Boden. Seine andere Hand stützte den Speer. So schob er sich Handbreit um Handbreit auf den Thron zu. Dieser Anblick, wie er sich vorwärtskämpfte, dabei keuchte und vor Schmerzen schrie, war noch grausiger, als die Götter in ihrem ewigen Leid zu sehen. Naave schlug sich gegen die Stirn, weil sie es anders nicht ertrug. Wären sie doch niemals hierherauf gekommen! Was scherte sie die Welt, wenn Royia starb?

»Xocehe …« Sogar der Speichel, der ihm aus dem Mundwinkel rann, glühte. »Xocehe, warum … du? Wo …«

Er krümmte sich. Naave kroch ihm nach und stützte seinen Kopf. Er erbrach glühendes Blut.

»Warum ich hier sitze und nicht Toxina Ica? Das fragst du dich, nicht wahr?«

Das gänzlich aus Gold gefertigte Gewand umschloss den Leib der Göttin so fest, dass Naave sich unwillkürlich fragte, wie sie atmen konnte. Im tiefen Ausschnitt dieses Kleides waren Narben zu sehen. Narben, wie Royia sie besaß, doch in willkürlicher Unordnung. Diese steife, kühle Frau war Xocehe, die Göttin des achten Mondes? »Du bist die Göttin der Heilkunde!«, rief Naave flehentlich. »Du kannst ihm helfen, bitte, *bitte!*«

Der Blick der Göttin wanderte langsam zu Naave. »Das könnte ich«, erwiderte sie. »Aber ich habe mir geschworen, mich nicht in das Schicksal einzumischen. Einzig, dass ich die Botschaften an die Erwählten schickte, habe ich mir erlaubt.«

»Die Schriftzeichenhölzer«, stieß Royia hervor. »Sie sind von dir? *Du* hast sie gekerbt?«

»Mit eigener Hand.«

»Der Mann, der sie mir brachte …«

»War irgendjemand. Ein Unbedarfter, der nichts begriff und einfach nur gehorchte.«

»Hättest du mir …« Ein Blutschwall unterbrach ihn, und er würgte und hustete. »Hättest du mir nicht ins Angesicht sagen können, dass das Leben im Licht eine Lüge ist?«

»Das hätte ich.«

»Oh, Xocehe! Ich verstehe dich nicht! Erkläre dich mir!«

»Ja, du sollst alles wissen.« Sie lehnte sich zurück, und ihr Blick glitt in die Ferne, durch die gefangenen Götter hindurch. »Am sechsten Tag der *Endenden Finsternis* kam die Sonne zurück, und seitdem feiern die Städter ihr ausgelassenes Fest. Diese junge Frau dort machte man zur Hohen Priesterin, weil sie in jenem Moment der Rückkehr geboren wurde. Aber was für die Menschen so bedeutungsvoll ist, war schon immer eine Lüge. Bald tausend Jahre ist es her, als die Sonne für fünf Tage erlosch. Ich wurde einige Tage zuvor erwählt. Ich kam hierher, stolz und erwartungsvoll wie jeder, den der Gott-Eine zu sich rief. Und wie alle vor mir wurde ich von Entsetzen gepackt, als ich die ewig sterbenden Götter sah und begriff, dass ich ihr Schicksal würde teilen müssen. Hier auf diesem Thron saß Toxina Ica. Er muss einmal der schöne Gott gewesen sein, als den man ihn darstellt. Aber an ihm war nichts Göttliches mehr. Er war … ich kann dir nicht sagen, was er war. Nur dass mir sein Anblick heute noch Alpträume beschert. Ich warf mich vor diesem verdorrten Wesen zu Boden und flehte es um Gnade an. Da bot er mir an, seinen Platz einzunehmen, denn er wusste, dass er am Ende seines Daseins angekommen war. Auf diesem Thron zu sitzen, erschien mir als Glückseligkeit. Solange ich nur nicht ewig brennen musste! Und er starb vor meinen Augen. Nein, er starb nicht; er verging, er zerfiel zu Staub.«

»Das … das ist unmöglich.«

Naave dachte dieselben Worte. Der Gott-Eine war ewig, er konnte nicht sterben.

Aber sie musste diese Ungeheuerlichkeit glauben – denn statt seiner saß ja eine andere auf dem Bergthron.

»Fünf Tage dauerte sein Tod, und in dieser Zeit war es Nacht. Als die Sonne wieder aufging, kehrte er nicht zurück, wie die Menschen glauben.« Bei diesen Worten sah sich Naave aus höhnischen Augen gemustert. »Sondern ich nahm auf diesem Thron Platz, mit dem sicheren Wissen, dass ich nach unzähligen Jahren ebenso enden würde wie Toxina Ica. Noch wehre ich mich gegen den Wahnsinn, der mich zerfrisst. Aber vielleicht irre ich mich ja, und er hat mich längst übermannt.«

Ihr eigenartiges Lächeln ließ Naave vermuten, dass sie sich umsonst wehrte.

»Du hast die Sonne aufgehen lassen«, sagte sie zaghaft. »Bist du nicht fähig, die Götter zu retten?«

»Ich könnte sie in den erlösenden Tod entlassen. Doch eines ist wahr: dass ihr Feuer die Welt wärmt und ihr Kraft verleiht. Was würde aus der Welt, wenn die Sonne verblasst und es keine Wärme mehr gibt? Der Wald, die Felder würden vergehen und ein karges, dunkles, kaltes Land entstehen – so wie das Land jenseits der Berge. Die Stadt würde untergehen; nur wenige Menschen blieben am Leben. Ich mag das mächtigste Wesen diesseits des Himmelsbogens sein, doch ich wagte nicht, eine Wahl zu treffen. Daher kam ich auf den Gedanken, den Erwählten Botschaften zu schicken. Iq-Iq, der wahre Alte, das Schicksal, sollte entscheiden, ob einer sich warnen ließ und etwas in Gang setzte, das dem Elend hier ein Ende bereiten würde – oder ob derjenige die Worte in den Wind schlug und seinen Platz im Reigen des Leidens einnahm.«

Xocehe erhob sich, raffte ihr schweres Kleid, machte einen

Schritt über das Becken hinweg und trat vor Royia. Naave schien es, als schaue die Göttin aus fernen Höhen auf ihn herab.

»In diesen annähernd tausend Jahren kamen einige Erwählte hierherauf. Jedes Mal war ich erwartungsvoll – was würde er oder sie tun? Doch jeder war nur starr vor Entsetzen und ließ sich willenlos von den Wächtern an seinen Platz führen. Und ich wollte weinen vor Enttäuschung. Gleichzeitig freute ich mich, dass sein Körper seinen Beitrag leisten würde, die Welt weiter gedeihen zu lassen. Es kam vor, dass einer nicht hierblieb, o ja. Zuletzt war es Muhuatl, der im letzten Moment entkam. Ich wartete darauf, dass er irgendwann zurückkäme, mich zu töten. Aber nichts passierte.«

»Er musste sich doch vor dir verstecken!«, warf Naave vorsichtig ein.

»Vor mir? Ich habe ihn nicht gejagt. Aber mein Schatten schon.«

»Dein Schatten?« Unwillkürlich sah sich Naave um.

»Ja, der Schattenhauch. Es gibt einen Schattenhauch und viele, und sie alle sind meiner. Er trägt die Gebete der Menschen zu mir. Sie machen mich müde, und ihn umso stärker. Er ist der Tod, aber er hat keinen Willen, was die Entscheidung für oder gegen die Welt betrifft. Muhuatls wahre Feinde waren die Toxinacen; sie haben entschieden, dass die Welt um jeden Preis bewahrt werden muss. Vierzehn Götter leiden ewig, aber die Welt gedeiht. Ist der Preis nicht angemessen? Ich kann es nicht sagen. Könnte ich es, hätte ich eine Entscheidung getroffen.« Xocehe sah wieder Royia an. »Niemand war so nahe daran, es zu beenden, wie du. Du hättest der Erwählte sein können. Der *eine* wahre Erwählte. Aber leider hast du es nicht geschafft. Ich bedaure das.«

Sie wandte sich ab. »Mein Vater«, rief Naave ihr nach. »War er wirklich hier?«

Xocehe umschritt langsam das Podest. »Ja, das war er. Es ist lange her – in menschlichen Maßstäben. Er war einer der wenigen Hohen Priester, die ihr Recht nutzten, hierherauf zukommen, um dem Gott-Einen ins Angesicht zu schauen. Einen traf auf der Stelle der Schlag, und er stürzte die Treppe hinunter. Dein Vater ist wieder augenblicklich geflohen, noch bevor er begriffen hatte, dass es nicht Toxina Ica war, der auf dem Thron saß. Du bist auch dem Wahnsinn nahe, nicht wahr? Was hält dich hier, Mädchen? Etwa Royia?«

So war es. Naave hielt den Arm um Royia geschlungen, dessen Zittern immer schwächer wurde. Sie würde es ertragen, hier zu sein. Bis er tot war.

Nein, ich will es nicht hinnehmen. Ich will nicht, ich will nicht …

Sie wollte Xocehe noch einmal anflehen, ihn zu retten. Wenigstens diese Entscheidung zu treffen. Doch sie begriff, dass es in den Wind gesagt wäre. Die Göttin der Welt war innerlich erkaltet. Nur deshalb ertrug sie dieses unfassliche Dasein.

Der Schattenhauch kehrte zurück. Er schwebte über Royia. Naave schlug wild um sich, um ihn zu vertreiben, und ließ doch Royia nicht los. Royia, den sie liebte. Jetzt, da es zu Ende ging mit ihm, wusste sie es bis ins Innerste: Er gehörte ihr, sie gehörte ihm. Sie schrie ihren Zorn hinaus, dass Iq-Iq, wenn das alte Wesen hinter dem Himmelsbogen denn die Wahrheit war, ihr diese Lust an der Liebe gegeben hatte und sie ihr sofort wieder wegnehmen wollte. Sie schrie den Tod an. Sie schrie Royia an, dass er nicht aufgeben dürfe. Aber er hörte sie nicht mehr. Der schwarze Schatten breitete sich über ihm aus, fuhr unter seinen flatternden Lidern hindurch und grub sich in die brechenden Augen …

»Nein«, heulte Naave. Sie schrie wie ein Tier. »Stirb nicht, Royia!«

Ihre fliegenden Finger tasteten über den erhitzten Hals, suchten nach Leben. Aber was sie spürte, war nur ihr eigenes Zittern.

Seine Augen, sein herausfließendes Lichtblut leuchteten schwächer. Wie eine Flammen, die in zu viel Wachs ertrank … Sein Feuer begann zu erlöschen.

Sein Feuer … Sein Feuer! Er *war* Feuer!

Und deshalb konnte er leben.

»Royia«, rief sie, seinen Kopf mit beiden Händen umfassend. »Royia, wach auf. Bitte wach mir zuliebe noch einmal auf. Ich flehe dich an!«

Sie hielt den Atem an, um nicht zu überhören, wenn er noch einmal ein Lebenszeichen von sich gab. Das Plätschern des Wassers, das Atmen und Stöhnen der Gequälten, all das war viel zu laut. Ganz dicht beugte sie sich über ihn.

»Naave …«

»Ja, ich bin hier.«

Hatte er wirklich gesprochen? Ihre Fingerspitzen schwebten über seinen Lippen, damit sie es spürte, wenn er sie bewegte.

»Naave …«

»Ja, ja! Ich bin hier!« Ihre Tränen tropften auf sein Gesicht. Irrte sie sich, oder glühte das Weiß in seinen Augen wieder ein wenig auf? »Hörst du mich?«

»Ich … höre dich.«

»Entsinnst du dich, wie du in Tzozics Käfig gefangen warst? Und plötzlich lagst du draußen? Ich dachte, mich springt Hitze an …«, sie musste sich zwingen, ihre Gedanken zu ordnen. Viel zu überstürzt wollten sie hinaus, aber dann würde er sie vielleicht nicht verstehen. »Ich dachte, du wärst durch die Käfigöffnung herausgekommen. Aber jetzt fällt mir ein, dass es nicht so war. Du bist durch das Bronzegeflecht gekommen, weil du dich ganz in Feuer aufgelöst hattest, für einen Augenblick nur. War es so? Sag, war es so?«

»Ich … kann mich … nicht … erinnern.«

Er drohte ihr wieder zu entgleiten. Sie wagte es, ihn an den Schultern zu schütteln. Längst war sie überall an den Händen verbrannt, aber das störte sie nicht.

»Auf die gleiche Weise kannst du dich von dem Speer befreien.«

»Wenn er vollständig in Flammen aufgeht, wird alles hier verbrennen.« Die Göttin hatte mittlerweile wieder auf dem Thron Platz genommen und die Hände auf die Lehnen gelegt. »Auch die Götter. Ob ihr beide das überlebt, ist ungewiss. Und die Welt wird erkalten.«

»Dann erkaltet sie eben!« *Ihr Götter, was kümmert mich die Welt, wenn Royia nicht mehr da ist?* »Wiegt denn das ewige Leiden der Erwählten das Gedeihen der Welt auf?«

»Du hast dem Gott-Einen geschworen, den Göttern zu dienen.«

»Willst du nun doch das Schicksal beeinflussen, indem du dagegenredest?«

»Ich rufe nur in Erinnerung, was du bedenken musst.«

Naave schüttelte verwirrt den Kopf. Sie sollte den Göttern dienen? Dann wäre es ein guter Dienst, die geschundenen Gestalten von ihren Schrecknissen zu erlösen, oder nicht? »Alle im Tempel glauben, dass der Gott-Eine und seine vierzehn Götter die Welt beherrschen. Aber das ist tatsächlich nur eine Lüge. Muss das, was auf einer Lüge aufgebaut ist, nicht sowieso zusammenbrechen?«

»Wahr gesprochen.« Die Göttin lächelte kühl.

In dem Getöse in seinem Inneren, wo sich Feuer und Tod einen Kampf lieferten, vernahm er Naaves wildes Flehen, Rufen und Schreien. Wie aus weiter Ferne schaute sie auf ihn herab, doch er wusste, wie nah sie ihm war. Er liebte eine Menschenfrau, und sie musste mit ihm sterben, weil sie nicht geschaffen war, einen Gott zu lieben. Was hatte sie nur gesagt? In all dem Pochen und Rauschen, wo irgendwo sein Herz noch schlug, hatte sie ihn an jenen Tag erinnert, als er von ihr und Tzozic zum Tempel gebracht worden war. Ganz in Flammen aufgehen – würde er das noch einmal schaffen, in diesem Zustand? Ihn lockte der Schattenhauch, umgarnte ihn durchaus freundlich, während er an seinem Herzen zerrte. Aber daran zerrte auch sie. Und sie war stark.

Royia, kämpfe. Schüttle den Tod ab. Befrei dich von dem Speer!

Er spürte ihre Hände auf seinen Wangen. Ihre Lippen auf seinen.

Wollte er *das* denn hergeben?

Sie war ein Geschenk Iq-Iqs.

Dicht vor seinen Augen weiteten sich ihre. Sie keuchte in seinen Mund. Der Schattenhauch drohte auf sie überzuspringen. Royia wollte sie von sich stoßen, doch ihm fehlte die Kraft. Er wollte dem Tod zurufen, dass er seine Klauen von ihr lassen sollte. Zwischen seinen heißen Lippen quoll nur ein Krächzen hervor.

Ein kalter Hauch kroch in ihre Kehle. Er wollte sich ihres Körpers bemächtigen, sich ausbreiten bis in alle Winkel. Naaves Herz holperte schmerzhaft. Ihre Glieder fühlten sich an wie aus Stein gemeißelt, als sie neben Royia auf den Boden sank. Mit ihm zu sterben war ein schwacher Trost, doch es war immerhin einer.

Ihr Kopf sackte zur Seite; ihr Blick kreuzte sich mit dem Royias. Ihr schwanden die Sinne, und doch sah sie jede Einzelheit in seinem längst vertrauten Gesicht. Vertraut trotz der Qualen, die in seinen Zügen lagen. Mit letzter Kraft öffnete sie ihre Hand. Er streckte sich, schaffte es, mit seinen Fingerspitzen ihre zu berühren. Allmählich legte sich Schwärze über sie …

Neben sich hörte sie einen unmenschlichen Schrei. Zwischen den Wimpern ihrer schweren Lider hindurch sah sie, wie Royia sich hochstemmte. Alles an ihm leuchtete wie die Sonne selbst. Sogar der Schweiß rann ihm als leuchtende Tropfen die Schläfen hinab.

Lass sie aus deinen Krallen, Tod!

Grenzenlose Wut verlieh ihm eine neue Kraft. Er sprang hoch, breitete die Arme aus. Mehr sah Naave nicht; ihr fielen die Augen zu. Vor ihren Lidern blitzte es grell auf. Hitze flutete über sie hinweg, dass sie meinte, ihr würden die Haare versengt. Der Tod glitt aus ihr. Naave spürte das Leben in ihren Leib zurückkehren. Und den Schmerz.

Geh ins Wasser!, schrie eine Stimme – seine Stimme – in ihrem Kopf.

Sie kämpfte sich auf die Knie und kroch auf das Becken zu, schob sich über den Rand und ließ sich hineinfallen. Das Wasser war flach; gerade kniehoch. Vor der Göttin kauernd sah sie zu, wie das wirbelnde Feuer, das über dem Boden schwebte, auf die Schultern der Erwählten übersprang. Einer nach dem anderen ging vollständig in Flammen auf. Ein Rauschen erfüllte den Raum, und Naave schien es wie das erleichterte Aufseufzen der geschundenen Seelen.

Hände packten sie und zerrten sie hoch. Sie fand sich in seiner Umarmung wieder. Schreien wollte sie, da sie fürchtete, sie müsse in Flammen aufgehen. Doch dann begriff sie: Er war wieder menschlich. In seiner Umarmung sprang sie über den Rand des Beckens hinweg. Sie dachte, dass sie am Rauch ersticken müsste, aber da war kein Rauch, nur Hitze. Unerträgliche Hitze. An der Treppe blickte sie zurück: Rundum bedeckte Feuer die Jadewände. In den lodernden Flammenwänden waren die dunklen Bronzegestänge zu erahnen. Der Brand schlug wirbelnd aus den hochgelegenen Fenstern. Alles flirrte, war in Bewegung. Ruhig saß die Göttin auf ihrem Thron, die Hände auf den Lehnen, die Augen offen und blicklos. Dicht um sie flimmerte die Luft und wirkte dennoch wie erstarrt.

An Royias Seite hastete Naave die endlose Treppe hinunter. Sie erwartete, dass die Wächter sie aufhielten, doch von denen war keiner mehr zu sehen. Irrte sie sich, oder wurde das Gleißen des Jadegangs schwächer? Sie gelangten in den dunklen Teil des Ganges. Irgendetwas an Royia leuchtete noch, so dass sie sich nicht mühsam hinuntertasten mussten. Dann hatten sie die Öffnung im Berg erreicht. Aufatmend stürzten sie auf das Felsplateau – und hielten inne.

Ein Toxinac stand am Rand und hatte den Kopf in den Nacken gelegt. Naave folgte seinem Blick. Der Bergpalast war von hier aus nicht zu sehen, doch man konnte das Feuer erahnen.

»Wir haben alles getan, dies zu verhindern«, sagte der Priester durchaus nicht unfreundlich. »Aber wir wussten, dass es sich nur eine Zeitlang aufhalten lässt.«

»Was geschieht jetzt?«, fragte Royia. Noch immer hielt er einen Arm um Naaves Schulter gelegt. Er sah aus wie zuvor; nichts verriet, dass er sich vollständig in eine Feuersbrunst verwandelt hatte. Oder dass in seinem Leib ein Speer gesteckt hatte. Nicht einmal eine neue Narbe war unter all den anderen zu sehen.

Sie hatte das Gefühl, als rücke ihr gepeinigtes Herz zurück an seinen Platz. Mattigkeit überkam sie. Es war ausgestanden. Sie hatte ihn nicht verloren.

Was geschieht jetzt mit uns?, wiederholte sie die Frage für sich. *Er ist unsterblich; zumindest altert er nicht, und ich?*

Irgendwie erschien ihr das jetzt unwichtig.

»Spürt ihr schon die Kälte?« Der Toxinac rieb sich über die Arme, drehte sich um und nickte zu den fernen Hügelketten. »Jetzt werden wir alle erfahren, wie es ist im Kalten Land. Zumindest jene, die die nächste Zeit überstehen werden. Schlechte Ernten, Hunger, zu wenig Kleidung am Leib – in der Stadt werden sich die Menschen noch schneller an die Kehlen gehen, als sie es ohnehin schon tun. Sie werden den *Trennenden* überwinden und uns heimsuchen. Aber auch hier wird das Sterben einsetzen; alles wird verdorren und verenden vor Kälte. Wolltest du das, Gott des zehnten Mondes?«

»Nein. Aber ich konnte meine Brüder und Schwestern nicht ihrem Schicksal überlassen.«

»Ja, das Schicksal. Iq-Iq, der hinter dem Himmelsbogen lebt. Er hat entschieden.« Der Toxinac neigte ehrerbietig den Kopf. »Du kannst gehen, Erwählter. Niemand wird dich aufhalten, denn es gibt ja nichts mehr zu verhindern. Leb wohl.«

Er wandte sich ab und schritt über die Hängebrücke. Das Blattwerk der Bäume verschluckte ihn. Unwillkürlich fragte sich Naave, ob er wirklich da gewesen war.

Sie trat mit Royia an den Rand der Plattform. »Ob es wirklich so schlimm wird, wie er sagt?«

Er sagte nichts. Das musste er auch nicht – sie kannte die Antwort. Die Götter hatten nicht umsonst leiden müssen.

Naave blickte zum Himmel. Wie würden die Monde in der Nacht aussehen? Wären sie verblasst? Gar unsichtbar? Und die Sonne, begann ihre Kraft schon zu schwinden? War da nicht ein kühler Hauch auf der Haut? Sie meinte Kälte unter den Füßen zu spüren; sie kroch in ihr hinauf wie Schlangen, die tief aus dem Fluss heraufkamen. Naave hob einen Fuß und rieb sich die Sohle am Bein. Geschah es wirklich so schnell? Oder war es die Furcht, die sie frösteln ließ?

Sie wünschte sich, die Seele eines der Götter käme zu ihr herab und flüsterte ihr ins Ohr: *Es war gut, was ihr getan habt.*

Auch Royia runzelte die Stirn, als er nach oben blickte. Es waren keine Wolken zu sehen, doch das strahlende Blau war verblasst. Der vor Leben strotzende Wald war leiser geworden. *Er lauscht dem Wind.*

»Irgendwo dort unten wartet Quza mit seinen Männern«, sagte er. »Sie werden erstaunt sein, uns wiederzusehen.«

»Sie werden über einiges staunen, was demnächst geschieht.«

»Wohin jetzt mit uns? Zurück in den Tempel? In die Stadt? Bleiben wir im Wald? Oder suchen wir sogar das Kalte Land auf, wo es auch nicht anders ist, als es hier bald sein wird?«

»Zuerst müssen wir in den Tempel. Zoi und die anderen Priester müssen endlich die Wahrheit hören.« Alle Menschen sollten sie hören! Damit sie sich vorbereiten konnten. Um sich gegen die Kälte zu wappnen oder um fortzulaufen. Oder um zu sterben. Naave sackte in die Knie – zu schwer wog plötzlich, was Iq-Iq auf ihre Schultern geladen hatte.

Royia ging neben ihr in die Hocke und rieb über ihre Arme, Schultern und den Rücken. Sie betrachtete jeden Winkel seines Gesichts, sog die erstaunliche Gelassenheit auf, die er ausstrahlte. Die Kälte verflog.

»Was tun wir, nachdem wir es ihnen gesagt haben?«, fragte sie. »Ohne Götter braucht es keinen Tempel mehr und auch keine Hohe Priesterin. Ist es so? Sag es mir, du bist ein Gott.«

»Ich brauche keinen – ich habe in dir meine eigene Priesterin. Und du hast einen Gott, der dich wärmt, während alles um uns herum erkaltet.«

Naave versuchte sich vorzustellen, wie es sein würde, noch einmal durch die Stadt zu streifen. Noch einmal in Tzozics staunendes Gesicht zu blicken. Noch einmal ihrem kleinen steinernen Gott auf dem Inselchen die Zehen zu küssen. Ein letztes Mal – sie wollte nicht mit ansehen, wie sich alles veränderte. Aber die Stadt war noch drei Tagesreisen entfernt. Noch war sie hier, hoch oben über der Welt, und was sie sah, wenn sie die Augen hob, war allein Royia. Seine Gegenwart ließ sie für einen langen Augenblick alles vergessen. Schließlich deutete sie in östliche Richtung. »Der Wald wird erfrieren, die Stadt wird untergehen. Wir können nirgendwo bleiben. Also lass uns sehen, wohin uns der *Große Beschützer* bringt.«

Mein herzlicher Dank gilt meinen Agentinnen Natalja Schmidt und Julia Abrahams, die mir so viel möglich machen. Den Lektorinnen Martina Wielenberg und Eva Stadler für eine überaus angenehme und entspannte Zusammenarbeit.

Stefanie Simon, Juli 2012

DANIELA WINTERFELD

DER GEHEIME NAME

Roman

Rumpelstilzchen wollte das Kind der Königin. Und bekam es nicht. Jahrhunderte später schließt ein anderes Wesen seiner Art einen neuen Pakt – und wird ebenfalls betrogen. Seitdem sucht es unablässig nach dem Kind ... Seit sie denken kann, ist Fina mit ihrer Mutter auf der Flucht. Doch jetzt, mit neunzehn, will sie endlich ein richtiges Zuhause finden und zieht zu ihrer Großmutter, die am Rand eines düsteren Moores lebt. Das Moor fasziniert Fina vom ersten Moment an – genau wie der geheimnisvolle Junge, der dort lebt. Weder Fina noch der Junge ahnen, dass sie beide nur Figuren in einem Spiel sind, das dem betrogenen Wesen endlich seinen Lohn bringen soll ...

KNAUR TASCHENBUCH VERLAG

SANDRA MELLI

STERN DER GÖTTIN

Roman

Nachdem das junge Katzenmädchen Laisa eines Tages im Wald einer wunderschönen goldäugigen Frau begegnet ist, findet sie sich auf einmal in einer anderen Welt wieder. Anders als in ihrer Heimat herrschen hier sechs Götter, die das Land fest unter sich aufgeteilt haben und jeweils von einer ihnen zugeordneten Farbe repräsentiert werden. Verwirrt von dieser Andersartigkeit, macht Laisa sich auf, die eigenartige Gegend zu erkunden. Doch dann erfährt sie, dass sie dazu auserwählt wurde, den »Stern der Göttin«, ein einzigartiges Juwel von unendlicher Kraft, vor einem schwarzen Magier zu retten. Laisa nimmt die Aufgabe an und stürzt sich unversehens in das größte Abenteuer ihres Lebens …

KNAUR TASCHENBUCH VERLAG

MARA LANG

MASKEN – UNTER MAGISCHER HERRSCHAFT

Roman

Die junge Ferin sehnt ungeduldig den Tag herbei, an dem sie endlich die Maske erhält, die ihre hässlichen blauen Gesichtsmale überdecken und sie ebenso schön machen wird wie die Herrschenden. Aber ihre Maske zerfällt zu Staub – und Ferin wird zu einer Gesetzlosen. Sie flüchtet zu einer Rebellengruppe, die unmaskiert im Dschungel lebt. Hier erfährt sie die Wahrheit über die magischen Kräfte ihres Volkes, die von den Masken unterdrückt werden, und lernt den attraktiven Martu kennen. Gefangen in einem Strudel aus Unterdrückung, Verrat und Rache, der nicht nur die Freiheit ihres Volkes, sondern auch ihre große Liebe bedroht, bleibt Ferin nur eins: Sie muss die Masken zerstören.

KNAUR TASCHENBUCH VERLAG